손창섭의 문학적 투쟁, 그 기원과 귀결

홍 주 영

손창섭 선생님의 영전에, 이 책을 바칩니다.

손창섭의 문학적 투쟁, 그 기원과 귀결

홍 주 영

국학자료원

머리말

으슥한 골방에 앉아 문학 논문을 다듬고 있는 것은 다분히 우직하고 가치가 있어 스스로 칭찬할 만하나, 인공지능이 소설을 쓴다는 오늘날 주변의 속도와 많은 차이가 나는 것도 사실이다.

나에게는 보석이 있는데, 그것은 현대문명을 살고 있는 인간들의 주된 모습에서 벗어나 있는 특이한 작가에게서 온 것으로, 주류 문학에서 벗어나 큰 업적을 이룩한 손창섭의 문학이 바로 그것이다.

무엇이 특이하단 말인가.

손창섭의 문학의 단면 중 하나는 오이디푸스 콤플렉스이다. 정의롭지 못한 사회를 향해 목이 터져라 소리치는 소년의 모습을 작가는 반복적으로 극화하고 있는데, 그 자체가 오이디푸스 콤플렉스의 증후이다.

그러나 가끔은 작가에게 똑같은 진단을 반복적으로 내리고 있는 독자/연구자 자신의 사고체계와 그것이 준거하고 있는 이 시대의 문명을 되돌아봐야 할 필요도 있다. 우리가 내린 그 진단은 과연 맞는가. 소년의 외침 중에서 우리가 받아들여야 하는 것이 있지는 않았는가. 적어도 작가는 자신의 '결백'을 정교한 문학작품을 통해 끈질기게 주장하고 있지 않았는가.

소년의 말소리 사이사이에, "어머니! 어머니!" 작은 외침이 들려온다.

애처로워라. 어머니를 잃은 아이인 것이다. 이후로 소년은 엄마가 떠나갔다는 이야기를 조금씩 말을 바꿔가며 하다가, 노인이 되어서야 엄마가 결국 떠나지 않았다는 이야기를 조심스레 꾸며 들려준 후, 하얗게 바스라져 갔다.

본 연구는 손창섭 문학이 가부장제 사회의 억압적 성격에 대한 성급진주의적 투쟁인 동시에, 모성상실이라는 기원에서 모성회복이라는 귀결로 나아가는 여정이었음을 밝히고 있다. 그리고 모성이란, 단지 손창섭의 실제 어머니에 대한 것으로 한정되지 않고, 우리 모두의 어머니, 나아가 우리 사회가 잃어온 그 무엇인가로 확장될 수 있지 않을까 하는 가능성을 제시하고 있다.

한 작가의 문학을 모성을 향한 여정으로 읽는 것은 오디세우스의 항해를 아버지 찾기로 보는 것과 반대되는 것이다. 손창섭은 우리에게 묻는다. 문학이란 과연 무엇이란 말인가!

문학 작품은 분명 여러 가지 의미로 해석이 가능할 것이다. 이 책에 수록된 사실들은 모두 객관 세계의 것이되, 그것에 대한 해석은 나의 프리즘에서 온 것임을 부끄러움 없이 고백한다. 편견일 수도 단견일 수도 있으나, 당신과 나눌 만한 가치가 있다고 생각되어 단행본으로 묶게 되었다.

이 책의 제1부와 제2부에는 서울대입구역에서 서울대를 찾아 헤매다 쓴 석사학위 논문을 담았고, 제3부에는 학술지 게재 논문과 학술업적에 포함되지 않던 학술대회 발표원고 및 일반게재 원고를 2020년 현재의 시점에서 재정리하여 수록하였다. 제4부 덧붙임을 포함하여 많은 부분에서 추가, 삭제, 보완이 이루어졌다.

제3부의 3장 "멜랑콜리의 증후로서의 문학과 '엄마 찾기' 여정"은 본고의 배꼽에 해당한다. 독서의 효율성을 좇는 사람은 그것만 읽어보아도 이 책의 대강을 알 수 있을 것이다.

손창섭 논문은 많이 나왔으나, 더 탐구가 필요하다. 이 책의 관점 역시 신성가족 모델을 취하고 있어, 나로서는 그것을 극복하는 것이 과제이다. 독특하기 이를 데 없는 손창섭의 글들은 어떤 이론의 잣대를 들이대도 그것 너머에 있다. 아무쪼록 본 연구서가 많은 분들에게 도움이 되기를 바란다.

2020. 12. 1.

星武台에서 별빛을 일며,

홍주영

목 차

제1부

손창섭의 생애와
그의 문학을 바라보는 시각

들어가기

제1부와 제2부의 연구는 손창섭이 남긴 모든 작품과 손창섭에 관한 모든 기록을 검토하는 것을 목표로 하였으며, 특히 손창섭의 장편소설을 망라하여 중점적으로 분석하였다.

본고의 중요 개념인 부성(父性; paternity)은 라깡의 상징적 아버지에 해당한다. 이는 구조주의적 개념으로서 남성이라는 특정 성과 관계없지만, 가부장제 현실에서는 남성 가장이 그 자리를 차지하고 있기 때문에 상징적 아버지라는 개념에는 남성이라는 젠더가 착종되게 된다.

손창섭은 아버지가 일찍 돌아가시고 어머니는 재혼을 한 상태에서 할머니와 숙모의 주된 보살핌 아래에서 성장했다. 그 환경은 부계 가문의 질서인 것은 맞되, 다분히 여성적인 것으로 보인다. 궁핍한 생활여건 속에 식민지민 손창섭은 만주와 일본을 거쳐 고학을 하며 윤리적으로 자유롭게 성장하였는데, 본고는 이러한 성장과정을 통해 형성된 부성을 '낮은 수준의 부성'으로 명명하고자 한다.

손창섭은 해방 후 고향 땅으로 돌아와 가장 대표적인 전후작가가 된다. 생존을 위해 남성적 원리가 더욱 중시되었던 전후사회는 매우 '높은 수준의 부성'을 요구했다. 그의 창작은 낮은 수준의 부성을 지닌 인간이 높은 수준의 부성을 요구하는 사회를 접했을 때 나타나는 현상이자 그에 대한 비판이었다. 이러한 창작노정은 크게 네 단계로 구분된다.

첫째 단계는 손창섭 자신의 갖고 있는 부상(父像)을 그리는 시기로서 작품 속에 등장하는 주인공에게 아버지는 부정적인 존재이거나 아예 없다.

창작의 두 번째 단계로 들어가면서 손창섭은 '아버지 되기'에 천착한다. 그는 「잉여인간」에서 가부장제 사회의 이상적인 아버지를 형상화하지만 오히려 역설적인 부정의 형식이 되었다.

셋째 단계에서 손창섭은 장편소설을 신문에 연재하게 되는데 장편소설에서는 낮은 수준의 부성을 행사하는 아버지(反가부장)가 등장하여 작가가 생각하는 이상적인 가족, 사회, 국가를 계몽적인 어조로 그려낸다. 손창섭의 신문연재 장편소설은 다양한 근친상간적인 불륜관계를 소재로 하고 있으며, 계약적인 인간관계를 그려내고 있다. 그러나 작품 속의 불륜은 실제로는 근친상간이 아니며, 욕망을 억압하는 가부장의 권위를 비판하기 위해서 사용되었다.

손창섭 창작의 넷째 단계는 일본으로 이주한 이후를 말한다. 그는 일본에 거주하면서 역사 소재 장편소설을 한국 신문에 연재한다. 이 단계에서 손창섭은 '권력으로서의 국가'와 '시민(백성)의 삶'을 분명히 구분한다. 이러한 구분은 공간적인 차원에서는 국가와 고향을 구분하는 사유로 나타나며, 역사적인 차원에서는 '국가의 역사인 청사(靑史)'와 '무명씨(시민/백성)들의 삶의 누적으로서의 역사'를 구분하는 것으로 나타난다. 즐겨 사용하던 불륜 모티프는 관리의 아들과 역적의 딸 사이의 사랑으로 변형되어 등장하는데, 이는 불륜이 가부장의 권위를 비판하기 위해 도입된 것과 마찬가지로, 욕망의 추동을 부당하게 통제하는 권력에 대한 비판 목적으로 사용되었다.

손창섭에 대한 연구들은 대부분, 손창섭의 문학을 오이디푸스 콤플렉스의 증후로 진단해왔다. 그러한 연구들에 의하면 손창섭은 사회화되지 않은 존재로서 그 섹슈얼리티는 퇴행적인 근친상간적 욕망이 된다. 그러나 오이디푸스 콤플렉스 이론을 비판했던 말리노프스키와 성 급진주의자 빌헬름 라이히의 비판을 받아들여 손창섭을 이해한다면 우리는 손창섭의 내면을 모계사회적인 낮은 수준의 부성으로 이해할 수 있다. 장편소설에서 느낄 수 있는 계몽적인 성격과 이상지향성, 완벽에 가까운 소설 미학은 이상심리 보고서라고 폄훼를 받은 손창섭의 문학이야말로 또 하나의 '슬픈 열대'임을 말해준다.

그는 부부 중심적인 가족관계를 이상으로 생각하였으며, 사회에서도 계약적인 인간관계를 추구했다. 그에게 있어서 계약적 인간관계는 욕망을 최대한으로 구현할 수 있는 관계 맺음의 방식이다. 이는 들뢰즈의 매저키즘과의 연관 하에 설명될 수 있다. 그가 그려내는 사회는 강권이 아닌 친밀감과 욕망을 주요 동력으로 작동하는 사회이며, 개인의 욕망을 억압하는 국경과 같은 경계들은 비판된다. 그는 보통사람들이 권력에 부당한 굴종을 당하지 않을 수 있는 '힘'을 가진 사회를 이상적으로 제시한다. 그리고 이런 목적을 달성하기 위해 그는 성정치적인 주장들을 담은 소설을 대중적인 영향력을 갖는 신문지면에 연재함으로써 대중의 심리구조를 바꾸고자 한 것으로 보인다.

1장

손창섭 문학 연구의 지형도

손창섭(평양; 1922~2010)은 한국 전후문학을 대표하는 작가로 인정받고 있다. 때문에 손창섭에 대한 연구는 장용학, 김성한 등 일련의 전후 신세대 작가[1] 중에서도 가장 활발하게 이루어져왔다. 그 연구는 크게 당대 비평과 그 이후의 문예학적 연구로 나뉜다.

손창섭 소설에 대한 당대비평의 관심은 그가 그려내는 불구적 세계의 특이성과 흥미성에서 시작되었다.[2] 병적 세계를 탈피하라는 비평가들의 주문이 계속되는 가운데[3] 「잉여인간」은 새로운 가능성을 보여주는 작품이라는 평가를 받았으나[4] 「낙서족」에 이르러서는 적극적 현실 대응에 실패했다고 결론지어졌다.[5] 그 이후의 작품들 중에서는 「신의 회작」이

---

1) 이봉래의 논의에 따르면 제1차 신세대 작가에는 손창섭, 김성한, 장용학, 곽학송, 정한숙이 해당되고, 제2차 신세대 작가에는 김광식, 오상원, 전광용 등이 해당된다.(이봉래, 「신세대론: 작가를 중심으로 한 시론」, 『문학예술』, 1956. 4.)
2) 조연현, 「1월의 작단」, 『현대문학』, 1955. 2.
_____, 「3월의 창작계」, 『현대문학』, 1955. 4.
3) 조연현, 「병자의 노래: 손창섭의 작품세계」, 『현대문학』, 1955. 4.
4) 윤병로, 「혈서의 내용: 손창섭론」, 『현대문학』, 1958. 12.
이어령, 「1958년의 소설 총평」, 『사상계』, 1958. 12.
5) 이어령, 「1958년의 소설 총평」, 『사상계』, 1958. 12.

사소설이라는 관점에서 주목받았을 뿐, 신문소설들은 '통속·중간·세태·시정소설'[6]로 받아들여져 비평의 대상에서 제외되었다. 결국, 4.19세대의 1960년대 문학을 논하는 자리에서 손창섭을 포함한 전후작가들의 1960년대 창작은 시대에 뒤떨어지는 것으로 평가되었고[7], 이를 마지막으로 손창섭에 대한 비평적 언급이 종료되었다.

결론적으로 이러한 논의들은 「잉여인간」, 「낙서족」, 「신의 희작」으로 손창섭 문학의 본령이 끝났다고 보았으며, 뒤를 이은 손창섭 연구들도 이 영향에 의해 그의 1960·70년대 작품을 연구대상에서 제외하는 경향을 갖게 되었다.

당대비평이 끝나는 1970년대에 접어들면서 손창섭 문학에 대한 본격적인 문예학적 연구가 시작되었다. 이는 크게 전후문학이라는 데 주목한 '시대적 구분에 기반한 연구', 불구의 인물과 여성에 주목한 '인물유형론적 연구', 서사학과 상징을 바탕으로 하는 '작품의 형식 및 기법 연구', 자료접근이 어려웠던 '장편소설에 대한 연구', 베일을 벗겨낼수록 미궁에 빠지는 '작품발굴 및 생애사 연구', 프로이트와 라깡 등에 준거한 '정신분석학적 연구' 및 들뢰즈 등에 준거한 '분열분석 연구'로 분류할 수 있다.

백　철·김우종·유종호·이어령·김동리, 『사상계』, 1959. 4.
6) 김충신, 「손창섭연구: 작품을 중심으로」, 『어문논집』 8, 안암어문학회, 1964. 11.
　유종호, 「작단시감 환관 손창섭 작」, 『동아일보』, 1968. 1. 25.
7) 김윤식, 「앓는 세대의 문학」, 『현대문학』, 1969. 10.
　고　은, 「실내작가론 손창섭」, 『월간문학』, 1969. 12.
　천이두, 「60년대의 문학: 문학사적 위치」, 『월간문학』, 1969. 12.

전후문학연구로 대표되는, 시대적 구분에 입각한 연구는 손창섭 소설이 불구의 인간을 그려냄으로써 전후의 궁핍한 현실을 폭로한다는 결론을 내렸으며[8] 그 외에도 실존주의적 부정으로서의 전망 제시[9], 허무주의[10], 휴머니즘[11] 등 다양한 의의를 탐색해왔다. 그러나 이러한 연구들은 손창섭의 작가의식을 6.25 전후의 한반도 정세에 국한시킨 단점을 지니고 있었으며, '전후'=1950년대라는 도식적 구분은 '전후작가' 손창섭의 1960·70년대 창작을 외면하도록 만들었다.

이러한 한계는 일찍이 이봉래에 의해 논박된 바 있다. 그는 전후 신세대 작가들의 세대적 정체성은 6.25 경험에 한정된 것이 아니라 일제 군국주의 전쟁 체험으로 소급되며, 그들을 한글에 미숙하도록 만든 식민지 교육체험에 닿아있다고 주장했다.[12] 이봉래의 논의는 최근 복원되어, 손창섭을 비롯한 1920년대 출생 작가들이 가진 동아시아적 정체성을 설명할 수 있게 되었고, 또한 손창섭의 1960·70년대 창작을 연구해야 한다는 논

---

8) 곽종원, 「1955년도 창작계 별견」, 『현대문학』, 1956. 1.
　　이어령, 「1957년의 작가들」, 『사상계』, 1958. 1.
　　김구용, 「신작평 대망하던 책: 손창섭씨의 비오는 날」, 『현대문학』, 1958. 2.
　　김우종, 「현역작가신고」, 『현대문학』, 1959. 4.
　　이선영, 「아웃사이더의 반항: 손창섭과 장용학을 중심으로」, 『현대문학』, 1961.
9) 이봉래, 「신세대론: 작가를 중심으로 한 시론」, 『문학예술』, 1956. 4.
　　곽종원, 「1956년도창작계총평」, 『현대문학』, 1957. 1.
　　이어령, 「한국소설의 현재와 장래」, 『지성』, 1958. 6.
10) 김우종, 「현역작가산고」, 『현대문학』, 1959. 9.
11) 윤병로, 「1, 2월의 소설」, 『현대문학』, 1958. 3.
12) 1956년 당시의 2, 30대 신세대 작가는 ① 1920년부터 1956년까지의 전쟁 ② 명치 사상과 신사참배 등의 일본문화의 세례 ③ 중국침략을 계기로 만연한 국민문학, 한글교육의 부재의 영향을 받은 공통점이 있다.(이봉래, 「신세대론: 작가를 중심으로 한 시론」, 『문학예술』, 1956. 4.)

리적 준거가 되었다.[13)

인물유형론적인 연구는 손창섭 소설 속에 등장하는 인물들이 초기의 부정적인 인물에서 긍정적인 인물로 변해간다는 당대비평의 결론을 더 치밀하게 논증했다.[14) 인물유형 연구는 주로 여성 인물에 대한 연구로 이루어졌는데, 여성 인물은 작가가 추구하는 모성의 대리표상[15)으로서 남성 인물에 비해 긍정적이라고 논의되었고[16), 남성과 여성의 지배구조가 전복된 작품양상은 손창섭이 가부장성과 거리가 있다는 근거가 되었다.[17) 손창섭의 여성 `인물 창작은 모성결핍에 대한 승화로서 이해되었고[18), 여성 인물의 이상적인 정도는 점차 상승하는 것으로 분석되었다.[19)

이후, 점차 더욱 긍정적인 인물이 되어가는 유형별 양상이 상세히 분석되기도 했다.[20) 손창섭의 여성 재현은 당대 여성지의 교양 담론을 뛰어넘는 혁신적이라는 여성학적 관점의 평가가 있었고[21), 그 기조를 이어 본격

---

13) 방민호, 「한국의 1920년대산 작가와 한국전쟁」, 『한국 전후문학과 세대』, 향연, 2003. 그러나 손창섭은 1920년대 생 작가의 정체성으로 충분히 해명되지 않는다. 그는 아주 정확한 한글 문장을 구사하였으며, 다분히 여성적인 환경 속에서 성장하였다.
14) 우선덕, 「손창섭론」, 경희대 석사논문, 1977.
   조남현, 「손창섭 소설의 의미매김」, 『문학정신』, 열음사, 1989. 6.
15) 문화라, 「손창섭 소설에 나타난 인물의 욕망구조 연구」, 이화여대 석사논문, 1994.
16) 이미영, 「손창섭 소설의 여성 인물 연구」, 동국대 문화예술대학원 석사논문, 1999.
17) 이영화. 「손창섭 소설에 나타난 여성 인물 연구」, 단국대 석사논문, 2000.
18) 박순영, 「손창섭 소설의 여성형 연구 : 욕망의 변모 양상을 중심으로」, 성균관대 국어교육학 석사논문, 2002.
19) 홍주영, 「손창섭 소설에 나타난 부성비판의 양상 연구」, 서울대 석사논문, 2007.
20) 이용희, 「손창섭 소설의 여성 인물 유형 고찰」, 경희대 석사논문, 2012.
21) 조이향, 「손창섭 소설에 나타난 여성교양담론 비판연구」, 건국대 석사논문, 2015.

적인 젠더 논의가 이어지기도 했다.[22] 한편, 결과물로서의 여성 인물의 재현이 아닌 그 심리적 원인으로서 '손창섭에게 결핍된 것'에 주목[23]하면 여성 인물 논의는 모성 논의로 이어지게 된다.

형식 및 기법 연구에서는 문체[24] 및 반어·풍자·아이러니 등 서술기법에 대한 연구와[25] 서술자에 대한 연구[26] 등이 이루어졌고, 이어 안용희는

22) 허 빛, 「손창섭 1960년대 장편소설에 나타난 젠더 정치성」, 서울대 석사논문, 2020.
23) 박정선, 「손창섭 소설에 나타난 '결핍' 연구」, 숙명여대 석사논문, 2016.
24) 이광훈, 「패배한 지하실적 인간상」, 『문학춘추』, 1964. 8.
　　이화경, 「손창섭 소설의 문체연구」, 전남대 석사논문, 1989.
　　안성희, 「「신세대 작가」의 문체론적 연구: 김성한, 손창섭, 장용학을 중심으로」, 이화여대 석사논문, 1991.
　　정춘수, 「1950년대 소설의 문체적 특징과 화자 양상: 손창섭과 추식의 작품을 중심으로」, 성균관대 석사논문, 1993.
　　김진기, 「손창섭 소설연구: 1950년대를 중심으로」, 건국대 박사논문, 1998, 185~194면.
25) 이대욱, 「손창섭 소설에 나타난 풍자 연구」, 서울대 석사논문, 1987.
　　정혜정, 「1950년대 소설의 풍자성연구」, 성균관대 석사논문, 1993.
　　한상규, 「손창섭 초기 소설에 나타난 아이러니의 미적 기능」, 『외국문학』 제36호, 열음사, 1993.
　　김지영, 「손창섭 소설의 아이러니 연구」, 고려대 석사논문, 1996.
　　류동규, 「손창섭 소설의 아이러니 연구」, 경북대 석사논문, 1998.
　　홍순애, 「손창섭 소설의 아이러니 연구」, 서강대 석사논문, 2000.
　　박유희, 「1950년대 소설의 반어적 기법 연구」, 고려대 박사논문, 2002.
　　변여주, 「손창섭 소설의 아이러니 연구」, 이화여대 석사논문, 2003.
26) 김주희, 「손창섭의 「비오는 날」 서술적 양상 고찰」, 『우암논총』 제3호, 1987.
　　김현희, 「손창섭 소설의 서술자 양상 연구」, 충남대 석사논문, 1992.
　　김현근, 「손창섭 소설 연구: 서술자와 초점인물의 양상을 중심으로」, 목포대 석사논문, 2001.
　　강진호, 「손창섭 소설 연구: 주체와 화자의 문제를 중심으로」, 국어국문학회, 『국어국문학』 제129호, 2001.

일부 장편소설을 연구의 대상에 포함시켜 작가와 인물 간의 거리, 그리고 서술양상에 대한 고찰을 통해 작가의식의 변모양상을 파악하였다.[27]

장편소설에 대한 연구는 그동안 작품 소개 차원[28] 또는 인물유형론적인 연구의 연장선상에서 조망되거나[29] 단편소설과의 연관성 하에서 부분적으로 연구되기 시작했다.[30] 이후, 1990년대에 들어서서야 장편소설 연구의 필요성이 논의되었고[31] 그 서지와 간략한 내용들이 정리되는 가운데[32], 2000년대 전반까지 대표작을 중심으로 작품론들이 제출되었으며[33], 2010년대에 이르러서는 거의 모든 장편소설들에 대한 작품론이 적

강유정,「손창섭 소설의 자아와 주체 연구」,『국어국문학』제133호, 국어국문학회, 2003.

27) 안용희,「손창섭 소설의 서술자 연구」, 서울대 석사논문, 2005.

28) 최일수,「어떤 괴짜 夫婦의 이야기 - 孫昌涉의 ≪夫婦≫」,『수록작가 작품해설집』, 삼성출판사, 한국문학전집 제101권, 1972.

29) 김병익,「현실의 모형과 검증」,『현대한국문학이론의 이론』, 민음사, 1972.

30) 최희영,「손창섭 장편 "낙서족", "부부"의 작중인물 연구: 지향형과 현실형의 갈등 양상을 중심으로」, 한국외국어대 교육대학원, 1985.

31) 손종업,「손창섭 후기 소설의 "여성성": 전후적 글쓰기의 한 유형」,『어문논집』23, 중앙대 국문과, 1994.

32) 한원영,『한국현대신문연재소설연구(下)』, 국학자료원, 1999.

33) 강진호,「재일 한인들의 수난사: 손창섭의「유맹」론」,『작가연구』, 1996. 4.
김동환,「『부부』의 윤리적 권력관계와 그 의미」,『작가연구』, 1996. 4.
이동하,「손창섭『길』에 대한 한 고찰」,『작가연구』, 1996. 4.
차준희(「손창섭의『길』연구: 성장소설과 관련하여」,『경남어문논집』11집, 경남대 국문과, 2000. 2.
최미진,「손창섭의『부부』에 나타난 몸의 서사화 방식 연구」,『현대문학이론연구』16, 현대문학이론학회, 2001. 12.
김명임,「손창섭의『이성연구』: 체념의 미학과 통속적 기호들」,『한국학연구』12집, 인하대 한국학연구소, 2003. 10.
방민호,「손창섭의 장편소설『봉술랑』에 대한 일고찰」,『어문논총 40호』, 한국문

층되었다.

장편소설의 공통된 특질을 연구한 결과를 통해서는 손창섭의 소설 전반이 계몽적 주체의 성장·수립과정과 절망·비극을 보여 준다는 평가[34]가 내려졌고, 장편소설을 전반적으로 검토한 연구에서는 인물의 성적 욕망이 사회적 욕망을 거쳐 역사적으로 확장되고 있다는 분석[35]이 제출되었다. 이어 전작 검토를 통해서는 신문연재 장편소설을 대중을 향한 성 급 진주의적 발화로 이해할 수 있게 되었으며[36], 재류외인의 서사[37], 외부성에 기초한 단독자·국외자적 정체성의 탐구서사[38]라는 평가가 제출되기에 이르렀다. 또한 신문연재 장편소설을 중심으로 손창섭 문학 전반을 이해하는 무게중심의 변화도 시도되었다.[39]

작품발굴 및 생애사 연구가 본격화된 것은 『작가연구』(새미, 1996. 4.)가 나온 이후이다. 『작가연구』『손창섭 대표작전집』(예문관, 1970.4.10.)에서는 당시 최신의 연보와 서지 그리고 정호웅, 강진호 등의 중요 연구들을 수록하고 있었다. 이후 한원영[40]과 한명환 등[41]이 손창섭 주요 장편

학언어학회, 2004. 6.

최회영, 「손창섭 장편 "낙서족", "부부"의 작중인물 연구: 지향형과 현실형의 갈등 양상을 중심으로」, 한국외국어대 교육대학원, 1985.

34) 강진호, 「손창섭 소설 연구: 주체와 화자의 문제를 중심으로」, 국어국문학회, 『국어국문학』 제129호, 2001.

35) 김현정, 「손창섭의 장편소설 연구: 작중 인물의 욕망을 중심으로」, 전남대 석사논문, 2006.

36) 홍주영, 「손창섭 소설에 나타난 부성비판의 양상 연구」, 서울대 석사논문, 2007.

37) 강유진, 「손창섭 소설의 변모 양상 연구」, 중앙대 박사논문, 2012.

38) 방민호, 「손창섭 소설의 외부성 - 장편소설을 중심으로」, 서울대 규장각 한국학연구원, 『한국문화』 58집, 2012.

39) 곽상인, 「손창섭 신문연재소설 연구」, 서울시립대 박사논문, 2013.

소설에 대한 줄거리 및 해석지평을 제공하였다. 이후 손창섭 문학에 대한 주요 발굴 내역은 다음과 같다.[42]

류동규[43]가 장편소설 『세월이 가면』(『대구일보』, 1959.11.~1960.3.)을 소개하였고, 필자(홍주영)[44]는 손창섭 최초의 창작인 동시(노랫말) <봄> (『아이생활』, 1938. 6.), 최초의 소설인 「싸움의 원인은 동태 대가리와 꼬리에 있다」(『연합신문』, 1949.3.), 「신의 희작」의 원본에 해당하는 「모자도」(『중앙일보』, 부산, 1955.7.~8.), 소년소설 「앵도나무집」(1957)[45], 4.19를 주도한 대학생의 교조주의를 비판하는 「인식부족」(『동아일보』, 1960. 12), 당대뿐만 아니라 지금도 용인되기 어려운 자극적인 인물구도를 보여주는 『삼부녀』(『주간여성』, 1969.12.~1970.6.)의 존재를 최초로 보고했다. 이후 최미진[46]은 방송소설 「비둘기 한 쌍」(『방송』, 1958.4.)을, 방민호는 육필시조를[47], 유한근[48]은 단편소설 「애정의 진리」(『아리랑』, 1958.1)

---

40) 한원영, 『한국현대신문연재소설연구 (下)』, 국학자료원, 1999.
41) 한명환 외, 「해방 이후 대구·경북 지역 신문연재소설에 대한 발굴 조사 연구」, 『현대문학이론연구』 21집, 현대문학이론학회, 2004.
42) 손창섭이 남긴 작품은 장편 13편, 단편(방송소설포함) 44편, 소년소설 12편, 꽁뜨(掌篇소설) 8편, 동시(노랫말) 1편, 시조 60편을 합하여 138편에 달하며, 더 찾을 수 있을 것으로 생각된다.
43) 류동규, 「손창섭 장편소설 『세월이가면』에 나타난 윤리문제」, 『국어교육연구』 38집, 국어교육학회, 2005. 12.
44) 홍주영, 「손창섭 소설에 나타난 부성비판의 양상 연구」, 서울대 석사논문, 2007. 손창섭 작품의 원문 텍스트 확보와 연구사 검토 등의 손이 많이 가는 작업은 2006년도 1학기 서울대 국어국문학과의 공동연구 성과에 힘입었음을 밝힌다.
45) 목록만 확인하였음.
46) 최미진, 「손창섭의 라디오 단편소설 「비둘기 한 쌍」 연구」, 『현대문학이론연구』 39집, 2009.
47) 방민호, 「그는 '마지막까지 한국인이었다. - 손창섭의 시조를 소개하며」, 『작가세계』 27집, 2015.

를, 신은경은 「**애정무효**」(『소설계』, 1959.6.)를, 곽상인[49]은 「**잊을 수 없는 과거**」(『명랑』, 1960. 2.)의 존재를 보고했다.[50]

생애사 연구는 손창섭의 전기가 잘 알려있지 않은 까닭에, 나아가 작가 본인이 스스로 감추려는 성향을 갖고 있었기 때문에 활성화되지 못했다. 이 분야에서는 정철훈의 탐사보도[51]에 주목할 필요가 있다. 문학 기자인 그는 손창섭의 인세를 전달하는 과정을 추적함으로써 2009년 병중의 손창섭을 취재할 수 있었고, 그 내용을 보도하는 과정에서 손창섭의 가계도 등을 밝혀낼 수 있었다.[52] 그러나 정철훈 자신이 밝혔듯이, 유족의 증언을 사실이라 확정할 수 없는 상태에서 손창섭이 2010년에 별세함으로써 작가의 생애는 미궁에 빠지게 되었다.

조금 성급하게 필자가 단언할 수 있다면, '전기적(傳記的) 사실'이라는 것은 원래 없다. 다만 근사치적인 접근과 해석은 가능하기에 그것은 '텍스트'의 지위를 지닌 채로 열려있다. 손창섭의 경우에는 더욱 그러하다. 그는 '자화상'이라고 부제를 단 작품에서도 자전적 모티프를 지속적으로 변형하여 '자서전의 규약'을 해체할 뿐만 아니라, 작가의 산문과 유족의 증언 역시 '텍스트'의 영역에 놓여있는 것으로 보인다. 작가의 생애를 확정할 수 없다는 것이 손창섭 문학의 본질이며, 유족이 스스로 밝히지 않

---

48) 유한근, 「손창섭, 한무숙 소설, 그리고」, 연인M&B, 『연인』, 2013.9.
49) 곽상인, 「손창섭의 최근 발굴작 「애정의 진리」 연구」, 한국문학연구소, 『한국문학연구』 52집, 2016.
50) 가장 최근의 종합된 서지는 김민수, 「손창섭 소설에 나타난 공동체 의식 연구」, 서울대 석사논문, 2017.에서 제공하고 있다.
51) 정철훈, 「'잉여인간' 쓴 손창섭 日에 생존… 국민일보 도쿄 병원서 투병 생활 확인」 등 『국민일보』 인터넷판, 2009. 2. 18. ~ 22.
52) 정철훈, 『내가 만난 손창섭 : 재일 은둔작가 손창섭 탐사기』, 도서출판 b, 2014.

는 한, 더 이상의 생애사 확인도 필요치 않다고 생각한다.[53]

정신분석학적인 연구는 손창섭이 작중 주인공 "S"를 "삼류작가 손창섭 씨"[54]라고 명명한 「신의 희작」에 의해 촉발되었으며[55] 사소설 논의[56]와 관련을 맺고 이루어져 왔다.[57]

1980년대에 이르기까지 정신분석학적 연구들은 주로 프로이트(Sigmund Freud)의 오이디푸스 콤플렉스 이론에 의거하여 진행되었으며[58], 1990년 대 이후의 정신분석학적 연구들은 라깡의 욕망 이론을 도입하여 손창섭 의 소설을 어머니를 향한 억압된 욕망의 분출로 설명하거나[59] 소외를 극복하려는 나르시시즘[60] 혹은 이상적 자아의 제출[61]로 설명하는 방식을

---

53) 따라서 자전적 소설에서 자전적 모티프에서 실제 삶의 윤곽을 찾으려 한 정철훈(『내가 만난 손창섭』)의 후반부 「손창섭 일대기의 재구성」은 또 하나의 텍스트라 할 것이다.

54) 「신의 희작」, 12면.

55) 정창범, 「손창섭론: 자기모멸의 신화」, 『문학춘추』, 1965. 2.
송기숙, 「창작과정을 통해 본 손창섭」, 『현대문학』, 1964. 9.

56) 윤병로, 「자리잡히는 사소설」, 『현대문학』, 1966. 2.

57) 정신분석학과 사소설 논의의 밀착성은 자전적 소설 연구로 이어져 의사 조두영은 「신의 희작」의 작중인물 "S"를 자전적 소설들의 가상작가로 놓고 본격적인 정신분석을 수행하기도 했다.(조두영, 「자서전적 소설과 작가」, 『정신분석』 13권 1호, 2002. 6.)

58) 신경득, 「반항과 좌절의 희화화」, 『한국 전후 소설 연구』, 일지사, 1983.
정창범, 「손창섭의 심층」, 『작중 인물의 심층 분석』, 평민사, 1983.

59) 김해연, 「이야기-변형된 욕망의 한 모습: 손창섭의 <신의 희작>을 중심으로」, 『경남어문논집』 5집, 1992. 12.
허영임, 「손창섭 소설에 나타난 욕망의 반복 양상 연구」, 숙명여대 석사논문, 2000.

60) 김윤정, 「손창섭의 소설: 나르시시즘과 죽음의 문제」, 『한양어문연구』 13호, 한양대 어문연구회, 1996. 12.

61) 김지영, 「손창섭 소설에 나타난 주체형성 연구」, 서울대 석사논문, 1997.

취했다. 배개화를 비롯한 일련의 정신분석학적 연구들은 프레데릭 제임슨의 이론을 방법론으로 수용하면서 손창섭의 문학에 나타난 욕망을 사회학적인 입장에서 해석하고자 했다.[62]

라깡의 욕망 이론 적용이 정교해지는 가운데[63], 욕망을 중시하는 정신분석학의 연구 경향은 질 들뢰즈의 이론을 적용한 분열분석으로 이어졌다. 양소진과 홍주영은 들뢰즈의 매저키즘 개념으로, 법에 대한 과장된 복종이 법의 허위를 폭로하고[64], 욕망에 기초한 관계양상은 계약적 인간관계를 추동한다[65]고 한 바 있으며, 박선희는 들뢰즈의 소수성 개념을 통해 손창섭이 드러내고자 한 주변부의 정체성에 주목하였다.[66] 최근 김주리는 들뢰즈의 매저키즘의 원본성에 보다 충실한 해석을 내놓은 바 있다.[67]

손창섭의 글쓰기가 도착적이요[68], 문학작품을 통해 살펴본 심리구조는 오이디푸스 콤플렉스에 있다[69]는 것은 여러 논문을 통해 다시 공인되

---

62) 배개화, 「손창섭 소설의 욕망 구조 연구」, 서울대 석사논문, 1995., 최미진, 「손창섭 소설의 욕망구조 연구」, 부산대 석사논문, 1995. 배개화는 손창섭의 소설을 욕망이 억압된 심층텍스트와 이의 상징적 해결인 상징적 텍스트의 분열증적 텍스트로 이해함으로써 작가의 글쓰기를 해명하였고, 욕망의 추구와 욕망의 좌절을 기준으로 손창섭의 문학을 고찰할 수 있게 하였다. 최미진은 손창섭의 문학을 가족서사와 사회서사로 구분하였다.

63) 곽상인, 「손창섭 소설 연구: 인물의 욕망 발현 양상을 중심으로」, 서울시립대 석사논문, 2003.

64) 양소진, 「손창섭 소설에서 마조히즘의 의미」, *COMPARATIVE KOREAN STUDIES*, 국제비교한국학회, 2006.12.30.

65) 홍주영, 「손창섭의 <부부>와 <봉술랑>에 나타난 매저키즘 연구」, 『현대소설연구』 39집, 2008.

66) 박선희, 「손창섭 소설의 '소수성' 연구」, 경북대 석사논문, 2008.

67) 김주리, 「손창섭 소설의 매저키즘과 여성」, 서울대 인문학연구원, 『인문논총』 76집, 2019.

68) 홍주영, 「손창섭의 도착적 글쓰기 연구」, 한국현대문학회 학술발표회자료집, 2007.

고 있다. 이로써 정신분석학적 또는 분열분석적 연구의 핵심은 손창섭의 오이디푸스 콤플렉스를 어떻게 해석할 것인가에 달려있다는 것이 더욱 명확해졌다.70)

대부분의 정신분석학적 연구들은 손창섭이 갖고 있는 오이디푸스 콤플렉스를 서로 다르게 설명하는 것이라 할 수 있다. 이 같은 시각은 작품을 작가의 신경증적 징후로 환원하여 그 사회적 의의를 사상(捨象)하도록 했다.

이를 극복하기 위해서는 정신분석학의 핵심이론이라고 할 수 있는 오이디푸스 콤플렉스 이론을 비판적으로 수용하는 것이 필요하다. 말리노프스키(Bronislaw Kasper Malinowski)와 빌헬름 라이히(Wilhelm Reich)는 프로이트와 비슷한 시기에 오이디푸스 콤플렉스에 대하여 프로이트와 이론적 논쟁을 벌인 문화인류학자, 맑시즘적 정신분석학자이다. 본고는 정신분석학에 대한 이들의 비판적인 인식을 기반으로 하여 논지를 전개해 나갈 것이다.

---

69) 공종구, 「손창섭 소설의 기원」, 『현대소설연구』 40집, 2009.
_____, 「≪삼부녀≫에 나타난 오이디푸스 콤플렉스와 가족주의」, 『한국현대소설연구』 50집, 2012.
70) 송주현은 들뢰즈의 탈주 개념을 통해 손창섭이 한국사회의 남근중심적인 오이디푸스 삼각형을 끊임없이 벗어나고자 하고 있음을 보여주고 있다. (송주현, 「손창섭 소설에 나타난 탈주 욕망과 여성성: 1960년대 장편을 중심으로」, 『한국문화연구』 30집, 2016.)

2장

'아버지의 부재'와 오이디푸스 콤플렉스

손창섭 소설이 보여주는 아버지의 부재 양상은 현실 인식에 대한 관점의 전환을 요구한다. 작가가 형상화하는 아버지는 작가의 생물학적 아버지에 대한 체험을 반영할 뿐만 아니라 사회적인 아버지에 대한 표상이기도 하다. 본고는 사회적인 아버지에 대해 부성(父性; paternity)이라는 개념을 사용한다. 프로이트는 부성을 생식활동에서 수컷이 맡는 역할로 한정하고 있으나[71] 이를 아버지의 역할, 죽은 아버지, 신, 토템 등의 개념과 연관시킴으로써 부성을 생물학적인 기능에서 상징적인 기능으로 확장할 수 있는 기반을 마련했다.[72]

이러한 개념은 문학연구에서는 소설 속 인물인 아버지 인물의 존재와 부재를 놓고 국가, 이데올로기, 윤리와 같은 상징적 질서의 존재와 부재를 설명하는 방식으로 사용되어 왔다. 대표적인 것은 이광수 이래의 '아버지 부재', '고아의식'의 문학에 대한 설명이다.

> 우리 소설의 한 특징적인 내적 형식은 '아버지의 부재(不在)'란 형식
> 이다. 그것은 파행적인 역사 전개의 폭력성을 반영하거나(최서해, 김

---

71) S. Freud, 「토템과 터부」, 『프로이트 전집』 13권, 열린책들, 2003, 184면.
72) S. Freud, 「토템과 터부」, 215~240면 참조.

남천의 빈궁소설), 또는 젊은 세대의 삶을 이끌 수 있는 전통의 부재를 뜻하는(「무정」), 또는 이념 부재를 의미하는(「소설가 구보씨의 일일」) 것이다. 외부의 폭력에 압살당했든, 아들에 의해 부정되었든, 아니면 찾아지지 않았든 간에 이때의 아버지는 삶을 조직하고 그것에 방향을 부여하며 그 방향을 따라 움직이도록 추동하는 이데올로기를 표상한다. 최서해를 잇는 경향소설에서 이 형식이 사라지는 것은 사회주의 이데올로기 때문이며 해방공간의 소설에서 이 형식을 찾아보기 어려운 것도 마찬가지 이유에서이다. / 한 개인의 삶을 지배하는 이데올로기는, 특수한 경우를 제외하고는, 동시대인 일반의 삶과 밀접하게 관련되어 있다. 문학이 어떤 인물의 이데올로기를 심각하게 다루는 것은 이를 통해 동시대인 일반의 삶을 꿰뚫고 있는 이데올로기와 그것을 형성한 토대의 성격을 드러낼 수 있기 때문이다. 개별자를 통해 그 속에 담긴 일반성을 부각시킬 수 있는 것인데, 이렇게 본다면 아버지의 부재라는 형식이 한 가정의 울을 넘어 사회·역사적 일반성의 차원, 곧 공적 차원에까지 나아가는 폭넓은 의미장을 품고 있는 것임을 알 수 있다.(김윤식·정호웅, 『한국소설사』, 문학동네, 2000, 480~481면. 밑줄은 인용자)

이처럼 문학 작품에 나타난 '아버지의 부재'는 파행적 역사, 전통의 부재, 이념의 부재 등 가정을 넘어 사회·역사적 차원의 의미로 확장될 수 있다. 이러한 형식을 사용하는 작가들은 대체로 문학 외적 상황의 개선에 따라 아버지를 주인공으로 내세워 역사, 전통, 이념, 국가에 대한 대응을 하는 방향으로 나아간다.

이러한 '아버지의 부재' 양상은 전후문학에서 다시 두드러진다. 이는 전통적인 아버지 부재의 의미에 동족상잔으로 인한 '세계를 가늠할 도덕의 부재'[73]라는 의미가 더해진 것이며 수많은 전쟁미망인이 생겨난 현실과74) 전후의 물질적 궁핍상에 대한 반영이기도 하다.

결국 아버지 부재의 형식은 아버지의 부재상황을 강조함으로써 그 이면적인 효과로 '아버지'(물질적 충족, 도덕, 새로운 전통)를 요청하는 것이라 할 수 있으며, 대부분의 작가는 자식 세대를 주인공으로 하는 시기를 지나 아버지 세대를 주인공으로 내세워 아버지의 상징적 기능을 사유하는 단계로 나아가는 모습을 보여준다.75)

손창섭도 초기작품에서는 자식 세대만을 주인공으로 묘사하다가 1958년 1월 「고독한 영웅」을 기점으로 장편소설에 이르기까지 아버지 세대를 주인공으로 등장시키기 시작한다.76) 그러나 그 양상은 기존의 보편적인 아버지 부재의 형식과는 본질적으로 다른 것이다. 초기작품에서는 아버지가 부재한 상황이지만 요청되지 않으며, 주인공은 결혼을 거부하여 아버지의 존재를 가능케 하는 세대의 연장을 원천적으로 차단한다. 또한 1958년 이후의 작품에서 등장하는 아버지 주인공은 역사, 전통, 이념, 국가와 같은 상징적 질서의 수립에는 관심을 두지 않은 채, 자신의 욕망을 추구하는 데 몰두한다.

---

73) 김민정, 「1950년대 소설에서의 父의 不在와 모더니티」, 『한국문화』 30집, 2002.
74) 홍두승 외, 「한국사회50년(사회변동과 재구조화)」, 『사회과학과 정책연구』, 서울대 사회과학연구소, 1996.에 의하면 전후 59만 명의 전쟁미망인이 있었으며 이들은 직업전선으로 나가거나 양공주 혹은 사창에 종사하면서 남성가장의 역할을 수행했다고 한다.
75) 손종업은 전쟁이 초래한 전후 상징체계의 혼란으로부터 전후의 작가들이 어떻게 새로운 상징 체계를 구성하는가를 점검하고 있다. 이는 아버지라는 소설 속 인물과 세계의 상징적 질서를 연결시켜 사고할 수 있도록 해준다.(손종업, 『전후의 상징체계』, 이회문화사, 2001, 29면.)
76) 본고에서 사용하는 '주인공'이라는 개념은 일인칭 서술자와 초점인물을 말한다. 복수초점화의 경우, 가장 초점화가 집약된 인물을 주인공으로 생각한다.

이러한 작품의 양상과 어울리지 않게 손창섭의 장편소설에서는 계몽적 어조가 감지되어[77], 작가의 이상지향성이 강하다는 것을 알려준다. 기존의 연구에서 이러한 이상지향성은 리얼리즘적인 현실의 반영물이 아닌 관념에서 비롯된 것[78]이며 왜곡된 현실을 바로잡겠다는 '계몽성'에 의한 것[79]이라고 설명되었지만, 그 이상성의 내용에 대한 구체적인 논의 없이 리얼리즘 미학에 미달하는 것으로 평가된 바 있다.[80]

　최근의 연구에서 장편소설에서 나타나는 이상지향성은 작가가 오이디푸스 콤플렉스를 극복해나가는 과정으로 분석되었다.[81] 그러나 오이디푸스 콤플렉스는 근본적인 심리구조이고 인식체계이므로 극복될 수 있는 것이 아니다. 첫 작품인 동시 「봄」에서 "엄마엄마"가 호명된다는 점, 첫 소설인 「싸움의 원인은…」에서 폭력적인 아버지에 대해 자식을 옹호하는 어머니가 등장한다는 점[82], 마지막 작품인 『봉술랑』에서 거대한 상징적

---

77) 안용희는 장편소설의 서술 특질로 복수초점화자의 사용이 적고, 주석적 서술자의 논평이 끼어드는 일이 빈번하며, 장기간 연재하는 소설에 일인칭 서술을 채용하고 있다는 점을 지적한다. 이는 손창섭의 장편소설이 계몽적 어조를 갖고 있다는 것을 증명하는 것이다.(안용희, 「손창섭 소설의 서술자 연구」, 서울대 석사논문, 2005, 60면.)

78) 정호웅, 「손창섭 소설의 인물성격과 형식」, 『작가연구』 제1호, 새미, 1996. 4.

79) 강진호, 「손창섭 소설 연구: 주체와 화자의 문제를 중심으로」, 국어국문학회, 『국어국문학』 제129호, 2001.

80) 손종업, 「전후 신세대와 장편언어」, 『전후의 상징체계』, 이회문화사, 2001.

81) 김현정은 장편소설 『부부』에서 등장하는 성적 욕망에의 고착이 『길』에서는 사회적 욕망으로 확장되고 『유맹』에 이르면 그 욕망이 역사로 확장된다고 논하면서, 이는 존경할만한 인물이나 역사를 통해 "주체가 오이디푸스 콤플렉스를 극복하고, 상징적 질서에 편입하게 되었음을 의미한다."고 진술한다.(김현정, 「손창섭의 장편소설 연구: 작중 인물의 욕망을 중심으로」, 전남대 석사논문, 2006, 41면) 그러나 『길』과 『유맹』 등 일련의 장편소설로의 변화는 상징적 질서로의 편입이라기보다는 작법상의 변화나 세계관의 변화로 생각된다.

질서인 국가에 대해 반역하는 역적이 긍정적으로 묘사된다는 점에서 오이디푸스 콤플렉스의 징후는 처음부터 끝까지 지속적으로 나타난다고 할 수 있다.

이를 보면 손창섭의 인물, 나아가 작가까지도 오이디푸스 콤플렉스를 극복하지 못한 것으로 보인다. 그러나 손창섭이 사회비판적인 작품을 쓸 때부터 이미 아버지이고 사회인이었으며, 작가가 공적영역에 제출한 글쓰기에 신경증 환자의 정신병리적 징후로 환원되지 않는 사회적 의의가 담겨져 있다는 사실은 오이디푸스 콤플렉스라고 작가를 '진단'하는 것을 망설이게 한다.[83]

이는 손창섭 문학의 연구에 있어서 오이디푸스 콤플렉스 이론에 대한 비판적 수용이 필요하다는 것을 알게 해준다.

'오이디푸스 콤플렉스'라는 용어는 프로이트에 의해 처음으로 사용되었다. 프로이트는 정신치료과정에서 대부분의 남자 아동이 어머니에 대해서 독점적인 사랑을, 아버지에 대해서는 적개심과 함께 공포를 느끼는 현상을 발견하고 이를 오이디푸스 콤플렉스로 명명했다. 이 콤플렉스는 아버지에 대한 동일시를 이룸으로써 극복되는 것으로 설명되었다.[84]

---

82) "「와 이러노? 새끼들이 나빵가? 괴기가 글룽기지.」"(「싸움의 원인은…」, 『연합신문』, 1949. 3. 6)

83) 오이디푸스 콤플렉스를 임상적인 차원에서 적용한다면, 분석자는 작품만을 보고 손창섭을 정신분석 할 수 없다. 내부 심리기전은 다소 이해할 수 있지만 의식적 노력에 대한 이해는 불가능하다. (조두영, 『목석의 울음: 손창섭 문학의 정신분석』, 서울대 출판부, 2004, 7면) 따라서, 조두영도 손창섭을 정신분석하지 않고 가상작가 "S"를 분석한다.

84) "정신분석학은 <동일시>를 타인과의 감정적 결합이 나타내는 초기 형태로 간주하고 있다. 이것은 오이디푸스 콤플렉스의 초기 단계에 참여한다. 남자아이는 아버지한테 특별한 관심을 보임으로써, 그 자신이 아버지처럼 자라고 아버지처럼 되

한편, 프로이트는 문명의 기원에 대해서도 동일한 구조를 제시했다. 여성을 독점하는 원시의 아버지를 모의 하에 살해한 아들들의 죄의식이 어머니에 대한 근친상간적 욕망의 발산을 억압하고 그것을 승화하도록 하여 문명이 태동되었다는 것이다.

그는 인간이 사회화되는 과정을 설명하면서 오이디푸스기에 어머니에 대한 욕망을 억누르고 아버지와의 동일시를 통해 콤플렉스를 극복하여야만 정상적인 정신구조를 가질 수 있으며 나아가 억압된 욕망의 승화를 통해 문명을 창출할 수 있다고 했다.[85] 이 이론에 의하면, 부의 억압은 문명사회의 형성과 개체의 사회화를 위해서 필요불가결한 것이 된다.

부의 억압은 앞서 논의한 부성을 아이에게 강요하는 것이다. 부성은 실재적 아버지가 행하는 상징적 질서로서 법, 규범, 종교 등을 포함한다. 인간은 오이디푸스 콤플렉스의 발현과 그 극복과정을 통해 사회의 상징적 질서를 받아들이고 사회적 인간이 된다. 이렇게 한 인간이 부성(상징적 질서)을 받아들이는 과정을 설명하기 위하여 라깡은 상징적 어머니, 실재적 아버지, 상징적 아버지의 개념을 도입한다.[86] 상징적 아버지는 주체에 대한 금지의 심급으로서의 상징적 질서를 의미하며 그것을 수행하는 구체적인 인물은 실재적 아버지이다. 상징적 아버지는 아이와 어머니 사이에 분리를 도입하는 순수한 상징적 심급이며, 실재적 아버지는 반드시 생물학적인 아버지일 필요도, 남성일 필요도 없다.[87]

어, 모든 면에서 아버지를 대신하고 싶어한다."(S. Freud, 『문명 속의 불만』, 프로이트 전집 12, 열린책들, 2003, 114~115면)
85) 프로이트의 『문명 속의 불만』이라는 논문제목에서 '불만'은 '문명'을 위해 억압되고 포기된 욕망에 의한 것이다.
86) 홍준기, 『오이디푸스 콤플렉스, 남자의 성, 여자의 성』, 아난케, 2005, 132~142면.

그러나 이러한 관점은 현실의 지배적 질서를 아버지로 은유하는 가운데, 지배적 질서가 성적으로 중립적이거나 혹은 성별과는 필연적인 상관이 없다는 견해를 낳게 한다. 이는 라깡이 오이디푸스 콤플렉스를 구조적 사실로 받아들이기 때문이다.[88]

그런데 이 실재적 아버지는 사회적 성으로서만의 아버지가 아니다. 우리가 살고 있는 사회는 가부장제 사회이다. 이렇게 명징한 현실성에 의해 실재적 아버지의 개념에는 성의 개념이 긴밀히 착종(錯綜)되어 있으며 그가 전달하는 상징적 질서는 남근중심적인 것이라 할 수 있다.[89] 구조적인 관점에서 벗어나 그것이 구체적으로 현실에서 기능하는 양상을 파악하는 것은 현실 사회의 지배적 질서가 성별적으로 중립이라는 가장(假裝)을 벗겨낸다.

---

87) 그러나 실재적 아버지의 부재는 치명적이다. "우연히 지금, 여기에, 혹은 어머니가 독신인 경우 가족의 외부에 실재적 아버지가 존재하지 않는다면, 아이는 구체적으로(적극적이든 그렇지 않든) 개입하는 제3자의 부재로 어머니로부터의 분리를 달성하기가 불가능해질 것이다."(『오이디푸스 콤플렉스, 남자의 성, 여자의 성』, 133면)
88) 본고 역시 오이디푸스 콤플렉스가 구조적 사실이라는 데는 이의가 없다. 다만, 같은 구조적 상동성을 가지고 있다고 하더라도 성정치적 상황에 따라 그 표출양상은 세부적으로 다를 수 있다는 점에 주목하는 것이다.
89) 프로이트 이론을 따르고 있는 조두영은 4~5세의 아동에 대한 아버지의 역할에 대해 "(1) 본받을 대상으로서, (2) 자아이상의 일부로서, (3) 상주고 벌주는 것을 어린이 버릇을 가르친다는 것에 연유하여 장차 발달할 초자아의 전구체로서, (4) 모자 간 양자관계에서 아버지가 낀 삼각관계로 인간관계가 발전하는 데에 필수적인 사람으로서, (5) 성(性) 정체성을 가져오게 하는 사람으로서"의 역할을 갖는다고 하고 있다.(조두영, 『목석의 울음: 손창섭 문학의 정신분석』, 서울대 출판부, 2004, 45면) 이러한 논의들은 사회적 성으로서의 아버지뿐만 아니라 생물학적 성으로서의 아버지와도 관련된 것이다.

3장

정신분석에서 분열분석으로

현실의 남근중심적 질서를 승인한 프로이트와는 달리, 문화인류학자인 말리노프스키는 현실의 지배적 질서의 성별이 선택 가능한 것임을 주장했다. 남근중심적인 상징적 질서를 가지지 않은 사회에서도 고도의 문명을 이룩할 수 있음을 모계제 사회를 조사하여 보고한 것이다. 즉, 말리노프스키는 '문명이냐 아니냐'의 관점을 떠나서, '어떤 형태의 문명인가'를 중요하게 생각한다.

그가 조사한 남태평양의 트로브리안드 섬 사회에서는 상징적 질서인 부성을 전달하는 시행자가 생물학적인 부(父)가 아니라 외숙(外叔)이었다. 모계제 사회라 할지라도 상징적 질서의 전달자가 모(母)가 아니라 외숙이라는 것은 이 사회가 완전한 모권제 사회가 아니라는 것을 알려준다.[90] 이 외숙은 다른 촌락 공동체에 살고 있어서 그 가르침은 가부장제 사회의 아버지보다 덜 억압적이다. 반면, 부친은 부성 시행자의 역할을

---

90) 트로브리안드 섬의 사회제도는 다음과 같다. 친족관계와 혈통, 상속이 모계를 통해 전승되며 그 과정에서 어머니의 남자 형제가 부권제 사회의 아버지와 같은 역할을 차지한다. 반면, 생물학적 아버지는 유전적 아버지로 인정되지 않는다. 그러나 주거 형태는 부거제를 택하여 여자(어머니)는 남자(아버지)의 집에 가서 산다. 이는 모계제 사회라 하더라도 어머니에 의해 지배적인 질서가 행사되지 않는 사회라는 것을 뜻한다. 즉, 성별적 예속관계가 존재하지 않는 사회를 말한다.

외숙에게 주었기 때문에 자식과 친밀한 감정을 유지하며 자식의 곁에서 양육자와 친구 그리고 보호자로서의 역할을 다한다고 했다.[91]

말리노프스키는 트로브리안드 사회의 원주민이 누구에게나 친절하고 호의적이며 신경증을 겪지 않는 반면, 강한 부권적 권위를 갖고 있는 근처의 암플레트(Amphlett) 제도 원주민들은 외지인을 경계하고 적대시하며 다양한 신경증을 호소한다고 보고했다.

> 트로브리안드 제도에서 남쪽으로 三〇마일 떨어진 곳에 암플레트 (Amphlett) 제도가 있다. (중략) 그들은 엄격한 성도덕을 가지고 있으며, 혼전성교를 용납하지 않는다. 그리고 성적 방탕(sexual license)을 뒷받침하는 아무런 제도를 가지고 있지 않으며, 동시에 그들의 가족 생활은 매우 밀접한 관계로 결합되어 있다. 비록 모계제지만, 그들은 매우 발달한 부권적 권위를 가지고 있으며, 이러한 부권적 권위는 성적 억압성과 결합하여 아동기의 모습을 우리 사회와 매우 흡사하게 만든다.(중략) 나는 트로브리안드에서 (중략) 신경질적이거나 신경 쇠약증세가 있는 것같이 보이는 남자나 여자는 단 한 사람도 보지 못했다. 그리고 신경성 경련이나, 강압적 행동, 강박관념 등은 전혀 발견되지 않았다. (중략) 암플레트 제도에서 몇 달 안되는 체류기간을 통해서 내가 받은 최초의, 그리고 가장 강력했던 인상은 이곳이 신경쇠약자의 공동체라는 것이었다. 개방적이고, 쾌활하며, 따뜻하고, 사귀기 쉬운 트로브리안드에서 왔기 때문에, 새로 온 사람을 의심하고 일을 하는 데 참을성이 없으며, 거세게 대들면 쉽게 겁을 먹고 극도로 신경질적이 되면서도, 자기 주장에 대해서는 무척 오만한, 이상한 사람들의 집단 속에 나 자신이 들어와 있음을 발견하고 다소간 놀랐던 것이다.
> (Bronislaw Malinowski, 『미개사회의 성과 억압 외』, 68~69면)

---

91) Bronislaw Malinowski, 한완상 역, 『미개사회의 성과 억압 외』, 삼성출판사, 1977, 34면.

말리노프스키는 두 제도의 원주민 사회의 차이를 트로브리안드 섬 사회의 낮은 성적 억압에서 찾는다. 그에 의하면 이 사회에서는 아이가 또래 집단과 어울려 자연스럽게 어머니에 대한 흥미를 잃을 때까지 강제적으로 젖을 떼게 하지 않는다고 한다. 또한 성에 대해 관대하여 유아들은 성기적 장난에 몰두함으로써 항문애적 고착을 겪지 않을 수 있고, 청소년들도 성교 연습을 할 수 있다는 것이었다. 특히, 성에 대해 억압적인 도덕 교육이 시행되지 않기 때문에 아이의 욕망이 억압되어 무의식으로 잠재되는 일은 없으며, 그러한 '불필요한' 억압 없이도 또래집단을 통해 자연스럽게 부족의 일에 간여하게 됨으로써 사회화가 정상적으로 이루어진다고 했다.[92]

그는 남성 원주민들과 면담하면서 그들에게 누이를 향한 근친상간적 욕망과 외숙에 대한 무의식적인 증오감이 잠재되어 있다는 것을 발견하고 이를 모계제사회의 콤플렉스라 명명했다. 그에 의하면 오이디푸스 콤플렉스는 가부장제 하에서만 발견되는 것이며, 모계제 사회의 콤플렉스는 오이디푸스 콤플렉스보다 덜 해로우며 덜 반사회적인 것이다.

말리노프스키는 가부장제에서 발견한 '모친에 대한 근친상간적 욕망'의 본질적인 성격을 부정하면서 그것은 불필요한 성적 억압에 의해 일어난 것이라고 설명했다. 즉, 강제 이유(離乳) 등을 이유로 아이의 욕망이 억압되었기 때문에 나타난다는 것이었다. 말리노프스키가 면담한 많은 원주민들은 모친과 근친상간을 하는 꿈을 꾸느냐라는 질문에 "어머니는 늙었다. 그러한 꿈을 꾸는 일은 일어나지 않을 것이다."라며 부정했다.[93] 그

---

92) 『미개사회의 성과 억압 외』, 47~52면.
93) 『미개사회의 성과 억압 외』, 75면.

의 조사에 의하면 원주민들은 모자 근친상간에 대한 꿈을 꾸지 않는다. 따라서 근친상간적 욕망과 그것을 방지하기 위한 혼인금제에 대한 프로이트의 논의는, 위험한 욕망이 먼저 있기 때문에 금지규범이 있다는 프레이저의 주장[94]에 근거한 일종의 오류추리라고 할 수 있다.[95]

말리노프스키가 보고한 바에 따르면, 트로브리안드 섬 원주민들은 억압적이지 않은 환경에서 성장했음에도 불구하고 충분히 사회적이며 그들에게서 발견되는 모계사회의 콤플렉스는 오이디푸스 콤플렉스처럼 반사회적이지 않다. 이는 우리가 논의해왔던 추상적인 부성의 구체적인 집행자가 남성가장으로서의 부(父)가 아닐 수 있으며, 그에 의해서 내면화하게 되는 부성의 내용 자체가 다를 수 있다는 것을 뜻한다. 즉, 가부장제가 아닌 사회에서는 '父性'이라는 용어의 지위조차 보장할 수 없는 것이다. 말리노프스키는 "사실상 <가족>이란 모든 인간사회에서 다 똑같은 것은 아니"며 "동일한 사회라도 계층에 따라 차이가 있다."[96]라고 말한 뒤,

---

94) 법은 인간이 본능 때문에 저지를지도 모르는 것만 금지한다. 자연이 금지하고 벌을 내리는 것을 또 금지하고 벌을 내릴 필요는 없는 것이다. 따라서 우리는, 법이 금지하는 것은 많은 사람들이 자연적인 경향에 따라 범하기 쉬운 것이라고 생각해도 좋다. 만일에 그런 경향이 없다면 그 같은 범죄는 생기지 않는다. 만일에 그런 범죄가 생기지 않는다면 그것을 금지할 필요가 어디에 있는가? 따라서 근친상간의 법적인 금지에서 근친상간에 대한 선천적 혐오의 존재를 추론할 것이 아니라 자연적 본능이 근친상간을 지향한다고 추론해야 한다. 그리고 법이라는 것이 다른 자연적 충동과 같이 이 충동을 억압하는 것이라면 그 근거는 자연적 충동의 충족이 사회에 해로운 것으로 결론을 내렸기 때문이라고 추론해야 마땅한 것이다. ―프레이저의 『토테미즘과 족외혼속』 참조 ― 원주(S. Freud, 「토템과 터부」, 『종교의 기원』, 191면에서 재인용)
95) Gilles Deleuze and Félix Guattari, 최명관 역, 『앙띠 오이디푸스』, 민음사, 2002, 176~177면.
96) 『미개사회의 성과 억압 외』, 20면.

오이디푸스 콤플렉스는 "본질적으로 로마법과 그리스도교 도덕에 의하여 인정되고, 나아가서 현대의 풍요한 부르즈와적인 경제조건에 의하여 강화되어 온, 발달된 부권을 가지고 있는 우리들의 부계적 아리안 가족에 상응하는 것"[97]이라고 한정했다. 이는 개인이 사회화되는 과정과 그에 의해 내면화한 부성은 가정이 속한 사회체제, 성장환경, 가족이 속한 계급에 따라 달라질 수 있다는 것을 뜻한다.[98]

따라서 가부장적이지 않은 사회에서 '다르게' 사회화된 존재를 충분히 가정할 수 있다. 만약 그 존재가 비교적 덜 억압적인 환경에서 성장하였고 그러한 환경 속에서 정신구조의 형성이 끝난 이후에 가부장적 사회에 편입하여 생활해야 한다면, 그는 경험해보지 못했던 다양한 부권적인 존재와 억압적인 사회구조들을 경험하게 될 것이며 일반적인 사람들보다 더욱 예민하게 반응할 것이라고 예측할 수 있다.

손창섭의 경우가 이에 해당한다. 아버지가 없었기에 손창섭은 가부장제적 부성 체험과는 다른 경험을 가졌을 것으로 생각된다. 이렇게 다르게 사회화된 손창섭이 한국 사회에 진입하여 상징적 아버지인 국가체제, 가부장제, 남성중심적 질서 등에 대해 보여준 문학적 대응이 바로 그의 창작인 것이다.

손창섭의 단편소설들이 보여주는 대응이 손창섭 개인의 부성과 당대 사회의 부성의 차액에 대한 비판이라면, 장편소설의 대응은 反가부장제

---

97) 『미개사회의 성과 억압 외』, 21면.
98) 이렇게 부성을 폭넓게 정의하는 것은 상대적으로 모성의 의미범주를 축소하는 부작용을 갖고 온다. 부성의 주된 시행자가 어머니인 사회에서는 부성으로 논의했던 것들이 대부분 모성에 포함될 것이다.

적 이상이라는 대안을 제시하는 성정치적인 것이라 할 수 있다. 가부장제
에 대한 비판과 그에 대한 적극적인 대안 제기는 일찍이 빌헬름 라이히에
의해 수행된 바 있다.

라이히는 말리노프스키의 연구성과를 바탕으로 하여 성적으로 개방
적인 모계사회의 특질을 도입함으로써 욕망의 억압과 승화를 필요로 하
는 가부장제 사회의 단점을 극복하고자 했다.[99] 그에 의하면, 여성에 대
한 순결주의와 아동에 대한 성적 억압은 부계를 통해 상속되는 재산을 보
호하기 위해 경직적 가족제도를 유지해야 했던 가부장제적 부권사회의
산물이다.[100] 이렇게 억압된 성적욕망은 경제적 억압과는 달리 도덕적
방어로 인해 억압으로 인식되기 어려우며, 반사회적 욕망으로 변질되어
무의식에 축적된다. 이렇게 억압을 내면화한 사람은 자아독립성을 잃고,
그로 인한 내면의 불안을 견디기 위해 종교적 신비주의에 경도되거나 정
치적 권력에 맹종하며 사디즘적인 성향을 보이게 된다.[101]

정신분석학자이자 맑시스트로서 독일의 파시즘화를 목도했던 라이히
는 억압을 욕망하는 대중의 심리를 설명하기 위해 맑스의 하부구조와 상
부구조 도식에 심적 구조(무의식)를 추가하였다. 그는 억압적 현실의 개
혁은 개인이 갖고 있는 위와 같은 심적 구조의 변혁에서 출발하여야 한다
고 주장했다.[102] 그것을 위해 필요한 것은 아동에 대한 엄숙한 도덕교육

---

99) 부계사회의 사유재산제, 부권중심적 여성예속, 가족과 결혼제도의 경직성, 어린
　　이와 청소년의 금욕주의, 성격도착·변태·정신질환은 각각 모계사회의 모권중
　　심제, 경직적 가족제도의 부재, 어린이와 청소년의 성적 자유, 성격구조의 개방성
　　과 관대성에 해당한다.(오세철, 「빌헬름 라이히의 사회사상과 정신의학의 비판이
　　론」, 『파시즘의 대중심리』, 현상과 인식, 1980, 424면)
100) 『파시즘의 대중심리』, 424면.
101) 『파시즘의 대중심리』, 58~66면.

과 여성에 대한 순결주의의 폐지이며, 나아가 성교육을 통해 자신의 욕망을 자연스러운 욕망과 변질된 반사회적 욕망으로 구분하여 파악하는 것이었다.

라이히는 말리노프스키의 비판적 인식을 이어받아 오이디푸스 콤플렉스를 문화적 산물로 생각하였으며 이를 타파하기 위해 성정치적 대중 운동을 벌였다. 그는 프로이트가 성의 해방을 중요시했던 초기 리비도 일원론을 포기하고 죽음충동과의 이원론으로 이행한 것은 유럽의 기득권 부르주아들의 압력에 굴복한 것이며, 현실의 변혁에는 관심을 기울이지 않은 채 본능의 억압과 승화만을 주장하는 것은 그 억압을 정당화하고 가속화함으로써 파시즘에 협력하는 것이라고 주장하면서 정신분석학의 이데올로기를 폭로했다.

> 정신분석은 자기 자신이 발견한 것에서 필연적으로 생겨나는 결론을 미련없이 받아들이려 하지 않고, 그렇게 하는 것은 비정치적(비공리주의)인 성격의 과학이기 때문이라고 주장하고 있지만, 실제로는 그러한 정신분석이론을 만들어 실적을 증진시켜 가는 것은 정치적(공리주의)인 문제와 관련되어 있는 것이다. (Wilhelm Reich, 이창근 역, 『性문화와 性교육 그리고 性혁명』, 제민각, 1993. 30면)

정신분석학의 핵심인 오이디푸스 콤플렉스 이론이 가정하는 오이디푸스적 욕망 구조는 순수한 욕망과 순수한 억압을 보여주는 것이 아닌, 억압이 내면화되고 사회화되는 기제를 함축하고 있다. 라이히 역시 이러한

---

102) 박설호, 「지배 이데올로기 혹은 해방으로서의 빌헬름 라이히의 성경제학」, 『문화과학 7호』, 문화과학사, 1995. 2.

오이디푸스 콤플렉스가 가부장제적 현실 속에 살고 있는 인간에게서 발견된다는 것을 엄연한 사실로 받아들인다. 그러면서도 그는 당대 주류의 정신분석학이 현실의 억압구조를 필연적인 것으로 정식화하는 것에 대해 이의를 제기했으며, 개인을 치료하는 것보다 현실을 억압적이지 않은 것으로 바꾸어 정신질환을 예방하는 것을 더욱 중요시했다. 이와 같은 라이히의 비판적인 인식은 들뢰즈, 가타리 등으로 이어져 억압 없는 사회를 추구하는 혁명적인 사고의 전범(典範)으로 인정받고 있다.103)

　손창섭의 자전적인 작품에서 주인공은 아버지가 누구인지 모른 채 태어났거나 아버지에 대한 흐릿한 기억만을 갖고 있다. 자전적인 주인공의 어머니는 기생 혹은 매춘부, 혹은 식모, 고무공장 여공 등의 하층계급이라는 점이 공통되며 아버지는 평양 굴지의 유명인 혹은 주인집 남자 혹은 어렸을 적에 죽어서 희미한 기억으로 남아있는 사람으로서 부친의 역할을 제대로 하지 못하고 죽음·친자 부정 등의 방식으로 부재하다는 것이 공통점이다.104) 또한 어머니는 적극적이고 생활력이 강하며 성욕을 추구하여 외간남자와 사통을 한다는 것이 공통점이다.
　'부재하는 아버지'와 '성적으로 방종한 어머니'라는 모티프의 반복은 「모자도」, 「신의 희작」 등의 자전적 소설에서 반복되어, 많은 연구자들로 하

---

103) 오세철은 이렇게 프로이트와 맑시즘을 비판적으로 수용하여 정신경제와 정치경제의 상호작용을 설명하고자 하는 이론가들로 에리히 프롬, 하버마스, 아도르노, 마르쿠제, 라이히, 라캉, 들뢰즈, 가타리를 들고 있다.(오세철, 「빌헬름 라이히의 사회사상과 정신의학의 비판이론」, 418~419면)
104) 「신의 희작」의 "S"는 할머니와 함께 살았다고 되어 있으나, 또 하나의 자전적 인물인 『부부』의 "차성일"은 외조모의 손에서 자랐던 적이 있었던 것으로 서술된다.

여금 왜곡된 가상전기(傳記)를 쓰도록 했다.105)

정철훈에 의해 밝혀진 바에 따르면, 손창섭은 평양 인종동에서 3남 1녀 중 막내로 태어났다. 세 살 때 부친이 사망하고 모친이 재가 했으며, 조모와 숙모의 보살핌 아래 성장했을 가능성이 높다. 그는 부계 가족과의 관계 하에 성장하였지만 충분히 남성 어른과 동일시를 이룬 것 같지 않으며, "思 祖母叔母"라는 액자를 평생 간직하는 등의 여러 정황으로 미루어 보아 양육과정에서 여성이 지배적인 역할을 했을 것으로 판단된다. 이러한 주변 환경 속에서 형성된 심리구조는 일반적인 가부장제적 환경에서 형성된 심리구조와 다를 수밖에 없다. 이는 '낮은 수준의 부성'으로 특징지워진다.106)

손창섭의 청소년기 성장과정 역시 낮은 수준의 부성을 체험하게 했던 것으로 보인다. 손창섭은 만주를 유랑하다가 일본에 가서 고학 생활을 했는데, 자전적 소설에서는 이것이 가출 후 떠돌이 하층민 생활을 한 것으로 그려진다. 주인공들은 이러한 하층민 생활을 하면서 윤리적으로 자유로웠다고 말한다.

훈련이 잘된 가축일수록 주인의 비위에 기교적으로 영합할줄 아는 법이다. 그런 「충실」한 위인들에 비하면 강 재호(姜在浩)는 확실히 야생

---

105) 홍주영(필자)의 석사논문 또한 왜곡된 가상전기의 한 사례였음을 고백하지 않을 수 없다. 필자는 손창섭이 유곽지대에서 성장했다는 것을 전제로 논문을 작성하였다. (홍주영, 「손창섭 소설에 나타난 부성비판의 양상 연구」, 서울대 석사논문, 2007.) 이러한 주장은 보다 가설적인 형태로 바뀌어야 한다.

106) 본고에서 사용한 '낮은 수준의 부성'이란, 상징화의 정도가 낮다는 것을 의미하는 것이 아니다. 이는 가부장제의 남근중심적인 부성이 아니라는 것을 의미함과 동시에 불필요한 상징적 질서들이 소거되어 있다는 것을 말하는 것이다.

동물이다. 한창 날뛰기 좋아 하는 소년기를 구속 없이 보낸 탓일게다. 가정이나 사회라는 굴레에서 그는 완전히 – 아니 이건 어폐다 – 거의 해방된 채 뼈대가 굵었다.(「미스테이크」,『서울신문』, 1958. 8. 20, 1회)

부성은 단지 억압만을 행하는 것이 아니라 주체로 하여금 그 억압을 '내면화'하도록 한다. 라이히의 저서에서 '내면화(internalization)'라는 용어는 프로이트의 '동일시'[107]와 유사한 용례로 사용된다.[108] 내면화는 아동의 성욕망을 금지하면서 동시에 그에 대한 비판적 능력까지 소거한다. 즉, 내면화된 부성은 억압으로 인식되지 않는다.

> 어린이를 무서워하게 만들고, 수줍음을 타며 권위를 두려워하게 만들며, 또한 복종적으로, 권위주의의 용어로 말하자면, '착하고'(good), '온순하게'(docile) 만든다. (중략) 또한 성은 금지된 주제이기 때문에, 전반적 사고와 인간의 비판적 능력 역시 금지되어진다. 요컨대 도덕성(morality)의 목적은, 고통과 모욕에도 불구하고 권위주의적 질서에 적응하는 순응적 인간을 만드는 데 있다. (Wilhelm Reich,『파시즘의 대중심리』, 63면)

---

107) 동일시(identification)에 대해서 프로이트는 다음과 같이 요약한다. "첫째, 동일시는 대상과의 감정적 결합의 근원적 형식이다. 둘째, 동일시는 퇴행적인 방법으로, 즉 대상을 자아 속에 받아들이는 방법으로 리비도적 대상 결합의 대용물이 된다. 셋째, 동일시는 성 본능의 대상이 아닌 타인과 공유하고 있는 공통된 특성을 새롭게 지각하면 일어날 수 있다."(S. 프로이트,『문명 속의 불만』, 프로이트 전집 12, 열린책들, 2003, 118면)

108) "정신분석학에서는 동일시를, 한 사람이 다른 사람과 하나가 됨을 느끼기 시작하여 그 사람의 특성, 태도를 받아들이고 환상 속에서 자신을 그 사람의 위치에 놓게 되는 과정으로 이해한다. 동일시하는 사람은 그의 모델의 특성을 '내면화'하기 때문에 이 과정은 동일시하는 사람의 실질적 변화를 수반하게 된다."(Wilhelm Reich,『파시즘의 대중심리』, 79면)

따라서 손창섭은 자신이 내면화한 낮은 수준의 부성을 억압으로 느끼지 않으며 이를 긍정적인 삶의 질서로 받아들인다. 손창섭이 작품을 통해 구현하는 세계의 양상은 낮은 수준의 부성에 기초해 있다고 할 수 있다.

그러나 그는 곧 자신이 내면화하지 못하는 높은 수준의 부성을 접하게 된다. 1946년 손창섭은 부산을 통해 해방공간으로 돌아온다. 「신의 희작」에서 "S"는 국가가 자신을 써 줄 것이라고 기대하고 귀국선을 타지만, 해방된 조선의 혼란한 상황은 그 기대를 무너뜨리고 "S"는 억압적 상황에 처하게 된다.

한국은 유교권 국가인 한중일 삼국 중에 가장 공고한 가부장제를 갖고 있다.109) 더군다나 손창섭이 뛰어든 해방 후의 한국에서는 '부당한 질서'였던 총독부 정치가 물러난 이후 정치적 상황이 급변하면서 모든 것이 혼란스러웠으며, 곧이어 벌어진 전쟁으로 인해 혼란은 극에 달했다. 혼란함 속에서 물리적인 힘이 중요시되었으며, 이런 물리력을 최대한으로 사용하는 전쟁은 여성을 가장 큰 피해자로 만들었다.

피난으로 인해 집성촌이라는 물리적 구성이 파괴되고 이데올로기 대립으로 인하여 공동체의 유대감마저 파괴되었다. 그로 인해 공고하게 유지되던 공동체의 도덕률 대신 약육강식이라는 새로운 삶의 리듬이 주어졌다. 이러한 약육강식의 상황 속에서는 권력, 금력, 명성을 향한 추구가 가속화될 수밖에 없으며 속도가 중요한 사회에서 물리적 힘을 가진 남성성은 더욱 강조되어 여성에 대한 남성의 권력을 말하는 부권(夫權)과 함께 가족에 대한 가장권(家長權) 역시 더욱 전제적으로 변화하게 되었다.

---

109) 이광규, 『한국가족의 구조분석』, 일지사, 1975, 281면.

낮은 수준의 부성을 내면화한 손창섭은 이러한 높은 수준의 가부장제적 부성을 내면화하지 못하고 작품 활동을 통해 이에 대응하고자 했던 것이다. 손창섭의 작품에서 작품에 드러난 양상이 부성 부재와 부성 비판이라고 할 때, 손창섭에게 '부재'하고 손창섭이 '비판'하는 것은 그가 내면화한 부성과 당대의 일반인들이 내면화한 부성의 '차액(差額)'이라 할 수 있다.110)

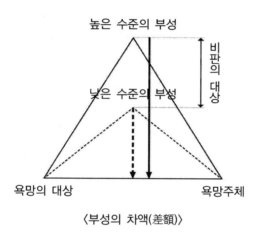

〈부성의 차액(差額)〉

손창섭은 이 차액을 비판함으로써 이를 해체하고자 했다. 손창섭의 창작론인 「작업여적」은 가부장제적 부성에 대한 손창섭의 문학적 대응을 이해할 수 있게 해 주는 소중한 글이다.

대부분의 딴 作品을 쓸 때와 마찬가지로 「流失夢」에 있어서도 作者가 意圖한 근본적인 목표는, 意味의 分散 作用에 依한 無意味에의 價値

---

110) 두 개의 오이디푸스 삼각형을 그린다는 것은 현재 사회가 절대적인 기준이 될 수 없다는 비판적인 인식에 근거한다.

附與에 있었음은 다름이 없다. (중략) 그러나 現代人은, 人間이라는 山에서, 金덩이만을 채취키 爲해서, 樹木과, 돌과, 흙과, 雜草와 거기에 棲息하고 있는 온갖 禽獸와 虫類의 存在같은 것은 아예 無視해 버리고 介意치 않는 것이다. 이처럼 인간에게서 旣成의 의미만을 發掘 抽出하기에 광분하다가는, 도리어 얻어진 그 意味의 價値喪失을 招來하게 될지도 모르는 일이다. // 여기서 그들 鑛山技術者와 경쟁해 이길 自信을 갖지 못한 나는, 그들이 돌아가며 짓이기고 돌보지 않는, 버럭과, 雜草와, 岩石과, 樹木과 짐승의 骸骨 따위나 주어모으고, 우짖는 禽獸와 昆虫의 소리에 귀를 기울임으로서, 人間이라는 山의 本來의 姿態를 그들 鑛山 기술자의 손에서 保護해 보고 싶었던 것이다. // 그러기 爲해서는 人間의 旣成的 意味를 分散시켜, 無意味한 면에 새로운 價値를 賦與함으로써 創作上의 效果를 노려 보자는 것이 나의 좀 無理한 努力이었던 것이다. / 그것은 必然的으로 作品의 成果에 있어서 시궁창 같이 구질구질한 군 소리의 흐름을 免할 수 없게 하였다. / 왜냐 하면 作者가 내세우는 明確한 目的, 即 鮮明한 意味를 爲한 集中的 表現을 피하고, 그 意味를 文章 全體속에 溶解시켜 버리는 手法을 쓸 수 밖에 없었기 때문이다. (손창섭, 「작업여적」, 『한국전후문제작품집』, 신구문화사, 1991. 밑줄은 인용자)

'부성'은 욕망을 억압하는 당위적인 명제들로 구성되어 있어서 세계의 구성물에 대한 가치론적 평가를 통해 서열을 매기게 된다. 이런 의미에서 부성은 이데올로기에 연결된다. 따라서 「작업여적」에서 등장하는 '의미'는 이데올로기에 의해 존재의 의의를 가진 것을 뜻하고, '무의미'는 이데올로기에 의해 소외되어 존재의 의의를 갖지 못했던 것을 뜻한다고 볼 수 있다. 따라서 '意味의 分散 作用에 依한 無意味에의 價値 附與'는 이데올로기에 의해 소외된 것들에게 그 존재의 의의를 부여하는 행위가 된다.

손창섭의 소설에서 등장하는 주요 인물들은 이러한 기준에 의해 선택된 것이다. 가부장제에 의해 소외받는 존재들에는 아내(여성)·첩·사생아·혈통을 알 수 없는 인물·차자·아동(자식) 등이 있으며, 자본주의에 의해 소외받는 존재들에는 구두닦이·신문팔이·'펨프'·'양갈보'·식모 등 하층민이 있다. 또한 국가주의에 의해서는 국가의 보호를 받지 못하는 주권이 약한 국가의 외국인이 되며, 위생담론의 차원에서는 병자와 불구자, 인간중심주의에 의해서는 가축이 소외받는 존재가 된다.

위와 같은 가부장제, 자본주의, 국가주의, 인간중심주의 등의 이데올로기는 문명으로 불리는 고도의 상징체계를 이루며 모두 아버지로 인식된다. 손창섭이 작품을 통해 주인공의 아버지를 비판하는 것은 바로 이러한 부성 비판과 연관된다.

제2부

손창섭의
문학적 투쟁

들어가기

지금까지 논의한 부성의 개념을 기준으로 할 때 손창섭 창작의 단계별로 그 특성을 제시할 수 있다. 일반적인 아버지 부재의 문학은 작가의식의 성숙 또는 문학 외적 상황의 변화 등에 관련하여 주인공의 아버지의 부재에서 아버지인 주인공을 등장시키는 변화를 보여준다. 손창섭의 문학도 이러한 변화를 따른다.

손창섭의 소설의 첫 번째 단계는 아버지의 부재와 남성 주인공의 결혼 거부로 특징지을 수 있다. 이는 작가가 지닌 부정적인 부상(父像)을 형상화하고 '아버지 되기'를 거부함으로써 부성을 비판하는 것이라 할 수 있다. 이 시기의 작품들은 주로 『현대문학』, 『사상계』 등의 문예지를 통하여 발표되었으며, 대표적인 작품으로는 「공휴일」, 「혈서」, 「미해결의 장」 등을 들 수 있다.

두 번째 단계는 1958년 1월에 발표된 「고독한 영웅」의 "인구"를 시작으로 아버지를 주인공으로 그리기 시작하는 시기이다. 아버지가 주인공인 작품과 기존의 아버지 부재의 형식을 취하는 작품들이 교차적으로 발표되었으나 주인공을 아버지로 삼기 시작했다는 것은 작가의식의 중요한 변화라고 생각된다. 한편, 구현된 아버지 주인공의 모습을 보았을 때 작가는 '좋은 아버지 되기'를 놓고 가부장제 사회에서 요구하는 아버지상과 작가 자신이 추구하는 아버지상 사이에서 갈등하였던 것으로 보인다. 그중 「잉여인간」의 "서만기"는 가부장제적 이상의 최대치를 보여주었지만, 작가의 의식에 부합하지 않는 까닭에 역설적인 부성 비판의 글쓰기가 되었다. 이 시기의 중요 작품에는 「잉여인간」, 「미스테이크」, 「인간시세」 등이 있다.

손창섭 창작의 세 번째 시기는 1959년 『세월이가면』을 시작으로 장편 소설을 신문에 본격적으로 연재하던 시기이다. 손창섭은 대중적인 신문 매체를 통해 가부장제 사회의 부성에 반대하는 자신의 성정치적인 이상을 담은 작품을 발표한다. 이 시기의 작품들은 다시 세 유형으로 구분된다. 가장 대표적인 유형은 아버지 주인공이 가부장의 지위를 거부하고 욕망을 추구하는 모습을 보여주는 것이다. 두 번째 유형은 아들 주인공이 등장하여 자신의 사회 이상을 추구하다가 세계와의 불화로 인해 결혼에 이르지 못하는 것이며 세 번째 유형은 딸 주인공이 등장하여 여성의 사회적 지위를 점검하며 남성중심적 질서를 고발하는 작품이다. 이들은 두 번째 유형의 아들 주인공과 같은 '투쟁형인물'을 결혼 상대자로 요구하는 것이 특징적이다. 이 시기의 대표작에는 아버지 주인공 유형의 『부부』, 『인간교실』, 『삼부녀』, 아들 주인공 유형의 『세월이가면』, 『길』, 딸 주인공 유형의 『내 이름은 여자』, 『이성연구』, 「청사에 빛나리」 등이 있다.

창작의 네 번째 단계는 손창섭이 일본으로 이주하여 『유맹』과 『봉술랑』을 한국의 신문에 연재하는 시기이다. 이 시기의 창작에서는 욕망과 그것에 대한 억압적인 상징질서에 대한 사유가 현재와 과거와의 역사적 조망 아래, 나라와 나라의 경계(국경)를 무대로 하여 전개된다.

손창섭 문학의 네 단계를 간략하게 도시(圖示)하면 다음과 같다.

단계	작 품 계 열		발표매체	수신자	묘사의 방법	비 고
1	단편소설	소년소설	문예지	지식인	부정적 묘사	시니시즘
2						역설적 부정
3	장편소설, 역사단편소설		신 문	대 중	긍정적 묘사	계몽적 어조
4	장편소설(역사소재)					일본 이주

〈손창섭의 창작의 단계〉

제Ⅱ부의 1장에서는 창작의 첫 번째 단계에서 구현되는 부성 비판의 방식을 점검한다. 부성비판의 방식에는 '아버지의 부재', '부정적 아버지의 묘사', '결혼(아버지 되기)의 불가능성'이 있다. 2장에서는 주로 「잉여인간」의 "서만기"와 같은 이상적인 아버지 주인공이 등장하여 역설적인 비판을 수행하는 것을 논함으로써 장편소설로 나아가는 의미 지평을 확보하고자 할 것이다.

1·2장이 주로 단편을 대상으로 선행연구들에 대한 보론 또는 반론과 같은 것이라면, 3장·4장·5장·6장은 손창섭 장편소설의 제 면모를 본격적으로 분석하는 데 할애하였다. 먼저, 3장에서는 손창섭 창작의 세 번째 단계에서 세 가지 유형의 작품군이 등장하는 내적인 과정을 분석한다. 이때 세 유형이란, 욕망을 추구하는 反가부장(=아버지 주인공) 소설, 정의를 추구하는 투쟁형 인물(=아들 주인공) 소설, 남성중심적 질서를 비판하는 여성 인물(=딸 주인공) 소설이다.

4장에서는 '反가부장'이 가져오는 효과를 가족과 친족의 수준에서 살펴본다. 손창섭의 장편소설에서는 근친상간적인 불륜관계가 빈번히 등장하는데 이것은 금기를 넘어선 욕망과 가부장의 권위에 대한 도전이라는 의미를 갖는다.

5장에서는 '反가부장'이 가져오는 효과를 사회의 수준에서 살펴본다. 손창섭의 '反가부장'들은 남성중심적 질서와 억압적 성윤리, 여성에 대한 순결주의 폐지 등의 주장을 내세우는데 이는 20세기 초 독일의 파시즘에 대항했던 빌헬름 라이히의 주장과 매우 유사하다. 라이히는 유아기적 리비도의 억압이 개인의 내면을 억압적으로 구조화하고 이것이 억압을 욕망하는 파시즘의 기초가 된다고 주장하면서 성정치 운동을 벌인 바 있다. 손창섭의 문학적 주장과 라이히 담론의 유사성은 손창섭의 작품의 섹슈얼리티가 파시즘에 반대하는 사회적 의미를 지니고 있다는 것을 말해준다.

6장에서는 창작의 네 번째 단계인 재일(在日) 창작기의 작품을 다룬다. 이 시기의 작품들은 역사와 국가에 대한 성찰을 보여주는데, 본고는 손창섭이 백성의 자연스러운 삶과 이를 통제하고 억압하는 권력기제를 뚜렷이 구분하고 있음을 밝히고 그것을 욕망과 억압이라는 차원에서 이해하고 있음을 규명할 것이다. 이 시기의 작품들은 권력에 억압당하지 않을 수 있는 '힘'(폭력)에 대한 인식을 보여주고 있다. 이상의 논지 전개는 그동안 개인의 내면적인 근친상간적인 욕망의 발현, 오이디푸스 콤플렉스의 증후로 이해되어 왔던 손창섭 창작의 정치적인 의미를 복원하는 작업이 될 것이다.

1장

단편소설의 세 가지 유형:
아버지의 부재, 부정한 아버지, 결혼의 불가능성

손창섭 창작의 첫 번째 단계를 특징짓는 것은 아버지의 부재이다. '아버지 부재'는 작품 속에서 아버지가 존재하지 않음과 부정적인 아버지 형상화를 동시에 일컫는다.

아버지 부재의 첫 번째 양상은 아버지를 그리지 않는 것이다. 최초의 창작물인 동시 「봄」에서는 "엄마엄마"가 호명될 뿐, 아버지의 존재를 찾을 수 없다. 독자투고 형식으로 게재된 「얄구진 비」에서 "관준"은 외삼촌을 기다릴 뿐, 아버지를 기다리지 않는다. 이 외에도 「공휴일」, 「혈서」, 「비오는 날」 등 많은 작품이 아버지의 존재를 생략하고 있다. 또한 기억 속의 아버지로 남아있거나 아버지에 관해 전해들은 것밖에 없는 경우도 여러 작품에서 확인할 수 있다.

아버지 부재의 두 번째 양상은 아버지를 부정적으로 묘사하는 것이다.[1] 아버지들은 폭력적이거나[2], 무능력하거나, 권위적이다. 「STICK씨」

---

1) "성규", "동식"(「사연기」), "창애 부친"(「혈서」), "장인", "병준"(「피해자」), "부친", "문선생", "장선생"(「미해결의 장」), "정이의 백부"(「저어」), "상근", "강노인"(「유실몽」), "박창규(계부)"(「광야」), '계부'(「소년」), '부친'(「저녁놀」), '부친'(「반역아」)의 아버지가 이에 해당한다.

2) 「유실몽」, 「치몽」, 「침입자-속치몽」, 「저녁놀」의 아버지가 이에 해당한다.

에서는 "이렇듯 가족들을 부당하게 위압하고 구속하는 데 사용하는 부친의 전용어는 따지고 보면 극히 단순한 두 마디뿐이었다. <버릇이 없다> <점잖지 못하다> 하는 그것이다."3)라는 서술로 아버지의 부정성을 묘사한다.

위의 두 양상은 아버지가 없었던 작가의 성장과정에 기본적인 원인이 있다고 할 수 있다. 일반적으로 아이에게 아버지는 일차적으로는 '폭군적, 억압적, 응징적, 두려운' 존재로 느껴지지만, 오이디푸스 콤플렉스기를 극복하면서부터는 아이의 자아이상(ego-ideal)의 모델이 된다고 한다.4) 그러나 손창섭은 아버지를 가져보지 못했으므로 대부분의 작품에서 주인공의 아버지는 아예 등장하지 않으며 등장하는 경우 『낙서족』의 독립운동가 아버지처럼 공허한 관념이 될 뿐이다.5) 손창섭이 그려내는 주인공의 아버지들은 '못나고, 비겁하고, 무능한 아버지 상'6)과 함께 '폭군적, 억압적, 응징적, 두려운' 아버지로 그려지게 된다.

그러나 아버지는 사회의 상징질서를 담지(擔持)하는 존재로서 부성의 구체적인 시행자일 뿐만 아니라 역으로 상징적인 질서를 대표하는 존재이기도 하다. 따라서 아버지의 부재는 상징적인 질서에 대한 비판이기도 하다. 따라서 문학작품에 나타난 아버지의 부재는 자식 세대의 입장에서 바라본 아버지에 관계된 것이며, 현재의 입장에서 바라본 과거의 지배적

---

3) 손창섭, 「STICK씨」, 『손창섭 대표작 전집』 5집, 예문관, 1971, 333면.
4) 조두영, 『목석의 울음: 손창섭 문학의 정신분석』, 서울대 출판부, 2004, 42면.
5) 창작의 세 번째 시기의 장편소설에서 등장하는 주인공의 아버지들은 무기력하여 사건의 전개에 아무런 영향을 미치지 못하는 그림자 같은 존재로 그려진다. 특히, 『결혼의 의미』의 아버지의 발언은 단 두어 차례에 그칠 뿐, 없는 것과 다를 바 없다.
6) 조두영, 『목석의 울음: 손창섭 문학의 정신분석』, 서울대 출판부, 2004, 49면.

질서에 대한 태도를 보여주는 것이라 할 수 있다.

아버지의 부재를 가장 뚜렷이 보여주는 작품은 세 명의 아버지가 등장하는 「미해결의 장-군소리의 의미」이다. 이 작품에서 주인공 '나(지상)'의 아버지 "대장"은 "문선생", "장선생"과 함께 '진성회'라는 단체를 만들어 정기적으로 회합을 갖는데 그 창립취지에서는 국가, 민족을 넘어 인류사회까지 언급된다.

> 진실(眞實)하고, 성실(誠實)한 사람들 끼리 모여, 국가 민족과, 인류사회를 위해서 진실하고 성실한 일을 하다가 죽자는 것이 소위 眞誠會의 취지인 것이다. 그들은 이 지구상에서 자기네 세 사람만이 가장 진실하고 성실한 인간이라고 생각하고 있는 것이다. (중략) 세상이 자기들을 몰라주고 하늘이 때를 허락하지 않음을 개탄하는 것이다. (「미해결의 장」, 177면)

때를 불러주기를 기다리는 인재로 스스로를 생각한다고들 하지만, "대장"은 극도로 빈곤한 가정의 가장임에도 남자의 위신이 깎인다고 무거운 보따리를 지지 않는 위인이며, 환자인 "문선생"은 여동생 "광순"의 매춘 수입에 온 가족의 생계를 맡기고 있으면서도 "광순"의 매춘을 죄악으로 생각하는 위선자이다. 또한 "장선생"은 남보다 두 배나 큰 덩치에도 불구하고 여장부인 부인 앞에서는 기가 눌려 산다.

이들은 가부장제가 양산하는 소인배(the little man)에 해당한다.7) 권위

---

7) Wilhelm Reich, 곽진희 역, 『작은 사람들아 들어라』, 일월서각, 1991. 이 책에서 라이히는 자신의 주관성과 독립성을 이데올로기에 반납한 채 억압을 욕망하고 있는 하찮은 사람들을 비판하고 있다.

주의적 사회에서 오랫동안 권위에 예속되어 온 사람은 자아독립성을 권위주의적 사회 체제(가정, 고향, 국가)에 자발적으로 헌납하고 내면의 불안을 견디지 못해 한편으로는 권위에 대한 두려움, 예속성, 과장된 겸양을 보이면서도 사디즘적인 면모를 보인다고 하는데[8], 이 작품의 세 아버지에게서 그러한 경향을 찾아볼 수 있다.

"문선생"은 '진성회'의 회원들 앞에서 "광순"의 직업을 고백하고 국가, 민족의 이름으로 자신을 죽여 달라면서 용서를 구하지만 '진성회'의 회원들은 이런 "문선생"을 경멸하며 그 이후로 "광순"을 '옴두꺼비 보듯' 한다. 특히, "대장"은 국가의 권위를 가정 내에서 행사하는 대리인 내지는 대표로서 상류층에 굽신거리며, 지배적인 견해들을 모조리 흡수하는 이데올로기의 전초병으로서[9] 사회에 만연한 미국 중심주의를 가족이 추구해야 할 지상목표로 천명한다는 면에서 전형적인 소인배라 할 수 있다.[10]

아버지 부재의 세 번째 양상은 주인공의 결혼이 이루어지지 않는 것이다.[11] 결혼은 아버지 되기의 필요조건으로서, 결혼의 가능성을 문제 삼는 것이 현실적 조건에 대해 묻는 것이라면 결혼을 거부하는 것은 상징적 질서로서의 아버지 되기에 대한 거부를 뜻한다.

---

8) Wilhelm Reich, 『파시즘의 대중심리』, 65면.
9) "그는 상층부에 복종하지만 다른 한편으로는 자신들의 밑에 있는 사람들에게는 당국의 대리인이 되기 때문에 특권적인 도덕적(물질적이 아닌) 지위를 누리고 있는 것이다."(『파시즘의 대중심리』, 79면)
10) '미해결의 장'이라는 제목에서 '해결'이란 이러한 미국 중심주의를 따르는 가족들의 '터무니없는' 욕망을 충족시키는 것이다.
11) 「공휴일」, 「사연기」, 「비 오는 날」, 「미해결의 장」, 「저어」, 「설중행」, 「유실몽」, 「회생」, 「조건부」, 「가부녀」, 「인간계루」, 「잡초의 의지」, 「미스테이크」, 「포말의 의지」에서 남성 주인공의 결혼이 중요하게 다루어진다.

초기작에서부터 결혼은 욕망의 관점에서가 아니라 의무를 '떠넘겨 받음'의 문제로 주어진다. 「사연기」의 "동식"은 "정숙"에게 욕망을 느끼지만 결혼하여 두 아이를 부양하라는 "성규"의 말에 의해 "정숙"의 자살을 방조하게 되고, 「비오는날」의 "원구"는 "동옥"에게 매력을 느끼지만 "커다란 적선으로 생각하고 동옥과 결혼할 용기는 없는가?"[12]라고 묻는 "동욱"으로 인해 욕망의 생성을 방해받고 결국 "동옥"을 놓치게 된다. 또한 「유실몽」의 "나"는 미모의 "춘자"에 대해 욕망을 느끼지만 "춘자"의 부친인 "강노인"이 가부장적 언사로 "춘자"와 결혼하여 가장이 되어줄 것을 강권하기 때문에 "춘자"에게 적극적인 행동을 취하지 못한다.

이들이 결혼에 이르지 못하는 원인으로 전후에 심화된 물질적 궁핍, 가족부양의 부담감, 혼인 조건의 불비(不備) 등이 제시되지만 작가가 이런 요건들 자체를 긍정시하고 있는 것 같지는 않다. 왜냐하면, 「희생」, 「가부녀」 등에서 죽음을 앞둔 인물들은 물질적 조건을 중시하다가 결혼을 하지 못했던 것을 후회하기 때문이다. 물질적 조건은 인생의 유한성 앞에서 무화된다.

인물들이 결혼에 이르지 않는 가장 근본적인 이유는 결혼이라는 제도가 욕망을 억압하기 때문이다. 손창섭은 결혼을 순수하게 욕망을 추구하는 관계가 아닌, 남성 가장이 '처자식'을 부양해야 하는 제도적 질서로 인식하고 있다. 이러한 부양의 의무는 남성 주인공을 죽음으로 몰고 가거나 (「피해자」) 공포에 싸이게 할 정도로(「유실몽」) 억압적인 것이며 욕망의 추동을 방해한다.

---

12) 「비오는 날」, 167면.

이대로 숙희와 친구 처럼, 애인 처럼, 부부 처럼 지내는 것이 좋다고 생각했다. 그렇다고 숙희와 부부의 정식 계약을 맺을 의사는 없었다. 이러한 상태에서만 변함 없는 인연의 밀도가 지속 될 수 있는 그들의 관계인 것이다. / 만일 여기에 책임과 의무와 애정을 강요하는 정식 계약이 이루어 진다면 그들의 관계는 도리어 해이되어 버리고 말 것이다. (「미스테이크」, 1958. 8. 30)

「공휴일」에서 "도일"이 전 애인인 "아미"의 결혼식 청첩장을 부고장으로 고치는 장면은 이런 배경 하에서 이해해야 한다.

청춘을 묻어 버리는 한 구절의 장송문(葬送文) - 그것은 고대로 이 남녀의 결혼의 내용을 암시해주는 청춘의 비문(碑文)이 아닐까? 그들은 진실로 그 무미건조한 비문 앞에 준비되어 있는 초라한 생활의 무덤 속에, 행복이라는 것이 있다고 믿어지는 것일까? (「공휴일」, 194면)

결혼하기의 문제를 가장 극명하게 보여주는 작품은 「저어」이다. 이 작품에서 남성 주인공 "광호"는 신부 집안과 갈등을 벌이면서도 자신이 생각하는 결혼관을 고집한다. 고집의 내용은 애정의 문제에서 양 당사자 외의 '제 삼자'는 빠져야 한다는 것이다.

"이런 문제는 제 삼자가 간섭할 일이 아니라구 생각한다는 말입니다. 결국 친척은 말할 것두 없구 부모 형제두 이런 경우에는 제 삼자에 지나지 않는다구 저는 생각합니다. (중략) 어째서 제 삼자들이 부당하게 간섭하고 남의 자유를 속박하려 드는겁니까? 어느쪽 주장이 옳구 그른건 둘째치구, 우선 저는 그러한 분들의 심경을 이해할 수 없습니다." (「저어」, 114면)

즉, "광호"에게 있어서 애정의 대상은 "정이"이며 '제 삼자'는 정이의 친척, 부모, 형제를 비롯한 결혼이라는 사회제도이다.

남성 인물들이 진정으로 원하는 관계는 사회제도로서의 결혼이 아니라 "「누나」요, 「친구」요 또 「애인」이기도 한"13) 관계이며, "친구 처럼, 애인 처럼, 부부 처럼"14) 지내는 관계이다.15) 이는 다양하게 변화하는 관계와 같이 규정되지 않은 친밀함으로서의 감성을 남성 주인공이 원한다는 것을 알게 해준다. 이런 감성을 추구하는 남성 주인공은 「미해결의 장」, 「유실몽」, 「미소」에서 여성 인물의 미소를 회구하며 쫓아다니기도 하는데 이는 마치 아이가 어머니를 쫓아다니는 것처럼 보인다.

손창섭이 그려내는 남성 주인공은 이렇게 순수한 연애 관계만을 추구하고, 여성을 맹목적으로 쫓아다닌다. 또한 양 당사자 이외의 모든 것을 '제 삼자'로 규정하여 배제해버리며, 규정되지 않은 관계와 감성을 즐긴다. 이러한 인물의 태도에 대해 정신분석학은 오이디푸스 콤플렉스를 극복하지 못한 징후라고 설명한다. 즉, 남성 주인공과 대안적 어머니로서의 여성 인물간의 관계는 아이-어머니간의 상상적 관계·이자적 관계이며, '제 삼자'는 이를 억압하는 아버지라는 것이다.16)

---

13) 「치몽」, 335면.

14) 「미스테이크」, 1958. 8. 30.

15) 이러한 양상은 계약가족의 초기 양상을 보이는 「가부녀」에서도 확인된다. "딸 같은 생각이 들었다 애인 같은 생각이 들었다. 아내 같은 생각이 들었다. 천사 같은 생각이 들었다. 宗淑은 姜노인에게 있어서 그런 것들을 모두 한데뭉친 거룩한 애정의 표상이었다."(「가부녀」, 55면)

16) 한편, 프로이트는 에로스와 타나토스를 구분하는 체제를 갖춘 「문명 속의 불만」에서 에로스만으로 이루어진 이러한 관계가 바람직한 것이지만 불가능한 것이라는 논지를 펼친다. "우리가 상상할 수 있는 것은 이런 한 쌍의 개인들로 이루어진 문화 공동체, 즉 리비도적으로 서로에게 만족하고 공동 작업과 공통된 관심이라는 유대

이러한 분석은 손창섭의 성장환경과 현재의 가부장제를 입체적으로 바라보지 않는 한도 내에서만 유효하다. 손창섭은 아버지 부재 상황 속에서 자라났다. 그의 사회화는 여성들과 맺은 다양한 관계 속에서 이루어진 것으로 보인다. 그에게 있어서 어머니를 빼앗긴 경험은 사회화를 위해 필요한 현실의 억압이 아닌, 부당한 억압으로 받아들여졌을 것이다. 그에게 있어서 억압된 것은 어머니에 대한 근친상간적 욕망이 아니라 어머니와의 정당한 친밀함이며, 어머니의 사랑과 관심인 것이다.17)

손창섭의 사회화가 여성들과의 관계를 통해 이루어졌을 것이라는 추정은 작품에 의해 뒷받침된다. 여성에 대한 맹목적인 추구를 보여주는 「미해결의 장」, 「미소」 등에서 남성 주인공의 욕망에 대한 억압은 다른 남성 집단의 구타로 나타난다. "광순"의 보호자를 자처하는 남성들, "귀녀(貴女)"의 교회 남성들은 자신들이 보호(소유)하고 있다고 생각하는 여성 인물을 맹목적으로 쫓아다니는 남성 주인공을 구타하지만 이는 충분한 금지로 작용하지 못한다. 여성 인물에 대한 욕망은 억압되지 않으며 남성연대에 의한 상징적 질서의 개입(구타 처벌)은 억압으로 느껴질 뿐이다.18)

를 통해 서로 연결되어 있는 개인들로 이루어진 문화 공동체다. 정말로 그렇다면, 문명은 성욕으로 돌려져 있는 에너지를 빼앗을 필요가 없을 것이다. 그러나 이러한 바람직한 상태는 현재 존재하지 않으며, 과거에도 존재한 적이 없었다."(S. Freud, 『문명 속의 불만』, 285면)

17) 말리노프스키와 라이히는 근친상간적 욕망이라는 프로이트의 용어에 대해 그것은 가부장제적 억압으로 인해 발생한 것으로서 자연적인 상태에서는 존재하지 않는 것이라고 주장한다.

18) 손창섭 소설에서 남성연대는 한결같이 부정되는 양상을 보인다. 특히, 소년소설 「싸움동무」는 골목대장 "문수"가 지배하고 있는 동네에 이사 온 "덕기"가 괴롭힘을 당하다가 결국 "문수"를 때려눕혔지만 대장으로 추대되는 것을 거절하는 장면을 보여주어, 폭력적이고 위계적인 남성연대에 대한 비판적인 인식을 잘 보여주는 작

반면, 남성 주인공은 여성 인물의 발언과 요구에 민감하게 반응한다. 「미해결의 장」에서 매춘부인 "광순"을 찾아오는 '나'(지상)에게 "광순"은 "대체 날 뭐하러 찾아오군 하세요? 志尚은 나한테 뭘 기대하느냔 말예요?"[19]라는 질문을 던진다. "지상"은 이 질문을 받고 "광순"의 '미소'에 실망감을 느낀다. "광순"은 자신의 질문에 대해 "지상"이 자신을 찾아오는 이유는 연애가 끝나서 위자료를 받으러 다니는 것이라는 목적을 부여한다. 이 '위자료'로 인해 남성 주인공과 여성 인물의 이자적 관계는 깨어지게 된다. 이 말을 듣고 "지상"은 '허기'[20]를 느끼는 것이다.[21]

이렇게 여성이 자신과 다른 욕망을 갖고 있으며 자신과 다른 사회적 환경 속에 놓여 있다는 것에 대한 깨달음은 여성 인물을 나르시시즘적 욕망의 대상이 아닌 독립된 욕망을 가진 인물로 성립시키게 한다.

그러나 욕망하는 두 주체 간의 관계에서도 '제 삼자'는 결국 배제되지 않는다. 각자가 처한 성적, 사회적 환경이 다르며 현실 자체가 이들을 규제하는 질서가 되기 때문이다. 이에 대해서 손창섭은 대안적인 최소한의 상징적 질서로서 자율적인 계약을 제시한다. 이는 창작의 세 번째 단계에서 본격적으로 등장하는데 욕망하는 두 주체의 자율적인 계약을 통해 남성 인물은 규정되지 않은 친밀함으로서의 감성을 회복할 수 있다.

품이라 할 수 있다. "난 대장도 되고 싶지 않다. 그리고 부하 노릇도 하고 싶지 않아. 그저 우리들은 인제부터 사이좋게 지내면 되는 거야."

19) 「미해결의 장」, 185면.

20) 「미해결의 장」에서 나타나는 '나'(지상)의 '허기'는 이러한 욕망을 의미한다. 욕망은 남성 인물의 필요에 따른 요구를 여성 인물들이 충분히 들어주지 않기 때문에 나타난다.

21) 비슷한 양상이 「유실몽」에서도 나타난다.

말하자면 경희는 씨에게 있어서 신선한 애인이었고, 신부였고, 창
녀였고, 친구였고, 딸이었다. 한여자에게서 이런 여러가지를 동시에
경험할수 있다는 것은 확실히 매력이 아닐수없었다. (『삼부녀』16회,
46면)

손창섭이 보여주는 이러한 계약적 인간관계는 들뢰즈의 매저키즘이라
는 개념으로 설명될 수 있다. 매저키즘은 프로이트류의 정신분석학이 말
하는 사도 마조히즘, 혹은 사디즘의 역전으로서의 매저키즘을 말하는 것
이 아니다. "새디스트는 제도를 필요로 하며 매저키스트는 계약관계를 필
요로 한다."[22] 이 매저키즘은 아버지의 상징적 질서를 폐기하고 구강적
어머니의 상징적 질서를 따르는 의의가 있다. 손창섭이 보여주는 매저키
즘은 계약관계를 욕망을 최대한으로 달성할 수 있게 하는 인간의 존재원
리로, 사회적인 인간관계를 넘어 가족구성 원리로까지 제시하고 있다.

손창섭 문학의 매저키즘에 대해서는 제3부 '손창섭 문학의 기원과 귀
결'의 제2장에서 자세히 논의될 것이다.

---

22) Gilles Deleuze, 이강훈 역, 『매저키즘』, 인간사랑, 1996, 22면.

2장

이상적 가부장의 출현과 역설적 부성 비판

손창섭은 1958년 1월에 발표된 「고독한 영웅」의 "인구"를 필두로 아버지 주인공을 등장시켜 창작의 두 번째 단계로 접어든다. 이 시기의 아버지 주인공 작품에는 「고독한 영웅」, 「죄 없는 형벌」, 「인간계루」, 「잉여인간」이 있다.[23] 그러나 손창섭은 기존의 아버지 부재의 형식을 취하는 작품들도 번갈아가며 창작함으로써 부성에 대한 비판을 늦추지 않는다.[24]

아버지 부재의 문학이 교차적으로 창작됨에도 불구하고 이렇게 아버지를 주인공으로 그려내기 시작하는 것은 창작의 첫 번째 단계에서 비판했던 부성에 대해 대안을 제시하고자 하는 시도로 보인다.

이 시기 작품의 또 다른 특징 중 하나는 인물의 행동성, 세계와의 대결 의지가 첫째 단계에 비해 높아졌다는 사실이다. 특히 불의에 저항하기 때

---

23) 탈고일은 다음과 같다. 「고독한 영웅」(1957. 10.탈고), 「죄 없는 형벌」(1957. 11.탈고), 「인간계루」(1958. 1.탈고), 「잉여인간」(1958. 7.탈고). 「인간시세」는 어머니를 등장시키는 작품이지만, 이 작품의 창작 목적은 어머니를 통해 손창섭의 상징적 질서를 구현하기 위해서라기보다는 학대받는 외국인 여성의 모성을 그림으로써 남성지배와 배타적인 국가주의를 비판하기 위한 작품이라 할 수 있다. 따라서 본 목록에서 제외한다.

24) 「가부녀」(1957. 11.탈고), 「침입자 – 속치몽」(1958. 1.탈고), 「잡초의 의지」(1958. 5.탈고), 「미스테이크」(연재일 1958. 8. 21 ~ 9. 5), 『낙서족』(탈고일 미상, 발표일은 1959. 3), 「반역아」(1959. 2.탈고), 「포말의 의지」(1959. 9.탈고)

문에 세계와의 불화를 겪는 「고독한 영웅」의 "차인구", 「미스테이크」의 "강재호", 「반역아」의 "주시종"은 창작의 세 번째 단계에서는 '투쟁형 인물'로 형상화된다.[25]

주인공이 아버지가 되었을 때, 그 아버지는 가족에 대해 억압적이지 않다. 아버지 주인공은 기본적으로 "서만기"처럼 자애롭고 가족을 사랑한다. 이는 단편에서 철저하게 비판했던 '내면화되지 못한 잉여의 부성'의 시행자로 기능하지 않겠다는 작가의 중간결론으로 보인다.

이는 말리노프스키가 보고한 모계제 사회의 아버지상과 일치한다. 트로브리안드 사회의 아버지는 부성의 집행자로서의 역할을 아이의 외숙에게 이양하였기 때문에 공포와 친밀감의 양가적인 감정의 대상이 아닌 자연적인 지위 즉, 아이의 보모이자 친구요, 헌신적인 아버지로 끝까지 남을 수 있다고 한다. 이는 손창섭 자신이 내면화한 낮은 수준의 부성이 구체적인 아버지의 모습으로 구현된 것이라 할 수 있다. 1958년 이후의 작품에서 등장하는 아버지 주인공의 표상은 억압적인 부성을 배제하고 있다.[26]

아버지 주인공의 등장, 인물의 행동성의 증가는 당대의 비평가들에 의해 손창섭 소설의 긍정적인 변모로 받아들여졌으며, 그 주된 근거는 「잉여인간」의 아버지 주인공 "서만기"가 보여주는 이상성이었다. "서만기"의 이상성은 다음과 같이 길게 묘사된다.

---

25) 「고독한 영웅」의 "차인구"는 아버지 주인공이면서 불의에 대항하기 때문에 가족 부양에 완전히 실패하는 유일한 아버지가 된다.
26) 주인공의 아버지가 부재하는 것과 아버지 주인공이 억압적이지 않게 그려지는 것은 손창섭의 전 작품에 해당하는 일반적인 설명이 된다.

만기는 좀처럼 흥분하거나 격하지 않는 인물이었다. 그렇다고 활동적인 타이프도 아니지만 봉우처럼 유약한 존재는 물론 아니었다. 반대로 외유내강한 사내였다. 자기의 분수를 알고 함부로 부딪치지도 않고 꺾이지도 않고 자기의 능력과 노력과 성의로써 차근차근 자기의 길을 뚫고 나가는 사람이었다. 아무리 놀라운 일에 부닥치거나 비위에 거슬리는 사람을 대해서도 도리어 반감을 느낄만큼 그는 침착하고 기품 있는 태도를 잃지 않는다. 그것은 본시 천성의 탓이라고도 하겠지만 한편 그의 풍부한 교양의 힘이 뒷받침해주는 일이기도 하였다. 문벌 있는 가문에 태어나서 화초 가꾸듯 정성 어린 어른들의 손에서 구김살 없이 곧게 자라난 만기는 예의범절이 자연스럽게 몸에 배어있을뿐 아니라 미술, 음악, 문학을 비롯해서 무용, 스포츠, 영화에 이르기까지 깊은 이해와 고급한 감상안을 갖추고 있었다. 쿠레졸 냄새만을 인생의 유일한 권위로 믿고 있는 그런 부류의 의사와는 달랐다. 게다가 만기는 서양사람처럼 후리후리한 키와 알맞은 몸집에 귀공자다운 해사한 면모를 빛내고 있었다. 누구를 대해서나 입을 열 때는 기사(碁士)가 바둑돌을 적소에 골라 놓듯이 정확하고 품 있는 말을 한 마디한 마디 신중히 골라 썼다. 언제나 부드러운 미소와 침착한 언동으로 남에게 친절히 대할 것을 잊지 않았다. 좋은 의미에서 그는 영국풍의 신사였다. 자연 많은 사람 틈에 섞이면 군계 일학(群鷄一鶴)격으로 그의 품격은 더욱 두드러져 보였다. 그는 한편 같은 치과 의사들 가운데서도 기술이 출중한 편이었다. (「잉여인간」, 351면)

"서만기"는 기품, 교양, 예의, 외모, 신중함, 기술의 모든 면에서 이상적이어서 많은 여성들로부터 사랑을 받는다. 그러나 아내에게 충실할 뿐 다른 생각을 품지 않으며 대가족을 부양하고 있다. 이처럼 "서만기"는 소설 전편에 걸쳐 어느 것 하나 흠이 없는 '가부장'으로 그려진다.

「잉여인간」은 제1회 동인문학상 수상작으로서, 장편소설을 제외한 연구들은 「잉여인간」을 손창섭이 이룩한 최고봉으로 평가한다. 이어 1960년대 창작된 장편소설에까지 연구영역이 확대되자 연구자들은 세 번째, 네 번째 단계의 창작에서 "서만기"형 인물들을 발견하고 그 계보를 작성하면서 건실한 리얼리즘[27]과 긍정적인 인간형[28], 삶의 욕망과 의지가 높아지는 변화[29]라고 해석했다. 이러한 평가는 「잉여인간」이 손창섭 문학의 최고봉이라는 기존 연구를 수용하여 「잉여인간」과 같은 요소를 장편소설에서 찾아내고자 한 시도라고 할 수 있다.

이러한 논의들은 「잉여인간」과 "서만기"에 대한 이해가 손창섭 문학연구의 핵심에 있으며, 장편소설 연구로 나아가는 관문에 해당함을 알려준다.

장편소설의 성격을 「잉여인간」의 연장선상에서 찾는 것은 작가의식의 급격한 변화를 가정한다는 단점을 지닌다. 손창섭이 아버지 주인공을 그려냈다 하더라도 구현된 아버지 주인공이 이상적인 가부장이라는 것은, 부성 자체에 비판적이었던 창작의 첫 단계에 비하여 볼 때 너무나 급격한 변화인 것이다.

또한, 아버지 주인공의 등장 이후에도 아버지 부재 형식의 작품들이 번갈아가며 창작된다는 점을 설명하지 못한다. 한 작가의 작가의식이 비교적 일정하다는 것을 인정한다면, 반복적으로 교차되는 두 형식은 거울상과 같이 한 대상의 이면적 표현이어야 한다. 손창섭의 아버지 부재 형식

---

27) 한수영, 「1950년대 한국소설연구」, 『1950년대 남북한문학』, 한국문학연구회편, 평민사, 1991. 12.
28) 박배식, 「손창섭의 세태소설 분석: 『길』을 중심으로」, 『국어국문학』 113호, 1995.
29) 강진호, 「재일 한인들의 수난사 – 손창섭의 「유맹」론」, 138면.

이 부성을 비판하는 것이라면, 손창섭의 아버지 주인공 형식 역시 부성 비판과의 연관 하에 해석되어야 하는 것이다.

다른 한편으로, 이 시기 이후의 아버지 부재의 형식과 아버지 주인공 형식을 남성 주인공의 아버지 되기의 문제로 생각한다면, 이는 결혼 모티프와 연관된다. 남성 인물들은 결혼을 욕망을 억압하는 제도로 받아들인다. 따라서 결혼을 하고 아버지가 된 남성 주인공은 욕망을 억압하고 사회화된 인물이거나 욕망을 희생하지 않을 수 있는 대안적인 결혼을 한 인물이라 할 수 있다. 작가의식의 일관성을 가정한다면, 전자는 부정적으로 형상화되고 후자는 긍정적으로 형상화될 것이다.

탈고일을 기준으로 보았을 때, 「잉여인간」(1958. 7)의 창작 직전에 결혼 거부 모티프가 나오는 「인간계루」(1958. 1), 「잡초의 의지」(1958. 5)가 쓰이고 「잉여인간」의 창작 직후에는 역시 결혼 거부 모티프가 등장하는 「미스테이크」(1958. 8. 21 ~ 9. 5)가 집필된다는 점으로 보아 「잉여인간」은 부성에 대해 비판적인 작가의식의 연장선상에 놓여 있는 작품이며, 자신만의 욕망을 억압한 채 사회화된 인물을 부정적으로 그리는 형식을 취한 것일 수 있다.

이와 같은 의문들은 아버지 주인공에 대한 전반적인 접근을 통해 해결될 수 있다. 즉, 새롭게 등장한 아버지 주인공이 수립하고자 하는 질서가 어떠한 것인지를 살펴보아야 하는 것이다. 이는 아버지가 가정 안에서 어떠한 역할을 수행하는지를 분석함으로써 도출될 수 있으며, 이러한 해석적 지평 위에 그중의 한 명인 아버지 주인공 "서만기"를 올려놓아야 한다. 이를 위해서는 가부장(家父長)에 대한 이해가 필요하다.

사회인류학에서 말하는 가부장이란 부계확대가족에서 가족을 지배하고 가사를 지휘하고 가족원을 통솔하는 지위에 있는 사람(가장)을 이르는 말로서 가장임과 동시에 최상세대에 속하는 최고연령자인 '父'를 뜻한다.[30] 가부장의 권한은 가족 내에서 한 사람만 행사할 수 있는 배타적인 권리로서 그 권한에는 가족을 대표하는 대표권, 가정을 통솔하는 가독권(家督權)[31], 가족을 부양하고 재산을 처분하는 재산권, 제사를 주관하는 제사권(祭祀權)이 있다.[32]

한편, 여성주의 사회학에서는 남성이 여성을 지배하고, 억압하고 착취하는 사회구조와 관습과 체계로 가부장제를 규정한다.[33] 이러한 사회체제 하에서는 가족에서 가장을 맡고 있는 남성 역시 가부장적 질서에 구속되어 가문계승, 가족보호, 가족의 생계전담이라는 의무를 지고, 이에 대한 대가로 여성에 대한 우월권을 보장받는다.[34]

위 두 가지 견해를 종합하였을 때, 가부장은 가문을 계승하고, 가족을 위험에서 보호하며, 가족을 부양하는 '물질적 역할'과, 가족의 중대사를 결정하고 의견을 조정하며 가르침과 훈육을 담당하는 '정신적인 기능'을 수행한다고 할 수 있다.

손창섭이 그려내고 있는 아버지 주인공들은 앞서 본 바와 같이 부정적인 아버지로서의 억압성은 갖고 있지 않지만, 그렇다고 해서 가부장제에서 요구하는 위의 두 가지 기준을 충족하는 것은 아니다. "서만기"를 제외

---

30) 이광규, 『한국가족의 구조분석』, 일지사, 1975., 129면.
31) 가독권(家督權)은 다시 구성원의 의견 차이를 조정하여 결속을 도모하는 제지권(制止權), 가족의 중대사에 대한 결정권, 가족을 가르치고 훈육하며 교령권(敎令權) 등으로 나누어진다.(『한국가족의 구조분석』, 129~135면)
32) 『한국가족의 구조분석』, 129~133면.
33) Sylvia Walby, 유희정 역, 『가부장제 이론』, 이화여대출판부, 1996, 40~41면.
34) 민경자, 「가족」, 『성평등의 사회학』, 한울아카데미, 1993, 136면.

하고 다른 아버지 주인공들은 물질적 역할이나 정신적 기능의 어느 하나 혹은 둘 모두를 결여하고 있다.[35]

반면에 「잉여인간」의 치과병원 원장 "서만기"는 "봉우처"의 유혹을 뿌리칠 정도로 도덕적이어서 아내와 처제와 다른 가족들에게 본이 되어 아버지의 정신적인 기능을 다하고 있다. 그는 또한 처가식구를 포함한 대가족의 생활비와 학비를 대고 있기 때문에 물질적인 역할도 다하고 있다.[36] 그러나 그는 건물주인인 "봉우처"의 유혹을 거절한 대가로 병원을 잃을 위험에 놓이게 된다. 이 위기는 간호사인 "홍인숙"의 도움을 받아들임으로써 극복되어 그는 아버지의 물질적 역할을 지속적으로 감당할 수 있을 것으로 예상된다.

따라서 아버지 주인공은 "서만기"를 제외하고는 가부장제 사회가 요구하는 아버지의 물질적 역할과 정신적인 기능을 충족시키지 못하는 아버지로 그려진다고 할 수 있다.

한편, 기존 연구에서 이상적 인물의 계보로 꼽은 인물들을 살펴보기로 한다. 기존의 연구들은 인물의 의지, 주체성, 사상의 건전성, 정신과 신체의 건강성 등을 기준으로 아버지 주인공인 "서만기"를 이상적인 인물이라고 하였으며, 이 연장선상에서 「내 이름은 여자」의 "구동천", 「길」의

---

35) 「고독한 영웅」의 "차인구", 『부부』의 "나(차성일)", 『인간교실』의 "주인갑"은 경제력이 없어 가족을 곤경에 빠뜨리거나 아내가 생계를 담당하고 있으며 「공포」의 "오인성"과 『인간교실』의 "주인갑"은 싸움을 잘 하지 못하여 가족을 물리적 위협에서 구해낼 수 없다. 『부부』의 "나(차성일)"와 『삼부녀』의 "강인구"는 자녀들을 훈육하지 않을 뿐 아니라 아버지에게 기대되는 윤리적 한계를 넘어섬으로써 자녀들에게 본이 되지 못한다. 또한 「죄 없는 형벌」의 "상권"은 자식들에게 아내의 부재를 대신하지 못한다.

36) 「잉여인간」, 353면, 359면.

"최성칠", 「봉술랑」의 "봉술랑"의 계보가 제시된 바 있다.37)

그러나 거의 완벽한 인간으로 그려지는 인물로 『부부』의 "한박사"를 빼놓을 수 없다. 그는 인격, 재력, 교양, 외모 등에 있어서 다른 인물에 비해 압도적으로 뛰어나기 때문에 작품에 등장하는 모든 여성 인물로부터 사랑을 받는다. 그는 또한 의사라는 점에서 "서만기"의 분신이라 할 수 있으며 '보건계몽봉사회'라는 사회사업 단체를 조직하여 산골 오지로 무료 진료를 다닌다.

"한박사"는 이렇게 "서만기"에 버금가는 이상적 인물로 형상화되어 있지만 아버지 주인공인 초점화자 "차성일"과 적대적 관계에 놓여 있다. "차성일"의 아내 "서인숙"은 "한박사"와는 옛 애인으로서 "한박사"가 주도하는 '보건계몽봉사회'의 총무가 되어 "한박사"와 붙어 다니면서 "차성일"에게는 이혼을 요구하는 것이다.

결론 내리자면, "서만기"를 제외한 모든 아버지 주인공이 이상적인 가부장이 아니라는 점, 이상적인 인물과 아버지 주인공이 일치하는 인물은 "서만기"밖에 없으며 나중에는 두 인물이 적대적 관계("차성일"-"한박사")로 분화된다는 점, 또한 이상적 인물의 계보가 결국 여성인 "산화(봉술랑)"에게 이어진다는 점은 "서만기"가 갖고 있는 이상적 표상이 작가의 이상이 아닐 수 있다는 것을 알려준다.

그러나 작품 속에서 "서만기"에 대해 회의적으로 묘사하는 부분을 찾기는 쉽지 않다. "서만기"는 "천봉우"와 "채익준"이 의지할 친구이며, 아내 · "은주"(처제) · "홍인숙"(간호사) · "봉우처"가 사랑하는 인물이다. 또

---

37) 강진호, 「손창섭 소설 연구: 주체와 화자의 문제를 중심으로」, 국어국문학회, 『국어국문학』 제129호, 2001.

한 "봉우처"를 제외한 이들에게 윤리와 가치를 전달해주는 '아버지의 이름'으로 기능하며 처가를 포함한 14명의 가족 부양이라는 '아버지의 역할'을 맡고 있는, 당대의 가장 이상적인 가부장으로 형상화된다. 그러나 외양의 온화함과 평정 속에 남모르는 고통이 있다.

남의 시설을 빌려서나마 개업을 하고 있다고는 하지만 만기 자신 생활에는 극도로 시달리고 있었기 때문이다. 자그만치 열 식구에 버는 사람이라곤 만기 뿐이니 당할 도리가 없었다. 대가족이 먹고 입는 일만도 숨이 가쁠 지경인데 동생들의 학비까지 당해내야만 했다. 대학이 하나, 고등학교가 둘, 거기에 국민학교 다니는 자기 장남까지 합친다면 그야말로 무서운 지출이었다. 그 밖에 늙은 장모와 어린 처남 처제들만이 아득바득 하고 있는 처가에도 다달이 쌀말 값이라도 보태주지 않아서는 안되었다.(「잉여인간」, 359면)

이러한 곤경 속에서도 만기는 가족들 앞에서 결코 짜증을 내거나 불평을 말하는 일이 없었다. 얼굴 한 번 찡그려본 일이 없었다. 아무와도 나눌 수 없는 고민이란 영혼까지도 고갈하게 만드는 법이다. 만기는 자기에게 지워진 고통을 혼자서만 이를 사려 물고 이겨나갔다. 하두 고민이 심할 때는 입맛을 잃고 잠도 제대로 이루지 못했다. 그러한 만기의 심중을 아내만은 알았다. 밤새껏 업치락 뒤치락 하며 남편이 잠을 못드는 밤이면 아내는 말 없이 만기를 끌어안고 소리를 죽여가며 흐느껴 울었다. 그런 때 만기는 도리어 아내의 등을 어루만지며 위로해주는 것이었다. / 「쟝·크리스토프라는 로랑의 소설 가운데 이런 말이 있다우. <사람이란 행복하기 위해서 살고 있는 것은 아니다. 자기의 정해진 길을 가기 위해서 살고 있는 것이다.> 여보, 나를 위해서 진심으로 울어줄 아내가 있는 이상 나는 결코 꺾이지 않을 테요.(「잉여인간」, 366면, 밑줄은 인용자)

고통을 느낀다는 것은 그것이 이미 욕망이 아닌 의무임을 말해준다. 작품 전편에 걸쳐 강제, 의무에 대해 거부감을 표현해왔던 작가 손창섭에게 있어서 고통을 감내하는 삶은 궁극적인 이상이라고 할 수 없다.

한편, 손창섭의 창작론 「작업여적」 중에 모파상의 「목걸이」에 대한 언급은 로망 롤랑을 인용한 "서만기"의 말과 상치되는 지향을 보여준다.

> 그러기에 나는 生理的으로나 理論的으로나, 빈구석 없이 앞뒤가 꽉 들어가 물리는 쪽 짜인 作品을 支持하지 않는다. // 이러한 나의 눈에는 世界的인 名作 가운데도 口味에 맞지 않는 作品이 허다하다. 一例를 들면, 모파쌍의 「목걸이」같은 作品도 그렇다. / 나 같으면 作品에 나오는 목걸이가, 가짜라는 點을 첫줄에서 먼저 밝혀 놓겠다. 그리고 나서, 목걸이를 빌려 갔던 그 女人이, 가짜 목걸이를 진짜 목걸이로만 알고, 그것을 보상하기 爲해 오랜 歲月을 두고 고심참담하는 이야기를 지질구레하니 展開시켜 나갈 것이다. (손창섭, 「작업여적」)

모파상의 「목걸이」에서 "르와젤 부인"이 잃어버린 목걸이 값을 갚기 위해 십 년간 노동을 한 후에 그 목걸이가 사실은 가짜였다는 것을 작품의 말미에 밝히는 모파상의 작법은 '허영을 부리면 안 된다.'라는 교훈을 주기 위한 것이다.

손창섭이 모파상의 기법에 반대하여 자신은 "가짜 목걸이를 진짜 목걸이로만 알고, 그것을 보상하기 爲해 오랜 歲月을 두고 고심참담하는 이야기"를 쓰겠다고 하는 것은, 단지 기법상의 문제가 아니라 손창섭이 그 교훈, 즉 '허영을 부리면 안 된다'라는 것을 '욕망의 억압'으로 받아들이고 있다는 것을 보여주는 것이다.

이 인용문의 앞부분은 '의미'를 '분산'시켜 '무의미의 의미'를 '탐색'한다는 내용이다. 따라서 그는 '의미' 즉 '욕망을 억누르고 사는 삶'을 전면에 노출시켜 회화화시키는 역설적인 방식으로 '무의미' 즉 '욕망을 충족시키는 삶'의 의미를 찾고자 했던 것임을 알 수 있다. 따라서 "서만기"를 향한 "봉우 처"의 다음 편지는 로망롤랑을 인용하는 "서만기"의 자기최면을 정면에서 공박하는 것이며 "서만기"가 가부장적 이상의 극단에 선 것과 정반대의, 욕망 충족의 극단에 선 발언이다.

> 삶을 대담하게 엔조이 할 줄 아는 현대인 가운데 먼지 낀 샘플처럼 거의 폐물에 가까운 도금(鍍金)한 인간이 자기 만족에 도취하고 있는 우스꽝스런 꼴을 아시겠습니까? 선생님 자신이 바로 그러한 인간의 표본이야요. (「잉여인간」, 369면)

결론 내리자면, 손창섭은 아버지 주인공을 형상화하면서 가부장제의 이상과 자신의 이상 사이에서 갈등의 진폭을 보였다고 할 수 있다. 이중 "서만기"는 가부장의 최대 이상에 해당한다. 그러나 작가의 근본적인 지향이 부성 비판에 있었기 때문에 「잉여인간」은 역설적 부정의 형식으로 부성을 비판하는 작품이 되었다.

3장

장편소설의 세 가지 유형:
'反가부장 아버지', '투쟁하는 아들', '수난받는 딸'

　창작의 두 번째 단계에서 아버지 주인공에 대해 손창섭이 보여준 갈등의 진폭은 창작의 세 번째 단계로 들어오면서 일련의 아버지 주인공들로 수렴된다. 이들은 가부장제가 요구하는 아버지상에 비해 물질적 역할에서도 미달하며 정신적인 기능을 하지도 못한다. 이들은 단지 억압적이지 않을 뿐이며 아버지라는 위치에 아랑곳하지 않고 자신의 성적 욕망을 추구한다.

　논의를 세 번째 단계의 장편소설에 한정지으면38), 이 시기 10편의 장편소설들은 지금까지의 논의의 연장선 상에서 '아버지 부재 형식의 소설'과 '아버지 주인공 소설'로 구분할 수 있다. 그리고 '아버지 부재 형식의 소설'은 '아들 주인공 소설'과 여성 서술자 소설 즉 '딸 주인공 소설'로 구분된다.

　아들 주인공 소설에는 『세월이가면』, 『저마다 가슴 속에』, 『아들들』, 『길』이 있으며, 딸 주인공 소설에는 『내 이름은 여자』, 『결혼의 의미』, 『이

---

38) 논지를 분명히 하기 위해 이 시기 창작된 단편소설과 역사단편소설을 논의에서 배제한다. 역사단편소설은 네 번째 단계의 『유맹』, 『봉술랑』과 함께 논의한다. 60년대에 창작된 단편소설인 「신의 희작」, 「육체추」, 「공포」는 두 번째 단계의 단편소설의 연장선 상에서 논의한다.

성연구』가 있다. 그리고 아버지 주인공 소설로는 『부부』, 『인간교실』, 『삼부녀』를 들 수 있다.

아버지 부재의 형식인 아들 주인공 소설과 딸 주인공 소설에서 손창섭은 새로운 인간형을 보여주는데 그것은 사회 정의를 위해 자신이 옳다고 생각하는 바를 과감하게 실천하는 행동성을 가진 인간이다.[39] 손창섭은 신문소설에 대한 인터뷰에서 "國際新聞에서는 종래 내가 즐겨 묘사하던 인물과는 달리 투쟁하며 승리하는 人間像을 그려 보았는데 앞으로도 이런 형을 그려보리라는 의도를 갖고는 있습니다."[40]라고 말한 바 있다. 그의 신문소설 중 『국제신문』에 연재한 작품은 『내 이름은 여자』로서, 이 작품에 등장하는 "투쟁하며 승리하는 人間像"은 "구동천"을 말한다.

이러한 인물들에는 『세월이가면』의 "차성철", 『저마다가슴속에』의 "천봉우", 『내 이름은 여자』의 "구동천", 『결혼의 의미』의 "최동철", 『아들들』의 "마종수", 『이성연구』의 "김청년", "권호진", 『길』의 "최성칠"이 있다. 이들은 혼탁한 현실과 대결하며 사회적 이상을 추구하므로 '투쟁형 인물'로 부를 수 있다.[41] 현실의 지배적 질서에 대한 투쟁성은 대부분의 사람들과 이들을 구별 짓는다. 또한 투쟁성은 주인공의 현실적 한계로 작용하지만 동시에 주인공에게 희소가치를 부여하여 그 인물을 돋보이게 한다.

---

39) 이 인물들은 창작의 두 번째 단계에서 등장하는 투쟁형 인물인 「고독한 영웅」의 "차인구", 「미스테이크」의 "강재호", 「반역아」의 "주시종"에서 비롯된 것으로 볼 수 있다.

40) 손창섭, 「나는 왜 신문소설을 쓰는가」, 『세대』 3호, 1963. 8, 211면.

41) 이들은 대부분 귀농을 단행한다. 짧게 언급하자면, 손창섭이 제시하는 삶의 방식으로서의 귀농은 라이히가 주장하는 일-민주주의와 일맥상통한다. 일-민주주의에 대해서는 『문화적 투쟁으로서의 성』의 113면과 『파시즘의 대중 심리』 13장 「자연스런 일-민주주의에 관하여」를 참고할 수 있다.

이들 중 "차성철", "천봉우", "마종수", "최성칠"은 아들 주인공 소설의 남성 주인공이며, 나머지 "구동천"과 "최동철", "김청년", "권호진"은 딸 주인공 소설에서 여성 서술자의 사랑을 받는 인물들이다. 이는 손창섭이 이 시기에 와서 단편소설의 시니시즘을 탈피하여 아버지 부재의 형식에 적극적인 행동성과 긍정성을 부여하게 되었음을 의미한다. 이는 작가의식의 변화보다는 수록 매체의 변화와 깊은 관계가 있다.

손창섭에게 있어서 지식인은 부정해야 할 대상이다. 그에게 있어서 지식인은 "언제나 현란한 정신적 외출복으로 성장하고, 눈부신 지식과 재능의 악세사리들을 번득거리며, 자신 만만히 인생을 난무하는"[42] 존재들이다. 지식인들은 세계를 구분하고 구조화함으로써 상징체계를 건설하는 사람들이며 손창섭은 이들을 현 사회의 부성의 담지자로 생각하는 것으로 보인다. 따라서 지식인을 독자로 하는 문예지에 수록된 부성 비판의 작품은 시니시즘의 형식을 취할 수밖에 없다.[43]

그러던 그가 1959년『세월이가면』을 연재하면서 창작의 태도를 바꾼다. 이는 매체의 성격과 연관된 문제이지만, 매체에 따라 자동으로 바뀌는 것이라기보다는 다수의 '무식자'를 위하겠다는 작가의 결심에 따른 것으로 보인다.[44]

---

42) 「신의 희작」, 48면.
43) 손창섭이 실생활에서 보여준 문단과의 소원한 관계, 문학상에 대한 무관심 등은 "십여 년을 한 지붕 밑에서 살아오다시피 한" 윤탁헌의 「손창섭과 나」에서 확인할 수 있다.
44) 이는 1949년에 「싸움의 원인은...」과 「얄구진비」를, 1955년에 「모자도」를, 1958년에 「미스테이크」라는 작품을 신문에 이미 기고한 바 있지만 그 성격이 문예지 수록 단편소설과 다를 바 없다는 데서도 확인된다.

내게는 맹목적인 고집이 있어요. (중략) 이유 없는 고집입니다. 이렇게 굳어진 내 인간성이 피해자 의식에서 나 보다 잘난 사람, 유능한 사람에겐 반발하고 도전하게 돼요. 그러니까 내 作品은 무식하고 가난하고 불우한 사람들을 위해 쓰는 것이라해도 좋지요. (중략) 나는 無識者의 代辯人 (중략) 나는 또 순수문학의 귀족성을 주장하는 사람에게 질색입니다. 知性人과 고급독자층만 상대로 하여 그보다 無知하나 숫적으로 많은 독잘 무시하고 세계 밖으로 쓰레기처럼 버리는 작가를 나는 안좋아해요. 貧者와 富者 사이에 계급투쟁이 벌어지듯 知識人을 향한 無識人의 저항도 있을 수 있다고 봅니다.(「나는 왜 신문소설을 쓰는가」, 『세대』 3, 1963. 8, 212면. 밑줄은 인용자)

손창섭의 장편소설 신문연재는 '知識人을 향한 無識人의 저항' 차원에서 '투쟁하며 승리하는 人間像'을 그려내는 작업으로 이해해야 한다. '무식자'를 위한 문학이기에 손창섭은 단편소설의 작법인 '무의미에의 의미부여' 방식을 취하지 않고 독자의 이해를 돕기 위해 '반복'의 방법을 취한다.[45] 손창섭의 장편소설의 긴장성이 떨어진다는 지적은 이 같은 작법 상의 변화를 원인으로 한다.

이 시기에 손창섭은 그가 꿈꾸던[46] 전업작가의 삶을 살면서 자신의 이상지향성을 대중적 지면을 통해 계몽적 어조로 그려낸다.

손창섭은 『내 이름은 여자』, 『결혼의 의미』, 『이성연구』 등의 딸 주인

---

[45] 손창섭은 매일 적은 분량을 연재하는 신문의 특성상 5분 내에 후딱 읽어치우고 24시간 동안 잊어버리는 한계를 타파하기 위해 "반복"을 기법으로 사용했다고 한다. 이는 독자의 작품 이해를 최대한 끌어올리기 위한 방법이다.(「小說 「길」을 끝내고」, 『동아일보』, 1969. 5. 24)

[46] 「여담」, 『문학예술』, 1955. 7., 「문학과 생활」, 『신문예』, 1959. 4., 「아마튜어작가의 변」, 『사상계』, 1965. 7. 이 산문들에서 '아마튜어 작가'란 전업작가의 길을 가지못하고 다른 직업을 겸하고 있다는 뜻으로 해석된다.

공 소설에서뿐만이 아니라 「인간시세」와 「청사에 빛나리」 그리고 『봉술랑』의 후반부에서 여성을 초점인물로 하거나 서술자로 채택하고 있다. 이는 여성의 사회적 지위를 여성의 입장에서 생각해보기 위한 시도이다. 특히,『내 이름은 여자』,『결혼의 의미』,『이성연구』의 여성서술자는 남성 가장에 대해 서술할 때, 감정에 따라 '~시었다'와 '~었다'를 선택하여 사용한다. 문체가 인물의 감정을 따라간다는 것은 그만큼 인물의 내면에 밀착하여 소설을 쓰고 있음을 보여주는 것이다.

　이 작품들은 남성중심적 질서에 의해 고난을 겪는 여성 인물을 그림으로써, 형태상으로 여인수난서사와 다를 바 없다.47) 여성 인물들은 돈과 권력을 지닌 남성들에 의해 반복적으로 위기를 겪으며 성을 수탈당한다.48) 이러한 면모는 통속소설이라고 평가되기 쉽다. 통속성은 독자의 저급한 욕망에 영합하는 작가의식의 퇴조를 일컫는 말이다. 그러나 손창섭이 그려내는 여성 주인공 소설들은 독자의 남근중심적 시선49)에 영합하지 않는다.

　『내 이름은 여자』은 재혼 상대를 구하는 데 어려움을 겪는 이혼녀 "최미라"를 통해 잠시의 결혼생활에도 '중고품'으로 인식되는 여성에 대한 차별적인 인식을 비판하고 있으며,『결혼의 의미』는 8개월의 연재기간

---

47) 수난을 당하는 여성 인물이 있는 반면에, 뭇 남성과의 관계를 수난이 아닌 이성연구로 받아들이는 여성 인물도 등장한다.

48) 「인간시세」의 "야스꼬"는 중국인 남성들, 소련 군인들에 의해 발가벗겨져 구경거리가 되고 다섯 번의 강간을 당하는데 이 모든 장면은 생략 없이 자세하게 묘사된다.

49) 가부장제 사회는 남근중심적인 상징체계로 이루어져 있으며 사회전체는 생산주체(남성)와 객체들-상품들(여성)으로 구분된다. 여성의 성적쾌락조차 남성의 그것에 의해 구조화된 것이다. (Luce Irigaray, 이은민 역,『하나이지 않은 성』, 동문선, 2000. 참조) 따라서 가부장제 사회에서는 남녀를 불문하고 독자는 작품 속에 등장하는 여성을 욕망의 대상으로 인식한다.

내내 일관된 어조로 여성에게 순결을 강요하는 남성중심의 위선적 사회 윤리를 강도 높게 비판하고 있다. 『이성연구』는 여자관계를 사회활동의 수단으로 생각하는 남편을 둔 여성을 통해 남성중심적인 윤리관을 비판하고 있다. 이렇게 손창섭의 여성 주인공소설은 독자가 갖게 되는 남근중심적 시선을 정면에서 반박하고 있다.

손창섭은 사회적 약자인 여자에게 있어서 결혼이 매우 중요하다는 것을 말한다. 결혼이라는 계약이 잘 이행되기 위해서는 성격과 기질이 맞아야 하는데, 남성중심적인 질서에 익숙해진 남성들은 여성의 욕망을 억압하게 되기 때문이다. 따라서 이성연구가 중요한 과제로 떠오르고 『부부』의 "서정숙", 『이성연구』의 "계숙" 등의 '이성연구가'는 모두 여성으로 그려진다. 이들은 자신의 숱한 남자 경험을 '여인수난'이 아닌 이성연구로 받아들인다.

자신이 처한 사회적 처지와 결혼의 의미에 대해서 깊이 고민한 여성 주인공은 투쟁형 인물을 이상적인 배우자로 선택한다. 이 인물들은 여성 주인공과 성격과 기질이 맞을 뿐더러 여성의 욕망을 억압하지 않고 평등하게 살아갈 수 있는 자유를 허용하기 때문이다.

'투쟁형 인물' 중 주인공, 즉 아들 주인공은 당대의 현실에 치열하게 대항한다. 이들은 부패한 정치적 권력(『저마다 가슴 속에』), 전후복구에는 관심 없이 의술을 치부의 수단으로 생각하는 풍조(『세월이가면』), 문란한 상거래 질서(『길』) 등에 대항하여 이를 비판하고 작가가 지향하는 사회적 이상을 보여준다.[50]

---

50) 이런 입장에서 『길』에서 등장하는 "정지상선생님", "남주아가씨", "신명약국주인" 등은 유사아버지라기보다는 작가의 분신에 가깝다.

그 지향은 부패에 대하여 침묵하지 않는 삶(『저마다가슴속에』), 무상 의료(『세월이가면』), 건전한 자본주의(『길』) 등이며 『아들들』에서는 막내인 "종수"로 하여금 네 명의 형이 지니고 있는 장자의식과 무기력(큰형), 황금만능주의(둘째 형), 관료의 엘리트의식(셋째 형), 폭력과 협잡(넷째 형)을 비판하도록 한다.

그러나 이러한 투쟁성은 남성 인물의 결혼을 불가능하게 한다. 『세월이가면』의 "차성철"과 "최남식"은 "최남식"의 장인이자 은사인 "강교장"의 퇴직금을 지원받아 병원을 설립하고 무료진료의 이상을 실현하기 위해 환자들에게 실비만을 받는다. "차성철"은 원장의 자리에 앉아 있는 "최남식"의 아내 "강진숙"과는 원래부터 각별한 사이였다. 그러나 원장인 "최남식"이 죽은 이후 "차성철"은 딜레마에 빠지게 된다. 죽은 원장의 친족들이 병원의 낮은 수익을 문제 삼으면서 "차성철"을 쫓아내려 하고, 애정을 확인하게 된 미망인 "강진숙"과는 그 친족들의 눈치를 보느라 결혼을 할 수 없으며, "강교장"에게 차용증 없이 퇴직금을 기부받은 까닭에 그가 쫓겨나면 "강교장"에게 퇴직금 대신 다달이 생활비를 지원하기로 했던 약속을 지킬 수 없게 되는 것이다. 이 모든 딜레마는 실비진료를 포기하면 해결되는 것이지만, "차성철"은 이를 고집하다가 병원에서 쫓겨나 결국 "강진숙"과 결혼을 하지 못하게 되고, 지방병원으로 낙향하여 의료사고를 내고 자취를 감춘다. "차성철"은 전후의 상처를 복구하고 극복하기 위해서 병원은 궁극적으로 무료진료의 실천기관이어야 한다고 생각한다. 이러한 생각은 자본주의 사회와는 맞지 않기 때문에 "차성철"은 실패하게 되지만51) 그가 "최남희"와 "강진숙"로부터 사랑받는 이유 역시 여기에 있다.

또한, 『길』의 "최성칠"은 모두가 권력, 금력, 명성을 좇는 서울에 단신으로 올라와 성실함과 정직함으로 성공하려는 모습을 보여준다. 그러나 성공은 쉽지 않다. 혼란에 빠져 자신이 잘못된 것 아니냐 질문하는 "성칠"에게 "남주아가씨"는 "성칠"의 그러한 고집은 '마음의 보석'이라고 하며 이를 끝까지 지키라고 한다.52) 그러나 "성칠"이 대부업에 손을 대었다가 부도덕한 채무자에게 돈을 떼이게 된 상황에서 '마음의 보석'을 지키느라 돈을 회수하지 못하고 있는 사이, 약혼녀인 "봉순"은 일하는 가게 주인 남자에게 몸을 빼앗기고 원하지 않는 결혼을 하게 된다. 이러한 양상은 『저마다 가슴 속에』와 『아들들』에서도 나타난다.

이와 같이, 사회적 이상을 추구하며 현실과 대결해나가는 남성 인물은 여성 서술자의 시각에서는 이상적인 결혼 상대자가 되지만, 남성 인물의 입장에서 그러한 성격은 현실과의 불화를 일으켜 결혼을 하지 못하는 원인이 된다. 결국, 사회적 이상을 지향하는 투쟁적인 성격은 남성 주인공들의 '아버지 되기'와는 양립할 수 없는 것이다.

투쟁형 인물의 결혼 불가능성은 동시에 아버지 주인공들이 사회적 이상을 추구하면서도 투쟁적이지 않은 이유가 된다. 아버지 주인공인 『부부』의 "차성일", 『인간교실』의 "주인갑", 『삼부녀』의 "강인구"는 "서만기"와 같은 이상성에 미치지 못할뿐더러 사회적 이상을 추구하지도 않는

---

51) "차성철"의 동생인 "차성호"는 자본주의적 인간으로서 '협잡'을 통해 사업을 일으켜 '강남실비병원'의 인수를 미끼로 "강진숙"을 차지하려 한다.

52) "『그러나 돈이 인간의 가치를 결정짓는 절대적인거라고 생각해선 안돼요. 내가 최군을 좋아하게 된건 도리어 가난하기 때문야. 가난한 대신 그 마음속에 값진 정신적인 보석을 간직하고 있기 때문야. 그러니 그 보석을 더 소중히 여겨야 해. 내 말 알겠어?』"(『길』 87회, 『동아일보』, 1968. 11. 6)

다. 이들은 작품 속에서 다른 사람보다 나은 인물로도, 서술자에 의해 특별히 긍정적인 인물로도 그려지고 있지 않다.

이들은 "서만기"가 보여준 가부장의 이상에 미달할 뿐만 아니라 가부장의 이상을 부정하는 발언과 행동을 통해 가부장 관념에 반대하게 되며 따라서 이들을 '反가부장'이라고 명명할 수 있다.

『부부』의 "차성일"은 아들을 낳았지만 "차성일"이 기생의 자식이었기 때문에 승계할 가문이 없다. 또한 그는 아내와의 이혼을 막는 데 무기력하고 경제적인 위기에서 아내에 의해 구원되는 등 가장으로서의 물질적 역할에 미달한다. 그는 체모나 위신에는 아랑곳없이 아내의 육체에 탐닉하고, "은영여사"와의 육체관계에 몰두하며, 정력증강을 위해 집에서 '자라피'를 마시는 등 자신의 욕망에 충실하다는 면에서 가부장제에서의 아버지의 기능을 다하고 있다고 할 수 없다.[53]

『인간교실』의 "주인갑"은 절름발이 딸인 "광순"을 낳은 후 단산하고 남아선호사상을 배격하여 '가문승계'에 있어서 부정적이다. 그는 "미스터 안"이나 "서씨"의 완력에 저항하나 무기력하며 "미스터 안"이 식모 "보순"을 유혹하여 임신시키는 것을 막지 못해 가족을 보호한다고 할 수 없다. 한편 그는 경제력에 있어서 미장원을 운영하는 부인에게 압도당하고

---

53) 『부부』에서 주인공 "나(차성일)"의 처제인 "정숙"이 나의 인품을 추켜세우면서 하는 말을 보면 작가가 인물의 층위를 나누고 있음을 알 수 있다. "정숙"에게 이상적인 결혼하고 싶은 남자는 "한박사"이며 그보다 못하지만 다음과 같이 형부("차성일")에 대해 평가한다. "어떤 사람들은 형불 유약하다고 보기도 하지만, 밖에 나가선 병신 노릇만 하다가 집안에 돌아와선 괜히 큰 소리만 치고 으시대는 그따위 사내들에 비해 얼마나 좋아요. 대한민국의 사내라는 것들이 대부분 그런 가정 깡패 아녜요."(『부부』163, 1962. 12. 28) 즉, 대한민국의 뭇 사내들이 가장 아래의 층위라면, "성일"은 중간이고 "한박사"는 최상위이다.

있어서 아버지의 물질적인 역할에 있어서 가부장적 가장의 이상에 미달한다. 나아가 그는 식사 때에 상을 차려놓고 자신의 귀가를 기다리는 것을 폐풍이라며 폐지하라고 하는 등 우월한 가장의 지위를 스스로 내어놓고 가족의 일원으로 하강한다. 또한 그는 성격과 기질이 맞지 않는 아내와 이혼을 하고 성격과 기질이 맞는 "황여인"과의 관계를 적극적으로 추구한다는 점에서 자신의 윤리적 위치에 구애받지 않고 욕망을 긍정하는 反가부장이라고 할 수 있다.

『삼부녀』의 "강인구"는 위의 두 인물에 비해 경제적으로 넉넉하고 가족에 대해서 물리적인 위해도 가해지지 않는 안정된 중년의 기반 위에 서 있다. 그는 큰딸이 자신의 혈통이 아니라는 것을 알면서도 편애하지 않고 아버지의 의무를 다한다는 점에서 가문의 혈통 계승에 대한 강박적 의식이 없으며, 무엇보다 한계에 부딪힌 기존의 가정을 과감히 해체하고 자신의 욕망추구를 스스로 긍정한다는 점에서 反가부장이라고 할 수 있다.

투쟁형 인물들이 손창섭의 사회적 지향을 보여준다면, 反가부장은 손창섭의 '아버지 되기'가 종착한 지점을 보여준다. 이는 사회에서 요구하는 '좋은 아버지'가 아니다. 反가부장은 가족의 대표이자 지배자로서의 아버지가 아닌, 식구의 일개 구성원으로서의 아버지를 의미한다. 反가부장의 등장으로 '아버지 되기'에 집중되었던 작가의 고찰은 다시 '결혼하기'로 이행한다. 즉, 아버지를 포함한 가족 구성원 모두의 결혼-애정관계가 가장 중요한 과제로 떠오르는 것이다. 이에 장편소설에서는 아버지와 자식이 상호 관여하는 수직적 관계가 아닌, 부부 간의 수평적 관계가 중요해진다.54)

---

54) 손종업, 『전후의 상징체계』, 이회문화사, 2001.

4장

금기에 대한 도전과 계약적 인간관계

    손창섭이 아버지 주인공을 형상화하면서 결국 종착한 지점이 反가부장이라는 점은 손창섭이 자신이 내면화했던 낮은 수준의 부성을 기반으로 대안적 세계를 형상화한다는 것을 의미한다. 이러한 작가의식은 아버지 부재 형식의 소설을 포함하여 장편소설 전체를 관통하고 있다.

    이러한 낮은 수준의 부성은 몇 가지 특징적인 양상들을 보여주게 되는데 이를 가족과 친족의 범위 내에서 살펴보면 다음과 같다.

    첫째, 손창섭의 장편소설은 낮은 수준의 부성을 기반으로 하고 있기 때문에 인물에게는 기성의 윤리가 작용하지 않는데, 이는 인물이 욕망을 추구하는 과정을 서사의 기본구조로 삼을 수 있게 한다.

    스스로 윤리를 만들어가는 양상은 자전적인 두 인물, 「신의 희작」의 중학생 "S"와 전사(前史)를 공유하는 『부부』의 장년 남성 "차성일"을 비교해보면 알 수 있다. "S"가 성적으로 문란한 어머니의 기질을 받아 충동을 조절하지 못하고 그대로 발산하는 인물로 그려지는 데 반해, 장년인 "차성일"은 "그렇기 때문에 도리어 남보다도 더 착실하게, 곧고 바르게 살아보려고 내깐에는 무척 노력해 온 편이요, 너무 조심하는 나머지 사회적으로 출세는 못했을망정 추호도 양심에 거리끼는 일은 한 일이 없다고 자부해요."[55]라고 말한다. 이는 "S"가 "차성일"로 성장하면서 모종의 윤리를 가지게 되었음을 의미하는 것이기도 하다.

이렇게 체험을 통해 윤리를 만들어가야 하는 이유는 부성이 부재하기 때문이다. 『이성연구』에서 무엇이든 겪어보고야만 아는 '이성연구가' "계숙"은 자신의 자유분방함에 대해 "부친이라든지 오빠라든지 집안에 엄한 어른이 없기 때문"[56)이라고 말한다.

선험적인 윤리가 작용하지 않기 때문에 인물과 인물 간의 모든 관계 맺음은 철저히 개인의 자발성-욕망에 의거하여 이루어진다. 이는 『인간교실』의 "주인갑"씨에게서 특징적으로 나타난다. 그는 아내인 "혜경여사"의 동성애 행각에 대한 제재가 불필요하다고 생각한다. 즉, 본인의 자발성에 근거하지 않는 이상 제재는 쓸모없는 일이라는 것이다.

> 『물론 아무렇지도 않진 않죠. 그야 역시 유쾌한 장려할 일은 아니
> 니까. 허지만 그렇다고 어떻게 하겠소. 철 없는 애가 아닌이상 다 알고
> 하는 일인데 남편이 잔소릴 하거나 말린다고 듣겠소?』 (『인간교실』
> 87회, 1963. 7. 31)

이에 인물들은 자신들에게 주어진 윤리적 위치에 구애받지 않고 과감하게 관계를 향해 나아간다. 제목부터 『부부』, 『결혼의 의미』, 『이성연구』 등 남녀관계를 연상시키는 작품들에서 등장인물들은 적극적으로 결혼과 이혼을 단행한다.

자발적인 욕망을 추구하는 인물에게는 '이성연구'가 중요한 과제로 떠오른다. 이는 상대방의 '성격과 기질'을 파악해야 하기 때문이다.[57)

---

55) 『부부』 9, 1962. 7. 9.
56) 『이성연구』, 88면.

「그래요 형부는 현리한 제 교재예요.」 / (생략) / 「형부뿐이 아네요. 가급적 여러 타입의 남성을 상대해 보고 싶어요. 그래야 앞으로 신랑을 고르는데도 참고가 되고 결혼후 낭군을 멋지게 섬긴다든가 끽 소리 못하게 주물러 버리는데도 도움이 되잖아?」 (중략) 「그러니까 몇몇 유형(類型)만을 연구해 보면 이성 평가에 대한 어느 정도의 기준이 설 수 잇을 거 아네요. 앞으론 한박살 좀 해부해 봐야겠에요. 그 분도 역시 자라피를 내서 마시는지 몰라.」 (『부부』, 1962. 10. 23~24)

'성격과 기질'은 데뷔작인 「공휴일」에서부터 자주 반복되는 어구이다. 「공휴일」에서 '성격과 기질'이 서로 맞지 않는 두 남녀는 "놀창 위 쪽으로만 꼬리를 살래살래 혼들며 떠 돌아가는 붕어새끼와, 이건 반대로 줄곧 미창에만 들어 엎디어 있는 미꾸라지"(「공휴일」, 203면)의 차이로 규정되는데, 이러한 지향적인 이미지는 '성격과 기질'이 개인의 정적인 상태가 아닌 운동성을 가진 욕망을 의미하도록 한다.

하지만 장편소설은 '이성연구'를 제대로 하지 않아 잘못 결합된, 이미 어긋나 있는 관계에서 시작되어[58] 그 관계를 끊고 새로운 관계로 나아가는 과정을 기본적인 서사구조로 취한다. 성격과 기질이 맞지 않는 사람과는 결국 같이 사는 것이 불가능한데[59] 이는 손창섭이 인물의 성격을 항상

---

57) 손창섭 소설의 특이한 점 중의 하나는 '열정적인 사랑'이라는 파토스가 존재하지 않는다는 것이다. 죽고 못 사는 열정적인 사랑은 일시적인 흥분으로 생각되며 이성연구를 방해하여 그릇된 관계를 맺게 하는 것이다. 그들에게 대안으로 제시되는 것은 열정적 사랑이 아닌 성격과 기질의 정합성, 친밀감에 기반한 관계이다.『내이름은여자』에서 "최미라"에게 열정적으로 사랑을 고백하는 "서청년"은 공포심을 불러일으키기까지 한다.

58) 「형부나 언니는 이성에 대한 연구가 부족한 데서 지금 같은 결혼의 차질을 가져 왔다고 할 수도 있을 거예요.」(『부부』107, 1962. 10. 24)

59) 「합의에 의한 이혼인데 무슨 내용이 필요 하겠소? 옳지 이유가 있어야 한다면 성격

이항 대립적으로 설정하기 때문이다.

> 孫 … (전략) 하긴 지금까지의 작품에도 구질구질하고 나약한 낙오
> 자 상대에 언제나 건설적이고 의욕적인 인물이 배치되어 있었습니다.
> (후략)

> 朴 … 선생님은 원고 쓰시는 법도 그렇게 까다로우시다고 하더군
> 요. 反對되는 人物을 언제든지 배치한다고 이제 말씀 하셨는데 (후략)
> (손창섭, 「나는 왜 신문소설을 쓰는가」, 『세대』 3호, 1963. 8, 211면)

『부부』의 "차성일"과 "서인숙"은 부부이며, "한박사"와 "은영여사"도 부부이다. 그러나 이들은 10년이 넘는 결혼 생활을 했음에도 불구하고 성격과 기질이 맞지 않아 결혼 생활이 순탄치 않다. "차성일"과 "은영여사"는 육체의 쾌락을 중시하는 기질을 지녔고 "한박사"와 "서인숙"은 고매한 정신의 숭고를 추구하기 때문에 두 부부의 관계는 "차성일"-"은영여사", "한박사"-"서인숙"으로 맺어지도록 진행된다.

『인간교실』은 은은한 쾌락을 즐기는 "주인갑씨"가 쾌락을 적극적으로 추구하는 부인 "혜경여사"와 헤어지고, 은은한 매력을 풍기는 "황정옥여인"을 향해 떠나는 내용의 서사구조를 갖고 있다. 이러한 서사구조는 『삼부녀』, 『이성연구』, 『내 이름은 여자』 등 대부분의 장편소설에서 발견된다.

둘째, 작가는 인간관계에 대해 계약적 원리를 제시하고 있는데, 이는 새로운 차원의 가족구성원리로까지 나아간다.

불일치와 인생관의 차이, 그리고 애는 내가 맡기로 했으니까, 그렇게 알고 적당히 해 줘요.」(『이성연구』, 320면)

그의 소설에서는 인간관계를 규정하는 다양한 계약서들이 존재한다. 그러나 모든 계약이 주인공에게 행복을 가져다주는 것은 아니다. 『부부』의 '부부조약', 『인간교실』의 '임대각서', 『결혼의 의미』의 '순결보증서'와 같이 초월적인 법에 의거하여 상대방을 강제하는 계약은 부정되며 파기된다.

> 각서 / 본인은 서울 특별시 영등포구 본동 ×××번지소재의 본인 소유의 주택 응접실을 삼정학원 기성회에 무료로 대여한다. / 1963년 9월○일 / 우 주택소유자 (중략) 『물론 이건 현재로선 단순한 형식에 불과해요. 그렇지만 살아있는 인간에겐 언제 어떤 불의의사고가 돌발할지도 모르니까, 그런 만일의 경우에 대비해서, 구두 약속을 성문화시켜 놓자는것 뿐예요」 (중략) 귀찮아서 도장을 찍어 주었는데 그게 탈이었다. (『인간교실』 131회, 1963. 9. 20)

호의로 적어준 이 각서 때문에 집 주인인 "주인갑씨"는 집을 빼앗길 위기에 처한다. '삼정학원 기성회' 사람들은 응접실의 가구를 자기들 마음대로 바꾸는데 이에 대해 "주인갑씨"가 항의하자 그들은 "이 방에 한해서는 고문(주인갑─인용자) 선생님이 이래라 저래라 하실 권한이 없다고 보는데요, 저희들은."[60]이라고 말한다. 이들은 이런 식으로 점점 "주인갑씨"의 집을 잠식해 들어가 "무슨 수단과 방법을 써서든지 기어코 차지"하여 '삼정학원'의 본부사무실이나 이사장실로 사용하려는 계획을 세운다.

이러한 불평등한 계약은 『부부』에서도 등장한다.

---

60) 『인간교실』 147회, 1963. 10. 9.

부부조약 / 一. 우리 부부는 월 일회 이상 동침치 않으며 지나친 동작을 엄금한다. / 二. 우리 부부는 합의 없이 상대방의 신체를 애무하지 못한다. / 3. 우리 부부는 피차의 사회 활동(봉사회 관계등)에 일체 간섭하지 않는다. / 4. 우리 부부는 사업상의 이성 교제에 대하여 오해 또는 간섭하지 않는다. / 5. 우리 부부는 어떤 경우에도 폭언 폭행 등의 모욕 행위를 하지 못한다. / 벌칙= 이상 한 조목이라도 위반한 쪽은 위반당한 쪽의 어떤 요구에도 무조건 순응해야 하며 불연이면 아내 또는 남편으로 인정하지 않는다. (『부부』, 1962. 9. 1.)[61]

이 조약은 욕망을 추구하는 "나(차성일)"에게 일방적으로 불리한 조건들로 되어 있다. "차성일"은 이를 수락하면 아내가 돌아올 줄 알고 날인하지만 아내가 돌아오지 않아 결국 조항을 어기게 된 후, 조약 위반을 이유로 이혼을 당할까봐 노심초사한다.

이러한 계약들이 주인공에게 억압을 주는 이유는 '제 삼자'에 의해 그 계약의 이행이 강제되기 때문이다. 『인간교실』의 각서는 임대차를 규정하는 법률에 의해 그 실효력이 보장되어 있고 『부부』의 '부부조약'은 완고한 교육자인 장인에게 한 부 보내져 있어 그 강제력이 보장된다.

이런 계약서들이 개인의 욕망을 억압하며 불행하게 하는 반면, 『삼부녀』의 '신사협정', '假삼부녀 계약' 등은 인물들에게 보다 많은 행복을 가져다준다. 이 계약은 초월적인 법이 아닌 상호간의 친밀감을 전제로 하여 성립되었으며 어느 한쪽의 욕망이 사그라지면 자동적으로 폐기되는 조항들로 이루어져 있다. 이는 강제적 서류가 아닌 상호간의 약속을 조금 더 눈

---

61) 이 조약문은 세 장이 작성되어 하나는 남편, 하나는 아내, 하나는 '만일의 경우'를 대비하여 장인에게 맡겨진다.

에 보이게 고정하는, 헤어질 때 서로 나누어 갖는 징표와 같은 것이다.[62]

반면에, 손창섭이 도일하기 전에 마지막으로 발표한 『삼부녀』(『주간여성』)에서는 주인공에게 행복을 주는 이러한 계약관계가 본격적으로 등장한다.

反가부장인 중년의 "강인구"는 제부와 불륜의 관계를 맺은 아내와 이혼을 한 상태에서 성장한 딸들이 자신에게 반대하자 원래의 '삼부녀'를 해체한 다음, 윤리적 모범을 보여야 하는 아버지의 이름을 반납하고 가족일구성원으로 내려와 욕망을 추구한다. 그가 이렇게 할 수 있는 이유는 진보적인 가족관을 가지고 있었기 때문이지만 친구의 죽음으로 인생의 유한성을 느꼈기 때문이기도 하다.

그는 딸 연배의 미모의 여자 둘과 동거를 하는데 한 사람과는 계약적인 연애관계로 다음과 같은 구두 신사협정을 맺고 있다.

①교제 기간은 오늘부터 육개월로 한다. 단 기한 만료후, 쌍방에 이의가 없을 때는, 자동적으로 육개월 연장된다. ②데이트 횟수는 주 일회로 한다. ③교제 기간중 남자는 여자에게 매달 사만원씩의 생활비를 선불하고, 별도로 학교의등록금을 부담한다. (『삼부녀』, 12회)

---

62) "계약은 원칙적으로 관련자들간의 자유로운 동의를 전제로 하며 양자간에는 권리와 의무의 시스템이 형성된다. 게다가 계약은 제3자에게는 영향을 주지 않으며 제한된 기간 동안만 유효하다."(Gilles Deleuze, 이강훈 역, 『매저키즘』, 인간사랑, 1996, 87면) 들뢰즈는 매저키즘에서 구현되는 법을 "법의 불합리성을 드러내는 논증"(99면)의 차원에서 이해하고 있다. 전반적으로 손창섭이 제시하는 계약적 인간관계는 마조흐의 작품이나 들뢰즈의 해석과 전적으로 일치하지는 않는다. 이를 구체적으로 비교 검토하는 작업은 별도의 지면에서 이루어져야 할 것이다.

다른 한 명은 죽은 친구의 딸로서 셋은 '가삼부녀계약'을 맺고 새로운 '삼부녀'를 만든다.

> <우리는 한 가족이다. 우리는 친부녀 사이 처럼 서로 믿고, 의지하고, 아끼며 화목하게 같이 산다. / 1970년2월25일 /강 인구 / 안 경희 / 김경미>(『삼부녀』, 26회)

이들은 종종 혼욕을 하기도 하는데 이에 대해서 서술자는 "추호도 추잡하거나 음란한 생각이 들지 않"았고 "세사람 사이의 친밀감은 급격히 강해져갔다."[63]라고 인식한다.[64]

『삼부녀』에서는 계약적인 인간관계가 보다 심화되어 계약적인 가족관계로까지 나아간다. 『삼부녀』의 "강인구씨"는 "안경희"와는 계약적 부부관계이자 부녀관계를, "김경미"와는 계약적인 부녀관계를 맺고 이 세 명의 관계는 '가삼부녀'로 명명된다.

주석적 서술자는 이러한 계약적 가족관계에 대해 "단순한 혈육지정이나 인습적인 제도로만 묶어 놓기에는 너무나 자아의식이 강한 존재"인 현대인에게는 필연적인 것으로서, 대가족 · 소가족 · 핵가족으로의 변천은 어쩔 수 없는 시대적 추세였고 "강인구씨들의 계약가족도 이러한 추세에

---

63) 『삼부녀』, 28회.
64) 손창섭의 소설에서 사용되는 "친밀감"이라는 용어는 기든스의 "친밀성"의 의미와 일치한다. "친밀성은, 공적 영역에서 민주주의가 실현된 것과 완전히 상응하는 방식으로, 개인간의 상호작용 영역이 전면적으로 민주화되는 것을 함축한다."(Anthony Giddens, 배은경 황정미 공역, 『현대사회의 성 · 사랑 · 에로티시즘』, 새물결, 1996, 27~28면) 이러한 친밀감은 현대사회에 들어와서는 '순수한 관계(pure relationship)'에서 나타나게 된다. 순수한 관계는 '관계 외적인 다른 것에 의존하지 않고, 순수하게 관계 그 자체의 내적인 속성에 따라 형성되고 지속되는 관계'이다.(103면)

서 급격히 생성된 새로운 가족적 인간관계"로서 "단순히 혈통적이요, 인습적이기만 했던 재래의 가족사에 도전하여 적어도 새로운 가족제도의 가능성을 혹은 개연성(蓋然性)을 제시해주는 것"[65]이라고 논평한다.

이 관계에서는 고정된 역할이 없다는 것이 특징이다. 주인공인 "강인구 씨"는 계약대상인 "안경미"에 대해 <애인, 신부, 창녀, 친구, 딸>로 느끼는데, 이는 단편소설에서도 그려졌던 "「누나」요, 「친구」요 또 「애인」이기도 한"[66] 관계, "친구 처럼, 애인 처럼, 부부 처럼"[67] 지내는 관계와 그 양상이 같다.

단편소설에서 이러한 관계가 이루어질 수 없었던 까닭은 외부적인 '제 삼자'가 개입했기 때문이다. 반면에 『삼부녀』에서 이러한 관계가 가능한 이유는 '제 삼자'를 배제하는 계약적인 인간관계를 전면적으로 받아들이기 때문이다. 이는 『삼부녀』가 현대 사회를 배경으로 했으면서도 공상적인 느낌을 주는 이유가 된다.

이 관계에서 얻을 수 있는 느낌은 규정되지 않은 관계가 주는 친밀함으로서의 느낌으로서, 말리노프스키가 말하는 보육자로, 보호자로, 친구로서 기능하는 아버지가 주는 느낌과 그 양상이 비슷하다.

그러나, 손창섭이 그려내는 계약적 관계가 자의적으로 파기할 수 있는 관계로 그려지는 것은 아니며 그가 그려내는 관계들이 모두 계약적인 것도 아니다. 연애는 사회제도의 구속을 받지 않는 완전한 계약적 관계이다. 반면에 부부관계는 "정신적으로 물질적으로 육체적으로 조화된 전적

---

65) 『삼부녀』, 27회.
66) 「치몽」, 335면.
67) 「미스테이크」, 1958. 8. 30.

인 즐거움을 남녀 간에 나누기로 한 계약"[68]이지만 사회적으로 남녀평등
이 주어져 있지 않기 때문에 마음대로 파기할 수 없는 것이다.

> 하지만, 현실적인 여러가지 난조건으로 이혼이란 그리 간단한일이
> 아닐 뿐더러 미국 사람처럼 걸핏하면 마누라나 남편을 갈아 치우는 부
> 부관계에 주인갑씨로서는 쉽사리 공명할 수 없었다. / 미국인같이 생활
> 이 부유하지도 못하고 남녀 동등권이니 뭐니는 공염불에 불과하여, 아
> 직은 남권이 절대로 우세한 봉건적인 한국 사회에서는 그렇게 된다면
> 남편족만이 넥타이 갈아매듯(후략) (『인간교실』 109회, 1963. 8. 26)

그는 또한 부모와 자식 간의 관계는 계약적인 관계라고 생각하지 않는
다. 자식에 대한 성찰은 이혼을 앞두고 이루어지는데, 자식이 끼어있음으
로 해서 부부는 헤어지기 어렵고 가급적 맞추어가며 살아야 한다. 만약
이혼을 할 경우, 자식의 존재는 재혼이라는 새로운 계약을 맺는 데 있어
서 또 하나의 감수해야 할 요소로 작용하기 때문이다.

그러나 자식이 장성한 후에는 문제가 되지 않는다. 부모로 등장하는 인
물들은 공통적으로 자식이 장성해서 대학을 졸업하고 결혼하기까지만 어
버이 된 노릇을 다하면 된다고 생각한다. 그렇게 생각할 수 있는 이유는
가족의 기본단위가 부부이고 자식은 장성할 때까지 일시적인 임시가족이
기 때문이다.

> 씨는 그저 애가 있으면 있고 없으면 없고 거기에 대해서는 별로 불
> 만이 없었다. (중략) 설사 씨에게는 아들이었다 하더라도 어버이된 애

---

68) 『인간교실』 99회, 1963. 8. 14.

정과 도리로써 대학을 나올 때까지는 잘가구고 돌보아 주겠지만 일단
대학을 마치고 결혼만하고 나면 이제부턴 너는 너대로 나는 나대로
가급적 서로 의지하지 말고 독립해서 살아 가자고 내보낼것이요, 또
그래야 한다고 믿고 있는(후략) (『인간교실』52회, 1963. 6. 20)

　본시부터 그는 가정의 구성 단위를 부부에 두고 있었다. 한 가정의
기본이 되는 기간요원은 부부뿐이다. 부부 이외의 가족, 즉 부모는 형
제든 심지어는 자녀까지도 그것은 어디까지나 일시적인 준 요원으로
서의 임시가족에 불과한 것이다. / 그러므로 일단 결혼하고 나면 아니
결혼 이전이라도 성인이된 자녀는 부모와 한집에 살아선 안 되는 것
이다. 다만 부모로서는 자녀가 대학을 나올 때까지 혹은 만 이십세 이
상이 되어 독립할 수 있을 때까지, 양육해야 할 의무와 책임이 있을 뿐
이다. (중략) 한 가정의 모체는 어디까지나 부부요, 부부뿐이어야 한
다. (『삼부녀』 17회, 47면)

　가족을 계약적인 관계로 파악하고, 또 계약적인 관계를 현대사회의 대
안으로 제시하는 것은 손창섭의 초기단편에서부터 시도되어 왔다. 데뷔작
인 「공휴일」의 도일은 어머니에게 "어머니가 정말 저를 낳으셨수?"하고
묻고 동생에게는 타인에게 하듯이 "道淑씨!"라고 불러보는데 이는 도일이
혈연관계에 대해 "직장에 있어서, 자기 위의 과장이나, 부장이 갈려 새 사
람이 오듯이, 부모나 형제라는 것도 그렇게 쉬 바뀌어 질 수 있을 것처
럼"[69] 생각하기 때문이다. 이는 도일이 가족을 생래적인 것으로 생각하지
않고 구성하고 선택할 수 있는 것으로 생각하고 있다는 것을 보여준다.

---

69) 「공휴일」, 201면.

이러한 가족관은 「혈서」(1955), 「광야」(1956), 「치몽」(1957), 「침입자」(1958)등의 작품에서는 나타나는 소외된 자들의 피난처로서의 '공동체'[70]로 구체화되었다가, 『인간교실』에서 배우자의 성적자유를 인정하는 개방가족[71]을 거쳐, 「가부녀」(1958)에서 혈연의 요소를 배제한 가족으로 나타났고, 『삼부녀』(1970)의 계약가족으로 귀결된 것이라 할 수 있다.

셋째, 새로운 관계를 맺으려는 남녀는 대부분 금기에 부딪치게 된다. 이는 욕망의 추구를 금지하는 가부장제적 권위에 도전하는 것으로 해석된다.

계약적 관계를 추구하는 손창섭의 소설에서 관계의 해체는 쉽게 일어나는 반면, 새로운 관계를 맺고자 하는 시도는 난항을 겪는다. 이는 성격과 기질이 맞는 남녀 사이에 금기가 주어져 있기 때문이다.

장편소설에 나타나는 다양한 금기와 그 위반 사례를 유형화하면 다음과 같다.

첫 번째 유형은 단순한 혼외정사로서 한 인물이 배우자와 아무 연관 없는 이성과 관계를 맺는 양상이다. 이는 『아들들』의 넷째 형 "종국"과 여성들, 『길』의 "강이사"와 여관 식모 간의 관계 등에서 볼 수 있다. 이러한

---

70) 이는 사회학적인 의미에서의 공동체가 아니다. 그 양상은 오히려 일본의 전통혼 풍속에 따른 '남성가실'에서 벌어지는 양상 혹은 말리노프스키가 보고하는 트로브리안드 사춘기 소년소녀의 혼숙가옥인 '부쿠마틀라'와 그 양상이 비슷하다.(『미개사회의 성과 억압 외』, 57면)

71) 개방가족은 부부가 각자 다른 개인(이성을 포함하여)과 친밀한 관계(성관계를 포함하는)를 갖는 것이 허용되는 가족 형태로서 이러한 가족은 생활과 양육의 공동체로서 유지되며 부부는 동등한 관계 속에서 책임을 나누며 가족에 대한 의무를 소홀히 하지 않는다.(민경자, 「가족」, 『성평등의 사회학』, 한울아카데미, 1993, 190면)

관계는 남성의 성적 문란함을 표현하기 위해 그려지며, 그러한 남성 인물은 혼외정사 후 여성의 임신에 대해 무책임한 모습을 보여주기 때문에 주인공에게 비난을 받는다.

그러나 『인간교실』에서 "주인갑씨"는 부인인 "남혜경" 여사의 혼외 연애관계에 대해 포용적인데, 이는 자신도 부인과의 성적 관계에 있어서 만족을 하지 못하기 때문이다. 따라서 둘은 각자의 혼외의 연애를 즐기게 되며, "주인갑씨"는 이를 '건전한 방탕론'이라 하며 긍정한다.

> 결혼생활이란 일종의 계약입니다. (중략) 그러나 우리내외의 경우는 양쪽이 똑같이 계약을 충실히 이행치못하고 있는 편입니다. 그러니까 가장의 성립을 파괴하지 않을 범위내에서 상대방이 이행치 못하는 부분을 피차 딴데서 보충할 것을 공인은 아니나 묵인하고있는 셈입니다. 그래서 아내가 그렇듯이 나는 나대로, 아내에게 기대할수없는 즐거움을 딴여자─이를테면 황여사같은 분에게서 얻고싶은데, 어떻습니까, 여사께서도 계산상 손해가 가지 않는다면 제희망에 응하실수 있습니까? (중략) 이런 행위를 <이성간의 부분 계약>이나 혹은 <절제 있는 건전한 방탕>이라 불러도 좋을 줄 압니다. 문제는 어떤 식으로 계산을 해도 당자는 물론 가족이나 주위 사람에게 손해가 없어야 할 것입니다. 이러한 이상적인 방탕은 인간의 건강한 생활을 위해서 유익하다고 난 봅니다. 물론 어디까지나 깨끗한 파인·플레이여야 한다는 조건 밑에서 말입니다. (『인간교실』, 1963. 8. 15)

이는 남녀에게 똑같은 기준이 적용된다면 욕망의 추구를 극대화하는 방안으로서 혼외정사를 긍정할 수 있음을 말하는 것이다.

두 번째 유형은 사회적 금기를 넘어서고자 하는 관계이다.

『저마다 가슴 속에』에서 '국민학교' 교원인 "천봉우"는 여선생님인 "한선생"과 학부형인 "우여사", 학생의 누나인 "인숙", 옛 제자인 "명순"에게 사랑을 받는 존재이다. 이 여인들에게 둘러싸인 "천봉우"는 이를 불륜으로 생각하는 '자모회'에 의해 탄핵을 받지만 전혀 개의치 않는다. "천봉우"가 공격받는 이유는 '신성한 학교'라는 관념 때문인데, "천봉우"는 애정관계를 통해 과감하게 그 신성함에 도전하며 오히려 그 신성함을 더럽히는 것은 돈과 권력으로 교사들을 매수하는 자모회와 교감, 교육당국 국장이라고 말하며 저항한다.

세 번째 유형은 동성연대를 가로지르는 연애관계이다. 이는 다시 동성친구의 유대를 가로지르는 관계와 형제지간, 자매지간을 가로지르는 관계로 나타난다.

친구의 유대를 가로지르는 관계에 대해 인물들은 거의 저항감을 느끼지 않는다. 『이성연구』에서 성적으로 자유분방한 "배현구"와 결혼한 "신미"는 남편이 자신의 친구인 "계숙"과 동침하고 "선주"와 유흥을 즐겼다는 것을 알게 되어 이혼을 하는데, 자칭 '이성연구가'인 "계숙"은 이에 대해 결혼 전에 있었던 일이니 아무런 상관이 없다고 강변한다. 또한 "신미"는 이혼을 한 후에 "계숙"의 전남편이었던 "차 사장"과의 혼인을 예상하고 동침을 하게 된다. 『인간교실』에서는 "황정옥여인"을 놓고 전남편 "서씨"와 옛 애인 "김청년", "주인갑씨"가 경쟁을 벌인다.

지금까지의 금기를 가로지르는 관계들은 사회적으로 불륜이라 인식될 뿐, 해당 인물들은 강한 심리적 저항감을 느끼지 않았다. 그러나 형제지간, 자매지간의 유대를 가로지르는 관계에 대해서부터는 인물들이 이를 금기로 느끼기 시작한다.

『내 이름은 여자』에서 "최미라"는 동생 "미옥"의 남편 "구동천"과 성격과 기질이 맞아 그를 사모하게 되지만 그가 제부인 까닭에 이를 금기로 인식한다. 그러나 동생이 "구동천"과 이혼을 단행하여 더 이상 친척이 아님에도 불구하고 "최미라"는 구애하는 "구동천"에게 "아무리 진정으로 서로를 아끼고 생각한들, 동생의 남편과, 아내의 언니와 도대체 어쩌자는 거예요, 어쩔 수 있다는 거예요."라고 말하면서 "구동천"과의 결혼을 거부하고 중년인 "황사장"과 결혼한다. 이에 대해 "구동천"은 "보람있는 생명의 연소를 위해서는 좀 더 대담할 필요가 있지 않겠읍니까.」"[72]라고 설득하는데 이는 작가의 웅변으로 생각된다. 이는 작품 전체를 욕망의 논리가 추동하고 있지만 사회적 금기에 의해 욕망의 추구가 좌절되고 있다는 것을 보여주는 것이다.

네 번째 유형은 사돈지간에 일어나는 연애관계이다.[73]

『아들들』에서는 사돈지간의 불륜이 다섯 가지 양상으로 제시된다. 이는 '시아버지-며느리', '형수-도련님', '시아주버님-제수씨', '제부-처형', '형부-처제' 간의 연애관계이며, 성에 대담한 "고인자여사"와 그의 친구 '유한마담'들은 이를 당대의 성풍속도라고 말한다.

이 관계는 형-아우, 언니-동생 사이의 유대감을 파괴할뿐더러, 가부장의 이름으로 이루어진 가문과 가문의 결합인 결혼을 위태롭게 하여 결국 가부장의 체면을 상하게 한다.

---

72) 『내이름은여자』 최종회, 1961. 10. 29.
73) 사돈간의 관계 중 맞사돈은 『아들들』에서 둘째 아들 "마종갑"과 "고인자여사"가 부부관계를 맺고 있는 상황에서 종갑의 막내 동생 "마종수"와 "고인자여사"의 동생 "고인미"의 약혼으로 나타난다. 이는 혼인금제에 저촉되는 것이 아니므로 제외한다.

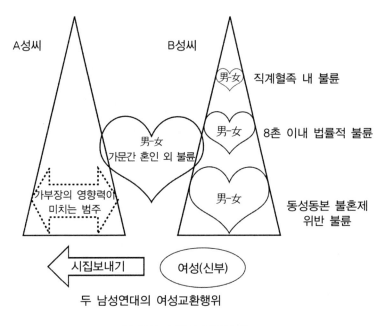

A성씨　　　　　B성씨

男-女　직계혈족 내 불륜

男-女　8촌 이내 법률적 불륜

男-女
가문간 혼인 외 불륜

男-女　동성동본 불혼제
　　　위반 불륜

가부장의 영향력이
미치는 범주

시집보내기　여성(신부)

두 남성연대의 여성교환행위

〈손창섭 소설의 불륜관계〉

　　레비스트로스에 따르면 혼인은 남성 집단 간의 여성교환행위로서 그
교환은 대립의 관계를 통합하는 원리가 된다. 근친상간 금제는 이러한 교
환을 가능하게 하기 위해 집단 내부의 혼인을 금지하는 것이기 때문에,
금지가 우선이 아니라 교환이 우선되는 호혜성을 위한 법칙이며[74] 여성
을 교환하는 남성집단은 이 호혜성(réciprocité)을 바탕으로 하는 남성들의
연대(solidarité)라고 할 수 있다.[75]

---

74) 임봉길, 「사회통합이론으로서의 모쓰(M. Mauss)의 선물론과 레비-스트로스(Levi-
　　Strauss)의 교환이론」, 『민족과 문화』 8집, 한양대 민족학연구소, 1999. 254~156면.
75) 「사회통합이론으로서의 모쓰(M. Mauss)의 선물론과 레비-스트로스(Levi-Strauss)
　　의 교환이론」, 239면.

이렇게 불륜은 가족 내에서는 근친상간을 금지하는 아버지의 법을, 사회의 영역에서는 친척 간의 혼인을 광범위하게 금지하는 친척외혼제를, 일반 사회에서는 남성연대를 깨뜨리는 결과를 가지고 온다.

손창섭이 보여주는 이러한 다양한 불륜은 마치 근친상간적인 것으로 느껴지며, 퇴행적이라고 논의될 수 있다.

그러나 엄밀하게 말해서, 손창섭의 소설 속에서 친족 내 근친상간이나 직계가족 내 근친상간은 존재하지 않는다. 사돈 간 불륜관계도 실제로 관계가 이루어지기 이전에 법률적 혼인관계가 청산되어 있어서 근친상간이라고 할 수 없다. 한편으로 작중 인물들이 강한 심리적 저항감을 느끼는 경우, 이들은 관계를 포기하고 자신의 일상으로 돌아가게 된다.

이처럼 불륜의 성격이 혼외정사나 근친상간의 범주를 벗어나 있다 하더라도 그들이 그러한 관계를 욕망하고 의도했던 것은 사실이다. 그러나 이 경우에도 그것은 가족 내에서 일어나는 좁은 의미에서의 근친상간이 아닌, 다른 문화권에서는 근친상간으로 받아들여지지 않을 수 있는 것들이다.[76] 이에 대해서는 1960년대 우리나라에서의 근친상간의 성격을 확인할 필요가 있다.

한국은 같은 유교권인 한중일 중에 가장 가부장제가 공고하고 가부장권이 강하다. 이를 혼인금제라는 풍속적 차원에서 살펴보면 한국이 가장 넓은 범위 내에서 혈족 내 혼인을 금지하고 있음을 알 수 있다. 중국의 경우에 혼인금제는 친족 내부에 대해서만 적용이 엄격하며 일본은 2촌 이

---

76) 손창섭이 가족제도, 사회제도가 다른 만주를 유랑하고 일본에서 오랜 시간을 보냈다는 점을 감안한다면 이러한 양상을 분석하는 것은 문화인류학이나 사회인류학적인 기반 위에서 가능할 것으로 보인다.

내의 관계만 엄금하고 있는 반면, 한국의 혼인금제는 친족인 친척뿐 아니라 모계인 외척, 결혼으로 이어진 인척을 모두 포괄하는 확대된 친척외혼제(親戚外婚制)이다.

중국이나 일본과는 달리 한국사회에서 사촌혼(친사촌·이종사촌·고종사촌·외종사촌간의 결혼)이 없으며, 형/동생이 죽은 후 형수/제수를 취하는 형제연혼(兄弟緣婚)이나 언니/동생이 죽은 후 형부/제부를 취하는 자매연혼(姉妹緣婚)이 없다는 것도 이를 뒷받침한다.[77]

따라서 이들이 사돈 간의 불륜을 실제로 행했다 할지라도 이는 한국에서만 근친상간이 되는 것일 뿐, 다른 문화권에서는 혼외정사에 근거를 두어 처벌할 수 있을지언정 근친상간은 아닌 것이다.

또한 말리노프스키는 모계사회의 부족민들이 모자 간 근친상간의 꿈 자체를 꾸지 않는다[78]는 것을 예로 들면서 근친상간 금지는 오이디푸스 콤플렉스 이론에서 모친/부친에 대한 유아의 성적인 욕망에 의한 것이 아니라 가족제도의 붕괴를 막기 위한 사회적 필요에 의해 만들어진 금제임을 설명한다.[79] 특히 사돈 간의 애정관계를 불륜으로 생각하는 것은 모계사회에서 찾아볼 수 없는 부계사회의 특성으로서 이러한 위반 양상은 넓

---

77) 이광규, 『한국가족의 구조분석』, 68~69면. 이러한 혼인관계·애정관계의 문란함을 만주와 일본을 거쳐 성장한 작가의 전기적 배경으로 이해할 수도 있다. 그러나 문제는 근원적인 영향관계가 아닌 그것이 가부장제적인 한국사회에서 제출되었을 때, 우리의 공고한 가부장권·남성연대와 가지는 작용과 의미인 것이다.
78) 『미개사회의 성과 억압 외』, 75면. 프로이트의 꿈 이론에 의하면, 만약 어머니에 대한 근친상간적 욕구가 실제로 존재하여 억압되어 있다면 꿈으로 나타나야 하는데 모계사회에서 이러한 꿈은 보고된 바 없다.
79) 『미개사회의 성과 억압 외』, 163~168면.

게 보아 부계적 사회질서를, 좁게는 가부장제적 질서를 흔드는 것이라 할 수 있다.

엄격한 의미에서 근친상간은 직계가족 내에서 이루어지는 것에 한정된다. 이러한 가족 안에서의 근친상간 금제를 혈족으로 확대하면 족외혼제가 될 것이고, 가부장적 부계사회에서는 혈연외혼제, 가부장권이 강화되면 동성동본불혼제나 광범위한 친척외혼제 등으로 확대된다.

금기의 영역이 가변적이라는 것은 문화권에 공통되는 직계가족 내부의 근친상간을 제외하고는, 그것이 문명의 구조와 형태에 관계되는 것이지 프로이트가 주장하는 문명의 발달이나 퇴보와 상관이 없으며 그 금기의 본질이 근친상간의 위협에 있는 것이 아니라 가부장제에 있다는 것을 알려준다.

가부장제가 엄격한 사회일수록 금기의 영역이 넓다는 점을 감안한다면 이와 같은 금기가 개인의 근친상간적 욕망의 금지에 대한 필요에서가 아니라 가부장권을 강화하기 위한 필요에서 비롯되었다고 할 수 있다. 가부장권이 강화되고 금기의 범위가 넓어진다는 것은 여성의 교환을 필요로 하는 남성 중심 집단의 한 단위가 방대해졌음을, 개인이 사회화되기 위하여 내면화해야 할 부성의 크기가 커졌음을 의미한다.

욕망의 추구를 중요시하는 인물들에게 이와 같은 혼인금제의 광대한 범위와 가부장의 권위는 억압으로 받아들여지고 처벌은 부당하게 느껴질 것이다. 그러나 인물들은 그 금기를 넘어서고자 하는 시도들을 보여주면서 금기의 존립에 대한 의구심을 드러낸다.

「그러나 이미 동생의 남편이 아니요, 아내의 언니가 아닌 지금에
와선 고쳐 생각해 볼 수도 있지 않습니까.」/ 그이는 자신없이 말하고
내 얼굴을 주시했다. / 「허지만, 우리는 죽는 날까지 동생의 남편이었
고 아내의 언니였던 사람임에는 변함이 없을 거 아녜요.」/ 「미라씬 좋
은 점이 많지만 너무 약합니다. 보람 있는 생명의 연소를 위해서는 좀
더 대담할 필요가 있지 않겠습니까.」 (『내 이름은 여자』, 최종회)

이처럼 인물이 갖는 자연스러운 욕망은 근친상간이라는 금기에 부딪
쳐 이루어지지 못한다. 이는 일반적인 대중소설이 갖는 '기존 도덕의 재
확인'이라는 틀로는 이해될 수 없다. 왜냐하면 그러한 결말이 일반적인
멜로드라마의 효과처럼 기존의 도덕으로 복귀함으로써 독자에게 안정감
을 주는 것이 아니라[80] 비극적인 모습을 각인시키기 때문이며, 인물들이
기존의 도덕에 편입됨으로써 안정감 있는 삶을 살아가는 것이 아니라 노
예상태를 살아가게 되는 결과를 불러오기 때문이다.

「말하자면 직업이든 가정 살림이든간에, 일에 재미를 붙일 줄 모르
는 사람처럼 불행한 인간은 없다고 저는 생각해요. 재미 없는 일을, 하
고 싶지 않은 일을, 먹기 위해서 살아 나가기 위해서, 억지로 한다는
건, 일종의 노예상태니까요. 그런 노예적인 직업이, 직업에 있어서나
가정 살림에 있어서나, 성공을 거두고 참된 발전과 기쁨을 가져다 주
기는 어려울 거 아니겠어요」 (『내 이름은 여자』 95회, 1961. 7. 17)

---

80) 멜로드라마의 결말은 항상 서사 전개 이전의 상황으로 되돌아간다. 위기는 극복되
고 상황의 급격한 반전으로 인해 위기를 맞았던 균형과 질서가 회복되어 도덕이
건재함을 알린다.(김석봉, 『신소설의 대중성 연구』, 역락, 2005, 36~40면. 피터 브
룩스 *The Melodramatic Imagination* 의 논의를 재인용함)

즉, 손창섭 소설에서 나타난 불륜의 관계에서 중요한 것은 그것이 가져오는 멜로드라마적인 도덕적 보증에 의한 섹슈얼리티의 효과가 아니라, 자유로운 욕망이 부딪친 금기의 선을 불필요한 억압으로 생각하는 작가의식인 것이다.

5장

동성사회에 대한 성 급진주의적 대안

욕망에 기초한 평등한 계약적 관계를 원리로 하는 손창섭의 작품세계에서와는 달리, 현실세계의 오이디푸스적 구조는 가정의 경계를 넘어 사회와 국가를 아버지와 자식관계로 조직화하여 탄탄한 상징체계를 구축한다. 국가는 부계의 혈통인 '祖國'으로 불리며 국가수반은 개인들의 무의식 속에 아버지로 각인된다.[81]

가족주의는 이런 과정을 통해 만들어져 가정에서의 '부권'을 국가차원의 '강권'과 연결시킴과 동시에 권력지향적인 가부장제적 가장을 통해 국민을 통치하게 된다.[82]

그러나 손창섭이 그려내는 反가부장은 지배 이데올로기의 첨병 역할을 거부할뿐더러 가정 내의 권위주의적인 부권을 철회하고 구성원이 자율적으로 자신의 욕망을 추구하게 하여 가족주의를 이용한 사회통합에 반대하는 결과를 가져온다.

---

81) 박정희 전 대통령의 국장에 국민이 상복을 입었던 것도 그 예가 될 수 있다.(이득재,『가족주의는 야만이다』, 조합공동체 소나무, 2001. 23면)

82) 라이히는 권력에 예속적이면서 가족에 대해 초법적인 권한을 행사하는 사람들에 대해 "the little man; 소심한 사람, 하찮은 사람"이라는 명칭을 붙이고 철저하게 비판한다.『작은 사람들아 들어라』의 신랄한 비판이 목적하는 바는 대부분의 하찮은 보통 사람에게 주관성을 회복하여 자신에 대한 결정을 자신이 내리도록 하는 것이다.

이러한 대안적 가족 공동체의 일원들은 자신들이 맺고 있는 계약적 관계를 통해 다시 한번 지배 이데올로기를 부정한다. 왜냐하면 이해타산이 없을 수 없는 계약적 관계에서 개인이 차지하는 위치는 어떤 권위적 집단에도 귀속되지 않고 어떤 이데올로기적인 명제에도 자신의 이해관계를 포기하지 않는 개별적인 주체이기 때문이다.

이는 손창섭 소설이 보여주는 개인주의적 양상이라 할 수 있다. 통상적으로 개인주의는 자신의 이익을 추구하면서 타인의 이익을 침해하지 않는 것인데, 손창섭은 욕망을 억압하는 부성을 비판하면서 자신의 순수한 욕망을 추구하고 동시에 스스로는 자신의 욕망을 남에게 강요하지 않는 윤리적 주체가 됨으로써 역지사지의 윤리관으로 나아간다.

> 남에게 弊害를 끼치지 아니하는 범위內에서, 나는 어디까지나 내 멋대로 살고 싶은 것이다. 아무러한 因習이나, 形式이나, 體面에도 拘束 받고 싶지 않다. 이러한 나의 思考와 生活이 자연 周圍에 「괴짜」라는 印象을 주는 모양이다. (「受賞所感 괴짜의 辯」, 『현대문학』 16, 1956. 4. 1)

이 글에서 손창섭은 그 어떤 인습, 형식, 체면에 구속받지 않는 멋대로의 삶을 살고 싶다고 하는데 이는 욕망의 자유로운 추구를 의미한다. 그리고 이를 제어하는 것은 바로 "남에게 弊害를 끼치지 아니하는 범위內"라는 한계이다. 손창섭에게 있어서 이는 인간관계의 기본이며 "나 같지 않은 사람들이 솔직하지 못하거나 무례하거나 이상한 사람들"이라고 생각한다.[83]

---

83) 「나의 집필괴벽」, 『월간문학』, 1971. 9, 232면.

그러나 자본주의적 세계질서 속에서 개인주의적 윤리관을 지키면서 살기는 쉽지 않다. 손창섭이 묘사하는 1960년대 한국의 자본주의 사회는 모든 사람이 같은 대상(권력, 금력, 명성)을 추구하며 자신의 욕망을 충족시키기 위해 타인의 욕망을 침해하는 '협잡'이 일상화된 시대이다. 이러한 시공간에서 손창섭은 권력, 금력, 명성을 추구하지 않는 주인공들을 내세움으로써 전체적인 욕망의 흐름을 교란시킨다.

자본주의에 대한 비판의 양상이 가장 잘 나타난 작품은 단편 「층계의 위치」라고 할 수 있다. "나"는 신문에 적혀 있는 선거 이야기가 골치가 아파 창밖을 보다가 이상한 구조의 삼층집을 발견하고 그 구조를 알고 싶어한다. 그 건물은 미군을 상대로 매춘을 하는 곳으로서 가부장제와 결부된 자본주의적 질서와 제국주의적 모순에 대한 알레고리적 표현이다. 우여곡절 끝에 그는 그 건물 안으로 들어갔지만 건물의 구조, 층계의 구조는 알 수가 없다. 남들과 같은 욕망을 갖기를 거부하는 그에게 현실의 자본주의가 돌아가는 구조를 파악하는 것은 요령부득(要領不得)인 것이다. 이렇게 남들이 원하는 것을 추구하지 않는다는 것에 대해 주인공은 고독감을 느낀다.

> 교장이나 도, 시에서 나온 관리들 처럼 금력이나 권력이라는 남의 장단에만 춤을 추며 자기를 잃고 싶지는 않았다. 그렇다고 兄이나 尹 국장 처럼 위신이나 체면이라는 곰팡이 속에 칩거하며 자신을 위장하고 싶지도 않았다. 거기에 고독이 있었다. (「고독한 영웅」, 103면)

곽학송은 손창섭에 대한 회고에서 손창섭이 호구지책으로 양계장을 했다고도 하는데, 작가가 어떤 방식으로 양계장을 경영하려고 했는지는

소년소설인 「꼬마와 현주」(1955)에서 자세히 묘사되는 부분을 보고 짐작할 수 있다.84)

> 이상적으로 과학적인 양계를 실험한다고 하면서, 현주의 형님은 사료(모이)에 관해서뿐 아니라 그 밖의 여러가지 일에 늘쌍 세심한 주의를 기울여 왔다. / 모이는 아침, 점심, 저녁 세 때 꼭꼭 시간을 정해 놓고, 영양가 많은 것을 고루고루 배합해 먹이기에 애썼다. 아침에는 칠팔 종류나 되는 가루 모이를 생선 국물에 개어서 주고, 점심 때는 놀다가 출출하면 언제든 먹기 좋으라고 가루채로 듬뿍 담아서 놓아둔다. 그리고 저녁 때마는 밤 시간이 길어서 배가 쉬 꺼질까봐, 반드시 톨 사료를 주되, 이것도 그냥 한 두 가지가 아니라. 밀, 보리, 피, 수수 쌀사래기, 옥수수 따위 알곡을 적어도 다섯 종류 이상씩 적당히 섞어서 뿌려주는 것이다. 그리고 끼 때 외에는 배추나 무 잎사귀며, 연한 풀을 한 바구니씩 뜯어다 넣어 주는 것을 잊지 않았다. / 한편 물에다는 가끔 고추가루나 약을 타 먹이었다. 뿐만 아니라 한 주일에 한번 정도는 계사를 비롯해서 운동장 구석구석까지 여러 종류 약품으로 철저히 소독을 해 주는 것이다. (「꼬마와 현주」, 26~27면)

양계는 적은 사료비를 들여 짧은 시간에 많은 살을 찌워서 파는 것이 관건이다. 따라서 그 서식조건 등의 협소와 불량으로 닭들은 많은 질병에 시달리며 치명적인 질병에 걸리기 이전에 도살되는 것이 일반적이다. 농

---

84) 곽학송의 회고(「손창섭 형을 생각하며」, 『현대문학』, 1975. 1)에 의하면 손창섭은 출판사 편집사원에서 양계업으로 전환을 했다가 계란값 폭락으로 생활이 어려워지자 김동리가 유일한 종합지인 「현대공론」의 편집장인 李鍾桓 선생에게 부탁하여 「생활적」(『현대공론』, 1954. 11)을 발표했다고 한다. 따라서 손창섭이 양계업을 한 시기는 1954년 11월 「생활적」의 발표 이전으로 추정할 수 있다.

가소득을 향상시키기 위하여 신문에 양계법이 게재되는 등, "이상적이고 과학적인 양계"는 당대의 관심거리였으나 "현주"의 형님이 하고자 하는 방식은 너무나 "이상적이고 과학적"이어서 수지타산이 맞지 않을 수밖에 없다.

이와 같이, 손창섭 소설의 주인공들은 당대의 파행적 자본주의를 거부하는 개인주의적 윤리관을 지키는 까닭에 스스로 소수자(minority)가 된다.

장편소설의 투쟁형 인물들은 이러한 소수자들이다. 『세월이가면』의 "차성철", 『저마다 가슴 속에』의 "천봉우", 『길』의 "최성칠" 등의 투쟁형 인물들은 당대의 파행적 자본주의에 대하여 모랄을 제시한다. 특히 『길』에서는 꽁뜨 「한국의 상인」, 「신서방」 등에서 비판해왔던 이기주의적이고 폭력적인 이윤추구 행위에 대해서 건전한 이윤추구 행위, 즉 자본주의의 모랄을 제시한다. 그것은 돈에 대한 지나친 욕심과 빨리 성공해야 한다는 조급함을 버리고 권세, 돈, 명예를 올바로 향유할 수 있는 인격을 기르는 것이다.

물론 사람이 돈을 버는 건 얼마든지 좋아 그러나 너무 과열 상태에 빠지는건 좋지 않은거다. 욕심이 지나치면 으례 부작용이 생기게 마련이니까. (중략) 「베이큰이란 영국의 철학자가 이런 말을 했어. 돈이란 좋은 하인이지만 나쁜 주인이기도 하다구. 잘못하면 사람은 돈의 노예로서 돈에 혹사 당하게 돼. 그렇게 되기 시작하면 정 사와 선 악의 구별도 제대로 못할만큼, 양심이나 인정이 무디기 쉬운거야. 이 세상을 자세히 둘러봐라. 돈이나 권세있는 놈 치구, 정의와 양심에 투철한 사람이 과연 얼마나 되나.」 (중략) 다만 돈이나 권세나 명예같은건, 마약과 비슷해서 조심해야 된단 말이지. (중략) 그런 마약을 다루려면 자격이 있어야 하듯이, 뛰어난 권세나 돈이나 명예를 향유하는데도 그만한 인간적 가치와 자격을 갖춰야 해. 그 자격이란 즉 인격과 양심, 교양 같은걸 말하는거야. (중략) 그러니까 덮어 놓고 큰 부자가 되거나 권세를 잡으려고 날뛸 것이 아니라, 먼저 자신의 인간 완성에 힘써야 하는거다. (『길』 225회, 1969. 4. 21)

『길』의 "최성칠" 외에도 『세월이가면』의 "차성철"은 실비진료를, 『저마다 가슴 속에』의 "천봉우"는 부정부패 없는 이상적인 학교를 꿈꾼다. 이러한 지향은 전후 복구문제와 긴밀한 관계가 있다.

「그러나 가난한 한국인의 처지에 잘 먹구 잘 입구 남는 걸 가지구 남을 돕겠다는 건 이상론에 지나지 않는다구 생각합니다. 그 문제에 대해서는 죽은 남식군과두 늘 해온 얘깁니다. 가령 정상적인 생활에 소요되는 힘을 8로 보고 최저 생활에 필요한 에너지를 5로 본다면 우리는 최저한도의 생활에 만족하면서 나머지 3의 힘으로 남을 도와 보자구요. 그만치 6.25 동란 이후의 우리나라 실정은 남의 도움을 필요로 하는 사람의 숫자가 엄청나게 많단 말입니다.」 (「세월이가면」, 『대구일보』, 1959. 12. 13.)

실제로 손창섭은 일종의 야학인 천막교실이 돈이 없어 인가를 받지 못해 헐렸으며 지게꾼, 날품팔이를 부모로 둔 학생들이기에 곤란을 겪는다는 기사[85]를 보고 기부금을 쾌척한 바 있다.[86] 이러한 기록은 손창섭이 그 전해에 창작한 『인간교실』과 그 이듬해부터 창작한 『이성연구』에서

---

85) 「용산구청서 천막교실을 철거」, 『조선일보』, 1964. 4. 4, 조 3면.
86) 「작가 孫昌涉씨 「천막교실」에 천원」, 『조선일보』, 1964. 4. 5, 조 7면.

본격적으로 그리는 사회사업단체에 대한 문제를 전후의 삶의 방식으로 깊이 고민하고 있었음을 알게 해준다.

그러나 욕망의 추구를 우선하는 손창섭은 사회사업이라는 숭고함에 경도되기보다는 과연 그것이 인물의 자발적인 욕망에 기초하여 있는지와 다른 억압을 초래하는 것은 아닌지를 점검한다.

『세월이가면』의 "차성철"이 행하는 실비진료가 긍정적으로 그려지는 것은 그것이 "차성철" 자신의 욕망에 의한 것이기 때문이다. 그러나 그것이 실패하는 것 역시 개인의 욕망 차원에서 행해지기 때문이다. 반면에, 『인간교실』의 "미스윤", "미스터안" 등이 관계하는 '삼정학원'과 『이성연구』의 "배현구"가 주도하는 '팔기사업회'와 같은 사회사업단체는 사회사업이라는 대의명분을 내걸고 성공을 하게 된다.

그렇지만 이는 긍정적으로 묘사되지 않는다.[87] 그 이유는 사회사업의 성공 이면에 그것을 출세기회로 생각하거나("배현구")와 남성에 대한 복수("미스윤")로 생각하는 사회사업가의 불순한 의도가 있으며, 그들의 자금 동원은 대의명분을 내세우거나, 치부를 들추어 협박을 하거나, 남성의 위선적 탈선행각을 폭로하겠다는 협박을 함으로써 이루어지기 때문이다. 또한 "배현구"는 국가주도형 간척사업에 성공하여 자금을 동원하지만, 그것 역시 "주로 호텔이나 요정의 밀담"을 통해 "허가권자를 귀찮아서, 그쪽 몫의 절반인 삼백정보를 교묘한 조건으로 팔기 사업회 재산에 병합"

---

87) 부정적인 사회사업가의 원형은 「육체추」에서 형상화된 바 있다. "<성혜 애호원>은 서울 교외의 조그만 산록에 있었다. 불구자 수용소다. (중략) 말하자면 그것은 폐물 인간의 사육장이다. 파괴된 인간 육체의 전시장이다. / 이런 기발한 사업에 착수하여 성공을 거둔 왕자인 서목사는 항시 관람객 모집에 근면하다."(「육체추」, 212~213면)

하여 이루어낸 것이다.[88]

손창섭 소설에서 등장하는 사회사업가들은 이러한 갈취와 착복과 협
잡을 사회의 구조적 악에 대항하는 도구적 악이라고 생각한다.

> 「단골 주주들이 미스·윤을 찾아와서 밤을 보낼 때, 가장 노골적인
> 장면을 찰깍찰깍 찍어 두자는 거예요.」 / 「그래 가지고는 이쪽 요구에
> 불응하면 사진을 세상에 공개해 버리겠다고 협박을 하자는거군요?」 /
> 「협박이란 말대신에 복수란 말이 더 적합하지 않아요? 그러면 그들은
> 거의가 그 알량한 명예니 체면이니 인격을 하늘처럼 믿고 사는 소위
> 저명 인사족들이라 설설길거 아녜요?그꼴 참 가관일 거예요.어때요?
> 이건 가능한 얘기죠?」 / 「그야 명사급 인물이라면 설설 길지 모르지.
> 허지만 그렇게 되면 일종의 갈취 행윈데 방법이 좀 야비하지않아요?」
> / 「세상에는 덕망높은 인격자로 행세하면서 뒷구멍으론 난봉만피우
> 는건 그럼 야비하지 않고 신성한 것인가요? 아저씬 잠자코 그 멋진 꼴
> 들을구경이나 실컷 하세요.」 (결혼의 의미』 76회, 1963. 7. 18)

그러나 이러한 사회사업이 긍정적으로 묘사되지 않고 있다는 것은 작
가가 이를 현실의 억압에 대한 또 다른 하나의 억압기제로 판단하고 있으
며, 당대 사회에 대한 해결책이 아니라고 생각한다는 것을 말해준다.

손창섭의 궁극적인 해결책은 억압적인 사회사업가에게 있지 않으며,
실패하는 투쟁형 인물에도 있지 않다. 손창섭 소설에 등장하는 아버지 주
인공, 즉 反가부장들은 사회이상을 지향하는 면모를 갖고 있지 않지만 손
창섭의 해결책은 오히려 이들 反가부장에게 있는 것으로 보인다.

---

88)『이성연구』, 257면.

反가부장은 억압적이지 않은 가족관계를 시험하며 사회의 오이디푸스적 구조화에 대항한다. 反가부장성은 낮은 부성에 기반한 사회, 욕망에 기초한 사회, 친밀감이 작용하는 사회를 만드는 데 있어서도 가장 핵심적인 요소이기 때문이다.

反가부장을 필두로 한 손창섭 소설의 제반 양상은 성급진주의자가 주장하는 성정치적(sex-political) 사회 개혁안과 유사한 내용을 담고 있다. 즉, 투쟁형 주인공이 사회의 표면적인 모순과 대결하는 것이라면 反가부장들은 사회의 무의식적, 구조적 모순과 대결하는 것이다.

앞서 설명한 바와 같이 反가부장은 권위를 철회하여 가족으로 하여금 욕망을 추구할 수 있도록 한다. 도덕에 의한 의사결정에서 욕망에 의한 의사결정으로 바뀌는 것은 라이히에게는 성적 억압을 근본적으로 제거하는 일이다. 이는 사회주의 혁명으로도 이루지 못하는 사회구조의 변혁을 개인의 심적 구조를 변혁함으로써 가능하게 하는 것이다. 사회의 변혁은 인간의 무의식적인 정신구조가 변하지 않으면 이루어질 수 없다. 왜냐하면 제도의 차원에서 민주주의를 만드는 것은 금방이라도 가능할지 모르지만, 도덕의 규율이 인간을 통제하고 있는 한, 인간의 자율하는 능력은 현재와 같은 마음의 구조에서는 절대 이루어질 수 없는 것이기 때문이다.[89]

성혁명을 주장하는 라이히가 본질적 성혁명을 빼놓은 러시아 사회주의 혁명의 한계를 보았듯이 『인간교실』에서 "주인갑"씨는 "4.19 이후에는 엉뚱하게도 혁신적인 어느 정당에 가담했다가 5.16 때 서리를 맞은이래, 한결같이 자숙해오면서"[90]라는 술회하면서 4.19 혁명에 대한 자조적

---

89) Wilhelm Reich, 이창근 역, 『性문화와 性교육 그리고 性혁명』, 제민각, 1993, 32면.
90) 「인간교실」, 1회.

인 인식을 보여준다. 4.19 이후의 혁신정당이 모두 사회민주주의 정당이었다는 것을 감안한다면, 그는 무상의료, 무상교육이라는 사민주의의 이상을 지향하고는 있지만 그것이 혁명에 의해서 가능하다는 생각을 하지는 않았던 것으로 보인다.

즉, 그가 지속적으로 문제 삼고 있었던 것이 가정과 가정의 경계를 넘어서는 가부장제의 억압적인 부성이었다는 점을 감안한다면, 혁명 후에도 가부장제가 존속하고 남성에 의한 여성의 예속과 착취가 지속되는 현실은 작가로 하여금 보다 근본적인 사회변혁을 내면적으로 바라게 했을 것이다.

더 나아가 손창섭은 억압적인 무엇이 아닌, 억압 그 자체를 비판했다. 문단이 4.19 정신에 깊이 고무되어 있을 때, 손창섭은 「인식부족」이라는 꽁뜨를 통해 혁명을 선도했던 대학생에 대한 우회적인 비판을 던진다.91)

91) 이 작품은 4.19와 5.16의 사이인 1960년 12월 4일, 『동아일보』에 수록된 꽁뜨로서 그는 당시 혁명의 주체세력으로 큰 권위를 가졌던 대학생을 세상에서 가장 무서운 존재로 묘사하고 있다.
　경관출신의 한 사내는 경찰에 있을 때 상사에게 십만환을 억울하게 갈취 당했지만 자신은 '남들처럼 해 먹을 줄 모루기루 유명'한 사람이었기 때문에, 퇴직 이후 돈이 항상 궁하다. 그는 아이들 겨울준비와 아내의 해산이 겹쳐서 갈취당한 돈을 돌려받아야 하는데 상사는 교묘하게 빠져나가고 최후의 수단으로 그는 '공갈'을 치기로 결심한다. 그는 요즘의 세상에서 깡패, 상이군인의 전성시대는 지났다면서 '장관두 국회 의원두, 그리구 검찰이나 법관두쩔쩔매는 그런 사람들'은 바로 대학생이라고 말한다. 그는 친구에게 대학생인 친구의 동생과 그 친구 두 서너명만 데리구 와서 '몇 마디 좀 거들어 줄수 없겠는가' 부탁을 한다. 친구는 이에 '대학생을 어떻게 보구 하는 소리'냐며 그러다가 (대학생들에게) 정말 얻어터질 거라고 하면서 대학생들이 이런 부탁을 들어줄 거라 생각하는 그의 '인식부족'을 꼬집는다. 마침, 이 대화를 옆 자리에 있던 청년 두서너 명이 듣고 이쪽을 쳐다보자 경관출신인 그는 얼굴이 질려 자리를 뜬다.

이는 어떤 것이든지 지배적인 지위에 올라간 것에 대해서는 그 권위를 의심하고 억압성을 판단하는 부성 비판적인 태도와 관련이 있다.

「싸우는 아이」의 "찬수"가 "사람은 자유다, 자유다."[92]라고 받아들이는 것은 단순한 인식이라기보다는 혁명의 본질에 대한 인식으로 보이는데, 그는 권위주의적인 독재세력을 축출하고 또 다른 권위주의적 세력을 세우는 식의 혁명을 긍정하지 않는 반면, 억압받는 모든 것을 해방할 수 있는, 더욱 본원적인 혁명으로서 "사람은 자유"라고 외치는 것이다.

이러한 본질적인 변화를 일으킬 수 있는 방안은 라이히에 의하면, 아동에 대한 억압적 도덕교육의 폐지, 유아의 성기적 장난의 허용, 청소년의 성관계 긍정, 혼전 순결 및 여성 순결주의 폐지, 배우자에게 만족하지 못할 경우 혼외성교 허용(법률적 금지의 폐지), 결혼관계에 있어서 도덕적 강제 폐지, 여성에 비해 자유로운 남성의 성적 방만 금지, 낙태의 허용, 자유로운 성관계 허용과 매춘의 지양, 차선책으로서 동성애와 마스터베이션 허용, 성교육을 통한 자연스러운 욕망과 반사회적 욕망의 변별적 인식 등이다.

이러한 주장은 매우 급진적인 것으로 느껴진다. 그러나 현대인의 성에 관한 각종 보고서들은 이와 같은 변화가 이미 일어나고 있음을 보여준다.[93] 反가부장이 등장하는 손창섭의 장편소설에서는 라이히가 제시한 해결책들이 거의 비슷한 양상으로 제시된다.

꽁뜨의 전문을 덧붙임에 수록한다.

92) 『싸우는 아이』, 116면.

93) 기든스는 이러한 변화의 근간에 출산으로부터 자유로워진 조형적 섹슈얼리티(plastic sexuality)가 자리 잡고 있다고 한다.(Anthony Giddens, 배은경 황정미 공역, 『현대 사회의 성·사랑·에로티시즘』, 새물결, 1996, 62면)

유아 및 아동과 관련한 내용들 중 억압적 도덕교육 폐지는 아동을 교육을 받아야 하는 미성숙한 존재로서의 '어린이'로 생각하지 않고, 체험을 통해 자신의 모랄을 수립해나가고 주체적으로 의사결정을 해나가는 존재로 형상화하는 소년소설의 창작에 대응된다. 그는 아동을 '어린이'가 아닌 '작은 어른'으로 묘사한다.94) 이런 태도는 「소년」에서처럼 아동의 성적 인식과 활동을 긍정하는 방향으로 나타난다.

청소년의 성관계에 대한 긍정은 『길』의 "최성칠"이 약혼녀 "봉순"을 붙들어놓기 위해 성적 접근을 시도하다가 미성년자라 여관에 들지 못하는 상황을 보여준 후, "봉순"이 다른 남자와 육체관계를 맺어 결혼하는 모습을 보여줌으로써 간접적으로 주장된다. "성칠"과 "봉순"이 여관에 들려고 하다가 거부당하는 것은 청소년들에게 성행위가 가능한 개인적인 장소를 확보해주어야 한다는 라이히의 주장과 비교할만한 것이기도 하다.

손창섭은 여성에 대한 순결주의를 강도 높게 비판하고 있는데, 그 목적을 위해 주요 소재로 사용되는 것은 당대에 이슈가 되었던 '순결증명서'이다. 이는 규방에 구속되어 있던 여성들이 사회영역으로 진출하여 그들의 육체적 순결을 감시할 수 없게 되자 당대의 남성중심적 질서가 여성의 순결을 감독하기 위해 만들어낸 풍속이다. 순결증명서에 관한 아래의 기사는 중립적 사실보도를 하는 것 같지만 사실증명 책임이 고소인에게 있는 것이 아니라 여자 피고소인에게 주어져 자신의 처녀성을 담보로 해야 한다는 점과 피고소인을 기존의 처녀로 간주하고 있다는 점에서 남성중심적 이데올로기를 내포하고 있다고 할 수 있다.

---

94) 소년소설에 대한 분석은 별도의 지면에서 행하기로 한다.

「처녀 증명서 내놓고 줄행랑」 ...여고생이 논문수와의 간통사건으로피소되자 의사의 처녀증명서를 검찰에 내놓고 미국으로 줄행랑, 검찰을당황케 하고 있다. // ○...모회사 사장의장녀인 韓모양(19·여고3년재학중)은 작년여름 俗離山에서 사귄 K대학교수 李모씨(35)씨를 깊이사랑-이를 눈치챈 李씨의부인 朴모(32)여사가 남편에게 협의이혼을 요구, 등조건으로 1천만원의 위자료를 요구했다가 거절당하자 마침내朴여사는 남편과韓양을 간통죄로 검찰에 고소. // ○...약 5년 전에결혼, 두딸을낳고 행복했던 李씨부부에게 韓양은 『비록나어린 소녀지만 변할수없는 사랑을간직, 이혼만성립되면 두딸을데리고 힘껏 살아보겠다』는 결의를 표명했으나 육체적인 순결을 주장, 저명의사의 육체상의처녀증명서를 검찰에 내놓고 지난달10일 미국유학이란명목으로 뺑소니쳤던 것. // ○...검찰은 韓양이 귀국, 처녀성의 사실여부를 확인하기전엔 흑백을 가릴수없다고 난색을표명, 삼각에얽힌 처녀증명서는 누가 입증할 것인지. (「조약돌」, 『서울신문』, 1965. 12. 1)

이런 성적 불평등에 대해 손창섭은 『결혼의 의미』에서 운동으로 인해 '처녀막'이 손상된 여성의 입을 통해 여성에게만 강요되는 순결주의를 비판한다.

남자란 족속은 대개가결혼 전에 이미 된짓안된짓 다 하고 돌아가니고서도, 여자에게만은 아내로 맞이할여자에게만은 완전 무결한 순결을 요구하는 악습이 있다. / 이것은 단연 배격하고 시정하여야 할 남자만의 폐풍이요, 독선이 아닐수 없는 일이다. (중략) 남자가 완전한 동정이 아닌 이상 여자쪽도 정신적으로만 미혼의 순결을간직하고 있다면 육체적으로는 반드시 동정이 아니라도 무방하지 않느냐-고. (중략)

도대체 처녀성이란 대체 무엇이냐. 총각성이란 말은 없는데 처녀성이
란 말만이 지나치게 여성을 묶어 두어야 할 이유는 어디 있느냐. (『결
혼의 의미』 3회, 『영남일보』, 1964. 3. 7)

이런 주장은 전 작품인 『인간교실』에서는 적극적인 대안으로서 남성
주인공의 '건전한 방탕론'에 연결된다.

이외에, 매춘제 반대[95]는 「사제한」에서 두드러지게 나타난다. "眞秀"
는 "애정이 따르지 않는 단순한 육체적 희롱"에 대해 "여성 전부에 뿐만
아니라, 인간으로서의 자기 자신에게 대한 모독"으로 느낀다. 하지만 그
는 '창녀'들에게 그 죄를 전가하지 못한다. 왜냐하면 "자기 자신이 여자였
다면 창녀들과 같은 신세에 빠지지 않으리라고 누가 보장 하겠는가 하는
공포감" 때문이다. 나아가 그는 "대부분의 무지하고, 무능하고, 우둔한 색
씨들로 하여금, 그런 굴욕적인 삶의 도가니 속으로 몰아 넣은 책임은 과
연 누가 져야 하겠는가!"[96]라고 남성사회에 질문을 던진다. 그리고 그 책
임은 "洪先生"의 위선과 "夏敎"의 물리적 힘에 있다고 제시된다.

라이히가 제시하는 성교육은 '이성연구'와 성적으로 개방적인 여성 배
우자에 의한 남성 배우자 교육으로 나타난다. 라이히는 성교육을 통해 자
신의 '자연스러운 욕망'과 '왜곡된 성적욕망', 즉 현실의 도덕주의적 억압
에 의해 성욕이 무의식으로 침잠하여 반사회적으로 왜곡되어 있는 형태
의 욕망을 구분할 수 있어야 한다고 말하고 있다.

---

95) 라이히에 의하면 매춘은 돈이 가진 교환관계적 속성으로 인해 정상적인 성적 욕망
　　을 왜곡시킨다.(Wilhelm Reich, 『性문화와 性교육 性혁명』, 46~49면)
96) 「사제한」, 177~178면.

손창섭에게 있어서 이성연구는 상대방과 자신의 욕망의 정합성을 연구하고 특히 여성의 경우, 어떤 남성이 자신의 이상적인 배우자가 되는가를 검증하는 것을 말한다. 이렇게 이성연구를 행하는 여성들은 적극적인 성적 행위와 발언을 통해 남성들을 교육한다.

　　라이히는 성적 욕망이 충족되면 동성애는 사라지는 것으로 생각하여 동성애 처벌에 반대한다. 이는 손창섭의 『인간교실』에서 "주인갑"이 "혜경여사"를 성적으로 만족시켜주지 못하자 "혜경여사"가 "황여인"과 동성애를 벌이고 "주인갑"은 이를 용인한다는 것에서 같은 양상을 찾아볼 수 있다.

　　이와 같이, 손창섭의 장편소설 중 反가부장들이 주장하는 직접적인 언설들은 파시즘에 대항했던 라이히의 성급진주의적 주장과 대부분 일치한다. 손창섭이 주장하는 계약적인 가족관계, '건전한 방탕론', 동성애 허용과 같은 것들은 수십 년이 지난 오늘날에도 매우 급진적인 주장이라 할 수 있지만, 한편으로는 손창섭이 주장하던 방향으로 사회가 변해왔음을 인정하지 않을 수 없다.

　　이러한 주장을 담은 소설들은 성 급진주의 담론의 정치성을 내포하고 있으므로, 이를 두고 통속적인 묘사와 남근중심적 욕망에 포섭된 통속소설이라 할 수 없다. 그리고 성급진주의가 파시즘에 항거하였듯이, 손창섭 문학의 섹슈얼리티는 가족주의 정치질서를 구현하던 독재정권의 파시즘에 반대하는 정치성을 담지하고 있었다고 할 수 있다.

　　그리고 이러한 주장을 내포하는 소설을 신문지 상에 제출하는 것은 가족의 억압구조가 사회를 빈틈없이 구조화하고 있다는 것을 알고 성정치 운동과 대중교육에 매진했던 라이히처럼, 광범위한 파급력을 가진 대중

매체를 통한 미학적 접근을 통해 인간의 심리구조를 바꾸어 나가고자 했던 것이라 할 수 있다.97)

---

97) 이와 같이 인간이 바뀌어야 사회가 바뀐다는 문제의식은 4.19 혁명에 대한 담담한 서술과 자신의 과거 정치적 행보에 대한 호의적이지 않은 회고, 갈취를 통해 금전을 취해 사회사업을 하고자 하는 인물들에 대한 부정적인 태도 등에서도 알 수 있다. 자발성에 기초해 있지 않은, 돕고 싶다는 욕망을 넘어서 의무로서 강요되는 행위는 부정된다. '사람들의 심성을 바로 잡아 좋은 세상을 만들고 싶기 때문'에 사람들에게 좋은 글귀가 적힌 종이를 나누어준다는 기록(「도일 후의 손창섭에 대하여」, 『작가연구』, 161면)은 심적 구조를 바꾸고자 하는 손창섭의 세계인식을 직접적으로 보여준다.

6장

국가권력과 역사에 대한 비판

손창섭은 1973년 12월 25일 가족을 먼저 일본으로 보내고 뒤따라 이주한다.[98] 그 후에 『유맹』, 『봉술랑』을 씀으로써 손창섭 창작의 네 번째 단계가 이루어진다. 손창섭의 일본 이주와 정착은 그의 작품들이 발산하는 국외자적 시각과 함께 논의해야 하는 '사건'이다.

이주의 동기에 대해 고은은 ①자기부정/현실부정 ②아내의 요구 ③일본체험(식민지시기)이 복합된 것으로 보고 손창섭을 '사회적 망명자'라 칭했다. 그러나 자기부정 및 현실부정이라는 원인은 그가 보여준 부정이 어디까지나 '방법적인 부정'이었다는 것을 감안할 때, 또한 일본 역시 부권적 억압이 심한 국가라는 것을 감안할 때[99], 충분한 내적 동기로 작용했을 것으로 생각되지는 않는다.

---

98) 고 은, 「상황은 절망을 낳고 절망은 이주를 낳는가」, 『조선일보』, 1974. 1. 31, 5면. 방민호에 따르면, 손창섭의 일본 귀화는 상당히 늦은 시기에 이루어진 것으로 보인다.(방민호, 「손창섭 소설의 외부성 - 장편소설을 중심으로」, 서울대 규장각 한국학연구원, 『한국문화』 58집, 2012.) 도일과 귀화에 대해 여러 해석들이 있지만, 초-국경적인 삶을 살았던 작가의 문제의식을 고려할 때, 그의 국적 획득 여부에 대한 해석 또한 그 의미가 제한되어야 할 것으로 보인다.

99) 한중일 삼국 중 일본은 父權보다 夫權이 가장 강한데 이는 가장의 권한이 극대화된 형태이다.(이광규, 『한국가족의 구조분석』, 111면, 140면)

그의 도일은 일본인 아내에 대한 배려를 보다 직접적인 동기로 했을 것이다. 이와 같은 선택은 손창섭이 가족 내부에서 가부장이 아닌 가족구성원의 지위로 내려와야 가능하다. 그러나 보다 근본적인 이유는 평양→만주→동경→한국(부산)→고향(평양)→남한(서울/부산/서울)으로 이주를 해 온 생애를 통해 형성된 손창섭 특유의 국가관에 있었다고 할 수 있다.

그는 국가를 부성의 자리에 위치 짓지 않았으며, 국가는 개인을 위해 존재하며 개인이 국적을 선택할 수 있다는 국가관을 가졌던 것으로 보인다. 이러한 추측은 자신이 갖고 있는 언어, 취향 등의 민족성을 고수하면서도 국적을 바꾼『유맹』의 '나'의 사례에 의해 뒷받침된다.

『유맹』은 손창섭의 장편소설 중 가장 이른 시기부터 주목을 받은 작품이다.『유맹』의 뛰어난 점은 현재와 과거(일제시대)를 중첩시킨 기법으로 역사를 바라보는 원근법적인 시각을 보여준다는 데 있다.[100] 역사적 사실이나 현실 상황에 대한 객관적인 수치를 제시하여 현실인식을 구체화했다는 점도 이 작품의 장점에 속한다.[101] 이러한 객관적 현실인식은 날카로우면서도 허구와 적절히 배합되어 일제말기 식민지 조선인과 징용노동자가 겪어야만 했던 일들을 현재의 재일한국인들과 대비시킴으로써 더욱 구체적인 역사의식을 가진, 더욱 강한 지향성을 가진 작품을 만들어냈다.

그러나 이 작품이 뛰어난 더욱 본질적인 이유는 이러한 시간적인 중첩—원근법이나 객관적 수치 제시 등에 있는 것이 아니라, 부권적 권력의 역

---

100) 강진호,「재일 한인들의 수난사 - 손창섭의「유맹」론」,『작가연구』, 1996. 4.
101) 김현정,「손창섭의 장편소설 연구: 작중 인물의 욕망을 중심으로」, 전남대 석사 논문, 2006, 49면. 이러한 경향은 1960년대 역사소재 단편소설에서부터 비롯되었다.

사와 그로부터 소외된 백성들의 삶을 원경과 근경으로 대비하여 직조해 낸 데 있다. 전자의 공간이 '남조선'과 '북조선'이라는 '국가'에 관련된 것이라면, 부권적 권력과 상관없는 후자의 공간은 '고향'이라는 공간으로 사유된다.

『유맹』은 여하간의 동기로 민족성을 고수하면서 새로운 '국가'를 찾아 일본으로 떠난 '나'와 역시 민족성을 고수하면서 죽을 때가 되어 '고향'을 찾아 '남조선'으로 떠나는 "최원복 노인"의 교차를 그린 작품이다. 자발적인 의사에 의해 선택을 하였으므로 '나'의 정체성에는 흔들림이 없다. '나'는 한국 민족인 동시에 일본 주민인 것이다.

『유맹』에서 손창섭이 본격적으로 탐색한 것은 자기정체성이라기보다는 재일교포 2세대의 정체성이다. '나'와 "최원복 노인"이 갖고 있는 민족성이 구체적인 것이라면, "성기"나 "다케오" 같은 교포 2세들은 마치 『낙서족』의 "도현"과 같이 희미한 민족 정체성과 일본이라는 구체적인 시공간과의 대결 속에 살고 있는 존재들이다.102) 그들은 조선 음식과 조선어 등 감각적인 취향으로 설명되는 민족성을 갖지 못한 존재들인 동시에 조선인이라는 이유로 일본의 국민 되기에서 밀려나는 상황에 처해져 있다. 이렇게 정체성의 고민은 '배제'에서 비롯된다.

한국의 민족성을 고수하는 '나'는 일본인 아내를 둔 탓에 일본의 민족성에 대해서도 배타적인 태도를 보이지 않고 이를 혼성적으로 취한다. 그러나 자신이 일본이라는 공간에 받아들여지리라고 생각했던 것은 곧 지

---

102) 김현정, 「손창섭의 장편소설 연구: 작중 인물의 욕망을 중심으로」, 전남대 석사논문, 2006, 47면. 김현정의 논의는 방민호의 논의의 역상으로 보인다.(방민호, 「손창섭의 『낙서족』과 전후 세대의 아이러니」, 『한국 전후 문학과 세대』. 참조)

나친 기대였음이 드러난다. 한국인의 민족성을 이유로 딸 "도숙"과 자신이 소외되고 있음을 느끼게 되기 때문이다. 이는 딸과 자신을 비롯한 재일교포나 그 2세대들에게 있어 일본이라는 공간이 배타적인 경계를 가진 '국가'일 뿐 '고향'이 아니라는 것을 말해준다.

'나'에게 '고향'이 점차 중요한 문제가 되는 것과는 달리, "최원복 노인"에게는 항상 중요한 문제였다. 그는 일본이라는 공간에 살면서도 고향의 음식과 언어를 고집하며 평생을 살았으며, 결국은 죽음을 앞두고 남한행을 택한다.

"최원복 노인"은 이미 장남을 북송선에 태워 '고향'으로 보낸 바 있지만 장남은 북한은 못살 곳이라는 암시를 보내온다. 그가 택한 남한행은 북한행이 좌절된 이후의 차선의 방안이다. 남한의 정치적 혼란과 이데올로기적 경직성, 부정부패에도 불구하고 "최원복 노인"이 남한으로의 귀환을 강행하는 것은 그가 돌아가는 공간이 그에게 배타적인 부권적 경계를 가진, 이데올로기를 강요하는 '국가'가 아닌 언어와 감각이 충만한 '고향'이라는 것을 말해준다. '남조선'과 '북조선' 사이에서 선택해야 했을 때, 그가 고민한 것이 이데올로기가 아닌 '살기'의 문제였으며, 그 아들과 며느리들이 민단도 조총련도 아닌 중간파 교포라는 점을 감안한다면 그 귀환의 의미는 더욱 분명해진다.

"최원복 노인"의 귀향은 자신의 죽음을 앞두고 일어난 '사건'이며, 자신과 죽은 아내 "선화"와 아들 "성기"의 유골 매장과 관련된 문제이다. 따라서 "최노인"의 귀향은 국가를 택할 수 있는 '사람'이 아닌, 국적이 없고 고향만 기억하는 '영혼'에 관련된 문제임을 알 수 있다.[103]

이미 배제에 의해 정체성의 흔들림을 겪고 있는 '나'는 일본이라는 '국가'에 살다가 남한이라는 '고향'으로 돌아가는 "최원복 노인"의 귀향을 바라보며, 자신 역시 언젠가는 '고향'으로 돌아갈 것이라는 생각을 하게 된다.

손창섭은 2010년, 일본에서 작고했다. 아내의 호적에 이름을 올렸지만, 자신의 이름을 일본식으로 읽었을 뿐이며 국적 또한 일본으로 귀화를 한 것은 아니었다. 그는 일본에서 세상을 달리했으나, 『유맹』을 통해 본 "최원복 노인"의 마음이 어느 정도 손창섭과 같다면, 손창섭은 익숙한 음식과 언어로 가득한 고향으로 본인의 영혼이 돌아갈 것을 원했을 것이라 보인다.

『유맹』에서 보여주는 고향과 국가에 대한 변별적인 인식은 『봉술랑』에 가면 백성(시민)의 자연스러운 삶과 국가의 권력 간의 변별적 인식으로 이어진다. 그런데 이러한 인식은 전쟁을 소재로 한 초기소설에서부터 발견된다.

손창섭은 국경을 '직접' 넘나드는 생애를 살았으며, 세대적 특성상 그 국경을 두고 벌어지는 전쟁을 겪어왔다. 그의 소설에서 「광야」와 「인간시세」, 『낙서족』, 「신의희작」, 『유맹』은 일제 대동아전쟁을 직간접적으로 묘사하고 있으며, 「청사에 빛나리」는 계백의 황산벌 전투를, 「환관」과 『봉술랑』은 원나라의 고려지배라는 상황 속에서의 사회갈등 혹은 전쟁을 그리고 있다. 그 외에 대부분의 작품은 6.25 당시 혹은 6.25 이후의 상황을 그리고 있다.[104]

---

103) 『유맹』 창작 당시에 손창섭의 나이가 이미 55세에 달하고 있었다는 점도 참고할 만하다.

104) 「사연기」의 "성규", "정숙", "동주", 「비오는날」의 "동욱", 「생활적」의 "동주"와

이는 손창섭의 전쟁 체험이 일제의 대동아전쟁에서부터 시작되었다는 점을 말해주는 동시에[105], 배타적인 공간적 경계를 넘어섰던 6.25 이전의 월남의 경험과 6.25의 전쟁 당시의 피난 등의 체험이 더욱 직접적이었으며, 이와 같은 '전쟁'을 통해 역사를 사유하고 있음을 보여준다.

전쟁이 벌어지고 있는 전선은 국가경계인 동시에 국가의 힘이 배타적으로 전력 투사되는 공간이다. 이 전선을 경계로 권력이 달라지고, 피아(彼我)가 구분되며, 인간의 시세가 변한다.

손창섭 개인의 체험만 보더라도 그는 조선에서는 '조선인'으로, 만주에서는 '2등 국민'으로, 일본에서는 '조센징'으로 바뀌었으며, 해방 후 귀국한 이후로는 '해방따라지'로, 북한에서는 '반동'[106]으로, 다시 남한에서는 '월남민'으로, 전쟁을 맞아서는 '피난민'으로 그 시세가 변했던 것이다.

반면, '아내의 시세'는 해방 전의 일본에서는 '국민'으로, 해방된 조선에 와서는 '데리고 살 맛이 좋은 일본여자'로 변해왔다. 이와 같은 '시세의 변화'는 「인간시세」에서 잘 형상화된다.

「인간시세」의 "야스꼬"는 만주군 군속 남편을 따라 만주로 온 일본인 여성으로서 두 자식을 두고 있다. 남편이 전선으로 나간 사이 패색이 짙어지자, 일본인 관사 주민들의 후퇴작전이 벌어지지만 "야스꼬"는 네 살

"秀子(히데꼬)", 「설중행」의 "귀남"의 모친, 「희생」의 "수옥"과 "재성", "봉균", 「광야」의 "둥우", 「죄없는 형벌」의 "상권", "양이", "혜순", 「잡초의 의지」의 "정혜", "정혜"의 남편, "유선생"의 동생 등의 인물들은 전쟁으로 인해 죽음을 맞거나 운명이 뒤바뀐다.
105) 이봉래, 「신세대론: 작가를 중심으로 한 시론」, 『문학예술』, 1956. 4.
106) 손창섭은 평양에서 교원 생활을 하다가 체제비판을 했던 것이 문제가 되어 반동으로 낙인찍히고 제자의 도움으로 단신 탈출했다.(이호철, 『문단골사람들』, 프리미엄북스, 1997)

"쿠니오"는 차에 태운 채, 두 살 "히로꼬"를 업은 상태에서 탈출 차량을 놓치고 만다.

"야스꼬"는 중국남자에게 잡혀 옷이 벗겨진 채 중국남자들의 구경거리가 된다. "야스꼬"는 이들에게 강간을 당하고 자신이 부리던 일꾼에게 팔려서 또 강간을 당하고 탈출했다가 중국인 마부에게 잡혀 그에게 다시 강간을 당한다. 그녀는 또 아이를 빼앗긴 채로 팔려가 뚱보에게 강간을 당하고 유곽에 감금되어 수많은 아편 중독자에게 숱한 강간을 당한다.

탈출한 "야스꼬"는 도로 잡혀가다가 군중이 지켜보는 백주의 노상에서 소련군 둘에게 교대로 강간을 당하고 가까스로 중국 군인에게 구원을 받아 아이를 찾으러 가지만 결국 아이가 죽은 것을 알게 된다. 심적 충격이 큰 상황에서 "야스꼬"를 호송하던 중국 병사들은 "야스꼬"를 강간할지 말지에 대해 논의를 하는데, "야스꼬"는 이에 실성하여 미친 듯이 웃는다.

이 소설에서 "야스꼬"의 시세는 일본과 중국의 국력에 의해 정해진다. 일본의 국권이 강했을 때, 일본인과 중국인은 각각 '금/흙덩이', '일등국민/열등국민', '지배자/피지배자', '신의 적자/견마'에 해당했지만 일본이 물러간 만주에서 "야스꼬"는 '한 오라기의 검불'에 지나지 않는다.

> 지금까지 원주민들이 야스꼬 앞에서 굽신거린 것은 물론 야스꼬 개인의 인격이나 힘에 눌리어서가 아니었다. 그 때까지는 조국이라는 국권의 발판이 있었기 때문이었다. 그 발판이 무너진 지금, 자기는 한 오라기의 검불에 지나지 않는다는 것을 야스꼬는 비로소 깨달은 것이다. (「인간시세」, 61면)

그러나 어제까지의 일인은 감히 접근할 수도 없이 고귀한 존재였다. 같은 인간이면서도 그쪽은 금이요 이쪽은 흙덩이였다. 어제까지의 일인은 살아 있는 신의적자로서 서슬이 푸르른 일등 국민이요 당당한 지배자였고, 이쪽은 보잘 것 없는 열등 국민이요 견마와 같이 혹사 당하는 피지배자였다. 일인들이란 대공을 나르는 두루미 처럼 까마득히 우러러 보이는 특권민이어서, 여태껏은 함부로 말도 걸수 없었던 것이다. 그렇듯 위세가 당당하던 일인을 동등한 위치에서 - 아니 자기네 보다 한층 보잘것 없는 존재로서 눈 앞에 붙들어 놓고 함부로 다루고 마음껏 놀려 먹을수 있다는 것은 아무래도 신기하고 통쾌한 일이 아닐 수 없었다. (「인간시세」, 65면)

　국민은 국가의 주권에 의해 시세가 매겨지고, 그중 여성은 남성적 질서에 의해 다시 한 번 시세가 매겨진다. "야스꼬"는 '데리고 사는 맛'이 좋다는 일본여성에 대한 인식과 미모 때문에 죽임을 당하지 않고 팔리게 된다. 그녀는 모성이라는 본질적인 가치를 잃고 남성 시장의 상품이 되어 교환가치로 존재한다.

　한편, 두 살배기 "히로꼬"마저 빼앗기게 되자 "야스꼬"는 발악을 한다. 이 발악은 "민족적인 감정의 발악"을 넘어 "남성에 대한 여성의 분노"이며 "운명에 대한 모성의 도전"이며 "신에 대한 인간의 항의"[107]라고 정의된다.

　그러나 그 항의에 대한 답변은 다분히 "민족적인 감정"에 의해서 이루어진다. "몹시 봉변을 당했군요. 그러나 무고한 우리 중국의 수 많은 여자들이 당신네 일본 군대에게 얼마나 억울하고 비참한 치욕을 당했다는 사

---

107) 「인간시세」, 74면.

실을 생각하셔야 합니다."[108]라는 중국군 심문관의 말은 "야스꼬"에 대한 중국인들의 강간이 민족적인 의미를 갖고 있었다는 것을 말해준다. 이는 『낙서족』에서 '조센징'인 "도현"이 '내지인' 여자들을 강간하면서 이를 민족적인 저항이라고 생각했던 것과 동일한 양상을 띠고 있다.

이 작품은 그동안 국가가 국민의 '시세를 보장'하여야 한다는 차원에서만 이해되어 왔다. 그러나 손창섭이 지속적으로 "야스꼬"와 같이 이데올로기에 의해 '무의미'해진 것들의 존재가치를 탐색해 온 것을 생각한다면, 이는 '시세 보장'의 문제의식이라고 할 수 없다.

손창섭이 문제 삼고 있는 지점은 가치를 매길 수 없는 인간의 '시세'를 제멋대로 결정해버리는 이데올로기이며 또한 그 이데올로기가 남성적이라는 점을 폭로하는 것이다. 즉, 손창섭에게 있어서 비판의 대상이 되는 것은 인간의 '시세'를 결정하는 모든 '경계'들인 것이다.

손창섭이 국가권력을 남성적인 것으로 이해하고 있다는 사실을 잘 보여주는 작품은 「혈서」이다. 전시체제에 있는 가부장적 국가권력을 내면화한 "준석"에게 국가는 대장부이고 남성이며 가장이다. 그는 군속으로 전방에 있다가 다리가 잘렸으며 스스로는 상이군인으로 행세한다. 그는 "정치, 군사, 실업, 자연과학 같은 부문 외에는 모두 여자들이나 할 일이지, 대장부가 관여할 사업이 못된다"[109]고 생각하며, 더 나아가 교과서에 실린 시들이 모두 여자가 지은 것이라고 주장한다. 그는 "아무럼 정부에서 남자의 시를 다 인정하구 실린단 말야?", "아무럼 정부에서, 남자 대장부가 밥처먹구 앉아서 미친소리 같은 시나 쓰라구 장려한단 말야."[110]라

---

108) 「인간시세」, 80면.
109) 「혈서」, 179면.

고까지 한다.

이렇게 남성적이고 배타적인 경계들은 20세기에 들어와서 만들어진 것이 아니다. 손창섭은 이러한 경계와 그 경계를 만드는 권력의 역사를 탐구하면서 그 연원을 찾아간다. 이러한 작업들은 손창섭 창작의 세 번째 단계에서 일련의 역사 소재 단편소설들을 창작함으로써 시작된다. 그리고 손창섭이 일본으로 건너간 이후의 창작의 네 번째 단계에서는 역사를 다루는 『유맹』과 『봉술랑』을 한국의 신문에 연재하는 것으로 이어진다.

손창섭이 생각하는 역사에는 두 가지가 있다. 하나는 앞서 논의한 이러한 배타적인 경계들의 역사, 즉 부권적 국가들의 역사이며 다른 하나는 이 경계들 안에서 구분되고 '시세'가 정해지는 백성(시민)의 삶의 누적이다. 손창섭은 이러한 평범한 삶의 누적에 대해 「포말의 의지」에서 형상화한 바 있다.

> 역 전의 넓은 길은 소용돌이 치는 인파로 뒤덮이었다. 종배는 그 속에 떠서 흘러 갔다. 무슨 힘으로도 막을 수 없을듯이 넘쳐 흐르는 사람의 홍수에 종배는 어떤 위압을 느끼었다. 그것은 영원히 그칠줄 모르는 줄기찬 인간의 흐름이었다. 포탄이 비 오듯 부어지는 속에서도, 죽음을 뚫고 거세게 흘러 온 인간의 물결이었다. 풀 한 포기 남아나지 못한 폐허의 잿더미 위로도 도도히 이어 흐르는 인간의 물결이었다. 그처럼 위대한 무모의 흐름은, 어제도 오늘도 내일도, 주위의 왼갖 질서와 무질서를 휩쓸어 삼키며, 변함 없이 흘러 왔고, 흐르고 있고, 또 흘러 갈 것이다. 그 위에 거품처럼 흐르는 불안한 자신을 종배는 의식하는 것이었다. 끊임 없이 흐르는 인간의 이 거대한 흐름의, 어느 역사적 지점(地點)에서 우연히 태어나, 예측할 수 없는 운명에 밀리어 어느 지

---

110) 「혈서」, 180면.

점까지 휩쓸려 흐르다가 흔적 없이 꺼져 버릴 한 방울의 거품. 종배는 웃었다. 그저 웃는 수밖에 없었다. 어쩌면 그것은 불안한 자신을 극복해 보려는 무력한 표정인지도 모른다. 예정된 인간의 운명을 조종하는 우주적인 어떤 거대한 힘에 대한 아첨일지도 모른다. (「포말의 의지」, 48~49면)

"어제도 오늘도 내일도, 주위의 왼갖 질서와 무질서를 휩쓸어 삼키며, 변함 없이 흘러 왔고, 흐르고 있고, 또 흘러 갈" 인간의 '무모한' 흐름이 손창섭이 생각하는 평범한 인간의 역사인 것이다.

이러한 백성의 역사와 권력의 역사의 구분을 잘 보여주는 작품은 「청사에 빛나리」이다. 「청사에 빛나리」는 "계백장군"이 결사대를 이끌고 황산벌 전투에 나가기 전, 마음 놓고 싸우기 위해 가족들을 몰살하고 출정하는 장면을 다루고 있다. 그런데 '계백의 처'라는 부제 아래, 이를 계백의 아내인 "보미부인"의 입장에서 재해석한다는 점이 특이하다.[111]

"계백"은 가족이 살아서 적군의 노비가 되고 농락을 당하여 가문과 나라의 이름에 치욕을 남기느니 깨끗하게 죽자고 하지만 "보미부인"은 방비는 평소에 했어야 했다면서 "지금의 백제만이 나라가 아닙니다. 이 썩어 문들어진 백제가 깨끗이 망해버리고, 언젠가 새로운 백제가 탄생할지도 모르는 일이요."[112] 라고 하면서 부끄럼 없이 최선을 다해 사는 것이 중요하다고 말하나 "계백"은 결국 가족을 죽이고 출정한다. "보미부인"에게 역사는 국가에서 국가로 이어지는 '靑史'가 아니라 개인에서 개인으로

---

111) 이는 남성의 입장에서 해석되는 역사를 여성의 입장에서 재해석하는 '역사 다시 쓰기'라고 할 수 있다.

112) 「청사에 빛나리」, 390면.

이어지는 영속적인 삶인 것이다. 그녀는 국가의 운명에 개인을 귀속시켜 결사대 오천은 물론이거니와 그들의 가족까지 몰살시킨 "계백"의 가부장적 국가주의에 대해 비판하고 있다.

"보미부인"이 비판하는 '청사'의 이면에는 소외된 백성들의 역사가 있다. 그 역사는 「청사에 빛나리」에서 "보미부인"이 보여주는 세계이며, 「환관」에서 액자 밖 소외된 가장들의 세계이며, 「흑야」에서 시체를 잘라 팔아먹고 사는 천민의 세계이다. 이러한 세계 인식은 무의미의 의미를 탐구한다는 작가의식의 연장선 상에 있다.

『봉술랑』은 손창섭의 마지막 작품으로서 남성적 권력과 역사에 대한 비판을 통해 그의 부성 비판이 다다른 지점을 보여준다.

『봉술랑』 이전의 현실 인식이 욕망과 그것에 대한 금지를 구분하는 것이었고, 시민(백성)의 삶과 권력을 구분하는 것이었으며, 핍박받는 여성과 억압적인 남성을 구분하는 것이었다면, 『봉술랑』은 이 세 가지를 조합하여 역사 공간에 제시하는 작품이라 할 수 있다. 즉, 남성적 권력에 의해 욕망을 금지당한 평민 여성이 '힘'을 가지고 이를 극복하는 것이 이 소설의 주제인 것이다.[113]

그러나 욕망을 금지당한 것은 손창섭 소설의 세 번째 단계의 장편소설들과 유사하면서도 이 소설에서는 근친상간적 금기가 나타나지 않는다. 『봉술랑』에서의 금지된 관계는 국가 관료의 아들 "광세"와 역적의 딸 "산화"의 사랑이며, 이를 금지하는 것은 권력이다. 즉, 넓은 혼인금제를 요구

---

113) 이 소설의 이면적 주제는 "산화"의 정주이다. 이 정주는 권력에 대한 저항이 약화된 것이라기보다는 억압받기 이전의 상태로 돌아가는 것이다. 이에 대해서는 후술하기로 한다.

하는 가부장의 권력에 대응하는 글쓰기가 '근친상간'적인 불륜을 소재로 했다면, 백성의 정당한 욕망추구를 금지하는 권력에 대응하는 글쓰기는 역적가문과 관리가문의 원한과 사랑을 다루는 것으로 형상화된다.

이 소설의 배경은 원나라 지배 하의 고려 말이다. 원나라의 지배를 받는 고려라는 배경 설정은 권력의 구조에 대한 작가의 성찰을 반영한다. 『봉술랑』에서 볼 수 있는 권력의 구조는 [원나라 > 고려]가 아닌 [제국(원나라)의 지배를 받는 고려 > 고려조정의 눈치를 보는 지방정권 > 지방정권과 결탁한 파락호 > 이 모든 것들에 의해 수탈을 당하는 백성]이며, 여성은 평범한 남성 백성에게조차도 자신의 성적 자기결정권을 빼앗길 수 있는 가장 낮은 위치에 있다.

백성의 입장에서 서술되는 역사는 우리가 알고 있는 역사와는 다르게 읽힌다. 일반적인 역사는 몽고의 침입을 당한 고려조정이 강화도에서 항전을 계속한 것으로 되어 있다. 그러나 작가가 묘사하는 역사는 이와 다르다. 조정의 강화도 천도는 영예로운 항전이 아니라 백성을 버리고 떠나간 것으로 서술된다.

> 개경의 왕실을 비롯하여, 고관대작과 사대부들은 일반백성이야 어찌되든 자기네 족당과 경도(京都)의 관민만을 거느리고, 천연의 요새인 강화도(江華島)로 피난한채 자기네 일신상의보전에만 급급하였다.
> (「서장」1, 『봉술랑』, 1977. 6. 10)

한편, 국왕의 환도 명령을 받고 삼별초가 환도를 거부하고 진도로 가서 결사항전을 벌이는 것은 통상적으로 민족적 자긍심을 높이는 계기로 이해되고 있다. 그러나 손창섭이 그려내는 풍경은 삼별초에 의해 볼모로 잡힌 백성들이 강제로 끌려가며 울부짖는 장면이다.

> 이에 불응하는 자는 수하를 막론하고 가차없이 베어버린다고 공포
> 했다. 동시에 무술반 병사들을 풀어 도민을 독려, 엄중 감시케하였다.
> (중략) 먼저 육지로 건너간 가족과 더 멀리 떨어지게된 슬픔과 내일의
> 운명이 어찌될지 몰라 뱃전을 치며 울부짖는 소리도 바다를 메웠다.
> (「서장」 18, 『봉술랑』, 1977. 6. 30)

고려는 원나라에 조공과 함께 처녀와 내시를 바쳐야 했는데 이는 고려
와 원나라라는 권력집단이 남성적인 성격을 갖고 있음을 말해준다. 손창
섭은 통상적인 역사 서술에서처럼 고려가 공녀를 원나라에게 바치는 두
단계로 설명하지 않고, 각 권력 층위에 존재하는 남성 집단의 축차적인
'처녀사냥'으로 묘사한다. 즉, 원나라가 고려에게 공녀를 요구하자, 조정
(중앙관청)은 지방 관아에 이를 할당하고, 지방 수령은 이를 충당하기 위
해 '파락호(깡패)'를 동원하여 처녀들을 사냥하는 것이다. 이는 여성을 사
냥하고 상품화시켜 교환하는 시스템이라 할 수 있다. 이러한 사회 분위기
속에 여성은 인격체로서의 존재가 아니라 '사냥감'으로 존재한다.

이 '처녀사냥'은 "산석"과 "산화" 남매가 처음으로 관의 힘과 대결하는
상황과 "광세"와 "산화"가 마주치는 상황을 조성한다.

몽고군에게 가족을 잃고 자신은 노예로 팔려갔던 "백도성"은 무술의
고수가 되어 고려로 돌아와 가족의 원한을 갚기 위해 삼별초의 장수가 된
다. 그러나 삼별초가 조정에 반기를 들고 몽고에 항전하자 "백도성"의 신
분은 순식간에 무관에서 역적으로 전락한다. 그의 가족도 역적으로 몰려
처와 제수가 "김인보 감무"의 계략에 의해 죽임을 당하자, 원한을 품은

"백도성"은 아들 딸인 "산석", "산화" 남매를 데리고 은거에 들어가 그들에게 칼을 다루는 법(刀術)을 가르친다. 세월이 지나, 현령이 된 "김인보"는 중앙관직에 진출하기 위해 처녀를 잡아 올릴 계획을 짜고 아들 "광세"로 하여금 향군(鄕軍)과 '파락호'로 구성된 공녀 공출대를 지휘하게 한다. 이들이 단오축제에 모인 처녀들을 잡아갈 때, "산화"와 "산석"이 나서서 처녀들을 구출한 것이다. 이 과정에서 "산화"의 활약을 본 "광세"는 "산화"에게 반하게 되고, 여러 차례 관(官)의 토벌작전을 알려주어 "산화"를 보호한다.

관(官)이 "백도성" 일가를 처치하려 하는 것은 이들이 공녀 공출대를 습격하기 때문만은 아니다. 이들은 단지 역적이기 때문에, 그냥 두면 위험하다는 이유로 토벌되어야 하는 것이다. 그로 인해 "광세"와 "산화"의 사랑은 위기를 맞는다. 이 토벌대에 의해 "산석"이 잡혀가 "김인보"에게 잡혀가 고초를 치르게 되고, "산석"을 구출하는 과정에서 "산화"는 "김인보"를 죽일 기회를 갖는다. 그러나 "산화"는 차마 사랑하는 "광세"의 부친을 죽이지 못하고 귀만 자른다.

한편, 그동안의 내통이 발각된 "광세"가 집안에서 쫓겨나 무술을 익히면서 북방을 유랑하는 동안, "도성" 일가가 있는 한 다리 뻗고 잘 수 없는 "김인보" 일가의 아녀자들은 전략을 바꾸어 "광세"와 "산화"의 혼인을 추진한다. 혼담은 잘 추진되어 "광세"와 "산화"는 며칠 동안 부부의 연을 맺지만, "김인보"는 이를 기회로 "도성"과 "산화"를 죽이려고 하다가 결국 자신이 목숨을 잃는다. "산석"과 "김인보"의 죽음으로 갈라서게 된 "산화"와 "광세"는 각기 다른 길을 가게 된다.

남편과 원수가 되고 오빠인 "산석"을 잃은 "산화"는 '선불맞은 맹수'가

되어 무술의 고수들이 많은 북방으로의 여정을 시작한다. "산화"의 목표
는 관에 고용된 무술인을 제거하고 자신의 무기(武技)를 완성하는 데 있
지만, 이 여정을 통해 "산화"는 현실의 억압 구조를 깨달아간다.

　"산화"가 접한 세상은 말단 병정도 권력을 이용하여 백성을 착취하며,
백성들은 법보다 주먹이 가깝다고 생각하는 세상이다.114) 배짱이 커진
산화는 이제 숨어 다니지 않고 큰 길로 다니며 역적인 자신에게 부여된
금지에 대해 당당히 이유를 묻기도 하며115) 근본적인 잘못은 '너희(권력)'
에게 있다고 말한다.116) 그러나 권력을 이용한 부정부패는 산화가 개인
적인 저항이 무력할 만큼 만연해 있다.

> 　무슨놈의 세상이 이 지경이란 말인가. 관직자들이 일신의 출세 영
> 달과 안전을 위해, 상국(上國-元나라)에 아부하기에만 몰두하느라고,
> 국내 치안을 등한히 하기 까닭인 것이다. 자기에게 무슨 잇속이 없기
> 는, 맡은 직책도 돌보지 않고, 백성 편이 되려 하지 않기 때문이다. 관
> 원놈들이 이토록 부패하고 태만하니, 불량배가 판을 치는 것은 어쩌
> 면 당연한 일인지 모른다. 위로는 이병(吏兵)놈들에, 아래로는 불량도
> 에 들볶여야 하니 백성들이 배겨날 수가 있느냐. 산화는 무술을 배운
> 것을 다행으로 여겼다. (「무뢰한」 9, 『봉술랑』, 1978. 6. 10)

　한편, 이 여정은 산화에게 자신의 도술(刀術)이 갖는 의미에 대해서 깨
닫도록 해준다. 이미 산화는 아버지 도성이 7년 만에 깨쳤던 8법 34수를
3년 만에 깨친 천재를 지녀, 재기(才技)를 익히고117) 형(形)이 아닌 마음

---

114) 「무뢰한」 5, 『봉술랑』, 1978. 6. 6.
115) 「무뢰한」 4, 『봉술랑』, 1978. 6. 4.
116) 「무뢰한」 14, 『봉술랑』, 1978. 6. 16.

(心)으로 칼을 다룰 줄 알게 되었지만, 그때까지의 무술의 의미는 원수를 갚고 불의에 저항하기 위한 도구에 지나지 않았다.

그러나 북방행을 시작할 때쯤, "산화"는 "기(技)의 극치는 수기(手技)가 아니라 심기(心技)에 달해야한다는오의(奧義)"를 깨닫는다. 이때의 "산화"에게 무술의 의미는 "단순한 실익성을 넘어서고 있었다. 몸을 지키는 호신술이나, 나라를 위한 전력이 아니라, 엄연히 하나의 도(道)요, 행(行)인 것이다."118)

"산화"는 북방 여정 중에 퇴역군인 "주장군"을 만나는데 그는 무술을 익힌 평민들이 나라를 구할 수 있다는 신념을 갖고 있는 사람이다. "산화"는 크게 감명을 받는다.

「무술이란 평시에는 건강과 내몸을 지키는방편이요, 일단 유사시는 유능한 병사가 되어 나라를 지키는 기초가 되니, 크게 장려할일이라. 그것은 조정이 솔선해서 중앙을 비롯 각 고을에 무술장을 열어, 유재한 젊은이를 많이 양성해 두어야 할터인데, 고작눈앞의 백가 일족과 흉적을 치기 위해 너한테만 맡겨 놓고 제놈들은 무사 태평과 출세 영달에만 얼이 빠져 지내니 한심한 일이구나. 그러니, 언제 무슨 힘으로 원의 굴레를 벗구 나라를 되찾겠느냐.」(「주장군」 4, 『봉술랑』, 1978. 7. 11)

길은 오직하나, 뜻있는 백성이 힘을 기르는 도리밖엔 없다. 백성가운데, 무술을 하는 사람이 많아지구, 그리되면 자연 특출한 솜씨를 가진 능수도 나올것이니, 이들이 각지에 숨어있다가, 일단 유사시에는 호응 단합해서 선봉을 서는 것이다. 이것만이 언제고 나라를 되찾구,

---

117) 「삼부자녀」 5, 『봉술랑』, 1977. 8. 10.
118) 「주장군」 14, 『봉술랑』, 1978. 7. 22.

바로잡을수있는 유일한 수단이니라. 내말 알아듣겠느냐?」(「주장군」
14,『봉술랑』, 1978. 7. 22)

마침 원나라의 반란군인 합단적이 고려로 쳐들어와 백성들의 삶이 위
험에 빠지자 "산화"와 "광세", "백도성"은 "주장군"의 전투대에 들어가 분
전하여 나라를 구하게 된다. 그러나 전투 중에 "도성"이 죽고, "광세"는
죽어가면서 아들 "무생"을 잘 키워달라는 말을 남긴다. 나라를 위기에서
구하고 논공행상에 의거하여 사면을 받은 "산화"는 무술장을 열고 정착
하여 아들 "무생"을 키운다.

『봉술랑』의 마지막 회에 등장하는 사면과 정주는 손창섭 문학에 대해
많은 것을 알려준다. 사면은 작품을 추동하는 가장 근본적인 욕망 중의
하나로서, 사면과 정주는 전체 1년 4개월이라는 연재의 마지막 회에 와서
가능해진다.

산화는 생을 받은 이래, 처음으로 버젓이 낯을들고 평화로운 세월
을 살 수가 있었다. 비로소 사람다운 안정된 삶이 시작된 것이다. (「종
장」 11,『봉술랑』, 1977. 11. 8)

권력에 처절하게 저항했던 "산화"를 그 권력으로부터 사면받고 정주를
하도록 그린다는 것은 자못 실망스럽게 느껴질 수 있다. 그러나 애초에
"백도성"과 "산화"의 방랑이 권력의 배제에서 비롯되었다는 것을 감안한
다면 '평민으로 살기'를 바라는 "산화"의 욕망은 당연한 것이라 할 수 있
다. 이는 권력에 대한 손창섭의 부정이 방법적인 부정임을 다시 한 번 확
인하게 한다.119)

『봉술랑』이 손창섭 작품에서 차지하는 위상은 매우 높다. 먼저 백성과 여성의 입장에서 역사를 이해하고 서술한다는 것과 백성과 여성의 삶을 억압하는 권력의 중층적 구조를 드러내고 권력의 남성적 특질을 분석해 낸 데에서 작품의 의의를 찾을 수 있다.

그러나 다른 역사소재 소설과 『봉술랑』이 다른 점은 권력의 가장 낮은 위치에 있는 백성 중에서도 역적으로 규정된 백성이며 그 백성 중에서도 가장 낮은 여성에게 남성과 권력의 '물리적 힘'을 극복할 수 있는 '기술로서의 힘'을 부여했다는 데 있다.

사회 전체적으로는 남성우위적 상황을 그리되, 남녀관계에 있어서는 여성에게 주도권을 부여하는 것은 손창섭 창작의 일반적인 경향이라 할 수 있다. 『봉술랑』은 전면적으로 남성을 압도하는 여성을 내세웠다는 점에서 그러한 경향의 정점에 해당한다. "산화"는 재기에 있어 그 누구보다도 뛰어난 것으로 그려진다. "산화"의 무술실력은 그 아버지 "도성"을 넘어 북방을 평정한다. 이러한 모습을 본 "광세"는 "만약에 산화가 남자로 태어나서 좋은 때만 만났다면 그가 존경하는 을지문덕이나 김유신 이상의 명장이 될 것 같았다."[120]고 생각한다. 게다가 "산화"는 성실함을 지녀 무술수련을 하루도 빼먹지 않고 글공부와 말타기에 게으르지 않으며, 균

---

119) 국가와 같은 권력기구에 대한 손창섭의 생각은 일본으로 이주하기 이전, 한국에서 남긴 마지막 기록에서 찾아볼 수 있다. "누구나 그렇겠지만, 나 역시 이 나라의 어른 보다는 어린이 여러분에게 더 많은 희망과 기대를 걸고 있는 사람입니다. 앞으로 우리 나라가 튼튼한 나라, 좋은 나라, 잘 사는 나라가 되고 못 되는 것은, 오로지 어린이 여러분의 손에 달려 있기 때문입니다."(「머릿말」, 『싸우는 아이』, 대한기독교서회, 1972. 7. 20) "주장군"의 말과 비슷한 이 서문은 손창섭이 국가 자체를 부정하고 있는 것이 아님을 보여준다.

120) 「오누이」 25, 『봉술랑』, 1978. 1. 21.

형 잡힌 인격과 인생에 대한 달관 그리고 감정에 치우치지 않는 처신의 묘를 함께 갖추었다.

『봉술랑』의 가장 독특한 점은 '힘'에 대한 사유에 있다. 이러한 '힘'에 대한 인식은 그 연원이 깊은 것으로, 이미 손창섭은 「인간동물원초」에서 이러한 사고의 단초를 보여준 바 있다.

> 모두들 푸른 하늘이, 저 드높은 하늘이, 그리운게지! 저 하늘을 차지하고 싶거든 용감해 져야 합니다. 강해 져야 한단 말입니다.」(「인간동물원초」, 17면)

> 「약자는 언제나 이렇게 하늘만 사모하다 죽는답니다.」(「인간동물원초」, 17면)

> 살아 있는 사람이란 늘 싸워야 하는거요. 싸울줄 모르는 인간은 송장이요. 그러나 반드시 저보다 당대한 적과 싸우는 싸움만이 신성하답니다. 약자끼리의 싸움이란 언제나 강자를 위한 자멸입니다.(「인간동물원초」, 25면)

이러한 말을 하는 "통역관"은 손창섭 바로 자신이다. 싸움을 벌이는 죄수들은 대부분 생계형 범죄자들이며, 중죄를 저지른 이도 자신의 '성적 비참'과 구조화된 사회모순으로 인해 지속적인 소외를 받고 있던 약자계층에 속한다. 감방 안에서는 "주사장"과 "방장"의 권력구조가 있고 싸움이 벌어지지만 이는 모두 하늘을 사모하는 약자들의 싸움이요, 강자를 위한 자멸이다. 손창섭은 「인간동물원초」를 통해 소외된 인간들이 자기들끼리 물어뜯는 싸움을 그치고 한 뼘의 '하늘'을 차지할 수 있는 '힘'을 가지고 있는가를 묻는 것이다.

그러나 이러한 '힘'은 권력, 금력, 명성을 좇기를 거부하는 주인공에게는 항상 남의 일이었다. 예를 들어, 「공포」에서 등장하는 "장대식"은 "오씨"에게 공포심을 주는 존재였으며 『인간교실』에서 "주인갑씨"는 완력을 쓰는 "서씨"와 권투를 하는 "미스터 안"에 의해 부당한 강요를 받아야만 했다. 『봉술랑』의 바로 전 작품인 『유맹』에서도 '힘'은 "최원복"이 아닌 "고광일"의 것이었다. 『봉술랑』 역시 "광세"의 입장에서 보면 '힘'을 가지지 못한 작품이라 할 수 있다. 그러나 이를 두고 손창섭이 어머니의 남근이 되려고 하는 도착증적 성향을 보이는 것이라고 할 수는 없다.[121] 왜냐하면 손창섭의 '힘'에 대한 사유가 가진 사회과학적인 의미는 작품 안에 교묘하게 숨겨져 있기 때문이다.

"산화"가 가진 '힘'은 "윤별장"의 입을 통해서 그 의미가 드러난다.

> 「(백산화가-인용자) 법을 어겼다지만, 곰곰 생각해 보면, 나라법이란 결국은 강자가 약자를 지배통치하기 위한 수단의 하나야. 그 수단에 찬동하는 사람이나, 아니면 거기에 얽매여 살 수 밖에 없는 약자에게 있어서만, 나라법도 효과가 있는거지, 그것을 거부하거나 무시하고 배겨낼 능력이 있는 강자에게 있어서야, 무슨 구속력을 갖겠느냐.」(「추적」 15, 『봉술랑』, 1978. 7. 6)

---

121) 『봉술랑』의 "광세"가 여성에게 압도당하는 남성 인물의 연장선 상에 놓여 있으며, "산화"는 남성 인물을 압도하는 여성 인물의 연장선 상에 있다. 그러나 이를 "광세"가 "산화"의 사랑을 얻으려 하는 서사가 아니라는 점에서 남성 주인공이 여성 인물의 팔루스가 되려고 하는 도착증적 서사로 읽을 수는 없다. 왜냐하면, "광세"는 '구강적 어머니'의 현신인 "산화"가 갖고 있는 팔루스(힘)를 가지려 하기 때문이다.

이는 "산화"가 자신의 '힘'으로 인해 권력의 구속에 얽매이지 않을 수 있고, 이를 거부하고 무시할 수 있다는 것을 말하고 있다. 이는 욕망을 금지하는 권력을 '힘'을 통해 넘어설 수 있다는 이야기이며, 때로는 권력의 의지와는 다른 자신의 의지를 관철시킬 수 있다는 것을 말한다.

그러나 "산화"의 '힘'은 반역적인 의미를 갖지 않는다. "산화"는 의혈단의 지도자가 되거나 "주장군"의 휘하에 들어가는 것을 거부하는데 이는 그 '힘'이 또 하나의 권력으로 기능하는 것을 경계하기 때문이다. 따라서 "산화"의 모든 '힘'의 투사는 개인적인 차원에서 이루어지며 선제공격을 배제한 채, 최소한의 복수 혹은 피할 수 없는 정당방위의 상황에서만 이루어진다.

"산화"는 이렇게 집단적인 '힘'의 투사를 거부하지만 오히려 스스로 신화적인 '힘'의 상징이 됨으로써 많은 사람들로 하여금 무술을 연마하도록 한다. 결국 '힘'은 개인의 차원에서만 긍정된다. 집단이 힘을 가질 수 있는 것은 "주장군"의 전투대와 같이 '힘'을 가진 구성원이 자발적으로 모였을 때만 긍정시된다.

이는 '체력은 국력'이라는 캐치프레이즈 아래 개인의 '힘'마저도 국가로 환원시켰던 당대의 권력에 대한 철저한 비판이며, 개인은 부성에 의해 그 의미가 규정되는 소인배(the little man)에서 벗어나 자신에 대해 스스로 말하고 자신의 운명을 스스로 결정해나가는 존재여야 한다는 것을 의미한다.

나가기

제1부와 제2부에서는 손창섭이 남긴 전 작품과 그에 관한 모든 기록을 통해 손창섭의 창작이 갖고 있는 특징적인 의미를 밝혀내는 것을 목적으로 하였으며 특히, 장편소설에 주목하였다.

본고가 연구의 대상으로 삼는 부성(父性; paternity)은 라깡의 상징적 아버지에 해당한다. 구조적으로는 남성이라는 성별과 관계없는 이 상징적 아버지는 가부장제적인 현실에서는 실재적 아버지가 대부분 남성가장이기 때문에 남성중심적인 상징질서가 된다.

이러한 아버지에 대한 인식과 형상화, 이상적인 아버지의 구현이라는 관점에서 손창섭의 창작을 네 단계로 구분할 수 있다.

첫째 단계는 손창섭 자신의 갖고 있는 부상(父像)을 그리는 시기로서 작품 속에 등장하는 주인공에게 아버지는 부정적인 존재이거나 아예 없다.

창작의 두 번째 단계로 들어가면서 손창섭은 '아버지 되기'에 천착한다. 이 시기의 대표작인 「잉여인간」의 "서만기"는 가부장제적 이상의 최대치를 보여주지만 작가가 가진 이상이 아닌 탓에 역설적인 부정의 대상이 되었다.

셋째 단계에서 손창섭은 장편소설을 신문에 연재하게 되는데, 장편소설에서는 그의 이상을 담은 反가부장이 등장하여 그 특유의 이상적인 가족, 사회, 국가를 그려내게 된다.

창작의 넷째 단계에서 손창섭은 권력으로서의 국가와 시민(백성)의 삶을 분명히 구분한다. 이러한 구분은 공간적인 차원에서는 국가와 고향을 구분하는 사유로 나타나며, 역사적인 차원에서는 국가의 역사인 청사(靑史)와 무명씨(시민/백성)들의 삶의 누적으로서의 역사를 구분하는 것으로 나타난다. 즐겨 사용되던 소재인 불륜은 관리의 아들과 역적의 딸의 사랑으로 변형되어 등장하는데, 이는 불륜이 가부장의 권위를 비판하기 위해 도입된 것과 마찬가지로, 욕망의 추동을 부당하게 통제하는 권력에 대한 비판 목적으로 사용되었다.

손창섭은 아버지 없는 아이로, 낮은 수준의 부성이 요구되는 환경 속에서 성장했다. 어머니는 재가했으며, 어머니의 성정과 인간관계가 어떠했을지는 밝혀질 길이 없으나, 어린 손창섭은 어머니의 재가와 떠나감 그것을 토대로 어머니 인물을 창조한다. 많은 자전적 작품에서 소년주인공의 어머니는 궁극적인 사랑의 대상이요, 절대적인 존재로 그려진다. 특히, 새롭게 소개되는 「모자도」에서는 의붓아버지가 나타나 어머니를 차지하자 모든 것을 잃었다는 상실감에 빠져 집을 떠나 방랑길에 오르는 소년주인공의 심리가 적나라하게 묘사된다.

실제로 손창섭은 만주로 갔다가 일본에 건너간다. 그는 일본에서 중학과정을 고학을 하며 성장했다. 이러한 생활은 「미스테이크」에서는 "거의 해방된 채 뼈대가 굵었다."라고 서술된다. 손창섭은 1945년 해방을 일본에서 맞는다. 그리고 일본인 아내를 일본에 남겨둔 채, 부산항으로 귀국

하여 해방 후의 혼란상을 겪고 고향인 평양으로 올라가 교편을 잡지만 북한 정권을 비판했다는 이유로 신변상의 위협을 받아 극적으로 북한을 탈출한다. 그는 서울에서 생활하다가 곧이어 6.25가 발발하자 전선을 따라 남하하여 부산에서 피난생활을 하게 된다. 이렇게 손창섭은 한국의 현대사의 질곡을 한 몸에 안고 있는 작가이며 그의 인생경험은 한국, 북한, 중국(만주), 일본 등으로 탈-국경적인 면모를 갖고 있다.

손창섭에 대한 연구들은 대부분, 손창섭이 어머니에 대한 강렬한 애착과 아버지에 대한 살의와 적개심을 보이고 있다는 이유를 들어 손창섭을 오이디푸스 콤플렉스를 극복하지 못한 작가로, 그리고 그 작품은 정신병리의 징후를 보여주는 텍스트로 규정해왔다. 그러나 이는 다작의 작가를 '사회부적응자'로 낙인찍고 그 문학적 함의를 저평가하는 결론이다. 사회부적응자가 있을 때, 우리는 개인이 적응을 하지 못했다는 단편적 사고에서 벗어나 사회가 잘못되었을 수 있다는 생각을 할 수 있어야 한다. 정신분석학에 대한 말리노프스키와 라이히의 이론적 대응들은 이에 대한 전범을 보여준다.

문화인류학자인 말리노프스키는 모계제 사회를 이루고 있는 남태평양 트로브리안드 섬의 원주민의 삶을 조사하여 낮은 수준의 부성으로 조직된 모계사회의 원주민들은 신경증적 증세를 겪지 않는다고 보고했다. 그는 또한 부성을 수용하는 사회화 과정이 이러한 문명/야만의 구분에 따라서만이 아니라 한 사회를 이루고 있는 구성원들이 속한 계급과 사회적 여건에 의해서도 달라질 수 있다고 하고 있다. 이는 그 주체가 어떤 사회화 과정을 겪었는가에 따라 사회적 현실을 억압으로 받아들일 수도 있고 그렇지 않을 수도 있다는 것을 의미한다.

또한 라이히에 의하면, 억압적인 현실을 '정상'으로, 그 현실을 억압으로 느끼고 대응하는 주체를 '비정상'으로 만들어버리는 프로이트의 오이디푸스 콤플렉스 이론 체계는 가치중립적인 과학적 학문으로 받아들여졌지만, 그 이면에는 현실의 공고한 지배적 질서를 옹호하는 이데올로기적인 의도가 숨겨져 있다고 한다.

오이디푸스 콤플렉스를 비판적으로 이해하면 손창섭의 성장과정을 통해 그의 창작의 근원을 알 수 있다. 즉, 손창섭은 상대적으로 낮은 부성만을 필요로 하는 환경에서 리비도를 상대적으로 많이 억압하지 않은 채 성장했다. 그리고 소년시절을 만주와 일본에서 자유분방하게 보낸 그는 해방 후 한국에 돌아와 억압적인 부성의 다양한 양상을 접하게 된다.

첫째로, 그는 가부장제의 권위에 대해 반대한다. 한중일 삼국 중 한국은 가장 가부장권이 강한 나라이다. 이는 근친상간을 금지하는 혼인금제의 범위가 가장 넓은 것에서 알 수 있으며 손창섭은 작품 속에 다양한 근친상간 모티프를 배치함으로써 이를 비판하고 있다.

둘째로, 그는 여성성을 억압하는 남성성에 반대한다. 일제의 '부당한 질서'에서 해방된 한반도는 정치적 혼란에 휩싸였는데 이 혼란에 이어 일어난 전쟁은 물리력으로서의 남성성의 우위를 강화시키는 역할을 했다. 손창섭은 이러한 남성성에 대해 비판적으로 대응한다.

셋째로, 그는 한중일 삼국의 국경을 넘나들면서 인간의 가치가 국가의 소속에 의해 달라진다는 것을 경험하게 된다. 즉, 강한 주권을 가진 나라의 국민은 상등 인간이 되고 약한 주권의 국민은 하등 인간으로 전락하는 것을 몸으로 체험한 것이다. 이는 일제 패망 후에 만주에 남겨져 원주민들에 의해 숱하게 강간을 당하는 일본여자를 그린 「인간시세」에서 적나라하게 드러난다. 이를 통해 그가 비판하는 것은 국가 경계의 배타적인 성격이다.

손창섭의 단편소설들은 위와 같은 억압적인 권위에 대해 비판적인 양상을 보여주는데 이는 이 시기에 그의 작품에서 부상(父像)이 부정적이거나 부재하는 양상으로 드러난다는 것과 일맥상통한다.

그러나 1958년 이후의 작품에서, 특히 신문연재 장편소설에서 손창섭은 아버지를 주인공으로 하는 소설들을 창작하는데 이는 그가 내면적으로 '아버지 되기'의 문제에 이르렀다는 것을 말해준다.

그러나 구현된 아버지는 우리가 일반적으로 이상적 아버지라고 생각하는 아버지와는 거리가 멀다. 구현된 아버지는 가장이 아닌 가족의 지위로 내려오며 '가장'이라는 위치에 구애받지 않고 자신에게 금지된 욕망들을 추구한다. 이 같은 특성이 가부장제적 이상과는 배치된다는 점에서 그러한 인물을 '反가부장'이라고 할 수 있다.

反가부장은 가족이데올로기에 의한 억압적 권위를 철회함으로써 가족들이 자유롭게 욕망을 추구할 수 있도록 한다. 이 과정에서 작가가 사유하는 것은, 욕망 즉 성격과 기질에 따른 자유로운 계약적 관계이며, 이는 가족의 범주에서는 계약가족으로, 사회의 범주에서는 병적 자본주의에 반대하는, 친밀감에 기반한 민주주의 사회로 구체화된다.

창작의 마지막 단계로 다가가면서 손창섭은 일련의 역사소재 소설들을 쓰는데, 이는 역사를 통해 부성적 억압의 연원을 탐색하는 행위이다. 이는 국가권력이 백성(시민)의 삶을 억압해 온 과정과 남성이 여성을 지배해 온 과정에 대한 탐구로 나아간다.

창작의 마지막 단계의 작품인『유맹』에서는 배타적인 권력에 근거한 이데올로기적 '국가' 공간과 언어와 음식, 영혼을 받아들일 곳으로서의 '고향' 공간을 구분해서 사유한다.

마지막 작품인『봉술랑』에서 그는 역적의 딸에게 남성을 압도하는 절대적 '힘'을 부여하여 성정치적 상황을 역전시키도록 만드는데, 이 '힘'은 개인으로서의 백성이 삶을 영유할 때 필요한 것으로 묘사된다. 또한 역적의 딸을 관리의 아들과 사랑에 빠지게 하고 그 사랑이 권력에 의해 파멸되도록 함으로써 그동안 손창섭이 '금기'를 탐구해 온 이유가 오이디푸스 콤플렉스에서 비롯된 근친상간적 욕망에 있었던 것이 아니라 욕망을 금지하는 권력에 대한 사회학적인 비판적 사유에 근거하고 있었음을 보여준다.

그의 마지막 작품의 마지막 페이지는 주인공 "산화"가 권력집단(고려 조정)의 사면을 받아 정주를 하는 장면으로 되어 있다. 이는 작가의 삶을 설명하는 평생에 걸친 이주와 떠돎이 바로 소외와 배제에서 비롯되었다는 것을 알려준다. 그의 창작 도정이 정주의 서사로 마무리되었다는 것은 결국, 그의 사회비판적인 작품 활동의 목표가 사회부정과 공상적 세계 추구에 있는 것이 아니라 주체를 배제하지 않고 포용할 수 있는 이상적인 사회를 만드는 데 있었다는 점을 알게 한다.

제3부

손창섭 문학의
기원과 귀결

1장

손창섭 문학의 기원과 도착적(倒錯的) 글쓰기

들어가기

손창섭에 대한 정신분석학적인 연구는 프로이트의 오이디푸스 콤플렉스 이론1), 욕망이론을 위주로 한 라깡이론2), 프레데릭 제임슨 이론3)으로 그 이론적 준거가 변천되어 왔다. 이는 손창섭의 소설을 사회화 실패의 징후로 틀짓는 것에서 점차 인물이 갖는 욕망을 긍정하고 그것의 사회적 의미를 고구하는 쪽으로 연구가 진행되어 왔다는 것을 보여준다. 그러나 정신분석학의 기반이론이 주체의 사회화 과정을 다루는 오이디푸스 콤플렉스 이론이라는 점은 정신분석학적 연구가 궁극적으로 손창섭을 정상적인 사회화에 어려움을 겪는 존재로 다루고 있음을 시사한다.

실제로 손창섭의 소설 속 인물들은 주인공의 욕망의 대상과 욕망의 실현을 반대하는 제3자적인 인물들로 쉽게 유형화된다. 게다가 손창섭은 욕망주체-대상의 입장에서는 제3자라고 할 수 있는 법과 제도에 대해서

---

1) 김상일, 「손창섭 또는 비정의 신화」, 『현대문학』, 1961. 7.
2) 김지영, 「손창섭 소설에 나타난 주체형성 연구」, 서울대 석사논문, 1997.
3) 배개화, 「손창섭 소설의 욕망 구조 연구」, 서울대 석사논문, 1995.

도 부정적으로 형상화하고 있다.

따라서, 본고 역시 손창섭 문학의 근본적인 성격을 오이디푸스 콤플렉스에 둔다. 그러나 본고는 자전적 인물과 작가가 오이디푸스 콤플렉스 상태에 놓여 있다는 것을 재확인하기보다는 그의 문학 행위가 오이디푸스적 억압에 대한 부정이며 거부일 수 있음을 논증하고자 한다.

손창섭과 그의 문학에 대해서는 오이디푸스 콤플렉스[4]라는 평이 지배적이다. 그 외에도 세계에 대한 '모멸'과 자기 자신에 대한 '연민'[5]이라는 평가 그리고 '60년대 이후 통속적인 신문소설 작가로 변질[6]했다는 평이 지배적인 위치를 차지하고 있다. 이는 각각 손창섭 문학의 기원과 '50년대 단편소설 창작기, '60년대 이후 신문소설 창작기에 대응하는 것이다.

이러한 견해는 손창섭 문학의 한계를 분명히 지시할 수밖에 없는 시각에서 그의 문학을 바라보고 있기 때문에, 손창섭 문학의 의의를 새롭게 규명하고자 할 때는 다른 시각을 취해보는 것이 도움이 된다. 이에 이 글에서는 현실의 불합리한 면을 용인하지 않고 대결하는 개인이라는 시각을 취해 보았다.

본고는 손창섭의 신문연재장편소설을 통해 '부성비판의 양상'을 고찰[7]했던 이후의 작업으로서, 욕망을 쉽게 억압하지 않는 손창섭의 심리구조가 반영된 글쓰기가 정치적/도착적인 것임을 밝히고, 손창섭의 창작을 정치적 행위[8]로 이해함으로써 위의 세 가지 견해 즉, '오이디푸스 콤플렉

---

4) 송기숙, 「창작과정을 통해 본 손창섭」, 『현대문학』, 1964. 9.
5) 유종호, 「모멸과 연민 (上) - 손창섭론」, 『현대문학』, 1959. 9.
6) 천이두, 「60년대의 문학 문학사적 위치」, 『월간문학』, 1969. 12.
7) 졸고, 「손창섭 소설에 나타난 부성 비판의 양상 연구」, 서울대 석사논문, 2007.
8) 본고에서는 '정치'라는 용어를 현실정치와는 다른 뜻으로 사용한다. 즉, 자신이 존재

스', '모멸과 연민', '통속작가'라는 견해를 넘어설 수 있는 가능성을 제시하고자 한다.

1. 이중의 오이디푸스 콤플렉스

본 서적의 덧붙임에 수록한 「母子道」9)는 작가와 자전적 인물과의 관련도가 매우 높은 작품으로서, 8~9살로 추정되는 자전적인 소년주인공이 겪는 오이디푸스 콤플렉스와 거세불안, 분리불안 등의 심리적 요소와 어머니에 의한 성적 향유 등을 세밀하게 보여주고 있어서 「신의 희작」, 「광야」와 함께 정신분석학적 연구의 좋은 대상이 된다.

대부분의 정신분석학적 연구는 자전적 소설 연구10)와 결부되어 작중인물의 정신분석을 통해 작가의 심리구조를 도출하게 된다. 따라서 이러한 연구들은 문단이라는 문학 제도 하에 제출된 작가의 작품에서 임상적인 징후를 찾아내고자 한다. 이는 오류 가능성을 가질 수밖에 없다.11) 게다가 자신의 작품을 일컬어 "소설의 형식을 빌린 작가의 정신적 수기요, 韜晦(감추기-인용자)취미를 띤 자기고백의 과장된 기록"12)이라고 말하는

하고 있는 장의 지배적인 힘들에 대한 사유와 그것에 대한 참여를 뜻한다.

9) 손창섭, 「모자도(母子道)」, 『중앙일보』, 1955. 7. 29 ~ 8. 7. 이『중앙일보』는 부산에서 창간된 것으로서 일반적으로 알고 있는 1965년 서울에서 창간된 『중앙일보』와는 다르다. 9회 연재. 국립중앙도서관 마이크로필름 소장.

10) 자전적 소설 연구는 수필, 기사 등 작품 외적으로 작가의 삶에 대한 기록들을 중시하는데 손창섭의 경우에는 남겨놓은 기록이 너무 적어 어려움이 있다.

11) 이에 자전적 인물을 가상작가로 삼아 분석하기도 한다.(조두영, 『목석의 울음』, 서울대 출판부, 2004, 머릿말 5면)

12) 손창섭, 「아마추어 작가의 변」, 『사상계』, 1965. 7.

손창섭의 경우에는 등장인물이 아무리 자전적이라 하더라도 실존인물과 근사치로 접근시키기 어렵다고 판단된다.13)

그러나 「모자도」는 그 오류의 폭을 줄일 수 있는 작품이다. 「모자도」가 발표된 1955년은 손창섭이 이미 「혈서」('55), 「미해결의 장」('55), 「인간동물원초」('55) 등의 문제작을 발표하고 신예작가로 주목받고 있을 때였다. 그러나 이 작품은 한 편의 기사14)와 혼동 섞인 언급15)에만 그 서지가 나와 있을 뿐 작가가 분명하게 남긴 기록이 없으며, 첫 창작집 『비오는 날』('57)에도 빠져 있고 『손창섭 대표작전집』('70)에도 빠져 있다.

"엄마엄마 이리와 요거보세요"로 기억되는 동시 「봄」('38)이 '고문구'라는 가명으로 발표된 작품이며, 밝혀진 바 최초의 소설인 「싸움의 원인은 동태 대가리와 꼬리에 있다」('49)와 「얄구진 비」('49)가 독자투고라는 습작성의 글이기에 작품목록에서 제외되어 있다면, 「모자도」는 소설적인 면모를 잘 갖추고 있어 제외와 누락이 이상할 정도다.

학도호국단 기관지인 『학도주보』에 수록했던 掌篇(꽁뜨)인 「STICK씨」('55) 조차도 훗날 『掌篇小說集』('66)으로 묶인다는 것을 생각해 본다면,

---

13) 강유정은 이에 대해 "손창섭 자신의 개인사와 밀접한 연관을 지닌 인물형이라 할 지라도 그것은 심리적 구조와 행동패턴을 공유한다는 것이지 결코 작가자신의 모습을 직접적으로 반영하고 있음을 의미하지는 않는다"라고 하며 작품에 구현된 자아와 주체의 동일구조를 도출하는 방향으로 나아간다.(강유정, 「손창섭 소설의 자아와 주체연구」, 『국어국문학』 133집, 국어국문학회, 2003)

14) 「현대문학상 제1회 수상경위」, 『현대문학』, 1956. 4.

15) 김민수에 따르면, 『한국대표문학전집』(삼중당, 1970) 제10권의 연보에는 1958년 『중앙일보』에 「女子道」를 발표했다고 기록되어 있는데, 이 연보는 손창섭이 직접 교열했을 가능성이 높고, 그것이 「모자도」(부산 『중앙일보』, 1955)의 착오일 수 있다고 한다.(김민수, 「손창섭 소설에 나타난 공동체 의식 연구」, 서울대 석사논문, 2017, 151면)

지방매체에 발표했다는 이유로 누락했을 것 같지도 않다.16)

바로 이러한 점이 「모자도」에 더욱 주목하게 하는 이유이다. 이러한 예외적인 누락과 혼동은 마치 작가가 자전적 인물과 어떤 특별한 관계를 가짐을 시사하는 것처럼 보인다.

왜 누락되었을까? 손창섭은 자신의 소설이 문학으로 인정받기 위해서는 "작가의 굴곡되고 과장된 의식세계가 주밀한 여과 과정을 거쳐서 작품 속에 완전히 소화될 수 있는, 예술적 기술 연마가 필요할 것이다."17)라고 스스로 자신의 작품이 문학으로 인정받을 수 있는 요건을 '주밀한 여과과정'이라고 적어 놓았는데 「모자도」가 누락된 이유가 바로 이러한 결격사유, 즉 여과없이 자신의 의식을 드러낸 데 있는 것은 아닌지 생각해 볼 필요가 있다.

「모자도」의 줄거리는 다음과 같다.

모친과 단 둘이 살고 있는 "성기(成基)"는 '국민학교' 저학년이다. 그는 모친을 위해 위대한 사람이 되어야겠다고 다짐하면서 이층 벽돌 집, 고급 승용차, 멋진 복장, 야광시계로 대표되는 성공의 아이콘에 모친과 자신을 그려넣은 그림을 그리곤 한다. 이런 "성기"를 불안하게 하는 것이 있는데 바로 모친의 혼담이다. 영등포 피복공장 여공인 모친은 젊은 나이에 미모도 빼어나 혼담이 끊이질 않는다. 그러나 모친은 "성기"에게 의붓자식이라는 설움을 주지 않기 위해 매번 혼담을 거

---

16) 장편신문연재소설 『세월이 가면』(『대구일보』)에 대해서도 표명된 서지기록이 없으나 손창섭, 「나는 왜 신문소설을 쓰는가」, 『세대』, 1963. 8.에서 『부부』가 네 번째 신문소설이며 <대구일보>, <민국일보>, <국제신문>에 소설을 연재했음을 밝히고 있다.
17) 「나는 왜 신문소설을 쓰는가」, 『세대』, 1963. 8.

절한다. 모자가 영등포에 온 것도 인천 고무공장 감독의 첩 제안을 모친이 거절한 후 쫓겨났기 때문이다. "성기"는 중신을 서고자 하는 "우물집노파"에게 적개심을 가지는 반면, 모친을 위해서라도 훌륭한 사람이 되어야겠다는 생각을 한다. 그러나 혼담을 거절할 때마다 모친의 행동은 예측할 수 없게 된다. 낮에는 트집을 잡아 "성기"를 혼내고, 밤에는 아들의 알몸을 어루만지면서 '불안'하리만치 친근하게 구는 것이다. 어느날, 말없는 모자의 아침식사 그리고 성기의 등교, 모친의 늦은 퇴근 그리고 말없는 저녁식사로 반복되는 모자의 일상에 작은 변화가 생긴다. 모친이 일찍 퇴근해 화장을 하고 외출을 하는 것이다. 모친의 외출이 잦아지는 만큼 "성기"의 '불안'이 커지던 어느날, 모친을 찾아 "키는 짝딸막하지만 배가 툭나온신사"인 "배뚱뚱이"가 찾아오고 "성기"는 급기야 모친과 "배뚱뚱이"가 알몸으로 누워있는 장면을 보게 된다. 정신적인 충격을 받은 "성기"에게 모친은 성기의 대학교육과 미국유학을 위해 경제적인 선택을 했다고 말하지만 "성기"는 납득하지 못한다. 결국 모친은 "배뚱뚱이"에게 시집을 가고 찬밥 신세로 전락한 "성기"는 옛 집으로 돌아와 모친과의 따뜻했던 기억이 있는 이 집에서 신문팔이를 하면서 혼자 살 것을 다짐한다.

라깡에 의하면 정상인(신경증적 주체)이 되기 위해서 아이는 1차적인 억압(소외)과 2차적인 억압(분리)을 겪어야 한다. 소외는 자신이 타자(엄마)와 같은 존재가 아니라는 것을 느끼는 것이고 분리는 자신이 엄마가 원하는 대상이 아니라는 것을 아는 것이다. 2차적인 억압까지 성공적으로 마친 아이는 엄마가 욕망하는 것이 무엇인지 의심을 가지고 아버지와의 동일시를 통해 판사나 의사가 되는 등의 상징적인 방식으로 엄마의 욕망을 충족시키고자 노력을 한다. 만약 1차적인 억압이 이루어지지 않는다면 아이는 정신병에 걸리게 되고, 2차적인 억압이 정상적으로 일어나

지 않게 되면 도착증에 걸리게 된다.[18]

「모자도」에 그려진 "성기"의 말과 행동을 볼 때, "성기"는 환각·언어 장애·정체성 혼란 등을 갖고 있지 않다.[19] 그리고 볼품없는 외양[20]을 가진 자신으로 인해 모친이 힘들어하고 있다는 것을 어렴풋이 알고 있으며 그로 인한 죄의식을 갖는다. 죄의식을 가진다는 것은 이미 초자아가 작동하고 있으며 고로 욕망을 억압하는 상징계가 자리잡았다는 것을 의미한다.

"성기"에게는 아버지도, 가정 내에서 아버지를 대체할 만한 사람도 없지만 우물집 노파의 "옛날부터 애비없는자식 사람된 법이 드문거야."라는 비난과 "의붓자식이라는 말을 듣게 하기 싫어서" 혼담을 거절한다는 모친의 말에서는 부재하는 아버지의 상징적인 기능을 확인할 수 있다.[21]

그러나 혼담이 지나간 후 모친은 낮에는 "성기"에 대한 유별난 타박을 하고 밤에는 "성기"를 한 이불에 들이고 벌거벗은 몸을 쓰다듬어 주는 변덕을 부리게 되는데 "성기"는 이에 대해 불안해한다.

---

18) Bruce Pink, 맹정현 역, 『라깡과 정신의학』, 민음사, 310면.
19) 『라깡과 정신의학』, 7장 참조. 이는 정신병의 징후이다.
20) "살끼없이 빼빼마른 성기의 몸둥이가 흥미를끄는 모양이다. 성기는자기에게 집중되는그러한눈길이 불쾌했다."(3회); "성기는 학교에서도 말라꽁이라는 별명으로 통하느니만큼 팔 다리가 형편 없이 가늘었다. 불면 날아갈 것같은 것이다. 그러한 몸둥이에 비하면 얼굴은 한층 더 조그마했다. 눈만이 퀴ㅇ하게 큰것이다. ... 그처럼 성기는 좀체귀염을 받을수 없는체격의 소년이다."(4회); "한번은 어떤여인이 성기더러 위ㅅ통을 벗어 보라고했다. 성기가 어쩔줄을몰라 머뭇거리고 섰으려니까 그여인은 손수 성기의 양복 저고리를 벗기드니 갈비뼈가 아른아른한 가슴이며 어깨죽지를 만져보고나서 혀를 끌끌 채며 뼈에다 가죽만 씌운것같다고했다. 성기의 양복가랑이를 걷어 올리고 종아리를 쓸어보는 여인도있었다."(5회)
21) 추가적으로 유사-아버지의 존재를 들 수가 있다. "성기"는 모친의 불륜장면을 목격하고 국민학교 담임선생님을 찾아 달려간다. 주인공에게 바람직한 삶의 가치를 알려주는 담임선생님은 장편 『길』에서는 "정지상"선생님으로 회상된다.

낮에는 그처럼 신경질을부리고 골을잘내는 모친이 밤만되면 <u>불안</u>
<u>해질정도로</u> 상냥해지는 수가있다. 여태 모친과 한 이불속에서자는 성
기의 <u>발가벗은 몸둥이</u>를 가슴이터지도록 꾹 껴안고 엉뎅이를 쓰다듬
으며 소근소근 옛날 얘기를들려주는 일도있는 것이었다.(2회, 밑줄은
인용자)

'불안해질정도로'라는 것은 모친의 성적 행위에 대해 "성기"가 부적절
하다는 판단을 내리고 있다는 것을 의미한다. 이를 통해 볼 때, "성기"는 1
차 억압을 문제없이 통과한 것으로 보인다.

한편, 1차 억압을 성공적으로 통과한 주체는 2차 억압에 직면하여 아버
지의 금지를 받아들이고 어머니의 욕망을 언어화하게 된다.[22] 그러나 낮
과 밤의 행동에 일관성이 없는 변덕을 부리는 모친은 아들을 향한 성적인
행동까지 하므로 "성기"를 도착증에 빠지게 할 수 있는 위험요인이 된다.

"성기"는 "배뚱뚱이"가 나타나기 전에도 모친이 재가하지 못하는 이유
가 자신에게 있음을 알고 "죄인처럼 남달리 조그마한 그머리가 들려지지
않을뿐"(2회)이다. 이는 "성기"라는 이름과 함께 다분히 성적인 표현으로
자신의 팔루스가 작아서 모친을 만족시켜주지 못하는 데 대한 죄의식을
나타낸다. 여기에서 "성기"가 어머니의 결여를 알고 있다는 것과 자신이
지금으로서는 그 결여를 메울 수 없다는 것을 알고 있다는 것을 알 수 있
다. 어느 정도 2차적 억압을 받아들이고 있는 것이다.

그런데 "성기"는 마냥 죄의식에 싸여 있지만은 않다. 그는 모친의 퇴근

---

[22] 이 부분에서는 조심스러운 판단을 필요로 한다. 즉, 갑자기 나타나 모자의 일상을
깨뜨린 "배뚱뚱이"를 받아들이는 문제는 일반적인 가정에서 성장하는 아이가 아
버지를 받아들이는 것과는 다르기 때문이다.

을 기다리면서 소년과 부인의 부유하고 여유로운 생활을 크레용으로 그리는데 이는 모친의 욕망을 충족시켜주는 "앞날에 대한 성기 자신의 꿈"이다.

> 그것은 대개가꼭같은 그림인 것이다. 이층으로된 벽돌집이있고 그 앞에 머ㅈ어있는 고급 승용차에서는 성장한부인과 손목시계를찬소년이 내리는 것이다. 그 그림은 앞날에 대한 성기자신의 꿈인 것이다. 근사한 양옥에서 사는 성기네 모자는 영화구경이라도 갔다가 자동차로 막 돌아오는 길인것이다. 소년의 한쪽손목에는 언제나 야광시계가 번쩍이고 있는것이다. 그것은 꼭 밤중에도 환하게보이는 야광시계야만 하는것이다. (3회)

이층집, 고급승용차, 야광손목시계, 영화구경 등은 "성기"가 생각한 모친이 욕망하는 것들이다. 자신을 직접적으로 엄마의 욕망의 대상으로 만들지 않는다는 점에서 "성기"가 2차적 억압을 겪었다는 증거가 된다. 또한 성공의 아이콘들은 "성기"가 훌륭한 사람이 되어서 얻을 수 있는 것들인데, 훌륭한 사람이 되어야겠다고 생각하는 것은 이미 어머니의 욕망을 상징적인 방법으로 충족시키는 것을 의미하기 때문에 이미 2차 억압을 거쳤다고 할 수 있다.

여기까지의 내용은 "성기"가 실재적인 아버지와는 연관이 없는 구조적 사실로서의 부권적 은유를 수립한 모습을 보여준다. 즉, 어머니와 단 둘이 살지만 임상적인 의미에서 "성기"는 정상인(신경증자)인 것이다. 그러나 어머니의 성적 향유가 존재하며 이는 "성기"를 도착증에 빠뜨릴 수 있는 가능성을 갖고 있다.

모친의 정부인 "배뚱뚱이"가 경쟁자로 등장하자 "성기"는 다시 오이디 푸스 콤플렉스에 빠진다. "성기"를 정상인으로 성장하게 한 오이디푸스 콤플렉스가 부재하는 실재적 아버지의 상징적 기능에 의한 것이었고 "성기"도 1차 억압과 2차 억압을 잘 지나 상징적 질서(법)에 동의를 했다면, 새롭게 발생한 콤플렉스는 "성기"에게는 부당한 것으로만 받아들여진다.

"성기"는 "배뚱뚱이"에게 적개심을 감추지 못하다가 모친에게 호되게 야단을 맞기도 한다. 찻집을 차려주고 "성기"에게 대학교육과 미국유학을 시켜 준다는 "배뚱뚱이"를 만나기 위해 모친은 밤외출이 잦아진다. "배뚱뚱이"의 등장으로 "모친은 결코 자기만을위해서 있는 모친이 아니라는 놀라운 사실을 성기는 깨닫게 된 것이었다."(4회) 이는 "성기"의 2차 억압을 가장 확실하게 볼 수 있는 장면이다.

"성기"는 점점 가중되는 '불안'을 느끼면서도 모친을 불쌍하게 생각하며 모친에 대한 '신뢰'를 버리지 않는다. 그러나 어느날 "성기"는 「신의 회작」의 "S"와 거의 비슷한 경우를 거쳐 모친과 "배뚱뚱이"가 벌거벗고 방안에 누워있는 것을 본다. "성기"는 이를 '큰일', '중대한 일'이 벌어진 것으로 생각하고 '초조와 불안감'에 길로 뛰쳐 나간다.

> 「정말 큰일 났구나!」하는 생각이 다시 머리를 파고 들었다. 뒤이어 이러고만 있어선 안 되겠다는 초조와불안감이 전신을 휩쌌다. 다음순간 성기는 행길을 달리기 시작한것이다. / 목적도 없이 그저무작정 뛰어가는것이다. (6회)

뛰어나가는 "성기"의 행동은 '무작정'이라는 점에서 내밀한 욕망의 공간인 '방'에서 '쫓겨나' 사회적 관계 속으로 '던져졌음'을 의미한다. "성기"

는 한참을 뛰어가다 자신을 도와줄 만한 인물인 담임선생님을 찾아가지만 만날 수 없다.[23]

그런 일이 있은 후에도 "성기"는 모친을 믿고 "배뚱뚱이"를 미워하지만 모친과의 행복한 미래를 크레용으로 그리는 것은 잘 되지 않는다. "성기"는 "앞으로는 자기모자의 생활이 전적으로 그 배뚱뚱이의 힘에 의존하게 된다는 것"과 모친과 "배뚱뚱이"의 알몸장면을 떠올리고 "모친이 자기를 버리고 멀리로 영 떠나가 버리는것같은 착각"(8회)에 빠지기도 한다.

욕망 대상의 완전한 상실에 대한 두려움은 마침내 현실로 나타난다. 이사를 간다고 해놓고선 모친이 결혼을 한 것이다. "성기"는 '모친에 대한 배신감', '설움', '참을 수 없는 모욕과 무시를 당한것같은 생각'이 든다.

그러나 "성기"는 "배뚱뚱이"와 동일시할 기회를 갖지 못하고 단지 모친의 상실만을 경험할 뿐이다. 결혼식으로 분주한 새 집에서 "성기"는 있어야 할 곳을 찾지 못하고 있다가 모친이 주는 돈을 받고 무작정 집을 나서 옛 집으로 간다. 그리고 돈을 꼭 쥐고 신문팔이를 해서 어머니와 자신의 살냄새가 밴 옛 집에서 혼자 살 생각을 한다.

결국 "성기"는 "배뚱뚱이"의 등장으로 어머니를 잃었을 뿐, "배뚱뚱이"의 가치를 내면화하거나 동일시하지 않는다.[24] "성기"는 차라리 이를 거

---

23) 이는 당시에 그 사태를 이해하고 적절하게 행동할 어떤 정신적인 조언도 받을 수 없었다는 것을 의미한다.

24) "성기"는 모친의 성적 행위에 의해서 도착에 빠질 위험에 처해있을 뿐, "성기"만 본 다면 그대로 성장해도 자연스러운 사회화를 기대할 수 있을 것으로 보인다. 따라서 "배뚱뚱이"에 의해 촉발되는 오이디푸스 콤플렉스와 모친과의 분리불안은 '정당하지 않은 것'으로서 정상적인 사회인이 되기 위해 필요한 오이디푸스 콤플렉스 이외의 것이라 할 수 있다.

부하고 혼자 살아가는 방식을 택한다.

이는 닫혀진 오이디푸스적 '욕망'의 공간인 '방'에서 배제되어 나와 사회의 다양한 관계가 펼쳐진 '길'을 걷기 시작하는 것을 의미한다. 즉, 자전적 인물의 사회화는 가정이 아닌 거리에서 수많은 개인들과의 다양한 관계 속에서 이루어지게 된다.

장편소설 『길』은 「모자도」에서 길을 떠난 "성기"의 수년 후를 보여주는 작품으로서 청소년 주인공 "최성칠"이 서울의 거리에서 성장하면서 다양한 인간관계를 통해 자본주의의 윤리관과 성모랄을 정립하는 모습을 보여주고 있다. 그리고 이러한 과정을 통해 성장했다고 前史가 주어지는 『미스테이크』의 청년 주인공 "강재호"는 지난날에 대해 다음과 같이 회고한다.

> 훈련이 잘된 가축일수록 주인의 비위에 기교적으로 영합할줄 아는 법이다. 그런 「충실」한 위인들에 비하면 강 재호(姜在浩)는 확실히 야생 동물이다. 한창 날뛰기 좋아 하는 소년기를 구속 없이 보낸 탓일게다. 가정이나 사회라는 굴레에서 그는 완전히 – 아니 이건 어폐다 – 거의 해방된 채 뼈대가 굵었다. (「미스테이크」 1회, 『서울신문』, 1958. 8. 20)

결론적으로, 「모자도」의 "성기"가 이미 겪은 오이디푸스 콤플렉스는 정신병과 도착증을 막기 위해 임상의학에서 중요하게 생각하는 구조적 사실로서의 오이디푸스 콤플렉스 극복이었던 반면, "성기"에게 새롭게 닥친 오이디푸스 콤플렉스는 그것과는 별개인 부가적인 오이디푸스 콤플렉스였다고 할 수 있다.

"성기"가 내면화한 상징적 질서와 내면화하기를 거부하는 상징적 질서의 차이는 곧 모계적인 낮은 수준의 부성을 내면화한 사람이 높은 수준의 부성을 강요하는 가부장적 한국사회에 진입하였을 때 생기는 부성의 차액과 흡사하다.

이러한 시각을 취한다면, 다작의 작가 손창섭에게 덧씌워진 '오이디푸스 콤플렉스'가 '임상적인 의미의 오이디푸스 콤플렉스'가 아닌, '사회적인 의미의 오이디푸스 콤플렉스'라는 것을 알 수 있게 한다.

2. 정치적/도착적 글쓰기의 전개

이상과 같이 자전적 인물의 정신분석을 통해 작가의 심리구조를 유추했다 하더라도 한 가지 문제가 남는다. 그것은 「모자도」가 집필 당시('55년) 34세인 손창섭이 8~9살('29~30년) 당시의 자전적 인물을 바라보며 갖는 시각이다.

손창섭은 자신의 '자연스러운' 욕망이 거세되는 '부당한' 상황에 대해 글쓰기로 대응한 것으로 보인다. 즉, 욕망이 거세되는 원체험을 작품으로 무대화하는 작업을 통해 그것이 부당한 것이었음을 스스로 확인하고 강조하는 것이다.

그의 작품 세계에서, 「모자도」의 "성기"는 『길』의 "최성칠", 「신의 희작」의 "S", 『미스테이크』의 "강재호"로 그 연령대를 달리하며 등장하지만, 세계에 대한 일관적인 태도를 보여준다. 세상이 잘못되었다는 것이다.

도착증자는 오이디푸스 콤플렉스에 닥쳤을 때 억압을 받아들이지 않고 쾌락을 포기하지 않는다. 낮은 수준의 부성을 내면화한 사람이 높은 수준의 부성을 요구하는 사회 속에서 생활해야 한다면 그는 자신에게는 자연스러운 욕망이 끊임없이 위험하고 비정상적인 것으로 규정되는 것을 목격해야 할 것이고 그러한 억압에 승복하지 않고 욕망을 추구한다면 그는 도착으로 보일 것이다.

손창섭은 1950년대 한국사회에 적응하는 것을 거부하고 사회가 잘못되었음을 작품을 통해 지속적으로 말해왔다. 이러한 측면을 본고는 도착적인 글쓰기라고 보는 것이다.

그렇다면 도착적인 글쓰기의 양상은 어떠한가. 대체로 그것은 낮은 수준의 부성을 담지한 인물이 높은 수준의 부성을 담지한 사디즘적 사람들에 의해 이용당하는 매저키즘적인 상황을 그려냄으로써 법의 허위성을 폭로하는 전략을 취하는 것이다.[25] 이러한 창작 경향은 필연적으로 거세된 존재들을 전면에 드러내놓게 된다.

그 첫 번째 유형은 매저키즘적 인물과 사디즘적 인물을 병치하는 것이다. 매저키즘적 인물은 다른 사람의 소통행위를 강요로 받아들이며 타인에게 영향을 미치는 어떠한 행위도 하지 못하는 무기력증에 빠져 있으며, 사디즘적 인물은 다른 사람에게 자신의 의사를 강요한다.[26]

---

25) 법을 꼼꼼하게 적용시킴으로써 오히려 법의 불합리성을 증명할 수 있으며, 무질서를 발생시켜 질서에 대한 법의 의도를 좌절시킬 수 있다. (중략) 법은 가장 세부적인 결과로까지 축소시키는 유머의 하강운동에 의해 전복된다.(Gilles Deleuze, 이강훈 역, 『매저키즘』, 인간사랑, 1996, 99면)

26)「공휴일」의 "도일"-"아미의 남편",「사선기」의「생활적」의 "동주"-"봉수",「혈서」의 "달수"-"준석",「피해자」의 "병준"-"장인",「미해결의 장」의 "지상"-"광순",「유실몽」의 "나"-매형,「설중행」의 "고선생"-"관식",「미소」의 "나"-"교회 청년",「층계의 위치」의 "나"-하숙집 주인,「사제한」의 "진수"-"하교",「조건부」의 "갑주"-"현옥 모친",「인간계루」의 "구선생"-"은주",「공포」의 "오인성"-"장대식" 등이 이같

두 번째 유형은 신체적/정신적인 거세를 당한 존재들을 전면화시키는 작품이다.27) 손창섭의 소설에서는 상징적 거세라고 할 수 있는 육체 절단의 모티프가 다수 등장한다.28) 이들 작품 중, 「공포」, 「육체추」, 「인간동물원초」, 「흑야」는 1970년 예문관에서 발간한 손창섭 전집에 이상(李箱)의 작품명과 같은 <공포의 기록>으로 묶인다.

무력한 인간들과 정신적인 장애인, 사지불구, 폐병환자 나아가 그 사람들을 모아놓은 종합판격인 「육체추」와 같은 작품을 보고 유종호는 「모멸과 연민」에서 작가가 받아온 사회적 폭력에 대해 인간전체에 대한 보복행위로서 독자를 '모멸'하는 것이며 또한 이를 읽은 독자는 모멸에 이어 소설의 인간들이 처한 조건과 자신이 다를 바 없다는 것을 깨닫고 자기 '연민'을 느낀다고 설명했다.29) 이 연구는 손창섭 문학연구의 전범으로 받아들여지고 있다.

그러나 단편소설들과 동시대에 창작된, 거세된 존재를 그리는 동일한 계열체에 놓인 소년소설30)들을 보면 이와는 다른 결론을 얻을 수 있다.

은 예에 속할 것이다.

27) 「사연기」의 "성규", 「비오는날」의 "동욱", 「생활적」의 "동주/강노인/순이", 「혈서」의 "창애", 「인간동물원초」의 한 뼘의 하늘조차 갖지 못한 죄수들, 「희생」의 "수옥", 「소년」의 "창훈", 「인간시세」의 "야스꼬", 「육체추」의 불구자들 등이 거세당한 존재로 등장한다.

28) 「혈서」('55)-준석이 달수의 손가락을 자름, 「인간동물원초(人間動物園抄)」('55) - 주사장이 방장이 귀를 물어뜯고 방장이 주사장을 목졸라 죽임, 「공포(恐怖)」('65)-대식이 병우의 손가락을 자름, 오씨 앞에서 대식이 스스로의 손가락을 자름, 「환관(宦官)」('68)-정대진이 아우 정대승을 거세함, 「청사(靑史)에 빛나리 - 계백(階伯)의 처(妻)」('68) - 계백이 처 보미부인과 자식들을 살해함, 「흑야(黑夜)」('69) - 하충민이 시육을 베어 팔아먹음.

29) 유종호, 「모멸과 연민(上)-손창섭론」, 『현대문학』, 1959. 9.

30) 소년소설은 소년소녀들에게 읽힐 수 있는 소설이란 뜻으로 쓰이는 이름이다. 손창

손창섭은 "이 나라의 어른 보다는 어린이 여러분에게 더 많은 희망과 기대를 걸고 있는 사람"[31]이라며 12편의 소년소설을 창작한 바 있는데 여기에 등장하는 불구의 동물[32]에 대한 소년·소녀 주인공들의 동정과 애정어린 관심은 그가 소설에서 불구의 인간을 그린 목적이 '인간모멸'에 있었던 것이 아니라 '연민'에 있었음을 알게 해준다.[33]

모성상실을 반복해서 무대화하여 자기긍정하기, 매저키즘적인 상황과 사디즘적인 상황을 구현하여 법의 지위를 비판하기, 거세된 존재들에 대한 연민 표현으로 존재의 의의 부여하기, 억압적인 법을 비판하는 내용을 암호화하여 행간에 숨기기 등의 전략은 억압을 거부하고 욕망을 추구하는 오이디푸스 콤플렉스적인 작가의 특성에 의한 것이다.

그러한 개인 특성이 개인적인 삶의 선택을 넘어 담론의 장인 문예지에 담론의 형태로 제출된다는 것은 다분히 정치적인 의도를 갖고 있는, 자신이 존재하는 사회에 대한 참여행위 행위라 할 수 있다.

그러나 손창섭의 입장에서의 정치적 글쓰기는 내면화한 상징적 질서의 차이에 의해 오이디푸스 콤플렉스와 연관되며 도착적인 작품, 도착적인 글쓰기로 명명된다.

섭은 총 12편의 소년소설을 창작했으며 9편은 『장님강아지』와 『싸우는 아이』라는 책으로 묶여 지금까지도 인기를 얻고 있다.

31) 손창섭, 『싸우는 아이』, 대한기독교서회, 1972. 7.

32) 다리를 저는 닭(「꼬마와 현주」, '55), 장님강아지(「장님강아지」, '58), 절름발이 세퍼트(「돌아온 세리」, '58)

33) 손창섭의 단편이 「작업여적」에서 논의한 기성의 의미를 해체하여 무의미에 의미를 부여한다는 창작방법을 감안하여 읽어야 하는 것과는 대조적으로 소년소설은 작가의식이 직접적으로 제시되어 있다. 이는 어린이들에게는 기성의 의미를 해체할 필요가 없기 때문이다. 따라서 단편소설과 소년소설을 같은 모티프를 갖는 것들로 묶을 때, 소년소설은 한 계열체 안에서 가장 본원적인 작가의식을 보여준다.

3. 신문연재 장편소설 창작의 의미

손창섭에 대한 세 번째의 지배적인 견해는 손창섭이 60년대 들어와 신문소설에 관계하며 통속작가로 전락했다는 것이다.[34] 이 견해는 사실 손창섭의 10편에 달하는 신문연재장편소설 그리고 여성주간지에 연재된 중편소설을 모두 혹은 충분히 읽고 내려진 것이라기 보다는 순수문학 대 통속문학이라는 문단의 지형도에 의해 내려진 것[35]이거나 일군의 전후작가들이 전후가 아닌 60년대에 이르러 예리함을 잃고 추상적인 역사소설이나 통속소설의 세계로 빠져들었다는 일반적인 평가에 의한 것[36]이라 할 수 있다.

따라서 이를 극복하기 위해서는 먼저 내재적으로 손창섭의 신문연재 장편소설이 갖고 있는 문학적 특질에 대한 평가를 먼저 한 후, 통속작가라는 세평이 정당한 것인지를 외재적인 입장에서 살펴보아야 한다.

손창섭의 6 · 70년대 창작을 특징짓는 신문연재 장편소설에 대한 연구는 '50년대＝전후문학'이라는 고정적인 인식이 비판되면서[37] 가능해졌다. 이에 장편소설의 특징으로 주로 작가의 계몽성[38]과 이상지향성[39]이 도출되었지만 곧이어 리얼리즘에 미달하는 관념성[40]으로 평가되었다.

---

34) 김충신, 「손창섭연구: 작품을 중심으로」, 『어문논집』 8, 안암어문학회, 1964. 11.
35) 김윤식, 「앓는 세대의 문학」, 『현대문학』, 1969. 10.
  천이두, 「60년대의 문학: 문학사적 위치」, 『월간문학』, 1969. 12.
36) 손종업, 「전후 신세대와 장편언어」, 『전후의 상징체계』, 이회문화사, 2001.
37) 이봉래, 「신세대론: 작가를 중심으로 한 시론」, 『문학예술』, 1956. 4.
  방민호, 「한국의 1920년대산 작가와 한국전쟁」, 『한국 전후문학과 세대』, 향연, 2003.
38) 강진호, 「손창섭 소설연구: 주체와 화자의 문제를 중심으로」, 『국어국문학』 129호, 국어국문학회, 2001. 12.
39) 정호웅, 「손창섭 소설의 인물성격과 형식」, 『작가연구』 제1호, 새미, 1996, 4.

그 이상의 내용을 도출하기 위해 장편소설의 내용과 성급진주의의 담론을 비교한 연구에서는 손창섭 신문연재장편소설의 특징으로 다음의 것들을 제시하였다. 낮은 수준의 부성을 지닌 가장의 등장, 성격과 기질에 따른 자유로운 이성교제(이성연구), 과감한 결혼 등의 관계 수립, 금기를 넘어서는 욕망으로서의 불륜, 매저키즘적인 관계를 통하여 욕망에 기초한 가족관계/사회 구현 등이 그것이다.41)

이러한 특징을 '통속'이라고 명명하는 것은 손창섭의 정치적 글쓰기를 도착적 글쓰기로 명명하는 것과 동일한 메카니즘을 가진다. 즉, 작가의식 자체가 욕망을 통한 오이디푸스적 억압의 해체와 거부에 있기 때문에 그러한 정치성이 곧 도착적인 것으로 인식된 것과 마찬가지로, 욕망을 추구하는 사회를 구현하기 위하여 욕망을 추구하는 행위를 그려넣는 것이 곧 '저속한 것'으로 받아들여진 것이다.

50년대에 있었던 순수-통속 논쟁을 참고할 때, '통속'은 독자의 저급한 욕망에 영합하는 작가의식의 퇴조를 일컫는다.42) 그리고 작품 내재적인 차원에서 '통속'은 익숙해진 서사구조를 상투적으로 재생산하는 것을 의미한다.43)

실제로 손창섭의 신문소설에서는 훔쳐보기, 강간, 불륜, 임신 등의 내용들이 많이 나오기 때문에 독자들은 소설을 읽으면서 관음적인 쾌락을

---

40) 손종업,『전후의 상징체계』, 이회문화사, 2001.
41) 졸고, 3~4장 참조. 이 중,『유맹』과『봉술랑』은 손창섭의 다른 신문소설들과는 분명한 차이를 갖는 작품이기에 논의에서 제외한다.
42) 이효순,「1950년대 대중소설론의 전개 양상 연구」, 제주대 교육대학원 석사논문, 2002.
43) 권영민,『한국민족문학론연구』, 민음사, 1988.

얻었을 수 있다.44) 그리고 장편소설에서는 단편소설에서 사용되던 모티프들의 변용태를 다수 발견할 수 있기 때문에, 이를 두고 서사구조의 상투적 재생산으로 볼 수도 있다.

그러나 손창섭 소설이 지향하는 바가 욕망의 발산이요, 그 욕망을 억압하는 오이디푸스적인 기제에 대한 허구성 폭로와 붕괴에 있었다면, 이는 독자의 저급한 욕망과 영합한 것이 아니라 강력한 작가의식에 추동된 것이라고 판단해야 한다.45)

또한 손창섭은 욕망 구현 방식에서 매춘 등 여성을 대상화하는 세태를 강력히 비판하는데 이는 독자가 갖고 있는 남근중심적 욕망46)과 정면 대결하는 것이다.47)

그리고 손창섭의 신문연재 장편소설이 보여주는 문제의식이 단편소설에서 이어져 내려온 것이며, 그것이 현실에서 통용되는 상징적 질서와 갈등을 일으키는 민감한 것이라면, 모티프의 변형·반복 양상은 서사구조의

---

44) 신문소설은 아니지만, 「인간시세」에서는 강간을 당하는 패전 일본군속의 부인 야스꼬가 만주에서 중국인들과 소련군에게 강간을 당하는 장면이 7회 묘사된다.

45) 안용희는 장편소설의 서술 특질로 복수초점화자의 사용이 적고, 주석적 서술자의 논평이 끼어드는 일이 빈번하며, 장기간 연재하는 소설에 일인칭 서술을 채용하고 있다는 점을 지적한다. (안용희, 「손창섭 소설의 서술자 연구」, 서울대 석사논문, 2005) 이는 손창섭의 장편소설이 강한 작가의식과 계몽적 어조를 갖고 있다는 것을 증명하는 것이다.

46) "가부장제 사회는 남근중심적인 상징체계로 이루어져 있으며 사회전체는 생산주체(남성)와 객체들—상품들(여성)으로 구분된다. 여성의 성적쾌락조차 남성의 그것에 의해 구조화된 것이다." (Luce Irigaray, 이은민 역, 『하나이지 않은 성』, 동문선, 2000. 참조) 따라서 남녀를 불문하고 독자는 작품 속에 등장하는 여성을 욕망의 대상으로 인식한다.

47) 예를 들어 『결혼의 의미』는 8개월의 연재기간 내내 일관된 어조로 여성에게 순결을 강요하는 남성중심의 위선적 사회윤리를 강도 높게 비판하고 있다.

통속적 재생산이 아닌 지속적인 문제 제기의 의미를 갖게 된다.

게다가 『세월이가면』48), 『저마다가슴속에』, 『아들들』, 『길』, 『유맹』, 『봉술랑』 등 소설 속 무대가 가정이 아닌 당대 사회 혹은 역사 공간인 일군의 소설들을 생각해본다면, 통속작가라는 평가는 마땅히 수정되어야 한다.

'통속소설'이라는 견해를 더 잘 극복하기 위해서는 마지막으로 독자에 대한 작가의 인식을 살펴볼 필요가 있다. 손창섭은 『대구일보』에 장편소설 『세월이가면』('59)을 연재하는 것을 시작으로 1977년까지 십수 편의 장편소설을 대중적인 독자층을 형성하고 있는 신문 및 잡지에 연재한다.

손창섭이 신문소설로 이행한 '59년에 근접하는 1960년을 기준으로 그 것을 "들고 다녀야 대학생 행세를 할 수 있었던 풍속"을 만들며 전후 지식 사회를 대표하는 잡지 『사상계』에 손창섭은 『현대문학』 총 9편에 이어 두 번째인 총 7편의 작품을 발표한다. 이 『사상계』의 월간 발간부수는 최대 7만부로, 발간부수가 인구대비49) 0.28%에 머물고 있을 때, 신문구독률은 17%에 달했다.50)

당시 의무교육 정책에 의해 초등교육 취학률은 95.3%로 매우 높았기 때문에51) 도시에 살고 있으면서 의무교육을 받은 사람이라면 윤독을 통

---

48) 류동규는 『세월이가면』에 대해 최초로 분석한 연구에서 당대 통속문학과는 다르게 손창섭의 신문소설이 구현하고 있는 모랄을 높이 평가한다.(류동규, 「손창섭 장편소설 『세월이가면』에 나타난 윤리문제」, 『국어교육연구』 38집, 국어교육학회, 2005. 12) 이 소설의 존재는 한명환 외, 「해방 이후 대구·경북 지역 신문연재소설에 대한 발굴 조사 연구」, 『현대문학이론연구』 21집, 현대문학이론학회, 2004.에 의해 확인된 바 있다.
49) 1960년 당시 인구 24,994,000명(『The Population of Korea』, 서울대출판부, 1985)
50) 김건우, 『사상계와 1950년대 문학』, 소명출판, 2003, 45면.

해 신문을 읽는 것은 어려운 것이 아니었다.52) 반면, 문예지는 최소한 고등학생 이상이 되어야 이해할 수 있었으며53) 이를 읽을 만한 구독자는 대학 이상 학력자 누계 1.13%, 중고등학교 이상 대학 미만 학력자 누계 7.5%로 제한적이었다.54)

이를 통해 알 수 있는 것은 단편소설의 시니시즘에서 장편소설의 계몽적인 어조로 이행하는 것 역시 독자의 학력수준 및 독자의 수를 의식한 행동일 수 있다는 점이다.

손창섭은 「신의 회작」의 서술자를 통해 지식인에 대한 적대감을 드러낸다.

> 야만인인 씨가, 당연히 경원하게 마련인 것은 비단 문단이나 문학인 뿐이 아니다. 말하자면 문화적인 것 일체와 문화인이라는 유별난 족속 전부가 싫은 것이다. 언제나 현란한 정신적 외출복으로 성장하고, 눈부신 지식과 재능의 악세사리들을 번득거리며, 자신 만만히 인생을 난무하는 소위 그 문화인이니 지식인이니하는 사치품 인간들에게, S는 아무리 해도 본질적으로 친해질 수가 없는 것이다. (「신의 회작」, 『현대문학』, 1961. 5, 48면)

---

51) 임대식, 「1950년대 미국의 교육원조와 친미 멜리트의 형성」, 『1950년대 남북한의 선택과 굴절』, 역사비평사, 1998, 139면.

52) 신문소설의 상대적인 인기는 1957년에 행한 이화여대 학생 250명에 대한 설문조사에서도 확인되는데 이 조사에서 최근 6개월간 신문소설을 읽은 사람은 전체의 95%에 달하고 있다.(김영덕, 「신문소설과 윤리」, 『자유문학』, 1957. 7)

53) 한 문예잡지사의 주관으로 열린 1956년의 '문인·학생 좌담회'(『자유문학』 1956.8)에서 학생들은 전후 유행한 실존주의, 모더니즘 문학에 대해 고등교육을 받은 자신들도 이해하기 어렵다고 애로사항을 표명한다.

54) 김동춘, 『근대의 그늘 – 한국의 근대성과 민족주의』, 당대, 2000.

그리고 곧이어 새로운 '도전'을 결의하는데, 이듬해 『부부』를 『동아일보』에 연재한다는 것을 감안한다면, 이는 다른 생업을 포기하고 직업작가가 되어 신문소설을 본격적으로 쓰는 행위를 말하는 것일 수 있다. 그것은 동시에 "빈자와 부자 사이에 계급투쟁이 벌어지듯" 일어나는 "지식인을 향한 무식인의 저항"인 자신의 글쓰기 행위 자체를 말하는 것일 수 있다.

> 그렇다면 그는 그러한 희비극을 연출하기 위한 의미로만 존재하는 것일까? 신은 이 세상 만물 중 어느 것 하나 의미 없이 만든 것이 없다고 하니 말이다. 여기서 S는 너무나 저주스럽고 짓궂은 신의 의도와 미소를 발견하고, <u>새로운 도전을 결의</u>하지 않을 수 없는 것이다. 그 자체가 이미 하나의 완전한 넌센스인 도전을.<一九六一年 三月> (「신의 희작」, 같은 면, 밑줄은 인용자)

> 내게는 맹목적인 고집이 있어요. (중략) 이유 없는 고집입니다. 이렇게 굳어진 내 인간성이 피해자 의식에서 나 보다 잘난 사람, 유능한 사람에겐 <u>반발하고 도전</u>하게 돼요. 그러니까 내 作品은 무식하고 가난하고 불우한 사람들을 위해 쓰는 것이라해도 좋지요. (중략) 나는 <u>無識者의 代辯人</u> (중략) 나는 또 순수문학의 귀족성을 주장하는 사람에게 질색입니다. 知性人과 고급독자층만 상대로 하여 그보다 無知하나 숫적으로 많은 독잘ㄹ 무시하고 세계 밖으로 쓰레기처럼 버리는 작가를 나는 안좋아해요. 貧者와 富者 사이에 계급투쟁이 벌어지듯 <u>知識人을 향한 無識人의 저항</u>도 있을 수 있다고 봅니다.(손창섭, 「나는 왜 신문소설을 쓰는가」, 『세대』 3, 1963.8, 212면, 밑줄은 인용자)

'55년부터 '59년까지 거의 한 달에 한 편 꼴로 왕성한 창작열을 보이던 손창섭은 결코 직업작가는 아니었다. 손창섭은 「여담」55)에서 전업 작가의 길을 가고 싶지만 글 쓰는 속도가 매우 느려 원고료로 가족을 부양할 수 있는 '어느정도의 生産能力'을 지니지 못해 '아마츄어의 領域'에 머물 수밖에 없다고 하고 있다. 아마츄어 작가란 전업작가의 길을 가지 못하고 다른 직업을 겸하고 있다는 뜻이며56) 또한 「문학과 생활」57)에서는 작가로서 사는 것과 가족의 필요에 의해 생활인으로 사는 것의 괴리를 잘 보여준다. 이처럼 그는 몇 안 되는 그의 산문에서 작가의 삶을 사는 것을 진심으로 원하지만 가장으로서의 삶을 살아야 하기 때문에 그것이 불가능함을 반복적으로 표현하고 있다. 그는 실제로 출판사 편집사원에서 양계업에 이르기까지 가족을 부양하기 위해 백방으로 뛰어다녔다.58)

손창섭이 전업작가가 된 것은 손창섭이라는 지명도와 함께 당시 대폭적으로 늘어난 신문지면과 작품 수요의 급증이라는 긍정적인 환경하에 가능했던 것이지만, 가족에 대한 무한한 책임을 지는 그의 성격을 감안할 때, 큰 도전이 아닐 수 없었을 것이다.

결론적으로 말하자면, 손창섭의 도착적 글쓰기는 지식인을 수신자로 하는 작품에서는 '무의미에의 의미 부여'로 대표되는 냉소적 글쓰기로 구체화된다. 그리고 보다 대중적인 매체인 신문에 기고할 때는 대중을 수신자로 하여 하층민을 위로하고 계몽하는 글쓰기, 그리고 무의미로 존재하는 하층민들에게 존재의 의의를 부여해주는 상징투쟁으로서의 글쓰기로 구체화된 것이라고 할 수 있다. 이러한 글쓰기는 당시 신문의 광범위한

---

55) 『문학예술』, 1955. 7.
56) 「아마튜어작가의 변」, 『사상계』, 1965. 7.
57) 『신문예』, 1959. 4.
58) 곽학송, 「손창섭 형을 생각하며」, 『현대문학』, 1975. 1.

영향력과 결부되어 사회를 변화시키고자 하는 그의 정치적인 의도로 이해될 수 있다.59)

---

59) 일본의 공원이나 거리에서 성경, 불경 등에서 좋은 구절을 뽑아 손수 인쇄하여 사람들에게 나누어준다는 제보는 "사람들의 심성을 바로 잡아 좋은 세상을 만들고 싶기 때문"이라는 그의 말과 더불어 현실을 변화시키고자 하는 그의 정치적 참여 의지를 잘 보여준다.(「손창섭 연보」, 『작가연구』, 새미 창간호, 1996)

나가기

기성권위에 대한 부적응과 반발, 고립 등 손창섭이 실제 삶에서 보여준 모습은 이상심리의 징후로 간주할 만한 것이었다. 그러나 그의 유년시절과 관계되는 것으로 추측되는 「모자도」의 소년주인공에 대한 정신분석은 소년주인공이 임상적인 차원의 오이디푸스 콤플렉스를 성공적으로 극복했으며, 그 이후에 닥쳐온 모성상실과 관련한 억압에 대해서는 결코 내면화하지 않고 있음을 보여준다.

본고에서 주목하는 바는 소설 속 인물이 정상이라는 것이 아니라 실존작가 손창섭이 소년 주인공을 정상으로 그렸다는 점이다. 본고는 이러한 글쓰기를 임상적이지 않은 차원의 도착적 글쓰기 곧 정치적 글쓰기로 개념화했다.

이러한 관점에서 보았을 때, 1950년대 손창섭의 창작은 모성상실을 반복해서 무대화하여 자기긍정하기, 매저키즘적인 상황과 사디즘적인 상황을 구현하여 법의 지위를 비판하기, 거세된 존재들에 대한 연민 표현으로 존재의 의의 부여하기, 억압적인 법을 비판하는 내용을 암호화하여 행간에 숨기기 등의 전략을 사용한 것으로 파악된다.

즉, 손창섭은 오이디푸스 콤플렉스를 극복하지 못한 것이 아니라 욕망을 금지하는 부당한 오이디푸스적 억압에 저항하는 것이다. 이러한 도착적 글쓰기는 받아들이는 사람이 지식인에 속할수록 인간 전체에 대한 모멸로 받아들여지고 그 효과로서 자기연민이 발생하겠지만, 실제로 손창섭의 창작동기는 거세되고 소외된 존재에 대한 연민이었던 것이다.

도착적인 글쓰기는 신문소설 창작에도 이어진다. 그의 신문소설은 '통속적'이라는 평가와는 다르게 다분히 정치적이며 현대 문명의 인간관계에 대한 분명한 대안을 제시하고 있다. 또한 매체의 독자를 고려했을 때, 손창섭이 단편소설에서 보여준 시니시즘과 냉소는 높은 수준의 상징질서를 담지한 지식인에 대한 태도이며 장편소설에서 보여주는 이상지향성과 계몽적인 어조는 다수의 무식자를 대상으로 한다는 것을 알 수 있다. 또한 다수를 대상으로 하는 매체라는 점과 계몽적인 어조에서는 현실에 대한 변혁의지도 읽을 수 있다.

손창섭에 대한 지배적인 평가를 반성하는 것은 손창섭 문학 내적인 양상을 정밀하게 파악하는 작업과 함께 외재적인 입장에서 문학연구의 장에 대한 비판적 검토를 필요로 한다. 왜냐하면 오이디푸스 콤플렉스를 극복하지 못했다는 평가는 동시에 지배적인 상징질서를 승인하는 결과를 가져오기 때문이다. 그리고 이는 손창섭이라는 작가를 이상심리 소유자로, 작품은 그 징후로 인식되며 이로 인해, 작가의 渡日을 포함하여 전 생애를 통해서 전해주는 메세지와 작품의 내용이 전하고 있는 현대문명에 대한 유의미한 비판을 볼 수 없게 만든다.

도착은 곧 정치적인 것이며, 자신과 세계의 선연한 대비에서 자기 긍정을 택하는 삶의 태도이다. 손창섭이 보여준 정치성을 억압적 현실에 대한 비판의 수위에서 파악하는 것은 상대적으로 쉽다. 그러나 그것을 대안으로 받아들이기는 어렵다. 왜냐하면 손창섭의 정치성은 상징질서인 법을 해체하고자 하는 것이며, 도구가 아닌 목적으로서의 부정이기 때문이다.

2장

손창섭 문학의 매저키즘

들어가기

손창섭의 소설은 매저키즘적인 면모를 다양하게 보여준다. 이때의 매저키즘은 미학적으로 정제된 들뢰즈의 용어이며, 프로이트의 역전된 사디즘으로서의 매저키즘이 아니다. 손창섭 소설의 매저키즘에 대해서는 과장된 복종의 형식을 반복함으로써 지배적인 현실질서를 전복하는 효과를 갖는다는 선행연구가 이미 이루어진 바 있다.

그러나 매저키즘적 전략의 핵심은 상징적 질서의 담지자를 남성에서 여성으로 대체하는 데 있다. 손창섭은 이를 위해 모순된 인물의 성격을 한 여성 인물 안에 집약시키는 한편, 현실에 대항할 수 있는 힘을 부여한다. 이러한 방법으로 형상화된 여성 인물은 '구강적 어머니(oral mother)'라 할 수 있는데, 이는 아동이 전오이디푸스기 단계인 구강기에 갖게 되는 완전한 어머니에 대한 이미지를 말한다.

역사적으로 구강적 어머니는 인간이 여성중심적 삶을 영위하던 먼 원시의 창녀적인 어머니와 현대 오이디푸스적인 가족구조 속에 '결여'로서 존재하는 어머니의 중간단계이다. 두 극단적인 면모를 겸비함으로써 고양된 여성 인물은 소설 속의 모든 인물과 사건에 영향력을 미칠 수 있게 되고, 소설 세계를 통어(通御)할 수 있게 된다.

『부부』에서는 창녀적인 여성 인물과 오이디푸스적인 여성 인물, 그리고 둘을 지양한 구강적 어머니의 맹아가 등장하며, 『봉술랑』에서는 완성된 형태의 구강적 어머니가 등장한다. 구강적 어머니는 아버지가 소거된 소설 공간에서 여성적 원리만으로 새로운 인간 '무생'을 탄생시킨다.

1. 연구사 검토 및 연구방법론

1) 성적 모티프에 대한 기존 연구

손창섭(평양, 1922~)의 소설세계는 성(性)을 노골적으로 보여준다. 초기소설에서부터 애인 빼앗기(「생활적」), 강간(「혈서」), 성매매(「미해결의 장」), 항문성교(「인간동물원초」), 성행위 목격(「모자도」) 등 성과 관련한 모티프가 반복되었다. 이러한 면모는 병적인 것으로 진단되었으며[60], 비평가들은 감옥이나 방과 같은 밀폐된 공간에서 벌어지는 인간의 동물적인 성적 행위에 주목하였다.[61]

'통속적 시니시즘'[62]이라는 평가에서 볼 수 있듯이, 손창섭 소설의 性

60) 조연현, 「병자의 노래―손창섭의 작품세계」, 『현대문학』, 1955. 4.
61) 최인욱, 「신진의 대거진출과 기성의 노쇠」, 『동아일보』, 1955. 8. 10.
62) 유종호, 「모멸과 연민―손창섭론」, 『현대문학』, 1959. 9~10.

에 관한 비평적 언급은 주로 통속소설과의 연관 하에 이루어졌다. 「인간시세」(1958)[63]의 반복적인 강간 장면은 "작가가 대중을 끄는 통속소설의 位置에서 있는 때문"[64]에 쓰인 것으로 받아들여졌고, 거세 장면이 들어간 「환관」(1968)은 "독자층에 대한 作家편의 計算이 현저"[65]한 작품으로 인식되었다.

손창섭 소설의 성에 대해 본격적으로 접근한 것은 「신의 희작」(1961)에 고무된 정신분석학적 연구였다.[66] 「신의 희작」에서는 비정상적인 성적체험과 성충동, 왜곡된 성장과정이 적나라하게 묘사되어 있어 정신분석학 이론이 가장 잘 적용되는 작품으로 받아들여진 것이다. 이후 많은 연구논문이 제출되면서 손창섭은 '이상심리를 가진' 혹은 누구나 갖고 있는 이상심리를 '노골적으로 드러내는' 작가로 굳어지는 듯하다.

1990년대 이후의 연구에서는 보다 긍정적인 평가가 나타나게 된다. 이는 성적 욕망 자체를 긍정하게 되고, 연구대상이 『유맹』(1976)과 같은 후기 작품으로 확대됨에 따라 일어난 변화로 보인다. 이러한 연구의 결론은 '개인의 성적 욕망에 한정되었던 초기 작품세계가 후기작품으로 갈수록 사회와 역사로 확장되어 간다.'[67]라고 요약할 수 있다.

위와 같이 정신분석학적 연구는 손창섭의 경우에 뚜렷한 결과물을 보여주었고, 특히 작가가 가진 성적욕망의 기원과 텍스트의 심층 의미에 대

---

63) 일제 패망 후 일본 여인이 중국을 탈출하다가 과거 피지배민족들의 남성들에게 강간을 당하는 장면을 여과 없이 묘사하고 있는 작품이다.

64) 김충신, 「손창섭연구—작품을 중심으로—」, 『어문논집』 8, 안암어문학회, 1964. 11.

65) 유종호, 「작단시감 환관 손창섭 작」, 『동아일보』, 1968. 1. 25.

66) 정창범, 「손창섭의 심층」, 『작중 인물의 심층 분석』, 평민사, 1983.

67) 김현정, 「손창섭의 장편소설 연구: 작중 인물의 욕망을 중심으로」, 전남대 석사논문, 2006.

해서 많은 것을 밝혀낸 것이 사실이다. 그러나 정신분석학은 오이디푸스적인 삼각구조를 정식화하고 그 안에 욕망을 가둠으로써 작가의 일탈적인 글쓰기가 가진 의미와 효과를 밝혀내는 데는 일정한 한계를 보인다.

최근에는 작가의 욕망을 역동적인 관점에서 파악하는 일련의 연구들이 제출되고 있다.[68] 양소진은 손창섭 소설의 주인공들이 과장되게 법에 복종하는 것을 반복함으로써 법을 전복하는 기능을 한다고 분석한 바 있는데, 연구대상을 단편소설에 한정지은 것이 아쉽다. 손창섭의 초기작품에서는 자학적이고 모멸적인 모습이 주로 나타나지만, 연구대상을 장편소설에까지 확장해보면 성적으로 자유분방한 인물의 등장, 이성과의 관계를 규정하는 계약서, 사돈 간의 불륜, 동성애, 남성 인물의 퇴조와 여성인물의 상승, 정신성과 육체성을 겸비한 여성 인물의 출현 등 성과 관련한 문제들이 다채롭게 나타나기 때문이다.

본고는 이러한 면모를 해석하기 위해 들뢰즈의 『매저키즘』 논의를 검토하며 손창섭의 신문연재 장편소설 중 『부부』와 『봉술랑』을 주된 연구대상으로 삼는다. '매저키즘'이라 하면, 통상적으로 성적 변태성을 일컬으며 사디즘의 보완물로 인식하기 쉽다. 그러나 다분히 도착적으로 보이는 손창섭 소설에서는 성적 변태성을 넘어 현실의 지배적 질서에 대한 저항과 대안제시의 의지를 담은 문제의식이 나타나고 있다.

---

68) 이러한 관점을 취한 연구에는 다음과 같은 것들이 있다.
황훈섭, 「손창섭 소설의 욕망구조 연구」, 성균관대 석사논문, 2006.
양소진, 「손창섭 소설에서 마조히즘의 의미」, *COMPARATIVE KOREAN STUDIES*, 국제비교한국학회, 2006. 12. 30.
홍주영, 「손창섭 소설에 나타난 부성 비판의 양상 연구」, 서울대 석사논문, 2007.
박선희, 「손창섭 소설의 '소수성' 연구」, 경북대 석사논문, 2008.

들뢰즈에 의하면 매저키즘적 전략의 핵심은 여성을 상징적 질서의 담지자로 만드는 것인데, 손창섭은 그러한 여성 인물을 창조하기 위해 이항 대립적인 자질을 한 인물에 집약한다. 이러한 방법이 가장 잘 드러난 작품이 『부부』와 『봉술랑』이다. 본고는 이 두 작품을 분석함으로써 매저키스트의 환상 속에서 여성 인물들이 이상성을 갖게 되는 과정과 그 의미를 조명할 것이다.

2) 연구방법론: 들뢰즈의 『매저키즘』

프로이트적인 의미에서 사디즘은 유기체 내에 존재하는 죽음충동(타나토스)이 리비도에 의해 외부로 투사되는 것이며, 매저키즘은 외부로 투사되지 않고 유기체 내부에 남아 외부의 불쾌한 자극을 리비도의 작용에 의해 쾌감으로 받아들이게 되는 것이다.[69] 사디즘을 매저키즘과 본질적으로 같은 것으로 보는 이러한 시각은 새도매저키즘이라는 용어의 근거가 된다. 가학과 피학이 하나의 관계 속에서 일어나므로 새도매저키즘은 개인의 가학적 / 피학적 성행위를 지칭하는 한편,[70] 사회적 관계에서 벌어지는 지배ー복종 구조를 설명하는 데 이용되기도 한다.[71]

그러나 들뢰즈에 의하면 이는 아직 충분히 분화되지 않은 용어이다. 표면적으로 드러나는 새도매저키즘은 "다양한 문맥과 서로 다른 출처에서

---

69) S. Freud, 박찬부 역, 「마조히즘의 경제적 문제」, 『정신분석학의 근본개념』, 프로이트 전집 11 개정본, 열린책들, 2006. 423면.

70) "그러나 이 성욕도착에서 가장 괄목할만한 것은 능동적 형태와 수동적 형태가 통상적으로 같은 사람에게서 함께 일어난다는 사실이다"(S. Freud, 김정일 역, 『성욕에 관한 세 편의 에세이』, 50면.)

71) L. S. Chancer, 심영희 역, 『일상의 권력과 새도매저키즘:지배의 논리와 속죄양 만들기』, 나남출판, 1994.

기원한 현상들의 집합장소 또는 교차점"인 '증후' 차원의 용어이기 때문에, 더욱 정밀한 분석을 행한다면 "질병의 존재를 보여주는 특별한 기호"인 '증상'의 차원에서 사디즘과 매저키즘을 구별해낼 수 있다는 것이다.[72] 예를 들어, 사드의 난봉꾼이 일부러 고통과 굴욕을 당한다 하더라도 이는 절대적인 힘에 대한 확신을 구하는 행위로서 죄의식과 속죄가 없는 사디즘일 뿐이며, 마조흐의 남성 매저키스트 '세베린'이 박해자의 지위에 오른다 하더라도 이는 일련의 속죄행위 후에 가능한 것이므로 매저키즘일 뿐이라는 것이다.[73]

새도매저키즘이라는 용어를 부정하기 위해 들뢰즈는 다음과 같은 우스갯소리를 인용한다. <어느 날 새디스트와 매저키스트가 만났는데 매저키스트가 새디스트를 보고 말했다: "나를 때려줘." 그러자 새디스트가 대답했다.: "싫어"> 이 우스갯소리는 사디즘과 매저키즘이 근본적으로 다르다는 것을 알려주는 것 같으면서도 현실성이 없다. 왜냐하면 진짜 새디스트는 결코 매저키즘적인 피해자를 원하지 않고, 매저키스트 역시 새디스틱한 박해자를 원하지 않기 때문에, 둘은 만나더라도 이러한 대화가 이루어지는 것 자체가 어려운 것이다.[74]

매저키스트는 죄의식을 느낀다. 그러나 죄의식의 기원은 아버지에게 잘못을 저질렀다는 데 있지 않다. 그는 자신에게 내재한 아버지의 모습을

---

72) G. Deleuze, 이강훈 역,『매저키즘』, 인간사랑, 1996, 13면. 이는 증후학의 정밀화 과정이다. "과거에는 역병이나 나병이 현재보다 훨씬 더 흔했던 것처럼 보인다. 이는 역사적·사회적 이유도 있겠으나 무엇보다도 요즘의 경우라면 서로 다르게 분류되었을 질병들을 당시에는 그 두 가지 병명하에 모두 포함시켜 버렸기 때문이다."(『매저키즘』, 16면.)
73)『매저키즘』 41~42면.
74)『매저키즘』, 43~44면.

속죄받아야 할 죄로 느끼는 것이며, 자신을 처벌함으로써 아버지를 처벌하는 결과를 얻고자 한다.[75]

한편, 들뢰즈는 프로이트의 「쾌락원칙을 넘어서」를 고평하면서 쾌락원칙과 죽음충동 간의 관계를 설명한다. 그에 의하면 쾌락원칙은 경험세계의 지배적인 법칙임에 틀림없으나 그것을 '넘어선' 2차적인 초월적 원리들이 있는데, 그것이 바로 '에로스'와 순수부정(pure negation)으로서의 '타나토스'라는 것이다.[76]

이때 순수부정은 경험세계에 주어지지 않는 것이므로, 새디스트는 순수부정을 사유하기 위해 논증의 방법을 사용하고, 매저키스트는 부인(disavowal)의 방법을 사용한다고 한다. 부인은 부정이나 파괴와는 다른 것으로서, 어떤 믿음을 정지시켜 다른 영역을 보여주는 것이다. 그 예로 물신은 여성남근(female phallus)의 이미지 혹은 대체물로서 유아가 여성의 신체에 남근이 없다는 것을 알기 직전에 본 대상이 된다.[77] 따라서 물신숭배는 해로운 발견의 두려움을 줄이기 위한 행위이며[78] 절망적인 수동적 현실에서 주체를 구조하고자 하는 필사적인 시도일 수 있는 것이다.[79]

---

75) 『매저키즘』, 114면. 이러한 맥락 하에 손창섭 소설의 주인공이 과장되게 법에 복종하는 모습을 보이는 것은 그 법을 전복하고자 하는 것으로 해석될 수 있다.(양소진, 「손창섭 소설에서 마조히즘의 의미」, *COMPARATIVE KOREAN STUDIES*, 국제비교한국학회, 2006. 12. 30.)

76) 『매저키즘』, 126~131면.

77) 여성의 신발 등을 물신으로 삼는 경우가 많은 것은 아이의 시선에서 여성이 거세되었다는 것을 알기 전에 마지막으로 본 것이 물신이 되기 때문이다. 또한 마지막에 본 것이 물신이 되기 때문에 물신은 '정지되고 얼어붙은' 이차원적인 이미지로 등장한다.(『매저키즘』, 33~34면.)

78) 『매저키즘』, 33~34면.

79) E. Bergler는 다음과 같은 어구를 적고 있다. ""fantasy" turns out to be (in my

들뢰즈는 위와 같은 설명으로 부인의 기제를 가진 매저키즘적 환상의 미학적 성격을 설명하는 한편, 다음의 구절에서는 대안으로서의 매저키즘적인 삶 혹은 매저키즘적인 문학의 가능성을 타진하고 있다.

> '신경증이라는 기능 장애'와 '승화라는 정신적 배출구' 외에 다른 해결책은 없는 것인가? 자아와 초자아의 기능적인 상호의존과 관계되어 있지 않고, 자아와 초자아 사이의 구조적인 분열에 관련된 제3의 대안은 있을 수 없는가? 또한 (그것은 - 인용자) 프로이트가 도착(perversion)이라는 이름 하에 제시했던 바로 이 대안이 아닌 것인가?80)

손창섭의 경우는 어느 선택지를 택했다고 할 수 있을까. 첫 번째 길을 '신경증의 징후로서의 창작'이라고 했을 때, 두 번째의 길은 현실질서를 받아들이고 이를 문학적으로 '승화'하는 경우가 될 것이다. 작품의 양상과 도일을 단행한 삶의 모습을 보았을 때 두 번째의 길은 타당성이 없으며, 첫 번째 길을 택했다고 한다면 39년 동안(1938~1977) 장편소설 13편을 포함한 74편의 작품을 남긴 작가의 창작행위를 '현실부적응'으로 평해야 하는 부담을 안게 된다.81) 그렇다면 '도착'(perversion)이라는 세 번째의 길

---

opinion) a desperate rescue attempt from desperate passivity"(E. Bergler, *The BASIC Neurosis: Oral Regression and Psychic Masochism*, New York: Grune&Stratton, 1949, p.16.)

80) "Is there no other solution besides the functional disturbance of neurosis and the spiritual outlet of sublimition? Could there not be a third alternative which would be related not to the functional interdependence of the ego and superego, but to the structural split between them? And is not this very alternative indicated by Freud under the name of perversion."(G. Deleuze, *Masochism: Coldness and Cruelty*, New York: zone books, 1991, p.117.)

81) 밝혀진 최초의 창작은 高文求라는 필명으로 17세 때 일본에서 투고한 동시 <봄>

을 택한 것이 아닐까 검토해야 할 것이다.

2. 이항대립적 인물구도와 세 유형의 여성인물(『부부』論)

1) 이항대립적 인물구도와 여성 인물의 상승

『부부』[82]는 손창섭의 장편소설로는 처음으로 대중적인 성공을 거둔 작품으로서, 성윤리를 문란케 하고 가장을 희화화했다는 불만이 제기되는 등 독자들의 반향이 컸던 작품이다.[83]

이에 대해 최미진은 그 대중성의 요소로 이항대립적인 인물구도를 든 바 있다.[84] 생산하는 몸을 가진 '인숙'과 '한박사' 그리고 유희하는 몸을 가진 '차성일'과 '은영여사'가 모순된 성격의 짝인 '인숙'과 '차성일' 그리

이다. "엄마엄마 이리와 / 요거보세요 / 병아리떼 삐용·삐용 / 놀고간뒤에 / 미나리 파란싹이 / 돋아났세요 // 엄마엄마 요기좀 / 바라보아요 / 노랑나비 호랑나비 / 춤 추는밑에 / 문들레 예쁜꽃이 / 피어났에요"(고문구, <노래봄>, 『아이생활』13권 6호, 조선주일학교연합회, 1938. 6, 30면.)

82) 『부부』에 대해서는 어느 정도의 연구가 이루어진 바 있다. 본고의 논지에 맞추어 기존 연구를 재해석하자면, 김동환과 강진호는 숭고한 윤리에 기반한 '인숙'의 권력이 '사드적'인 것임을 간파하여 군사정권의 그것에 비유하였고, 손종업은 『부부』에는 상징질서를 보여주는 수직적인 관계가 부재한 대신 수평적인 남녀관계, 즉 계약적인 관계가 이를 대체한다고 말하고 있다. (김동환, 「『부부』의 윤리적 권력 관계와 그 의미」, 『작가연구』, 1996. 4., 강진호, 「손창섭 소설연구: 주체와 화자의 문제를 중심으로」, 『국어국문학』 129호, 국어국문학회, 2001. 12., 손종업, 「전후 신세대와 장편언어」, 『전후의 상징체계』, 이회문화사, 2001.)

83) 손창섭, 「작가손창섭씨의 변」, 『동아일보』, 1963. 1. 4. 이하 손창섭의 작품이나 글은 저자명을 생략한다.

84) 최미진, 「손창섭의 『부부』에 나타난 몸의 서사화 방식 연구」, 『현대문학이론연구』 16, 현대문학이론학회, 2001. 12, 354면.

고 '한박사'와 '은영여사'의 부부로 맺어짐으로써 내밀한 성적관계를 둘러싼 파상적인 갈등이 야기되고 그 갈등의 해결책으로 '부부 바꿔치기'가 대두되어 인기를 끌 수 있었다는 것이다.[85]

그러나 한편으로는 '인숙'의 귀가와 보편적 도덕의 승리라는 멜로드라마적인 방식으로 작품이 귀결된다는 점[86], 그리고 대안으로 제시되는 '정숙'의 인물 형상화가 구체적이지 않다는 점[87]에서 한계를 찾을 수 있다고 평한다.

그러나 손창섭이 소설 속에서 '정숙'형 인물을 구체화시켜 나가는 과정을 전작품을 관통하여 살펴본다면, '정숙'을 이 소설의 숨은 주인공으로 위치 지을 수 있을 뿐더러 작품의 멜로드라마적인 결론을 '정숙'의 승리서사로 새롭게 해석할 수 있다. 소설의 내용을 구체적으로 살펴보자.

'차성일'은 결혼 10년차의 자녀 둘을 둔 중산층 가장이며, 그의 아내 '인숙'은 동양적인 매력을 자랑하는 미인이다. '차성일'은 평소에도 성욕이 많고 육체적 유혹에 민감한 탓에 아내를 자주 사랑하고자 한다. 그러나 '인숙'은 그러한 남편을 동물적이라고 비난한다. 그녀는 남편의 동침요구를 거절하면서, '한박사'가 주도하는 '보건계몽봉사회'에 가담하여 무료진료라는 숭고한 이상을 좇는다. 그러다가 '차성일'이 아내와 '한박사'의 관계를 의심하자 '인숙'은 남편을 경멸하며 이혼을 요구하기에 이른다.

병원 원장인 '한박사'는 「잉여인간」의 '서만기'처럼 이상적인 가부장이며, 나무랄 데 없는 인품에 '서만기'가 갖지 못했던 재력까지 갖고 있다.

---

85) 「손창섭의 『부부』에 나타난 몸의 서사화 방식 연구」, 353면.
86) 「손창섭의 『부부』에 나타난 몸의 서사화 방식 연구」, 362면.
87) 「손창섭의 『부부』에 나타난 몸의 서사화 방식 연구」, 364면.

그러나 숭고한 이상을 추구하는 그에 걸맞지 않게 그의 아내인 '은영여사'는 '차성일'처럼 형이하학적인 욕구에 충실한 사람이다. 게다가 '한박사'의 가부장성이 요구하는 출산을 하지 못하는 불임여성이라 '한박사'의 근친들로부터 끊임없이 이혼요구를 받고 있다.

이항대립(binary opposition)에 기초하여 도식적으로 창조된 인물유형은 다음과 같이 기호사각형에 들어가게 된다.

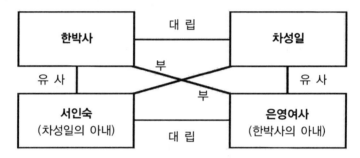

〈그레마스의 기호 사각형과 『부부』의 인물구도〉

한편, '차성일'의 처제 '정숙'('인숙'의 동생)은 '인숙'과 '은영여사'의 중간적인 성격을 지닌 여성이다. '인숙'보다는 육체적, 물질적 욕구에 충실하고 '은영여사'보다는 욕망을 절제하며 정신적인 가치를 중요하게 생각한다.

이러한 성격부여는 '정숙'으로 하여금 네 명의 인물과 친밀한 관계를 갖도록 한다. '정숙'은 '은영여사'에게는 상담자, '차성일'에게는 이해심 많은 처제, '인숙'에게는 누구보다 가까운 동생, '한박사'에게는 능력 있는 직원으로서의 관계를 갖고 있다. '정숙'은 '한박사'와 결혼하고자 하는 자신의 숨은 목표를 달성하기 위해, 네 인물과 맺은 관계를 이용하여 다른 인물들의 관계에 개입하고 영향력을 행사한다.

'정숙'은 '차성일'과 '인숙'이 서둘러 이혼하게 되면 '한박사'와 '인숙'이 결혼을 하게 되므로, '차성일'로 하여금 '인숙'에게 매달리게 함으로써 '차성일'―'한박사'의 대립구도를 지속시키고, '차성일'에게 주의를 주어 '은영여사'와 육체관계를 맺지 않게 한다. 그러나 결국 '차성일'과 '은영여사'가 육체관계를 맺게 되자, 이에 '정숙'은 '한박사'와 '인숙'의 관계를 진전시켜 '은영여사'를 이혼시키고, 그 사이에 재빨리 '한박사'의 근친들을 움직여 자신이 '한박사'와 결혼한다.

결국 이 소설의 숨겨진 주제는 육체가 정신을 지배하는 '은영여사', 정신(순결주의)이 육체를 지배하는 '인숙' 그리고 둘을 상호 지양한 남성연구가 '정숙' 중 누가 '한박사'를 차지하는가에 있다. 이 중 '한박사'를 차지한 '정숙'은 다른 두 경쟁자 '인숙'과 '은영여사'보다 우월하다.[88]

위와 같은 인물구도와 함께 손창섭의 소설의 중요한 특징으로 들 수 있는 것은 남성 인물의 하강과 여성 인물의 상승이다. 이미 초기작에서부터 많은 여성 인물들은 경제·육아차원에서 가장의 위치에 놓여 있었다.[89] 또

---

88) 육체성과 정신성을 겸비한 여인이 남성 인물을 차지하는 모티프는 『저마다 가슴속에』(1960)에서도 나타난다. '천봉우' 선생은 '한선생'과 '우여사' 그리고 '인숙'의 사이에서 갈등한다. '한선생'은 '우여사'의 농염함과 '인숙'의 정신성을 함께 갖고 있는 적극적인 성격의 소유자로서 '천봉우'를 위기에서 구해내고 지방의 학교로 전근시켜 다른 여성과 격리시키는 한편 자신 역시 그 학교로 부임함으로써 '천봉우'를 차지한다.(『저마다 가슴속에』,『세계일보(민국일보)』, 1960. 6. 15~1961. 1. 31.)

89) 「잉여인간」의 '서만기'가 이상성을 견지할 수 있었던 이유 역시 '홍인숙'(간호사)의 물질적 뒷받침에 있었다. 이후의 『이성연구』,『인간교실』등 일련의 장편소설에서 손창섭은 '서만기'의 관점이 아닌, 강한 욕망을 지닌 '봉우처' 혹은 현실을 감당

한 아버지는 서사 내에서 차지하는 비중이 매우 적은데, 심지어 8개월 간 연재된『결혼의 의미』에서 아버지는 대사가 거의 없는 그림자일 뿐이다.[90]

긍정적인 아버지들의 의미도 제한된다.「잉여인간」의 '서만기'는 이상적인 가부장에 대한 역설적 비판일 뿐이며[91],『낙서족』의 아버지는 추상적인 민족의 알레고리일 뿐이다.[92]

손창섭은 소설 속 인물들에게 지배적인 영향력을 미치며 서사에 깊숙이 개입하는 인물의 지위를 남성에게 부여하지 못한다. 이러한 역할은 여성 인물에게 맡겨진다. 한국소설의 전통에서 아버지의 자취, 유언, 생애, 매세지가 전체적인 서사를 좌우하며 작품의 궁극적인 의미에 관여하는 것과는 달리, 손창섭 소설에서는 아버지(남성)의 역할이 매우 제한적이며 여성의 역할비중이 점차 늘어난다. 따라서 손창섭의 작품에서 여성 인물이 '소설세계를 통어하는 상징적 질서의 담지자' 역할을 하게 된다면, 그 여성 인물의 면모와 그 여성 인물이 지향하는 바는 손창섭 소설이 궁극적

하는 여성인 '홍인숙'의 관점에서 소설을 진행해 나간다.

90) "옆방에서 부처님모양 잠자코 계시던아버지마저, /『시끄럽다 이것들아!』 / 호통을 치시었다."(『결혼의 의미』,『영남일보』, 1964. 4. 21.) 8개월 간 일일 연재된 긴 분량의 소설에서 아버지의 대사는 인용문 외엔 거의 없다.

91) 졸고, 31면. 욕망을 중시하는 손창섭 소설의 문법을 고려해보았을 때, "사람이란 행복하기 위해서 살고 있는 것은 아니다. 자기의 정해진 길을 가기 위해서 살고 있는 것이다."라는 '서만기'의 인용은 작가의 심정이기도 하다. 단, 이것은 잘 억압되지 않는 욕망을 지닌 작가가 애써 자신을 달래기 위해 하는 말이라고 하는 편이 더 적합하다.

92) 방민호,『한국 전후문학과 세대』, 향연, 2003, 104~109면. 이러한 현상의 주된 원인은 손창섭의 유아기에 남성으로서 동일시할 긍정적인 대상을 갖지 못해 남성정체성 형성에 큰 어려움을 겪었기 때문으로 추정된다.(조두영,『목석의 울음』, 서울대출판부, 2004, 49면.) 실제로 스스로의 삶에 대한 작가의 회고와 자전적인 작품 속에서 아버지의 흔적은 나타나지 않는다.

으로 추구하는 의미를 보여줄 것이다.

그러한 인물을 창조하기 위해 손창섭은 모순된 이항대립적인 성격을 한 인물에 부여하는 방법을 사용한다. 『부부』에서 정신성과 육체성을 겸비한 '정숙'이 숨겨진 중심이라면, 『봉술랑』의 중심인물은 '백산화(봉술랑)'이다. 그녀는 인자함과 잔인함을 겸비하고, 여성적인 기예를 수련하여 힘에 기초한 뭇 남성들의 검술을 압도한다. 또한 '산화'는 귀여운 딸, 이해심 많은 여동생 그리고 자애로운 어머니라는 전통적 여성의 면모를 고루 갖추고 있음과 동시에 탐관오리의 부정부패와 파락호(破落戶)의 폭력에 격노하고 그들을 단숨에 때려죽이고 후회조차 하지 않는 단호함과 잔인함을 갖고 있다. '산화'는 『부부』에서 정신성과 육체성을 겸비한 '정숙'과 같이 이항대립적 자질을 겸비한 인물이라 할 수 있다.

2) 세 유형의 여인과 구강적 어머니

정신성과 육체성이라는 이항대립의 구도 하에서 손창섭 소설의 인물은 세 분류로 유형화된다. 여성 인물의 경우, 첫째 유형의 인물은 『부부』의 '은영여사'와 마찬가지로 육체성이 강조되고 성욕이 강한 여성이다. 「공휴일」의 '도숙', 「생활적」의 '춘자', 「유실몽」의 '누이', 「잉여인간」의 '봉우 처'가 같은 그룹에 속한다. 둘째 유형의 인물은 『부부』의 '인숙'처럼 정신성이 강조되고 욕망추구에 대해 엄격한 여성이다. 여기에는 「비오는 날」의 '동옥', 「미해결의 장」의 '광순', 「유실몽」의 '춘자', 『낙서족』의 '상회'가 속한다. 마지막으로 『부부』의 '정숙'과 『봉술랑』의 '산화' 등은 정신성과 육체성을 겸비한 셋째 유형의 여성 인물에 속한다.[93]

마조흐(Masoch)의 「모피를 입은 비너스」에도 세 유형의 여성 인물이 등장한다. 이 유형들은 인류문명이 여성중심 사회에서 남성중심 사회로 이행해왔던 역사적인 각 단계의 주된 여성상들을 재현하고 있다. 첫째 유형은 여성원리가 지배적이었던 시대의 여성이며, 둘째 유형은 가부장제가 확립되고 아폴로적 시스템이 도입된 시대에 대응되는 유형으로서 남성과 공모하는 새디즘적 여성이다. 그리고 셋째 유형은 여성 정치체제와 농경질서가 확립된 시대에 대응되는 유형으로 첫째 유형과 둘째 유형의 중간 성격을 지닌 여성이다.94)

이러한 유형은 세 명의 원형적95)인 어머니의 이미지와 일치한다. 첫째는 자궁의 이미지를 가진 창녀와 같은 어머니, 마굴(魔窟)과 수렁의 어머니이다. 둘째는 오이디푸스적인 어머니로서 새디스틱한 아버지의 공조자 혹은 아버지의 폭력에 의한 피해자의 모습으로 존재한다. 셋째는 양육과 죽음을 모두 관장하는 구강적인 어머니(oral mother)96)로서 창녀와 같은

---

93) 손창섭 소설에서 남성 주인공은 여러 다양한 자질을 겸비한 여성 인물을 원한다. 「가부녀」에서 '강노인'은 '종숙'에 대하여 다음과 같이 생각한다. "딸 같은 생각이 들었다 애인 같은 생각이 들었다. 아내 같은 생각이 들었다. 천사 같은 생각이 들었다. 宗淑은 姜노인에게 있어서 그런 것들을 모두 한데뭉친 거룩한 애정의 표상이었다." 또한 「치몽」의 '을미'는 "「누나」요, 「친구」요 또 「애인」이기도 한" 여성이며, 「미스테이크」의 주인공은 여성 인물에게 "친구 처럼, 애인 처럼, 부부 처럼" 대해 주기를 바란다.

94) 들뢰즈에 의하면 마조흐의 작품에 형상화된 세 유형의 어머니는 바호펜(Bachofen)의 인간성 진화의 역사구분에 의한 것이다.(『매저키즘』, 52~53면, 58면.)

95) 프로이트는 셰익스피어의 「베니스의 상인」에서 침묵으로 일관하는 세 번째 딸은 죽음의 여신을 상징하는 동시에 가장 사랑스러운 사랑의 신이라고 분석한 바 있다.(S. Freud, 정장진 역, 「세 상자의 모티프(The Theme of the Three Casket)」, 『예술, 문학, 정신분석』, 275면, 281~282면.) 이처럼 신화 혹은 문학작품의 신화 모티프에서는 세 유형의 여성 인물이 자주 등장한다.

어머니와 오이디푸스적인 어머니 사이에 존재한다.[97)]

손창섭의 소설에서 육체성이 강조된 인물은 매저키스트의 환상에서 창녀·사랑의 여신 아프로디테로 상징되는 첫째 유형의 인물과 일치한다. 또한 정신성이 강조되는 인물은 둘째 유형인 가부장제의 오이디푸스적인 여성에 일치한다. 한편, 손창섭의 소설에서 육체성과 정신성을 겸비한 인물은 원형적인 어머니 중 셋째인 구강적인 어머니에 대응된다.

손창섭 소설에서는 남성 인물이 여성을 쫓아 다니다가 다른 남성들에게 두들겨 맞는 모티프, 그리고 남성 인물이 여성을 매춘업에 소개하거나 여성이 매춘업으로 전락하게 되는 모티프가 자주 나타난다. 남성 주인공이 여성 인물을 쫓아 다니다가 깡패들에게 두들겨 맞을 때 그 여성은 「미해결의 장」의 '광순'처럼 이미 매춘부이거나 '황진옥' 여사처럼 성적으로 요염한 경우가 많다.[98)] 또한 그의 소설에서 「비오는 날」의 '동옥'과 같이

---

96) 들뢰즈가 '구강적 어머니'(la mère orale)를 설명하면서 참고한 E. Bergler의 *The BASIC Neurosis: Oral Regression and Psychic Masochism*에서 '구강적 어머니'에 해당하는 용어는 '전오이디푸스적 어머니'(the pre-oedipal mother, the mother of the pre-oedipal phase)이다. 구강기의 아이에게 어머니는 아직 거세되지 않은 존재로서 모든 것을 주는 시혜자인 동시에 또 그것을 주지 않는 처벌자이기도 하다. 따라서 구강기의 아이는 아버지에 의해 역할지어지기 이전의 어머니의 이미지를 갖고 있다.

97) "Masoch's three women correspond to three fundamental mother images: the first is primitive, uterine, hetaeric mother, mother of the cloaca and the swamps; the second is the Oedipal mother, the image of the beloved, who becomes linked with the sadistic father as victim or as accomplice; and in between these two, the oral mother, mother of the steppe, who nurtures and brings death."(G. Deleuze, *Masochism: Coldness and Cruelty*, p.55.)

98) 『저마다 가슴 속에』의 '천봉우' 선생은 주위 여성 인물들이 처한 문제에 개입했다가 깡패들에게 얻어맞는다. 또한 「미해결의 장」에서는 '광순'을 따라가다가 남자 깡패들에게 얻어맞으며, 「미소」에서도 '貴女'를 따라가다가 교회 남성들에게 얻

매춘부 등으로 전락하거나 전락할 것으로 예상되는 여성 인물들은 그 반대로 정신성이 강조되어 있는 경우가 많다.[99]

들뢰즈에 의하면, 이러한 장면들 역시 세 명의 어머니와 관련되어 있다. 즉, "구강적인 이미지의 어머니는 자궁의 이미지를 가진 어머니로부터 창녀 기능(매춘)을, 오이디푸스적인 어머니로부터는 새디즘적인 기능(처벌)을 빼앗아내야 한다."[100] 즉, 매춘부나 요염한 여성 등 육체성이 강조된 여성에 대해서는 자신을 처벌하는 오이디푸스적인 기능을 강조하기 위해 다른 남성을 동원하여 폭행을 가하게 하고,[101] 정신적인 면이 강조된 여성은 직간접적으로 매춘부의 길로 가게 함으로써 구강적 어머니의 모습으로 만들고자 한다는 것이다.

이런 "세 명의 어머니들에 대한 환상이 가지는 가장 중요한 의미의 하나는, 모든 아버지의 기능을 이 세 명의 여성들에게 상징적으로 전이시키거나 재분배하는"[102] 데 있다. 즉, 이런 과정을 통해 여성 인물들은 구강적 어머니가 될 수 있고 그들은 상징적 질서를 담지할 수 있는 가능성을

어맞는다. 『인간교실』에서 '주인갑'은 '황진옥'여사의 매력에 이끌려 다니다가 전 남편에게 두들겨 맞는다.

99) 『미해결의 장』에서는 '나(지상)'는 시골에서 상경한 친척동생 '선옥'을 좋은 데 취직시켜 주겠다며 매춘부 '광순'의 업소에 데려간다.

100) 『매저키즘』, 75면.

101) 그러나 남성 주인공의 욕망성취를 방해하는 남성 개입자가 모두 이러한 기능을 하는 것만은 아니다. 실재인 아버지의 세계는 환각의 형태로 침입하기도 한다.(같은 면.) 「공포」에서 자신의 손가락을 자르며 주인공을 협박하는 '장대식', 그리고 「환관」에서 아우를 거세하는 '정대진(大進)', 「혈서」에서 '달수(達壽)'의 손가락을 잘라버리는 '준석(俊錫)'은 아버지가 환각적 형태로 복귀한 결과이다. 이들은 상대방의 신체를 거세해버리고 주인공에게는 극단적인 공포를 안겨준다.

102) 『매저키즘』, 68면.

얻게 된다.

"매저키스트는 상징적 질서를 상호모계적 질서로 경험하며(중략) 세 명의 어머니들은 매저키즘의 세계에서 문자 그대로 아버지를 쫓아낸다 ."[103] 그러나 이러한 환상은 언제나 아버지의 세계라는 실재(the real)의 귀환에 의해 무너질 수 있는데[104] 이 무너짐을 막기 위해 환상에 상징적 질서를 부여하는 것이 바로 계약이다.[105]

과장된 복종을 반복하는 매저키즘적 형식이 법(상징적 질서)을 전복하 는 역할을 한다면, 구강적 어머니의 출현은 과장된 복종에 의해 남성중심 적 상징질서에 대한 탈신성화가 이루어진 소설공간에 대안적인 상징질서 를 등장시키게 되었다는 것을 의미한다. 구강적인 어머니는 원시시대의 혼돈과 무질서를 극복한 어머니, 현대 가부장제가 강제하는 결여를 갖지 않는 어머니로서, '아버지의 이름'이라는 개념을 탈권위화할 수 있는 가능 성을 갖는다.[106]

---

103) 『매저키즘』, 71면.
104) 『매저키즘』, 72면.
105) 『부부』에서 등장하는 계약서는 제3자적인 법에 의해 강제되고 상호간의 권력관 계를 규정한다는 점에서 매저키즘적인 계약서라고 할 수 없다. 매저키즘적인 계 약서의 전형은 『주간여성』에 연재된 『삼부녀』(1969~1970)에 등장하는 "신사협 정"이나 "假삼부녀 계약"이다. 이 계약은 남성과 여성 인물의 관계를 규정하는 최 소한의 질서로 기능한다.
106) "정신분석학자들조차 상징적 질서의 출현을 "아버지의 이름"과 연결시켰다는 사 실은 놀랍기만 하다. 이것은 단지 어머니를 자연으로, 아버지를 문화와 법의 유일 한 원리와 대표자로 보는 비분석적인 개념에 집착하는 것일 뿐이다."(『매저키즘』, 71면.)

4. 상징적 질서의 담지자로서의 여성 인물(『봉술랑』論)

1) 구강적 어머니와 사회학적 인식

이 소설의 주인공은 '도성'과 '산화'이다. 초반에는 '도성'이 삼별초에 가담하여 원나라에 대항하는 내용이 중심을 이루고, 중반에는 '도성'과 '산석', '산화'가 역적으로 살면서 겪는 여러 사건을 통해 '산화'의 성장과정을 보여주며, 종반부는 구강적 어머니의 경지에 오른 '산화'가 북방여정을 떠나 사회적인 식견을 넓혀가다가 결국 외적으로부터 고려를 구한 후 평범하게 아이를 낳아 키우는 내용으로 되어 있다.

원나라의 폭거에 저항하는 '도성'은 손창섭이 즐겨 보여주었던 투쟁적 인물107)의 궁극으로서 '산화'의 성장환경을 만든다. 그는 현실의 권력에 저항해 패함으로써 '산화'를 역적으로 숨어 살게 한다. 또한 가부장성을 버리고 양육을 맡아 하는 한편, '산화'에게 남성을 뛰어넘는 고도의 무공을 전수함으로써 구강적 어머니로 성장할 바탕을 만든다.

이들은 충청도 깊은 산에 들어가 평화롭게 약초를 채취하며 숨어 살아간다. 그러나 <원나라─고려조정─지방관아─관아와 결탁한 파락호>라는 먹이사슬 형태의 권력은 산촌 구석구석에까지 뻗어와 가장 하위에 있는 백성의 생활을 비참하게 만든다.

수탈의 대상은 재화뿐만 아니라 궁녀가 될 아리따운 여자와 환관이 될 '고자' 등 원나라 조정이 원하는 모든 것이 된다. 남성중심적인 사회 속에서 힘없는 평민 여자는 일상적으로 남성권력에 노출되어 성적 자주권을

---

107) 「나는 왜 신문소설을 쓰는가」, 『세대』, 1963. 8. 손창섭은 이 글에서 『내 이름은 여자』의 '구동천'을 "투쟁하며 승리하는 人間像"이라 평하고 있다.

침해당하기 십상이다. '산화'는 이런 권력사슬 하에서 가장 하위에 위치한다. 평범한 백성만도 못한 역적인 동시에 여자이기 때문이다.

이러한 권력관계가 가장 압축적으로 드러나 있는 장면은 권력사슬의 하위인 부패한 향군(鄕軍)이나 파락호가 가장 상위인 원나라 조정으로 공출할 동녀(童女)를 마치 짐승 사냥하듯 저잣거리에서 잡아가는 것이다. 이들은 여자를 넘기기 전 성폭행을 하는데, 이러한 장면에는 항상 '산화'가 개입하여 불한당들을 단호하게 격살해버린다. 남자인 '도성'이 여성의 처지에 무관심한 것과는 달리, '산화'는 권력사슬뿐만 아니라 남성중심적 사회에서의 여성의 삶에 대해 문제의식을 갖고 있기 때문이다.108)

> 각오는 되어 있었다. 한놈도 남기지 않고 처죽일 결심이었다. 설사 붙잡아서 사옥(司獄)에 넘겨 보았자 고작 강간죄에 해당할 것이니, 그리되면 일반 여인에 대한 강간죄는 도형(徒刑 − 징역, 인용자) 삼년, 여승 강간죄는 이년에 불과하다. / 그나마도 유력한 연줄이 있거나, 속동(贖銅 − 벌금, 인용자)만 바치면 감형 내지는 사면도 가능하다. 그렇게 하여 풀려 나오는 날엔, 보복 행위를 할 것이 뻔한 일. 그렇지 않아도 제버릇 개 줄리 없는 놈들이니, 그 따위 해충 같은 놈들은 차라리 없애버리는 것만 같지 못하다고 산화는 판단한 것이다. / 특히 성혼을 앞둔 사촌동생 춘화와, 열 다섯 짜리 향이까지 욕을 당하고 붙들려간 일을 생각하면, 산화는 치가 떨렸다. 상길이 처만 해도 임신 중이었고, 딴 비구니들도 거의가 기구한 운명에 견디다 못해 문란한 속세를 버리고

---

108) '도성'은 '의혈단'을 대동하고 온갖 못된 짓을 일삼는 산적떼 '오형제패'의 산채를 점령하게 된다. 이때 '산석'을 필두로 한 의혈단원들은 '오형제패'의 아녀자를 대상으로 성욕을 해결하겠다고 나서는데 '도성'은 "젊은 두 여인만 제외하고, 나머지 년들은 두령이 알아서 하게"라고 하며 이를 방관한다.(『봉술랑』, 산적 15, 1977. 10. 25)

불도에 귀의한 불행한 여인들인것이다. (중략) 관, 적도, 불량배를 막론하고, 어떤 자든 약자를 해하는 놈은, 결단코 살려둘 수 없는 요즘의 심경이었다. (『봉술랑』, 전초전 14, 1977. 10. 5.)

'산화'는 뛰어난 무재(武才)를 지니고 있다. 아버지가 7년 걸려 깨우친 도법(刀法)을 3년 만에 깨치고, 결국 아버지를 넘어서게 된다. 이는 무술을 배우는 동기부터가 다른 데서 기인할 수 있다. '도성'은 복수를 위해 무술을 연마하지만[109] '산화'는 무술수련을 인격수양으로 생각한다. 그녀는 육체와 정신을 아우르는 성실한 수련을 바탕으로 자신의 도법을 역기(力技)가 아닌 재기(才技)로, 다시 수기(手技)에서 심기(心技)로 끌어올리는 데 이른다.

'산화'는 이처럼 뛰어난 무공을 갖고 있고, 불의에 단호하며, 인격적으로도 훌륭하다. 그러나 이렇게 절제된 면모만 갖고 있는 것은 아니다. '산화'는 여자로서 남자를 알고 싶어하며, 결국 원수의 아들이자 토벌대 장수인 '광세'와 사랑에 빠진다.[110] 산화는 원수까지 사랑할 수 있는 뜨거운 열정과 함께 성숙한 육체를 갖고 있다. 그녀의 육체는 "호리호리한 몸매와, 미인은 아니더라도 해사한용모, 알듯 모를듯 부풀어오른가슴, 발그레하니 홍조를 띤 양볼, 이러한 남장처녀의눈부신 용자는, 황홀할만치 요염하기만" 한 것으로 묘사된다.[111]

---

109) '도성'은 부모와 형제의 원수를 갚기 위해 삼별초에 가담하였고, 자신을 역적으로 몰아세운 관에 복수하게 위해 적귀(赤鬼)가 되고, 처와 제수의 원수를 갚기 위해 산속에 숨어 무기(武技)를 닦는다.

110) "마치 마른 섶에 불이 당기듯, 산화의 전신은 화악 타올랐던 것이다. 그대로 사내의 품에 뛰어들어, 그 가슴에 얼굴을 비비며 울어대고 싶은 충동이었다."(『봉술랑』, 남과 여 8, 1977. 9. 8.)

뛰어난 무재(武才), 훌륭한 인격, 불의에 대한 단호함, 내재된 정열, 남복(男服) 속에 감추어진 아름다운 육체는 '산화'를 구강적 어머니로, 상징적 질서의 담지자로 만들기에 필요한 기본적인 자질이다.

『부부』의 '정숙'이 정신성과 육체성을 겸비함으로써 구강적 어머니의 맹아를 보여주었다면, '산화'는 보다 원형적인 잉태자·창조자로서의 면모와 처벌자·파괴자112)로서의 면모를 겸비함으로써 구강적 어머니로 상승한다.

그러나 구강적인 어머니는 현실에 대항해 나갈 수 있는 '힘'과 의지만 갖고는 안 된다. 그 힘을 어떻게 써야 할지에 대한 '사회학적인 인식'을 갖고 있어야 하는데, '산화'의 경우 이야기의 진행에 따라 점차 사회로 확대되는 모습을 보여준다.113)

역적 도성일가가 살고 있는 산막은 현실질서(권력)와는 유리된 곳이다. 그러나 이들은 공녀를 공출하는 관원에게서 여인네들을 구함으로써 신원이 노출된다. 이들이 무술을 사용하는 때는 이처럼 불의에 접할 때이거나 궁지로 몰렸을 때, 그리고 원수를 갚고자 할 때이다.

그러나 원수 갚기의 연속만 가지고는 사회를 만들 수 없다. 깊은 원한

---

111) 『봉술랑』, 남과 여 16, 1977. 9. 17.

112) "매저키즘적 이상인 잔인성은 고대 세계나 새디즘에서의 잔인성, 즉 변덕이나 사악함의 잔인성에 비해 결코 덜하지 않다."(『매저키즘』, 61면.)

113) 일련의 선행연구에서 손창섭의 인물유형이 소극적이고 유폐된 부정적 인물에서 계몽의지를 가진 긍정적이고 적극적인 인물로 변해간다고 밝히고 그 계보에 '산화'를 위치시킨 것은 '산화'가 '힘'뿐만 아니라 '사회적인 인식'도 갖고 있음을 확인시켜주는 것이다. (강진호, 「재일 한인들의 수난사―손창섭의 『유맹』론」, 『작가연구』, 1996. 4., 강진호, 「손창섭 소설연구―주체와 화자의 문제를 중심으로―」, 『국어국문학』 129호, 국어국문학회, 2001. 12.)

을 지닌 '산화'는 조정이 자신들을 내버려 둘 경우엔 피를 피로 갚지 않고 조용히 살겠다고 말한다. 이는 새로운 관계를 위해서는 복수의 인과고리를 끊어내야 한다는 것을 의미한다. 그러나 역적을 잡아 죽여야 안심할 수 있는 권력자 '김인보' 현령은 도성일가의 평화제의를 전해 듣고도 이를 수용치 않는다. 결국, 자기방어의 차원에서라도 '산화'는 다시 파괴자가 될 수밖에 없다.

이런 소극적인 동기만을 가진 '산화'에게 '북방여행'은 식견을 넓혀주는, 사회학적인 인식을 갖게 하는 계기가 된다. 자신을 노리는 북방의 고수를 선제공격하고, 무술대결을 통해 실력을 겨루며, 원수를 갚아나가는 여정이었지만, 이 여정을 통해 '산화'가 경험하는 것의 핵심은 백성들의 처참한 삶과 권력에서 이반된 민심, 그리고 굴종의 삶을 살지만 언제나 나라를 사랑하는 선량한 백성들의 모습이다.

북방여행을 떠난 '산화'는 대로를 숨지 않고 당당히 다녀보고자 한다. 그러면서 권력의 금지에 이유를 묻지만 이유가 없다. 그녀는 온 사회가 병들어 있음을 개탄하기에 이른다.

> 무슨놈의 세상이 이 지경이란 말인가. 관직자들이 일신의 출세 영달과 안전을 위해, 상국(上國—元나라)에 아부하기에만 몰두하느라고, 국내 치안을 등한히 하기 까닭인 것이다. 자기에게 무슨 잇속이 없이는, 맡은 직책도 돌보지 않고, 백성 편이 되려 하지 않기 때문이다. / 관원놈들이 이토록 부패하고 태만하니, 불량배가 판을 치는 것은 어쩌면 당연한 일인지 모른다. 위로는 이병(吏兵)놈들에, 아래로는 불량도에 들볶여야 하니 백성들이 배겨날 수가 있느냐. 산화는 무술을 배운것을 다행으로 여겼다. (『봉술랑』, 무뢰한 9, 1978. 6. 10.)

이렇게 사회적인 인식을 넓혀가던 산화는 북방의 초야에서 인재를 키우고 있는 '주장군'을 만나게 된다. 그는 여몽연합군의 일본침공 때 장군직을 얻었으나, 정치에 회의를 느껴 전란 후 은의자중하게 된 사람으로 다음과 같은 말을 한다.

「무엇보다도 첫째는 원의 손아귀에서 나라를되찾는 일이다. 다음은 가렴주구에 허덕이는 무력한 백성들의 숨을돌리게 해주는 일이니라. 하지만 출세와 축재에만 눈이 먼 영신(佞臣)과 오리(汚吏)배들이 자기 일신상의 안락과 영화만 쫓을줄 알지, 어디 나라와 백성을 생각이나 한다더냐.」(『봉술랑』, 주장군 18, 1978. 7. 21.)

그는 나라의 관리들이 부국강병을 통해 압제에서 벗어날 생각을 하지 않고 오히려 권력과 결탁해 있을 때는 뜻있는 백성들이 힘을 기르는 수밖에 없다고 한다.

길은 오직하나, 뜻있는 백성이 힘을 기르는 도리밖엔 없다. 백성가운데, 무술을 하는 사람이 많아지구, 그리되면 자연 특출한 솜씨를 가진 능수도 나올것이니, 이들이 각지에 숨어있다가, 일단 유사시에는 호응 단합해서 선봉을 서는 것이다. 이것만이 언제고 나라를 되찾구, 바로잡을수있는 유일한 수단이니라. 내말 알아듣겠느냐?」(『봉술랑』, 주장군 14, 1978. 7. 22.)

이 말을 듣고 '산화'는 부끄러움을 느낀다.

이렇게 드러내놓고 개탄해 마지않는장군의 말을들으니, 동감이면서도 산화는 한편 부끄럽기조차 했다. 산화네 일족도, 원나라와 고려의 관직자에 대해서는 이를 갈아왔지만, 그것은 단지 개인적 원한에 서지, 장군 모양 나라와 백성 전체의 문제로서는 아니었다. (『봉술랑』, 주장군 14, 1978. 7. 22.)

'주장군'은 '산화'를 뜻있는 백성의 일인으로 생각하고 안전한 자신의 처소에 머무르게 하여 '산화'를 보호하고자 한다. 그러나 산화의 무술 수련은 하나의 道와 行으로서 어떤 목적을 갖지 않은 그 자체인 것이기에 '주장군'의 세력으로 편입될 수는 없다.114) 그러나 이러한 인식의 확대가 있었기에 역적 도성일가는 합단적의 난에서 고려를 구하기 위한 '주장군'의 전투단에 합류하여 혁혁한 공을 세우고 역적명부에서 이름을 지울 수 있게 된다.

2) 여성적인 상징질서와 무성생식의 인간

도성일가에 '광세'까지 합세한 '주장군'의 전투대는 합단적을 물리치는 데 성공하지만 치열한 전투에서 '도성'과 '광세'가 죽는다. '광세'는 사랑의 징표였던 상아빗과 손거울을 '산화'에게 다시 건네며 '무생'을 잘 부탁한 다는 유언을 남기고 죽는다.

원나라의 속국임에는 변화가 없지만, 합단적의 난이 지나간 고려에는 다시 평화가 찾아온다. 고려 조정은 약속한대로 '산화'를 역적 명부에서 지우고, 논공행상을 통해 '주장군'의 전투대원들에게 관직을 내리지만 소

---

114) "산화에게 있어서 무술은 단순한 실익성을 넘어서고 있었다. 몸을 지키는 호신술이나, 나라를 위한 전력이 아니라, 엄연히 하나의 도(道)요, 행(行)인 것이다."(『봉술랑』, 주장군 14, 1978. 7. 22)

외된 향직(鄕職)만 돌아올 뿐이다. 그들은 별 기대를 하지 않고 대신 각 지방에 무술장을 열어 인재를 양성하는 데 힘쓴다.

『봉술랑』의 마지막 장면은 문제적이다. 치열하게 현실질서(권력)와 대결하면서 대안적인 질서를 추구하던 '산화'가 정착을 하는 것이다.

> 산화는 생을 받은 이래, 처음으로 버젓이 낯을들고 평화로운 세월
> 을 살수가 있었다. 비로소 사람다운 안정된 삶이 시작된 것이다. (『봉
> 술랑』, 종장 11, 1978. 10. 8.)

'산화'가 깊은 숲으로 들어가 영원한 창조와 파괴의 여신이 되길 바랬을 독자들이 실망했을만한 이 장면은 작가의 지향이 어떤 새로운 지배적인 질서를 구축하는 데 있지 않음을 보여준다. 대안으로서의 여성적인 상징질서라 해도 그것이 질서가 되는 순간 권력화하기 때문이다. 그러나 외적의 침입 등 또 다른 부정적 현실에 맞닥뜨렸을 때 '산화'를 비롯한 초야의 무인들이 들고 일어날 것임은 여전히 예상 가능하다. 이는 작가의 궁극적인 목적이 부인과 매저키즘적 환상을 통한 순수한 부정(pure negation)에 있음을 알려주는 것이다.

이 마지막 장면은 작가의 사회학적인 인식보다는 오히려 개인적인 차원에서 더 많은 의미를 전달한다. '산화'의 정주가 의미하는 것은 일본에 머물고 있는 작가 스스로의 정주를 위한 탐색115)이거나 혹은 어렸을 적 의붓아버지에 의해 훼손된 어머니와의 관계를 복원시키는 것일 수 있다.116) 그렇다면 이제는 '무생'에 주목해야 한다.

---

115) 방민호, 「손창섭의 장편소설 『봉술랑』에 대한 일고찰」, 『어문론총』 40호, 한국
문학언어학회, 2004. 6.

들뢰즈는 매저키즘적 환상의 근본목적이 아버지를 완전히 소거한, 구강적 어머니에 의해 무성생식한, 여성의 상징적 질서 속에서 탄생한 새로운 인간을 만들어내는 것이라 하고 있다.

> 마조흐 작품의 최종적인 목표는 카인과 예수를 동시에 포함하고 있는 신화 속에 표현되어 있다. 예수는 신이 아니라 새로 태어난 인간이다. 그의 내부에 숨어 있던 아버지의 모습은 제거되었으며 이제 그는 "십자가에 못박혀 성적인 사랑, 재산, 조국, 명분, 일 그 어느 것도 알지 못하는" 새로운 인간이 된 것이다.[117]

소설의 전반부에서 상징적 질서를 담지하고 있고, 또 죽기 직전까지 어느 정도 그 역할을 하고 있는 '도성'의 죽음과, '힘'을 추구했지만 결코 자신의 결여를 메울 수 없었던 '광세'의 죽음은 '무생'을 탄생시키는 데 필요한 하나의 의식이 된다.

---

116) 자전적 소설인 「모자도」에서는 모친과의 이자적 관계가 훼손된 원초적인 장면이 등장한다. "모친과 배뚱뚱이가 있는 집에는 죽어도 돌아가지 않으리라 생각하고 비에 젖으며 무작정 걸었다. 얼마 만에 성기는 낯익은 판자 대문 앞에 와 서있는 자신을 발견했다. / 그것은 오늘 아침까지 모친과 단 둘이 살아 온 집이었다. 그는 방안에 들어가 보았다. 어두운 방에는 아무 것도 없었다. 매카한 봉당 내에 섞이어 모친과 자기의 살냄새만이 배어 있는 것 같았다. 성기는 이 집에서 혼자 살리라고 생각하는 것이다. 모친이 준 돈으로 신문장사를 해서라도 혼자 여기서 살리라 결심하는 것이다. 앞으로는 영 혼자 살아야 한다고 생각하니 불현듯 모친과 둘이 살아 온 과거가 그리워지는 것이다. 성기는 갑자기 견딜 수없이 외로운 심정으로, / 「어머니! 어머니!」 / 하고, 떼를 쓰듯 불러보는 것이다. / 억수로 퍼붓는 빗소리뿐 대답이 있을 리 없다. 대답이 없을 줄 뻔히 알면서도 되풀이 해 어머니를 부르는 성기의 얼굴에는 비오듯 눈물이 줄줄 흘러내리었다."(「모자도」 9회, 『중앙일보』, 부산, 1955. 8. 7.)
117) 『매저키즘』, 113면.

이들의 죽음은 소설이 만들어 낸 세계 속에서 아직까지 남아있는 아버지의 흔적을 완전히 소거하며 구강적 어머니인 산화의 손에 아들 '무생'을 온전히 맡기는 것, 즉 "아버지가 배제된 채 단지 어머니에 의해서만 다시 태어나는, 제2의 탄생 과정을 의미하는 것이다."[118]

'무생'은 아버지의 부재상황 속에서 성장한 작가의 유아기적 분신이라 할 수 있다. 제2의 탄생을 통해 다시 태어난 작가의 분신 '무생'은 '산화'를 흠모하는 '김도끼'의 존재로 인해 다시 아버지의 세계에 들어가야 하는 위기에 놓인다. 그러나 '산화'는 "그 사람이 죽으면서 남긴 말대로, 저에게는 무생을 훌륭히 키우는 것만이, 오직 사는 보람이요, 낙이어요"[119]라고 말하면서 그 위협을 없앤다. 아버지의 세계를 완전 소거해야 하기 때문에 김도끼를 허용할 수 없는 것이다.

> 그 뒤로 산화와 김도끼는 평생을 맺어지지 않고 지냈다. 남 보기에는 내외간이나 다름없이 위하고 허물없어 보였지만, 종내토록 단지 무술의 동지로서, 이성의 친우로서만 마치고 만 것이다. / 이리하여 산화는, 한 여인으로서는 한(恨)도 없지 않았지만, 한 무술자로서는 추호도 후회함이 없었다. (끝) (『봉술랑』, 종장 11, 1978. 10.8)

이 마지막 장면은 손창섭을 떠난(혹은 손창섭이 떠난) 어머니가 구강적 어머니의 이상적인 모습으로 함께하고 있는 장면을 '환상적'으로 보여주

---

118) 『매저키즘』, 113면.
119) 『봉술랑』, 1978. 10. 8. 완결편. 공교롭게도 모친의 혼사가 오가는 시점은 "이제는 무생도 네 살이 되어 손이 덜 가게 되었고"에서 볼 수 있듯이 네 살이다. 4세는 전 오이디푸스기가 끝날 무렵이다.(조두영, 『목석의 울음: 손창섭 문학의 정신분석』, 서울대 출판부, 2004, 42면)

고 있다. 만약, 『봉술랑』이 손창섭의 마지막 창작이 확실하다면, 마지막 창작일 수밖에 없는 이유가 바로 여기에 있을 것이다. 이는 「모자도」에서 기획했던(그러나 실패한) 모친과 자신(아들)만으로 풍요롭고 자족한 생활이 소설 속에서나마 성공한 형태로 그려지는 최초이자 유일한 부분이기 때문이다.120)

이를 유아기 환상으로 퇴행(regression)하는 것이라 저평가할 수는 없다. 이는 기호로 이루어진 소설이라는 상징 공간에서 기표의 중심으로 작동하는 남성적 원리, 즉 'Phallus'와 'Name of Father'의 명칭에 의문을 제기하고, 탈성화(脫性化)된 소설 공간을 시도하는 것이기 때문이다. 이에 '무생'의 삶에서 '부성'이라는 단어는 '모성'이라는 단어로 대체될 가능성을 가진다. 『봉술랑』의 신화적 공간은 이러한 기획을 완성하기 위해 사용되었다. "영원불변한 어머니의 우월성은 신화의 언어를 통해서" 표현되기 때문이다.121)

---

120) "성기는 자기 미래에 관한 상상화(想像畵)를 그리는 것이다. 이층 벽돌집이 있고 그 앞에 방금 막 닦은 고급 자동차에서는 성장한 모친과 한 손에 팔뚝시계가 번뜩이는 성기가 나려서는 것이다."(「모자도」 7, 1955. 8. 7.)

121) "매저키즘은 순수한 이상의 리얼리티를 창조하기 위해 현실의 리얼리티의 타당성에 의문을 제기하며, 신비스럽고 과학적인 느낌을 주게 된다." (『매저키즘』, 32~33면.)

나가기

손창섭 소설에서는 아버지의 법을 부정하고 아버지가 소거된 세계를 구축하고자 하는 매저키즘적인 면모들이 다양하게 발견된다. 이때의 매저키즘은 미학적으로 정제된 들뢰즈의 개념으로서 사디즘과는 양립 불가능한 것이다. 이미 밝혀진 바대로 주인공의 과장된 복종의 반복은 법의 전복을 의도하는 손창섭 소설의 매저키즘적 특성이다.

그러나 매저키즘적 글쓰기의 핵심적 전략은 여성 인물을 구강적 어머니로 고양시켜 소설 속의 세계를 장악하게 만드는 것에 있다. 구강적 어머니는 욕망을 추구하는 창녀적인 어머니와 욕망의 억압을 요구하는 오이디푸스적 어머니의 사이에 놓인 어머니로서 소설 세계에서 아버지를 몰아낸다. 매저키즘적 글쓰기의 궁극적인 목표는 아버지가 소거된 상황에서 어머니에 의해서만 이루어지는 무성생식의 인간을 만들어 내는 것이다.

손창섭의 『부부』에서는 창녀적인 어머니와 오이디푸스적 어머니 그리고 양자를 상호 지양한 구강적 어머니의 맹아가 등장한다. 이처럼 이항대립적인 자질을 동시에 갖고 있는 인물은 『봉술랑』의 '산화'에 이르러 구강적 어머니로 상승하게 된다. '산화'는 잉태자·창조자로서의 면모와 처벌자·파괴자로서의 면모라는 이항대립적 자질을 겸비하였으며, 이에 더하여 세상과 대결할 수 있는 '힘'과 '사회학적인 인식'이 추가됨으로써 소설이라는 상징세계에 중심적인 질서와 가치를 부여하는 상징질서의 담지자가 될 수 있다. 그러나 '산화'는 대안으로서의 어떠한 권력도 갖지 않는다. 도구적인 권력도 갖지 않으려 한다. 이는 작가의 궁극적인 목적이 부인과 매저키즘적 환상을 통해 순수한 부정(pure negation)을 사유하는 데 있음을 말해준다.

　알려진 손창섭 창작의 마지막 작품의 마지막 페이지에서 이제 더 이상 역적이 아닌 '산화'는 처음으로 정주하여 아들 '무생'을 낳아 홀로 키운다. '무생'은 여성적 질서만으로 태어나 성장하는 무성생식의 인간이다. 어머니가 재가를 거부하고 '무생'을 홀로 키우도록 그려진 것은 작가의 개인사에서는 의붓아버지에 의해 훼손된 어머니와의 이자적 관계를 회복하는 의의를 갖는다.

3장

멜랑콜리의 증후로서의 문학과 '엄마 찾기' 여정

들어가기

네 살에 모친이 재가했다는 전기적 사실과 작품의 전반적인 경향에 비추어 볼 때, 손창섭은 멜랑꼴리적 우울증이라는 존재론적 조건 위에서, 세계를 향한 의식적 지향을 멈추지 않았던 작가로 평가할 수 있다. 「모자도」는 외상적 사건으로서 모친의 재가에 대한 내밀한 기록이다. 그의 소설에서 주인공은 쇼즈인 어머니를 추구하지만, 직접적 조우는 금지되어야 한다. 모친 상실로 인한 글쓰기의 0도에서 발생하는 환몽에서는 많은 정동(슬픔과 그리움)이 분출된다. 상상적인 환몽을 문학작품으로 형상화하여 상징계에 등록하는 그의 창작은 도착적 글쓰기이며, 작품은 패티시이다. 손창섭은 말하는 주체로서 끊임없이 작품을 제출함으로써 오이디푸스적 사회와 다른 자신의 상징질서를 확보하고자 하며, 이는 상징질서의 혼란 양상으로 나타난다. 『봉술랑』에서 상징질서의 담지자로 기능하는 구강적 어머니 산화는 「모자도」의 모친과 달리 재혼을 거부한다. 손창섭은 이를 통해 이자관계의 낙원을 상징적으로 회복하였으며, 작품 창작을 멈출 수 있었다. 창작의 후반기에 집중적으로 이루어졌던 여성적 삶에 관한 다양한 고찰을 통해 손창섭은 어머니를 용서하는 과정을 거쳤으리라 생각된다. 이상을 통해 볼 때, 손창섭의 창작 여정은 「모자도」의 어머니 상실을 기원으로 하여, 『봉술랑』의 상징적 이자관계 회복을 종착지로 하는 "모성추구의 문학"으로 규정지어질 수 있다.

1. '어머니 상실'이라는 기원

1) 연구의 시각 및 연구방법론

「母子道」는 1955년 7월 29일부터 8월 7일까지 9회에 걸쳐, 부산 『중앙일보』의 여름철 기획 "短篇소설리레-"란에 연재되었다.[122] 「현대문학상 수상경위」[123]에 그 서지가 나와 있었으나, 전집구성 및 작품연보에서 빠져있던 탓에 작품의 내용에 대해서는 알려진 바 없었다.

작품제목의 "道"가 '모자가 살아가는 인생길' 혹은 '모자간의 도리'를 뜻하는 것으로 이해되는 이 작품은 「광야」, 「미스테이크」, 「신의 희작」, 『길』, 『유맹』으로 이어지는 '자전적 소설' 계보의 가장 앞에 위치하며, 자전적 모티프들이 변주되는 원형을 볼 수 있다는 점에서 중요한 작품으로 평가되어야 한다. 그러나 2007년에 소장사항과 소설의 얼개가 보고되었음에도 불구하고 이 작품에 대한 기존 연구는 소략한 편인데[124], 이는 손

---

122) 손창섭, 「母子道」, (부산: 중앙일보, 1955.7.29~8.7). 소설 전문은 다음 자료에서 확인할 수 있다. 홍주영, 「손창섭의 <봄>, <모자도> 소개」, 『근대서지』 5집, 2012, 509~534면.
123) 「신인문학상 제1회 수상경위」, 『현대문학』, 1956.4, 133면.
124) 「모자도」에 대한 기존 연구는 다음과 같다.

창섭 문학연구의 전반적인 경향과 관계가 있다.

손창섭의 작품은 거개가 불구적 신체와 비정상적 심리 그리고 성적 문란성과 관련되어 있기에, 손창섭 문학 연구는 자전적 모티프를 중시하는 정신분석학적 접근을 주조로 하게 되었다.125) 왜 그런 작품을 쓰게 되었는지에 대해서 연구자들은 '손창섭 글쓰기의 기원은 오이디푸스 콤플렉스이다.'126)라는 답변을 제출하였고, 어떤 변모과정을 보였는가에 대해서는 '전후 초기 단편의 골방 속 피폐한 개인에서 출발하여, 후기 장편으로 가면서 점차 사회로 관심의 영역을 넓혀갔다.'127)라는 결론을 도출했다.

준거로 삼는 이론은 다양해지고 연구대상도 확장되었지만, 손창섭의 창작 여정을 이상심리의 노출에서 그 치유과정으로 서사화하고 있다는 점에서 정신분석학적 접근은 오이디푸스 콤플렉스 이론의 변주라고 할 수 있다. '대안적 질서' 혹은 '4.19의 60년대'라는 '아버지'가 준거로 주어지는 해석맥락에서 손창섭의 문학은 항상 미달태이며, 성취보다는 그 한계가 강조되었다.128)

홍주영, 「손창섭 소설에 나타난 부성비판의 양상 연구」, 서울대 석사논문, 2007.

홍주영, 「손창섭의 도착적 글쓰기 연구」, 『한국현대문학회 학술발표회 자료집』, 2007, 여름.

곽상인, 「손창섭의 「모자도」 연구」, 『어문연구』 40권 1호, 2012.

125) 조두영, 『목석의 울음: 손창섭 문학의 정신분석』, 서울대 출판부, 2004.

126) 공종구, 「손창섭 소설의 기원」, 현대소설연구, 2009.

127) 강진호, 「손창섭 소설 연구: 주체와 화자의 문제를 중심으로」, 국어국문학회, 『국어국문학』 제129호, 2001.

김현정, 「손창섭의 장편소설 연구: 작중 인물의 욕망을 중심으로」, 전남대 석사논문, 2006.

128) 김윤식, 「앓는 세대의 문학」, 『현대문학』, 1969. 10.

고 은, 「실내작가론 손창섭」, 『월간문학』, 1969. 12.

천이두, 「60년대의 문학: 문학사적 위치」, 『월간문학』, 1969. 12.

이를 돌파하기 위해서는 오이디푸스 콤플렉스 이론을 '역사화'하고, 정신분석학의 이데올로기적 작용을 가시화함으로써, 정신분석 너머(beyond) 분열분석으로 나아가야 한다고 생각되었다.[129] 그런데 막상 「모자도」에는 누가 봐도 오이디푸스 콤플렉스라고밖에 할 수 없는 징후들, 즉 모친에 대한 '근친상간적' 욕망, 의붓아버지에 대한 적개심 등이 조밀하게 응집되어 있어서 이를 해석해내기가 쉽지 않았던 것이다.

「모자도」에 대한 해석의 가능성이 열린 것은, 지난 2009년 손창섭의 출생과 성장에 관한 사실이 밝혀지면서였다. 문인 기자인 정철훈은 손창섭이 "세살 때" 부친을 여의고 모친은 재가를 했다는 것을 밝혀냈다.[130] 본고는 이에 착목하여 다시 쓰일 수 있었다. 모친의 재가는 「모자도」에서도 가장 중심되는 사건이었기 때문이다. 모친의 재가 모티프 분석을 통해 아버지-아들의 관점이 아닌, 어머니-아들의 관점에서 손창섭 문학이 새롭게 평가될 수 있을까. 본고는 이를 위한 작은 시도이다.

이러한 인식은 손종업, 『전후의 상징체계』, 이회문화사, 2001.에서도 이어진다.
129) 논자는 손창섭 문학에 대해 '부성비판', '도착(perversion)', '매저키즘(들뢰즈)' 등의 개념으로 접근해왔다.
130) 정철훈, 「두 번 실종된 손창섭」, 『창작과 비평』 144호, 2009 여름. 정철훈이 밝힌 바, 손창섭은 평양 인흥동에서 3남 1녀 중 막내로 태어났다. 세 살 때 부친의 사망 이후 모친의 재가하여, 조모의 보살핌과 숙모의 도움으로 성장했다. 손창섭은 취재 당시에도 "思 祖母叔母"라는 글귀를 액자에 담아 보관하고 있었는데, 그가 만주로 떠난 것도 경기가 좋다 하여 조모의 짐을 덜어드리기 위해서였다. 손창섭은 일본에서 학업을 할 때 친형의 도움을 받았으나, 일본인 아내를 둔 것을 빌미로 관계가 소원해진 채 연락이 끊어졌다고 한다. (정철훈, 「두 번 실종된 손창섭」, 292, 299면) 그러나 손창섭의 생애는 여전히 많은 것들이 밝혀지지 않고 있다. 나아가 이미 밝혀진 것들도 텍스트(text)의 지위에 놓여 있다. 손창섭이 부인에게 사실을 말했는지, 부인이 기자에게 사실을 말했는지를 확증할 수 없으며, 말이란 진정성을 담지함에도 객관적 사실과 다를 수 있기 때문이다.

모친의 재가, 즉 아이에게 엄마와 같은 중요한 대상이 사라지는 경우에 대해 줄리아 크리스테바는 『검은 태양(Soleil Noir)』을 통해 광범위한 고찰을 행한다.[131]

크리스테바에 따르면, 모든 아기는 원치 않는 젖떼기 및 모친의 부재 등으로 인해 엄마를 상실하는 우울한 상황에 놓이게 된다. 그러나 아이는 엄마가 없는 상황에 대해 '엄마가 없다'고 말함으로써 그 상태를 견딜 수 있게 된다. 표상행위를 통해 대상의 부재를 언명 즉 부정(dénégation)하는 것이다.[132]

이 작업이 실패하는 경우도 있다. 첫 번째는 엄마를 자신 외부의 대상 으로 분명히 인식하지 못하는 '어린 나이'에 엄마를 '완전히' 잃었을 경우 이며, 두 번째는 엄마를 대상으로 인식할 수는 있으나 아직 그 상징적 대 체가 충분치 않은 경우이다. 전자의 경우에 주체는 나르시시즘적(멜랑꼴 리적) 우울증에 빠질 위험에 처하게 된다. 외부의 대상이 아니라 자기와 구별되지 않는 엄마 즉 자신의 일부를 상실한 것이기 때문이다. 반면, 후 자의 경우 즉 대상상실적 우울증의 경우에 주체는 시간이 걸리더라도 회 복이 가능하다. 그렇다면 그 분기가 되는 결정적 시기는 언제인가. 크리 스테바는 그 기준으로 상징계의 구축인 정립 단계(phase thétique)를 제시 한다.[133]

---

131) 줄리아 크리스테바, 김인환 역, 『검은 태양』, 동문선, 2004.
132) 『검은 태양』, 52~53면.
133) 이 단계는 아이의 자아가 구축되고 대상을 인식할 수 있는 단계이다. 이 단계에 들어와 비로소 주체는 자신과 대상의 이미지로부터 자신을 분리하고 각자의 동 일성을 확립하게 된다.(줄리아 크리스테바, 김인환 역, 『시적 언어의 혁명』, 동문 선, 2000, 47면) 이러한 변화는 우뇌와 내분비선적인 세미오틱 만의 단계에서 좌 뇌와 신경단위적인 생볼릭이 활성화되는 신경계통의 성숙으로도 설명된다. (『검

우에노 여사의 말로 "세 살"이니, 우리 나이로는 '네 살'에 아버지를 여의고 이후 어머니마저 재가한, 어린 손창섭이 겪어야 했던 상황은 상식적으로도 무척 힘들었을 것이다. 더 문제가 되는 것은 네 살의 연령이 오이디푸스 콤플렉스의 해소 이전, 즉 여전히 어머니와의 나르시시즘적 이자 관계에 머물러 있을 시기일 수 있다는 것이다.

그렇다면 한 작가의 모친상실 시기를 특정함으로써 그를 멜랑꼴리끄(mélancolique)라고 판정할 수 있는가. 그렇지는 않다. 크리스테바는 병원에 있는 임상적 멜랑꼴리 환자의 징후와 멜랑꼴리적인 글쓰기는 분명하게 구분하지만, 멜랑꼴리적 우울증과 대상상실적 우울증을 뚜렷하게 선 긋지는 않는다. 멜랑꼴리나 대상상실적 우울증은 "실제로 그 경계선이 매우 불투명한 멜랑꼴리적-우울증적(mélancolico-dépressif)이라고 불릴 수 있는 총체"이며, 그 모호성으로 인해 크리스테바 역시 차후의 논의에서 둘을 구별하지 않겠다고 한다.134)

게다가 모든 아이들은 엄마로부터 분리되어 있고, 젖떼기 등으로 모친의 상실을 겪기에, 누구나 어느 정도는 멜랑꼴리적이라 할 수 있다.135) 크리스테바는 "멜랑꼴리로 향한 성향 없이 정신현상은 없"다고 확언하는데, 이는 '죽음을 위한 존재(être-pour-la-mort)'인 인간에게 있어서 멜랑꼴리의 보편성을 말하는 것이다.136)

대상상실적 우울증과의 경계가 불분명할 뿐더러, 모든 인간에게 보편적이기까지 한 멜랑꼴리를 손창섭에게 적용시키는 것이 어떻게 해서 가

은 태양』, 56면)

134)『검은 태양』, 20~21면.

135)『검은 태양』, 16면.

136)『검은 태양』, 14~15면.

능한 것일까. 그것은 멜랑꼴리로 향하는 특징적인 기질적 요인이 손창섭의 글쓰기에서 패티시의 양상으로 발견되기 때문이다.[137]

기질적 요인이란, 부정(dénégation)에 대해 부인(déni)의 우세를 말한다. 대상의 부재를 언어로 표현함으로써 그 부재를 견디는 인간의 언어적 성향을 부정이라 한다면, 부인의 기제가 우세한 멜랑꼴리적 주체는 그 부정('엄마가 없다'라고 말하는 것)을 취소함으로써, 그 결여의 빈자리와 마주한 채 형언할 수 없는 슬픔 속에 침잠해 있고자 한다.[138]

이러한 정신작용 하에 임상적인 멜랑꼴리 환자는 상의슬픔(喪儀)과 감정의 저하, 언어활동의 퇴조 나아가 상징체계의 혼란과 자아의 탈통합(désintégration)[139]이라는 증상을 겪으며, 그 경로는 때로 자살을 향한다. 한편 멜랑꼴리적인 작가는 글쓰기를 통해 치명적일 수 있는 멜랑꼴리와의 거리를 유지할 수 있다. 시적 언어로 직조된 멜랑꼴리의 작품은 정

---

137) 본 논문의 일차적 근거는 미망인의 입으로 직접 밝힌 '세 살'이라는 연령이다. 그러나 사실의 진위에 논문의 진위를 맡길 순 없으므로, 보다 단단한 근거로서 손창섭의 글쓰기에서 드러나는 특성을 제시하는 것이다.

본인은 이미 학위논문을 통해 작가가 모친과 함께 유곽지대에서 성장하여 다분히 모계적으로 사회화되었을 것이라 추정하는 오류를 범한 바 있다. 유곽은 자전적이라 믿었던 「신의 회작」의 내용에 근거한 잘못된 추정이었다. (홍주영, 「손창섭 소설에 나타난 부성 비판의 양상 연구」, 서울대 석사논문, 2007, 17면) 그는 부친의 사망 후에도 친할머니와 숙모, 백부, 형 등 부계 친척들과 관계를 맺고 성장했다. 그러나 조모와 숙모의 보살핌 아래 성장했다는 점, "思 祖母叔母"라고 쓴 액자를 소중히 간직한다는 것 등으로 보아, 손창섭의 성장환경이 '모계'는 아닐지라도 다분히 '여성적'으로 동일시될 수 있는 환경이었다는 점은 더욱 사실로 믿을 수 있게 되었다.

138) 『검은 태양』, 62면.

139) 자아의 탈통합은 자살에 대한 방어기제로서, 정신분열증적 파편화를 야기한다. (『검은 태양』, 32면)

동(affect)과 운율, 의미론적 다가성, 환몽으로 가득하다.

　2)「모자도」: 어머니 상실의 내밀한 기록

　손창섭은 자신의 작품을 일컬어 "소설의 형식을 빌린 작가의 정신적 수기요, 韜晦(감추기-인용자)취미를 띤 자기고백의 과장된 기록"[140]이라고 한 바 있다. 손창섭이 생각하는 바 '작품'이라는 것은 작가의 내면을 고백하는 한편, 감추는 미학적 형상화를 거친 것을 의미한다.

　그러나「모자도」는 의도적으로 작품 목록에서 배제되고 있던 것 같다. 「모자도」가 발표된 1955년은 손창섭이 이미「혈서」,「미해결의 장」,「인간동물원초」등의 문제작을 발표하고 신예작가로 주목받고 있을 때였다. 그러나 이 작품은 단 한 편의 기사에만 그 서지가 나와 있을 뿐이며, 첫 창작집『비오는날』(1957)에도 빠져 있고, 작가가 직접 작품선정 및 구성에 간여했다고 하는『손창섭 대표작전집』(1969)에도 빠져 있다.

　물론 연보와 전집에 누락된 작품은「모자도」뿐만은 아니다. 그러나 "엄마엄마 이리와 요것 보세요"로 기억되는 동시「봄」(1938)이 가명 '고문구'로 발표된 작품이며, 밝혀진 바 최초의 소설인「싸움의 원인은 동태 대가리와 꼬리에 있다」(1949)와「얄구진 비」(1949)가 습작성의 독자투고이기에 각종 작품목록에서 제외되어 있다면,「모자도」는 비교적 단편소설로서의 분량과 미학을 잘 갖추고 있어 연보 제외와 전집 누락이 이례적이다.[141]

---

140) 손창섭,「아마추어 작가의 변」,『사상계』, 1965. 7.
141)「모자도」의 누락은 소년소설이기 때문이어서도 아니다. 소년소설도 대표 작 전집에 묶일 뿐더러, 모친의 아들 애무와 사통현장 목격 등의 모티프는

바로 이러한 점이 「모자도」에 더욱 주목하게 하는 이유이다. 이러한 예외적인 누락은 마치 작가가 소설 속 인물과 어떤 특별한 관계를 가짐을 시사하는 것처럼 보인다. 왜 누락되었을까? 손창섭은 자신의 소설이 문학으로 인정받기 위해서는 "작가의 굴곡되고 과장된 의식세계가 주밀한 여과 과정을 거쳐서 작품 속에 완전히 소화될 수 있는, 예술적 기술 연마가 필요할 것이다."[142]라고 적어 놓았는데, 「모자도」가 누락된 이유가 바로 이 기준에 대한 결격사유, 즉 여과 없이 자신의 내밀한 무엇인가를 드러낸 데 있는 것은 아닌지 생각해 볼 필요가 있는 것이다.

「모자도」(1955)에는 「신의 희작」(1961)과 유사한 대목들이 눈에 띈다. 주인공의 이름인 'S' 그리고 '성기(成基)'의 음성적/시각적 효과, 자기 신체에 대한 부정적인 묘사, 모친과 외간남자의 사통 목격, 모친의 아들 처벌, 모친에 대한 죄의식, 분명히 의미화되지 않는 불안, '작은 대가리'의 성적 의미, 모친의 아들 육체 향락, 유곽 그리고 유곽을 연상시키는 우물/우물집노파/우물터, 외간 남자에 대한 부정적 묘사(멧돼지/배뚱뚱이) 등의 모티프들은 두 작품의 공유 모티프로서 풍부한 성적 의미를 갖는다.

두 작품의 관련양상에 주목한 곽상인은 「모자도」의 주인공이 상상화를 그린다는 점에 착안하여, 「신의 희작」 속 S는 폭력적으로 욕망을 표출하지만, 이미 6년 전에 「모자도」의 주인공 성기는 '승화'의 각 단계를 보여준다고 논하였다.[143] 이 연구는 주류 정신분석학적 연구의 결론에 대

소년 소설과 어울리지 않는다.
142) 손창섭, 「아마추어 작가의 변」.
143) 「모자도」에서 모친의 외출이 잦아지고 성기의 불안이 더해지자, 상상화 그리기는 잘되지 않는다. 또한 작품의 결말에서 모친을 향한 욕망은 억압되지 않으며, 성기는 끝내 어머니의 재가와 의붓아버지의 존재를 받아들이지 못한다. 손창섭

한 이의제기라는 의의를 갖는다.

그러나 「신의 희작」의 관계에서 「모자도」가 갖는 중요성은, 「신의 희작」
(1961)의 기원인 「모자도」(1955)에서, 그리고 '청소년기' S의 과거인 성기
의 '유소년기'에서 확인할 수 있는 '정상성' 너머에 있다. 그것은 1955년의
표현이 1961년에는 더 기괴해진다는 것이다. 작가의식은 「모자도」에서
출발해 「신의 희작」을 지향한다. 손창섭은 의도적으로 인물과 서술자 간
의 거리를 멀게 하고, 풍자적으로 뒤틀어버리고, 성적으로 맥락화함으로
써 세인들로부터 비정상성으로 판단되는 것을 추구하고 있는 것이다.144)

이렇게 볼 때, 「신의 희작」은 '원본' 「모자도」의 '다시쓰기'라 할 수 있
다. 왜 다시 써야 했을까. 프로이트는 피분석자가 꿈을 두 번째 진술할 때,
첫 번째와 다르게 고쳐 말하는 부분은 애초에 "꿈 위장"이 실패한 부분으
로서, 꿈을 다시 말하는 과정에서 "노골적인 표현을 동떨어진 표현으로
대체하면서 꿈의 위장이 약한 부분을 보호한다."라고 적은 바 있다.145)

이런 통찰을 「모자도」와 「신의 희작」에 적용하면 다음과 같은 가능성
을 발견하게 된다. 그것은 뒤틀린 소설 「신의 희작」과는 달리, 「모자도」
가 그리 뒤틀려있지 않을 수 있는 가능성, 즉 작가의 경험과 정서가 왜곡
되지 않고 노출되어 있을 수 있는 가능성이 있다는 것을 의미한다. 그것
이 무엇인지가 첫째로 풀어야 할 의문이다.146)

의 글쓰기는 부재를 언어화한다는 점에서 기본적으로 승화지만, 그 성적인 욕망
을 탈성화(脫性化)하지 않고 보존한다는 차원에서 도착적이다. 상상화 역시 마찬
가지로 이해할 수 있을 것이다.
144) 이러한 태도에 대해 유종호는 인간에 대한 '모멸'이라고 적절하게 명명한 바 있다.
(유종호, 「모멸과 연민 (上) - 손창섭론」, 『현대문학』, 1959. 9)
145) 지그문트 프로이드, 김인순 역, 『꿈의 해석』, 재간, 열린책들, 2003, 600~601면.
146) 「모자도」의 양상을 '노출된 것'으로 볼 것이냐, '구성된 것'으로 볼 것이냐에 따라

2. 어머니의 재가와 멜랑꼴리적 주체

1) 창작의 기원으로서의 모친 상실

작가가 경험했던 모친의 재혼이라는 '사실'은 이 작품의 가장 중심적인
사건이다. 소설은 우물집 노파의 혼담 제의로 시작되며, 재혼을 거절한
결과 모친이 받게 되는 수난과 모친의 변덕스런 심리적 변화 서술이 이어
진다. 연애를 시작한 모친은 아름다워지고 물질적으로 풍족해지며, 연재
마지막 회에서 모친은 아들이 딸린 채로 재혼에 성공한다.

그러나 모친의 성공은 아들에게는 상실의 과정으로 인식된다. 모친을
위해 훌륭한 사람이 되고자 하는 성기는 모친과 둘만의 행복한 생활을 꿈
꾸어왔다. 그러나 모친은 혼담이 끊이질 않아 그 평화로움은 깨질 위험에
처한다. 성기는 혼담을 꺼내는 우물집 노파에게, 그리고 모친을 찾아온
외간 남자에게 적개심을 느낀다. 그리고 혼담을 거절한 후의 모친의 격한
심리적 변화와 어느 날부터 잦아진 모친의 밤 외출, 그리고 우물터 아낙
들이 모친에 대해 수근덕대는 말에 성기는 불안을 느낀다.[147] 성기는 신
사에게 버릇이 없었다고 모친이 자신을 매질하자, 모친이 자신만을 위한
존재가 아니라는 '충격적인' 사실을 깨닫는다. 모친의 사통현장을 목격하

작품의 의미는 현저히 달라진다. 본고가 취하는 입장은 다음과 같다. 예술적 형상
화에도 불구하고 작가의 경험과 정서는 노출되었으며, 성적인 요소들은 작가의
의도적인 구성 혹은 배치로 보아야 한다는 것이다. 손창섭은 이자관계를 추구하
는 것에 대해 근친상간적인 것으로 판단하는 사회의 시선을 작품을 통해 그대로
돌려준다. 이러한 태도는 유종호의 용어를 빌어 '모멸의 수사학'으로 개념화할 수
있을 것이다.

147) 짧은 분량 중에 '불안'이라는 단어는 아홉 번 등장하며, 불안의 양은 점점 더 증가
한다.

기까지 하는 성기는, 배뚱뚱이에게 모친이 시집을 가는 것을 속임, 버림, 모욕, 무시로 받아들인다. 그는 모친의 신혼살림에 자신을 위한 자리[148] 가 없음을 깨닫고 새집에서 나와, 모자의 '살냄새'가 밴 옛집에서 독립적인 인생을 살고자 한다.

이처럼 모친의 재혼은 소설의 중심적 사건이되 엄마와 아들에게 서로 다른 의미로 받아들여지고, 이를 계기로 모친과 성기의 인생길은 심각하게 달라질 것으로 예상된다. 성기에게 이렇듯 엄청난 결과를 가져오는 모친의 재혼은 자못 외상적(traumatique)이라고 할 수 있다.

손창섭은 「모자도」의 1년 후 「광야」(1956)를 쓰면서, 모친의 재혼 모티프 자체는 축소하되 그로 인해 일어나는 계부와의 갈등 양상을 중심서사로 채용한다. 「광야」의 승두(承斗)는 부친의 별세 후 돈을 벌러 간 모친을 따라 만주에 간다. 그러나 모친은 부친이 그렇게 찾아오는 것을 꺼리던 부친의 친구, 부친이 모친과의 관계를 의심하여 승두에게 미행까지 시켰던 창규(昌奎)와 재혼하여, 아이까지 두고 있었다. 졸지에 계부를 얻게 된 승두는 부친이 계부에게 살해되었다는 생각과, 원수를 갚아달라는 아버지의 환상, 그리고 복수심에서 벗어나지 못한다. 「모자도」와 마찬가지로 「광야」에서도 모친에 대한 배신감과 외로움, 외간남자에 대한 불안, 적의, 원한, 공포 등의 감정이 긴박하게 드러나고 있다.[149]

「신의 희작」에서 모친의 재혼은 더욱 간략하게 처리된다. 모친과 외간 남자와 정사를 반복해서 목격한 S가 모친의 처벌에 의해 죄의식을 느끼며 자살기도를 한 후, 모친은 멧돼지 같은 남자를 따라 만주로 도망을 가고

148) '자신을 위한 자리'는 새로운 가정 내에서의 '역할' 즉 '상징적인 지위'를 말한다.
149) 손창섭, 「광야」, 『현대문학』, 1956. 5.

마는 것이다. 이 소설에서 주인공의 유년기로부터 학창시절, 청년시절, 해방과 6.25를 거쳐 문학인으로서 살고 있는 현재에 이르기까지 소설이 다루고 있는 시간대는 대폭 확장되며, 떠나버린 모친과의 부정적 관계에서 구조화된 심리는 S의 인생을 강하게 규정하는 힘으로 작동한다.150)

「모자도」와 「광야」, 「신의 희작」 등의 작품에서 인물의 감정과 인물 간의 갈등은 모친의 상실과 모친의 부재를 원인으로 하여 촉발된다. 그 중 「모자도」는 모친의 재혼을 중심사건으로 다룬다. 재혼 모티프는 「광야」, 「신의 희작」을 거치며 감소하며, 대신 사건의 복잡성과 소설의 시간대가 늘어난다. 「모자도」에서 전면화된 모친 상실은 이후의 소설들에서 점점 감추어지지만, 소설세계를 구조화하는 핵심으로서 여전히 기능하고 있는 것이다. 이러한 경향이 「모자도」를 손창섭 창작의 기원으로서 모친 상실에 대한 내밀한 기록이라는 볼 수 있는 근거가 된다.

2) 쇼즈로서의 어머니와 정동의 분출

멜랑꼴리끄들은 본인이 잃어버린 것을 찾고자 한다. 그러나 그것은 자기 자신이기에 대상으로 인식될 수 없다. 크리스테바는 이 잃어버린, 그러나 알 수 없는 이것을 쇼즈(chose)라고 부른다.151)

손창섭은 실제의 삶에서 부친의 사망과 모친의 재혼으로 양친을 모두 잃었다. 작가의 부친 부재는 소설의 아버지 부재의 형식과 연관된다.152)

---

150) 손창섭, 「신의 희작」, 『현대문학』, 1961. 5.
151) 정신분석학에서 불어 '(quelque) chose'는 독어로는 'Das Ding'이며, 우리말로는 '어떤 것'이 되는데, 본고는 '대상화 이전의 대상'이라는 크리스테바적인 맥락을 살리기 위해 '쇼즈'라는 표현을 사용하기로 한다.
152) 홍주영, 「손창섭 소설에 나타난 부성 비판의 양상 연구」, 참조.

그러나 국가라는 '아버지' 상실을 외상으로 받아들였던 식민지 시대의 작가들이나[153], 전후 도덕의 부재를 아버지 부재를 통해 사유했던 대개의 전후작가들과는 달리[154], 손창섭의 내면세계에서 부친 부재는 어떤 의미도 갖지 않는 듯하다. 그의 작품 속에서 아버지 인물에게는 어떤 상징적 자리도 배정되어 있지 않기 때문이다.[155]

반면 모친 부재와 연관되는 어머니 부재의 형식은 그 부재로서 어머니를 간절히 요청하는 의미로 나타난다. 어머니의 부재라는 빈 공간을 두고 네르발은 "멜랑꼴리의 검은 태양"(Soleil noir de la Mélancolie)이라고 노래하는데[156], 크리스테바는 이를 쇼즈에 대한 은유적 표현이라고 분석한다. "이 무엇(quelque chose)은 식별할 수 있는 대상에 선행"하는 것으로, "우리의 사랑과 욕망의 비밀스럽고 만질 수 없는 지평인 이 '무엇'은 어떠한 구체적 이미지도 포괄할 수 없는 원초적 어머니"를 상정하는데[157], 네르발이 어머니를 직접 호칭하지 못하고 다양한 은유의 형식을 통해 간접적으로나마 지칭하려 애쓰는 것은 어머니가 그에게 쇼즈이며, 그 어떤 것으로도 표상될 수 없는 '어떤 것'이기 때문이라는 것이다.[158]

그렇다면 손창섭에게 쇼즈는 무엇일까. 전기적 사실로 보면 모친으로 추정되는데, 이러한 추정에 반대되는 것으로, 손창섭의 최초의 작품으로

---

153) 김윤식·정호웅, 『한국소설사』, 문학동네, 2000, 480~481면.
154) 김민정, 「50년대 소설에서의 부의 부재와 모더니티」, 『한국문화』 30호, 2002, 150면.
155) 일례로, 장기간 신문 연재된 『결혼의 의미』에서 아버지의 대사는 단 한 번밖에 없다.
156) 줄리아 크리스테바, 『검은 태양』, 179면의 「상속받지 못한 자」에서 인용.
157) 『검은 태양』, 185면.
158) 『검은 태양』, 6장 참조.

판단되는 동시 「봄」이 제기될 수 있다. 이 시는 『아이생활』(1938.6)에 '노래'라는 장르명으로 투고된 것으로서, 시적화자는 '엄마'를 연달아 호명한다. 전문을 들어보면 다음과 같다.

> 엄마엄마 이리와
> 요거보세요
> 병아리떼 삐용삐용
> 놀고간뒤에
> 미나리 파란싹이
> 돋아났세요
>
> 엄마엄마 요기좀
> 바라보아요
> 노랑나비 호랑나비
> 춤추는밑에
> 문들레 예쁜꽃이
> 피어났세요。

이 작품에서는 병아리떼가 지나간 후에 미나리 싹이 돋아났다는 것과, 나비떼 춤추는 아래 민들레가 피어있다는 것을 발견한 아이의 기쁨을 3음보 혹은 7.5조 율격에 담아 전하고 있다. 이 작품의 시적화자는 "엄마엄마"를 두 번 연거푸 호명하고 있는데, 엄마와 시적 화자 사이의 중개물이 전혀 없고 특히 '엄마 아빠'가 아니라는 점에서, 시적화자는 엄마와의 평화롭고 조화로운 이자적 관계에 놓여 있는 것으로 판단된다.

그러나 이 시는 '손창섭'이 아닌 '고문구(高文求)'라는 이름으로 투고된 것임에 주목해야 한다. 이 시의 시적화자는 17세의 손창섭이 아닌 고문구이며, 「봄」은 가명 즉 다른 페르소나로 투고된 것이다. 이에 오히려 다음을 생각할 수 있다.

전기적 사실로서 모친을 상실한 작가가 나르시시즘적 이자관계를 노래한다는 것은 모친의 상실을 언어적으로 형상화하는 '부정'을 취소해버리는, '부인'의 기제를 따르고 있다는 것을 말한다. 크리스테바에 의하면 상의(喪儀) 슬픔은 '부정'을 뒤엎고, 기호들을 그것들이 의미하는 중립성에서 끌어내어 "기호들을 정동으로 가득 차게 만드는데, 이것은 기호들을 양의적이고 반복적인 것으로 만들거나 아니면 단순히 자음 반복적인 것, 음악적인 것"이 되도록 한다.[159] 역설적으로 「봄」은 그것이 가명에 의해 율격을 가진 시 장르로 제출된 것임으로 인해, 손창섭에게 쇼즈란 바로 어머니임을 증명하고 있는 것이다.

네르발의 경우에서와 같이 쇼즈는 대상화되기 이전에 상실된 것이기 때문에 완전히 재현될 수 없다. 나아가 쇼즈의 완전한 재현은 금지되어야 하는데, 왜냐하면 모친을 타자화함으로써 주체가 될 수 있는, 그러나 그러한 과정을 제대로 거치지 못한 멜랑꼴리끄에게 어머니라는 전-대상의 현현, 쇼즈의 전면화는 주체를 해체하여 침잠 상태로 이끌 수 있기 때문이다. 따라서 쇼즈는 완전히 재현되어서는 안 된다.

손창섭의 작품에서는 쇼즈인 어머니의 완전한 재현을 막는 여러 장치들이 있다. 그 대표적인 예로 어머니에 대한 초점인물의 호명이나 서술자의 호칭 문제를 언급할 수 있다. 먼저 서술자의 경우를 살펴보자. 손창섭

---

159) 『검은 태양』, 59면.

소설의 서술자는 어머니를 호칭할 때, '어머니' 외에 '모친'이라는 단어를 사용하기도 한다. '모친'은 비교적 객관화된 명칭이라는 점에서 발화자와의 직접적 관계를 드러내는 '엄마'나 '어머니'와는 다르다.

1960년 이전 소설에 한정하여 볼 경우, 「얄구진 비」(1949)의 서술자는 '어머니'를 안정적으로 사용하지만, 「공휴일」(1952)에서는 '어머니'와 '모친'을 섞어 사용하되 '어머니'가 더 사용되며, 「미해결의 장」(1955)에서는 '어머니'에서 '모친'으로의 천이양상을 보인다. 이후 「광야」(1956), 「낙서족」(1959)에서는 '모친'이 사용된다. 물론 중간에 「꼬마와 현주」(1955)와 「미스테이크」(1958)에서 '어머니'가 사용되며, 「저녁놀」(1957)에서는 한 번을 제외하고 '어머니'가 사용되지만, 이때 「꼬마와 현주」는 소녀 주인공 소설이며, 「저녁놀」과 「미스테이크」의 '어머니'는 친어머니가 아님을 지적할 수 있다. 이렇게 서술자의 차원에서 '어머니'는 '모친'으로 대체되는 양상을 보이지만, 예술적 형상화가 더 된 작품이거나 친어머니가 아닌 설정에서는 '어머니'가 자유롭게 사용되는 경향을 보인다.

초점인물의 발화를 살펴보아도 유의미한 결과가 도출된다. 「공휴일」(1952)의 도일은 "어머니가 정말 저를 낳으셨수?"라고 물어보며 모자관계를 소외시키고, 「반역아」(1959)의 시종은 부모를 "아주 아판"이라고 언급하지만 부모와 자식의 살뜰한 의는 이미 끊어진 상태이다. 「소년」(1957)의 창훈은 제3자에게 "어머니"의 존재를 말하지만 친어머니가 아니다. 이처럼 친어머니가 아니거나, 심적 대상으로서 먼 거리를 유지할 수 있는 경우에 초점인물이 "어머니"를 발화하는 것은 큰 무리가 없는 것 같다.

그러나 작가의 전기적 사실과 근접하는 소년 주인공이 초점인물인 작품에서 "어머니"를 호명하는 것은 심리적으로 보다 특정한 조건에서만 이루어진다. 그것은 울음과 눈물이며, 그것을 유발시키는 슬픔이라는 정동이다. 「너 누구냐」(1958)의 남철은 어머니의 주검 앞에서 울면서 "어머니! 어머니!"를 외친다.[160] 이러한 슬픔은 모친의 재가 모티프를 직접적으로 채용하고 있는 「모자도」(1955)에서 가장 강하게 표출된다.

성기는 그만 대답 대신 울음부터 터져 나오고 말았다. 그는 몸을 비꼬아 벽에다 얼굴을 묻고 울기 시작한 것이다. 저도 모르게
「엄마야! 엄마야!」
소리를 지르며 야윈 어깨를 주고 우는 것이었다. (「모자도」 6회, 밑줄은 인용자)

성기는 갑자기 견딜 수없이 외로운 심정으로,
「어머니! 어머니!」
하고, 떼를 쓰듯 불러보는 것이다.
억수로 퍼붓는 빗소리뿐 대답이 있을 리 없다. 대답이 없을 줄 뻔히 알면서도 되풀이 해 어머니를 부르는 성기의 얼굴에는 비오듯 눈물이 줄줄 흘러내리었다. (「모자도」, 9회, 밑줄은 인용자)

인용문에서 볼 수 있듯이, 「모자도」에서는 슬픔의 정동과 눈물이 '비'

---

160) "남철의 안내로 일행이 어둑어둑해오는 방안에 들어서 보니 이미 어머니는 숨이 끊어져 있었습니다. 주인 집 아주머니 말에 의하면, 남철이와 남숙의 이름을 번갈아 부르다가 한 시간 쯤 전에 눈을 감았다는 것입니다. / 제일 먼저 남철이가, / 「어머니! 어머니!」 / 하고 돌아가신 어머니의 팔을 흔들며 큰 소리로 울기 시작했습니다. 그걸 보니 남숙은 좀 무서우면서도 자기 이름을 부르다가 자기를 못본 채 세상을 떠난 친 어머니가 하두 가엾어서 두 손으로 얼굴을 가리고 소리 내 울었습니다." 손창섭, 「너 누구냐」, 『손창섭 대표작전집 5』, 예문관, 1969, 379~380면. (원서지는 손창섭, 「너 누구냐」, 『새벗』, 1958. 7)

와 연결되는 양상을 보여준다. 성기는 "오랫동안 올듯올듯하면서 버티어 오던 비가 와르르 쏟아지기 시작"한 상황에서, 비를 맞고 집으로 돌아와, "갑자기 견딜 수 없이 외로운 심정으로," "「어머니! 어머니!」"를 부른다. 이처럼 손창섭 소설에서 자주 등장하는 비오는 날씨는 외로운 기분, 모친과 자신의 살냄새, 과거에 대한 그리움, 비오듯 흐르는 눈물 등 감정적이고 감각적인 자료들과 함께 모친상실의 순간에 이루어지는 '엄마/어머니'라는 호명을 둘러싸고 있다.

3. 환몽의 소설화와 상징질서의 '혼란'

1) 글쓰기의 0도의 환몽에서 상징적 창작 행위에로

정동은 모친 상실과 같은 외상적 사건들의 가장 원초적인 기재(쓰기)이지만, 슬픔 자체는 응집력이 작은 에너지의 파열상태이기 때문에[161], 아이는 일차 동일화에 의한 의미화작용[162]을 통해 슬픔을 기호로서 표현하

---

161) 『검은 태양』, 36, 38면.
162) "슬픔을 극복할 수 있게 해주는 것, 그것은 더 이상 상실된 대상과의 자기 동일화가 아니라 제3의 심급 – 아버지·형식·도식 – 과 자신을 동일화하는 자아의 능력이다." 이는 상징적 자기 동일화로서 주체로 하여금 기호와 창조의 세계로 진입하는 것을 보장한다. 크리스테바는 프로이트가 '개인적 선사시대의 아버지'라 불렀던 상상적 아버지가 위에서 말한 일차 동일화를 보장해준다고 설명한다. (『검은 태양』, 37~40면) 크리스테바의 이론에서 이 상상적 아버지는 프로이트의 주석에 의하면, 생물학적인 부/모를 따지지 않는 부모와의 동일시를 말한다. 크리스테바는 이 역할을 주로 어머니가 맡는다고 주장하는데, 이는 부성의 중요한 원초적 국면을 여성이 담당하고 있다는 것을 말하고 있는 것이다. (지그문트 프로이트, 박찬부 역, 「자아와 이드」, 『프로이트 전집』 11권, 열린책들, 2003, 371면) 크

고자 한다. 이러한 모친의 상실로 비롯되는 기초적인 의미화작용은 글쓰기의 0도(degré zéro)라고 일컬어지는데163), 손창섭의 경우 모친 상실의 외상적 장면과 긴밀히 연계된 비오는 풍경을 그의 글쓰기의 0도로 볼 수 있다.164)

이 최저지점에서는 쇼즈의 흔적이 죽음의 형태로 제시된다. 이는 역시 쇼즈와의 만남에 대한 방어이다. 일반적으로 주체는 주체가 되기 위해서 모친살해(모친에 대한 아브젝시옹)를 수행해야 한다.165) 그러나 전-대상의 상실 등으로 인해 모친살해를 경험하지 못한 주체가 모친을 형상화할 때에는 상징적인 안전장치를 동원한다. 모친을 죽음의 이미지로 표상하여 주체의 분열을 막는 것이다. 원래 모친살해란 그것이 방해를 받을 경우 자아로의 역전(inversion)이 일어나, 결과적으로 모친 살해 대신에 자아의 사형집행이 일어날 수 있기 때문이다.166)

죽음의 표상으로서의 어머니에는 「미소」의 '귀양(貴孃)'이 대표적이

리스테바는 이어 상상적 아버지가 오이디푸스적 아버지의 역할을 보장해야 한다는 것을 필수적이라고 제시한다. 상상적 아버지와 오이디푸스적 아버지라는 두 부성(父性)의 국면이 조화롭게 이루어져야만, 의사소통의 기호들이 정동적 의미를 가질 수 있게 되고, 잠재적인 우울증 환자의 언어가 관계 속에 살아날 수 있기 때문이라는 것이다. (줄리아 크리스테바, 『검은 태양』, 37~40면) 그러나 손창섭에게 오이디푸스적 아버지가 어떤 형태로 기능했는지는 끝까지 논란으로 남을 것이다.

163) 『검은 태양』, 43면.
164) 손창섭의 작품에서 비가 내리는 양상을 별도로 따지는 연구의 필요성도 제기된다. 간략히 살펴보아도, 「얄구진 비」, 「모자도」, 「비오는 날」, 「사선기」, 「치몽」, 「소년」, 「저녁놀」, 「잡초의 의지」, 「마지막 선물」 등의 단편과 장편소설들의 많은 장면에서 비가 내린다.
165) 『검은 태양』, 43면.
166) 『검은 태양』, 44면.

다.167) 이 글에서 귀양은 기독교적인 투명한 미소를 머금은 추상적 대상이다. '나'는 환각 속에서 귀양의 신체를 향락하지만, 도무지 구체적인 얼굴을 알 수 없다. '나'는 관념의 구체적인 현현인 귀양을 찾아나서 세 명의 귀양을 만나 세 번의 좌절을 겪는다. 세 명의 귀양은 단정한 모습과 온유한 모습으로 어떤 남성과 이야기를 하고 있는 처녀 귀양, 빨간 리본이 달린 회색 모자를 쓴 소녀 귀양, 빨간 리본을 단 4~5세의 귀양이다.

귀양의 형상화는 부재로서의 어머니, 즉 쇼즈를 의미하는 것으로 보인다. 프로이트는 「세 상자의 주제」에서 서사에 등장하는 세 명의 여인이 맡는 기능 중 한 명은 대개 죽음이라고 말한 바 있는데168), 이 작품에서는 세 명의 귀양 모두 그 육체가 아닌 투명한 미소를 통해 쇼즈로서의 어머니를 상징한다.

> 스산한 가을비 뿌리는 무한한 회색 바탕의 내 내면 세계에서는 貴孃의 투명한 미소만이 단 하나의 태양으로 살아 있는 것입니다. 내가 어찌 貴孃을 찾아내지 못한채 이대로 있을 수 있고, 또 죽을 수 있으리까. / 나의 얼굴에 貴孃의 미소가 떠오르고, <u>귀양의 품에 내가 안기는 날 그날만이 내가 완전히 사는 날이요, 죽는 날일 것입니다.</u>(손창섭, 「미소」, 『신태양』, 1956. 8, 241면, 밑줄은 인용자)

---

167) 창백한 얼굴로 묘사되는 『낙서족』의 상회와 「다리에서 만난 여인」의 여인도 이 계보에 넣을 수 있을 것이다.
168) 세익스피어의 「베니스의 상인」에서 침묵으로 일관하는 세 번째 딸은 죽음의 여신을 상징한다.(지그문트 프로이드, 정장진 역, 「세 상자의 모티프(*The Theme of the Three Casket*)」, 『예술, 문학, 정신분석』, 재간, 열린책들, 2003, 275면, 281~282면)

멜랑꼴리끄는 쇼즈를 추구하지만 그것과의 만남은 주체를 해체하고 죽음에 이르게 한다. 따라서 '나'와 쇼즈(귀양)과의 만남은 제지되어야 한다. 소설에서 그 역할을 하는 것은 '나'를 폭행하는 남자들 그리고 '나'가 따라잡지 못하는 전차의 속도이다. 「미해결의 장」에서 광순을 따르는 지상을 광순의 남자 고객들이 구타하듯이, 쇼즈와 닮은 유사-어머니에게 다가서려는 주인공은 다양한 방법으로 제지된다.169) 이렇게 상상계의 장부인 멜랑꼴리끄의 환몽과 허구에서는, 표상 불가능한 '여성'을 통해 무의식에도 표상되지 않는 죽음이 기재된다.170)

그런데 이 환몽에도 일정한 패턴이 있는 것 같다. 환몽에 제시된 표상들의 비표상적인 간격, 무의식의 형식, 실재가 틈입하는 양상 등으로 이해할 수 있는 이 패턴은 손창섭의 비오는 환몽 그 자체가 갖고 있는 형식을 말한다.171)

먼저 「미소」의 환몽을 보자. 「미소」의 '비오는 풍경'은 실제 풍경이 아닌 인생을 회상할 때 떠오르는 환몽에 대한 것으로서, '나'의 "반생을 두고 더듬어 온 내 인생의 길"은 「모자도」에서 비오는 거리를 나선 성기가 홀로 겪어온 인생길을 말하는 듯하다.

---

169) 홍주영, 「손창섭의 <부부>와 <봉술랑>에 나타난 매저키즘 연구」, 『현대소설연구』 39호, 2008. 12.에서 논자는 여성 인물을 정신성이 강조된 오이디푸스적 여성, 육체성이 강조된 창녀적 여성, 그리고 그 둘을 지양한 구강적 어머니로서의 여성으로 삼분했다. 오이디푸스적 여성과 창녀적 여성에 대해 서술자는 각기 육체성과 정신성을 가미함으로써 구강적 여성을 지향하게 하는데, 남성 주인공이 창녀적 여성을 추구할 때 오이디푸스적 요소로 가미되는 것이 남성들의 구타라고 분석한 바 있다. 크리스테바를 통하여 「미소」를 볼 때, 이 주장은 약간의 수정을 요한다.
170) 『검은 태양』, 43면.
171) 『검은 태양』, 42면.

반생을 두고 더듬어 온 내 인생의 길은, 비 내리는 스산한 회색 풍경속에 가늘게 뻗어 있었기 때문입니다. 퇴색한 옷과 뚫어진 구두 바닥을 통해서 싸늘하게 스며드는 철궂은 가을비를 맞으며, 가로수의 낙엽이 흩어져 딩구는 포도나, 논두렁 혹은 산비탈의 시들어가는 풀포기만을 밟으며 나는 걸어온 것입니다. 비속에 바라보는 거리나 전원의 풍경은 견딜 수 없이 무거운 회색 바탕이었습니다. 무한히 전개된 짙은 회색을 배경으로, 냉냉한 가을비 뿌리는 속에 조그맣게 그림자처럼 움직이고 있는 것이 나 자신이었습니다. 이것이 내 인생의 내부에 한없이 전개되는 운명적인 색조(色調)인 것입니다. (「미소」, 235면, 밑줄은 인용자)

　자신의 지난 삶을 색채나 온도로 표현하는 사례가 많지는 않을 것이다. 이 작품에서 '나'는 자신의 인생길을 촉각(온도)과 시각(색채) 등의 감각자료를 통해 설명하고 있다. 이러한 감각 목록의 전반적인 특징은 비가 내리는 수직선과 사선, 그리고 차가운 느낌과 무채색(회색)[172]의 범람으로 요약될 수 있다. 나아가 「나의 집필괴벽」에서는 "세차게 혹은 약하게 빗물 떨어지는 소리가 시계의 초침 소리처럼 나의 思考의 맥박을 새겨주는 것"[173]이라며 청각자료까지 제시된다.

　이러한 자료들은 환몽의 내용적 요소와 관계없는 것으로서, 크리스테바가 제기하는 "'추상화' 아니면 소리들의 폭포 또는 선들과 직조의 뒤얽힘"과 연관성이 있다. 분석가는 여기에서 "정신적이고 신체적 통일의 붕

---

172) 특기할 점은 전경과 배경을 가진 하나의 그림처럼 그 인생이 설명되고 있다는 것이다. 전경은 "조그맣게 그림자처럼 움직이고 있는" "나 자신"이며, 전경을 압도하는 배경은 "냉냉"하고 "싸늘"한 가을비 내리는 아래 "무한히 전개된", "견딜 수 없이 무거운" 회색이다. 배경의 색이 회색이 아니라, 회색 자체가 배경인 것이다.
173) 손창섭, 「나의 집필괴벽」, 『월간문학』, 1971. 9.

괴" 혹은 "비통합"을 진단하며, 이 현상 자체가 주체를 해체하여 열반 상
태로 몰고 가는 쾌락원칙 너머의 존재를 증명한다는 것이다.[174]

　그러한 주장이 타당성을 가질 수 있음에도 불구하고, 손창섭의 글쓰기
가 죽음충동을 현전화하고 있다는 결론에 머물러서는 안 된다. 우리가 읽
고 있는 손창섭의 작품들은 이미 사회에 제출된 것으로서, 작가의식의 결
과물이다. 따라서 그의 텍스트에 대한 평가를 내리기 위해서는 무의식뿐
만 아니라 그것을 넘어선 의식적 지향의 차원까지를 살펴야 한다. 멜랑꼴
리가 손창섭에게 주어진 조건으로서의 무의식적 구조라면, 그 의식적 극
복은 작가의식 차원의 탈구조적 움직임이므로 다분히 동태적인 관점에서
살펴보아야 하는 것이기 때문이다.[175]

　손창섭의 창작론이라 할 수 있는 「나의 집필괴벽」은 비 내리는 풍경을
주 내용으로 하는 무의식적 환몽과 의식적 차원의 소설쓰기가 연계되는
과정을 보여주는 글이다.[176] 이 글에는 손창섭은 소설을 쓸 때 항상 비 내

---

174) 줄리아 크리스테바, 『검은 태양』, 42면. 본고는 키에자를 참고하여, 크리스테바
　　의 '죽음의 욕동'을 '죽음을 향한 소망'과 구분되는 쾌락원칙 너머의 '열반원리'로
　　옮겨서 서술하였다. (로렌초 키에자, 이성민 역, 『주체성과 타자성』, 난장, 2012,
　　298-301면)

175) 정신분석학 연구는 작가의 삶과 글쓰기에 정신분석학적 개념을 적용하여 분석함
　　으로써 작가의 무의식 구조를 밝히는 데 머무르기 쉽다. 이는 마치 겉으로 보이지
　　않는 골격을 보기 위해 X-ray 사진을 찍는 것과 같다. 그러나 작가는 다양한 관계
　　를 통해 사회 속에 열려있는 존재이다. 정태적이고 구조적인 작가의 무의식은 그
　　에게 주어진 존재 조건으로서 중요하지만, 동태적이고 탈구조적인 욕망과 의지
　　도 중요하게 취급되어야 한다. 또한 이미 성인이 된 작가의 작가의식을 유아기로
　　환원하는 것, 그리고 풍부한 사회적 의미를 개인사로 축소하는 것도 지양되어야
　　한다.

176) 우경(雨景)에 대한 이러한 진술은 「미소」 등에 등장하는 비오는 풍경이 환몽의 지
　　위를 갖는다는 것을 보증하는 것이다. 본고의 이러한 논리적 전개과정은 일일이

리는 풍경에 젖게 되며, 손창섭은 비 내리는 풍경이나 빗소리와 같은 감각 심상(이미지)을 통해서만 작품의 근저(밑바닥)에 본인이 원하는 정조(무우드)를 깔 수 있다고 한다.

그러나 사람마다 말투라든지 걸음걸이라든지, 그 동작에 어떤 특징과 버릇이 있듯이, 原稿를 쓸 때의 나의 태도애도 怪癖이랄 것 까지는 없지만, 몇가지의 習癖은 있다. / 예를 들면 소설을 쓸 때, 으레 머리속에 비 나리는 풍경을 그려보며, 그러한 心像에 후줄그레 젖어서, 한방울 한방울 떨어지는 빗물을 받아 옮기듯, 한字 한字 원고지의 간살을 채워나가는 버릇 따위다. 作品을 써나가는 동안 나의 마음 속에는 언제나 비가 내리고 있고, 장마철의 우중충한 뒷골목이라든지, 沛然히 豪雨가 내려 갈기는 속을 잡다한 群像이 밀려 넘치는 都心地의 鋪道라든지, 자욱히 雲霧에 덮힌 山野의 스산한 雨景이라든지가 펼쳐지는 가운데, 세차게 혹은 약하게 빗물 떨어지는 소리가 시계의 초침 소리처럼 나의 思考의 맥박을 새겨주는 것이다. 이러한 이미지를 통해서만 作品 밑바닥에 내가 바라는 무우드를 깔아 나갈 수 있고, 文章 속에 나의 체취를 배게 할 수 있는 것이다. 현실적으로도 나는 비 나리는 날을, 비 나리는 風景을 좋아한다. 비속에 잠긴 街路나 村道를 호젓이 혼자 거닐면, 마음이 차분히 가라앉으며, 가장 格에 맞는 내 인생의 風景畵가 된다. (중략) 이렇듯 나는 남달리 비에 끌리는 탓으로 原稿紙를 向할 때도 으레 마음 구석에 비소리를 듣고 비에 젖어야 하는 것이다. (중략) 그러나 내 마음속에서 雨景이 지워지고, 비 내리는 소리가 그치지 않는 한, 이러한 異癖속에서나마, 비록 雜草일지라도 나의 풀은 돋

제시하지 않았지만, 상호텍스트성에 기반한다. 상호텍스트성이란, 하나의 기호체계가 다른 기호체계로 전위되는 것을 말한다. 발화의 장소 및 지시된 대상은 고유하지 않고 복수적이며 일람표로 작성되어 상호 참조될 수 있는 것이다.(노엘 맥아피, 이부순 역, 『경계에 선 크리스테바』, 앨피, 2007, 60면)

아나 자라기를 아주 멈추지는 않을 것이다. (「나의 집필괴벽」, 밑줄은
인용자)

상상적인 비오는 환몽은 소설창작이라는 상징적 행위의 기초가 된다.
소설의 창작이란 "心像에 후줄그레 젖어서, 한방울 한방울 떨어지는 빗물
을 받아 옮기"는 작업으로서 무의식적 환몽을 의식적으로 텍스트 속에 기
입하는, '언어적 실천 행위'인 것이다. 즉 쇼즈의 상실로 인한 슬픔의 정동
을 분출하는 글쓰기의 0도에서, 손창섭은 자신의 상상적 환몽을 기초로
하여 작품이라는 하나의 완결된 상징세계를 구축해내는 것이다.177)
    이러한 글쓰기는 가부장제 사회가 요구하는 오이디푸스 콤플렉스의
해소 혹은 '근친상간적' 욕망의 탈성화적(脫性化的) 승화와는 거리가 있
다. 모친을 잃은 손창섭은 적극적으로 멜랑꼴리의 환몽을 이용함으로써,
그의 작품을 통해 이자관계 파탄의 부당함과 부성에 의한 욕망 승화의 불
가능성을 천명하고 있다. 이러한 글쓰기를 통해 만들어진 손창섭의 성채
(城砦)는 욕망을 승화하지 않고 욕망을 보존한다. 이를 도착적이라고 말
할 수 있을 것이다.178)

---

177) 크리스테바에 의하면, 텍스트는 두 차원에서 작동한다. 하나는 저자가 기호적 충
    동과 에너지를 조직하고 표현하는 기호적-발생텍스트의 차원이며, 다른 하나는
    구조화되고 배치될 수 있는 의사소통으로서의 상징적-현상텍스트의 차원이다.(『
    경계에 선 크리스테바』, 58면) 손창섭의 창작론은 그의 작품으로 인해 일어난 당
    대와 현재의 논란의 연원이 기호적-발생텍스트가 상징적-현상텍스트의 차원으
    로 직접적으로 이입되어, 그것에 균열을 일으키는 것에 있음을 보여준다.
178) 도착은 타자의 결여를 부인하지만 승화는 그것을 받아들이고 그 자체를 사랑한
    다. 도착은 실재의 공백을 환상으로 채우지만, 승화는 환상을 가로질러 대상의 존
    재 자체와 관계를 맺는다. (김용수, 『자끄 라캉』, 살림, 2008, 76~77면)

2) 상징질서 '혼란'의 의미와 최후의 창조적 행위

크리스테바에 의하면, 주체는 그 정체성이 단일하게 확정되지 않는다. "주체는 언어적 과정의 결과"로서 "언어 사용에 선행하는 자의식적 자아란 결코 존재하지 않는다."[179] 이는 글쓰기를 행하는 작가의 주체성은 글쓰기를 포함한 언어활동에 의존하며 그것은 주관적 상징질서의 영역을 전제하고 있음을 말한다.[180]

손창섭 창작 전반의 특성이 위에서 분석한 바와 같이 상상적 환몽을 상징적 질서 속에 작품화하는 것이라면, 손창섭의 주관적 상징질서는 보편적인 상징질서, 즉 언어질서뿐만 아니라 법과 규범을 아우르는 상징체계와 갈등을 빚을 것으로 생각된다.

멜랑꼴리끄는 "어떤 근본적인 결점, 선천적인 결여로 인해 고통받고 있다"라고 생각하는 경향이 있는데[181], 이는 보편(객관)의 우위에서 주관을 비하하는 태도로 나타난다. 이러한 관점에서 그 차이는 주관의 혼란으로 표현되는 바, 손창섭의 작품에서는 그러한 상징질서 혼란의 사례들을 찾을 수 있다.

임상적으로 상징질서의 혼란은 탈통일화에 이어 자살로 향하는 멜랑꼴리의 경로 중 한 단계이지만, 작품활동 중인 손창섭에게 그것은 고유한 의미의 차이에 의해 발생된 것으로서, 징후로서의 혼란이라기보다는 다

---

179) 『경계에 선 크리스테바』, 65면.
180) 물론 주관적 상징질서는 보편적 상징질서에 의존하는 것이며 외부에 개방되어 있다. 그러나 동시에 주관적 상징질서는 말을 하고 있는 개인에게는 유효한 것이다.(줄리아 크리스테바, 서민원 역, 『공포의 권력』, 동문선, 2001, 11면. 및 『경계에 선 크리스테바』, 85면. 참조)
181) 『검은 태양』, 24면.

분히 상징질서의 차이에 대한 것으로 보아야 한다.

「신의 희작」의 "S"는 일본의 중학교 수업시간에 교과서에 'Life work'라고 표기된 것이 '워크 라이프'의 오기라고 우겨댄다. 선생님의 반박에도 "그러나 S에게는 왜 그런지 워크라이프가 꼭 옳다고만 생각되"고 사전에도 'Life work'라고 나오는 것에 대해서는 의외라고 생각한다. 그는 "「워크 라이프가 옳습니다」 / S는 전 인류에게 항거하듯이 필사적으로 대답" 한다.182)

그리고 「미소」의 이야기 속 서술자 '나'는 [헌/현], [효/호], [후/휴], [현병/헌병], [효자/호자], [후일/휴일]의 음가를 구분하지 못하고, 영어의 'b'와 'd'의 형태를 구별하지 못한다.183)

이 부분들은 "머리가 돈 것 같은 비정상적인 요소"(「신의 희작」), "두뇌의 치보성"(「미소」)의 사례184)로 제시된 것인데, 전체 서사와 유기적 맥락이 없이 삽화적으로 삽입되어 있는 것이 특징이다. 이러한 것을 굳이 삽입하는 작가의식 내지 태도는 세 번째 사례인 「마지막 선물」에서 확인할 수 있다.

---

182) 손창섭, 「신의 희작」, 29~30면. 이 대목에서 중요한 것은 자꾸만 그렇게 생각된다는 데 있다. 생각하는 것과 생각되는 것의 대비에서 후자는 세계와 개인의 구조적 차이를 전면화하는 효과를 갖는다.

183) 손창섭, 「미소」, 234~235면.

184) "나는 오래 전부터 내 두뇌의 조직에 적지 아니한 의혹과 불안감을 품어 온 사람입니다. 그것은 마치 고장난 피아노와 도 비슷 하다 할가요. 말하자면, 어떤 키(Key)에서는 영 소리가 안 나거나, 전연 구별할 수 없는 엉뚱한 음이 울려 나오는 것과 흡사한 일면이 내게도 있는 것입니다." "어느 한 부분에 나사못이 빠진 기계처럼, 내 두뇌의 일부는 결정적인 결함을 가지고 있나 봅니다." 손창섭, 「미소」, 234면.

소년 오덕수의 외양묘사는 「모자도」의 성기나 「신의 희작」의 S와 비슷하다. "팔 다리는 손가락처럼 가늘고, 눈만 엄청나게 큽니다. 그리고 턱이 지나치게 뾰죽했습니다."[185] 이러한 덕수는 산수 문제를 푸는 방식이 남들과 다르다.

> 선생님은 돌아서서 흑판에다 새로운 문제를 쓰셨습니다.

$$\begin{array}{r} 853 \\ -\ 656 \end{array}$$

「자아, 할 수 있는 사람?」
(중략) 덕수는 <u>자신 있게</u> 백묵을 집어 들더니 흑판 앞에 섰습니다.

> 먼저 8에서 6을 뺐습니다. 그 밑에다 2라고 썼습니다. 덕수는 거꾸로 시작한 것입니다. 아이들이 킥킥하고 웃었습니다. 덕수는 다시 5에서 5를 빼서 0을 쳤습니다. 그리고는 3에서 6을 빼기 위해서 덕수는 잠시 생각했습니다. 아이들은 더 큰 소리로 웃었습니다. 덕수는 좀 얼떨떨해서 뒤를 한번 돌아 보았습니다. 그러더니 마침내 첫자리 밑에도 0을 쳤습니다. 아이들은 허리를 꼬고 웃어댔습니다. 동조도 참지 못하고 웃었습니다. <u>덕수는 그 커단 눈을 치뜨고 선생님을 보았습니다.</u> 선생님은 생도들을 향하여 조용하라고 이르고 나서, 덕수를 보고,
> 「어디 맞았는가 잘 살펴 보고 맞았건 설명을 해보아요.」
> 하셨습니다. 덕수는 잠시 들여다보고 섰다가, 설명을 시작했습니다.
> 「8에서 6을 빼면 2가 남습니다. 또 5에서 5를 빼면 0이 됩니다. 그 댐에는, 3에서 6을 빼려면 모자라니까, 뺄 수가 없습니다. 그러니까 아주 0입니다.」
> 아이들은 또다시 웃음보를 터뜨렸습니다. 선생님도 웃으셨습니다.
> 「자, 그러면 이번에는 좀 쉬운 문제를 한번 풀어 보시오.」
> 선생님은 그렇게 말씀하시고, 다시 새 문제를 내셨습니다.

---

185) 손창섭, 「마지막 선물」, 『손창섭 대표작 전집』 5권, 예문관, 1969, 387면.

$$\begin{array}{r} 546 \\ -\ 534 \\ \hline \end{array}$$

덕수는 얼마 동안 보고 섰다가, 어찌된 판인지 이
번에는 제대로 첫자리에서부터 시작했습니다. 다
음과 같은 답을 썼습니다.

$$\begin{array}{r} 546 \\ -\ 534 \\ \hline 012 \end{array}$$

(「마지막 선물」, 387~388면, 밑줄은 인용자)

인용문에서 중요한 것은 자신의 계산법에 대한 덕수의 태도이다. 덕수
는 아이들의 웃음에도 당당하고 확신에 차 있다. 그의 설명은 거침이 없
다. 뺄 수 없으면 빼지 않는다는 것이다. 그는 아랫자리 수가 모자라면 윗
자리에서 줄 수 있다는 것을 모르고 있다. 덕수네가 극단적인 하층민임을
감안하여, 윗자리와 아랫자리를 사회적 계층으로 환언하면 작가의 암호
는 쉽게 추정될 수 있다.

이러한 태도는 다른 에피소드의 경우에도 주인공 나름의 세계를 긍정
하는 방식으로 해석해야 할 필요를 제기한다. 「신의 희작」을 보자. 영어
에서 'Life work'는 '필생의 역작'이라는 뜻을 가지고 있다. 그리고 S가 제
시한 'work life'는 '노동하는 삶'(working life)과 가깝다. '필생의 역작'이라
는 단어가 갖고 있는 원본성을 감안한다면, 이를 부정하는 것은 작가 이
름의 소멸을 주장[186]하는 차원과 맞닿는다 할 수 있으며, '필생의 역작'에
서 연상되는 고급의 아비투스를 감안한다면, 고달픈 노동을 하며 밥 굶기
를 밥 먹듯이 하고 있는 S가 자신의 노동하는 삶을 말하고 있는 것으로 이

---

186) "된 글이건 안된 글이건, 필자의 이름을 달아서 여러번 발표하노라면, 자연 갖잖
은 명성이 따르게 마련인 문학(광의의)이라는 것의 사회적 특성. 이것이 그에게는
난처하기만 하다.", "절대로 필자의 성명을 붙여서 발표하면 안 된다는 법률을 제정
하는 수는 없을까고 그는 진지하게 공상하는 것이다." 손창섭, 「신의 희작」, 48면.

해가 된다.187)

「미소」에서 정확한 "「ㅎ」 발음"을 못한다는 것은 [ㅎ] 계열 인후음에 동반된 단모음과 이중모음이 음소 차원에서 구별되지 않음을 의미하거나, 같은 한자라도 그 발음이 지역별로 상이하다는 체험 차원의 의미를 담고 있을 수 있다. 이는 국경을 넘고 넘어 동아시아적 삶을 살았던, 그리하여 한국어(남북한)와 중국어(만주어) 그리고 일본어를 경험한 작가의 삶에 대한 월경의 기록이자 탈국가경계와 관련된 발언188)일 수 있는 것이다.

위와 같은 해석들은 작가의 주관적인 상징질서를 보편적 상징질서와 대등한 입장에 놓을 수 있는, 적어도 작가가 끊임없는 글쓰기로써 자신의 상징체계를 확보해나가는 한에서만 유효하다. 만약 손창섭이 글쓰기를 멈추었다면, 그는 그만큼 자신의 태생적 조건인 멜랑꼴리로 빠질 수 있는 위험에 더 가까이 가는 것이다.

손창섭은 우리가 현재 알고 있는 것 이외에도 많은 글을 남겼을 것으로 생각된다. 도일 이전의 글쓰기 양상을 남한의 상징적 질서에 대한 손창섭의 이의 제기라고 할 수 있다면, 도일 이후에도 일본 언중에 제출한 글쓰기가 있을 가능성을 배제할 수 없다. 이는 미시적인 차원의 정치성을 갖

---

187) "개똥 같은 권위의식이나 명사 의식은, 그가 가장 싫어하고 타기하는 것의 하나다." 같은 면.

188) 「미소」에서는 '나' 서술자가 자신의 특이성이 세상에 영향을 주지 못하는 점을 고통스럽게 생각한다. "한편 이러한 내 두뇌의 결험이 이 세상에 아무러한 영향도 주지 못 한다는 것은 참으로 견딜 수 없는 일입니다. 그것은 비 내리는 풍경에서 맛보는 감각과도 통하는 고통인 것입니다."(손창섭, 「미소」, 235면) b와 d를 구별하기 어렵다는 것에 대한 추정은 논의에서 제외한다.

는 일본의 상징적 질서에 대한 이의 제기라고 할 수 있을 것이다.

이러한 고찰 하에 지난 2009년 88세의 손창섭이 적은 글자들의 의미를 추정할 수 있다. 손창섭은 사인을 청하는 한국인 정철훈에게 '나는 사인이 없다'고 하면서도 "손창섭 200九 2. 15日"이라고 적었다.[189] 본고의 관점에서 보기에, 자신의 이름을 '上野昌涉'이 아닌 "손창섭"이라고 적은 것보다 더 많은 의미를 지닌 것은 그 연월일을 적는 방식이다. "200九 2. 15日"에서 연월일은 표현법이 서로 다르다. 구두점의 유무와 숫자의 한자 대치, 연월일 표지를 한자로 적는 것이 모두 다르다.

이는 단순한 노인성(혈관성) 치매로 인한 혼돈 증상일 수 있다. 노환으로 인해 상징적 활동이 저하되고, 이로 인해 주관과 보편의 상징질서의 차이가 주관의 와해 쪽으로 더 기울었다면 이는 멜랑꼴리의 증상일 수도 있다.[190] 그러나 그것보다 더 가치 있는 해석은 손창섭의 최후의 창조적 상징행위로 보는 것이다. "손창섭 200九 2. 15日"에서 나타나는 비일관적 표현은 "상이한 기호 체계들에 대한 점착"인 기호다가성(polyvalance)[191]의 산물로서, '사인'이 없다고 확언하는 손창섭을 증명하는 개인적인 '사인'과 같은 것이라 할 수 있다.

---

189) 정철훈, 「전후세대 최고작가 '손창섭 살아있다': "난 사인이 없소이다"」, 국민일보 쿠키뉴스, 2009. 2. 18. 여기서는 사진과 다르게 "200九. 2. 15."라고 보도하고 있다.
190) 임상에서는 치매가 섬망이나 멜랑꼴리의 혼란과 종종 혼동된다.
191) 『경계에 선 크리스테바』, 60면.

4. 이자관계의 상징적 회복과 여성적 삶에 대한 탐구

1)『봉술랑』: 엄마 찾기의 환상과 이자관계의 상징적 회복

주지하다시피, 손창섭은『봉술랑』을 끝으로 한국 사회에 작품을 발표하지 않는다. 우에노 여사가 증언하길 고인이 과거 일본『신조』지에 투고한 적이 있다고 했지만, 정철훈의 탐문에도 결과물은 (아직) 나오지 않았다.192) 그러나 생전에 노구를 이끌고 우에노 공원에서 쪽지를 나누어 주더라는 전언193)이 사실이라면, 이는 손창섭이 끝까지 세상에 대해 말하기를 그만두지 않았다는 것을 의미한다.

게다가 창작행위는 멜랑꼴리끄에게 닥칠 수 있는 상징활동의 붕괴를 지연시킨다는 점에서 그의 산문만 아니라 작품의 존재는 그의 정신건강을 유지하는 데도 필수적으로 요청되는 것이었을지 모른다.194) 그러나 만약 창작이라는 미학적 행위가『봉술랑』으로 종결되었다면, 그것은『봉술랑』이 모친상실의 경험과 모종의 연관성을 갖고 있기 때문일 것이다.

손창섭의 모친 상실에 대해, 우에노 여사는 다음과 같이 전한다.

> 선생은 세살 때 아버지를 여의고 할머니 손에서 자랐지요. 그때 어머니는 스물댓살쯤 되는 젊은 나이여서 시어머니가 재혼하라고 종용하는 바람에 재가를 했지요. 할머니와 어머니 모두 독실한 기독교인이

---

192) 정철훈,「두 번 실종된 손창섭」, 303면.

193) 편집부,「도일 후의 손창섭에 대하여」,『작가연구』창간호, 1996, 161면.

194) 산문 글쓰기보다는 문학적 창조가 멜랑꼴리의 방어에 더 효과적이다. 멜랑꼴리끄의 예술적 창조행위는 그 자체로서 쇼즈로의 침잠, 상징질서의 혼란, 언어활동의 퇴조, 기호해독불능증, 자살로 이르는 멜랑꼴리의 경로에 대한 방어의 역할을 한다.

라고 들었어요. 할머니는 농사를 짓고 살았는데 수확이 많지 않아 숙모의 도움을 받았다더군요. (정철훈, 「두 번 실종된 손창섭」, 299면.)

어머니가 초등학생 시절에 재가를 했다는 인터뷰도 있으나, 이는 그 진실성을 더 따져보아야 한다. 텍스트의 양상으로 보아, 모성의 상실은 더 어린 나이에 이루어진 것으로 추정된다. 일본의 세 살은 우리 나이로는 네 살이다. 그런데 '우연히도' 『봉술랑』에는 네 살의 남자아이가 등장하는데, 이 아이 역시 어머니 산화가 재혼을 하여 떠나버릴 수 있는 위험에 처한다.

봉술랑의 중심 내용은 다음과 같다. 가공할 검술을 가진 역적의 딸 산화가 조정과 대결하다가 토벌대의 관리인 광세와 눈이 맞아 아이를 잉태하게 된다. 산화는 토벌대를 비롯하여 조정이 보낸 북방의 무예 고수들과 극한의 대결을 한다. 그러다 외적의 침입이 있자, 연을 쌓은 무예의 고수들과 민간 전투대를 조직하여 이를 막아낸다.

이 과정에서 남편 광세는 죽고, 산화는 나라를 구한 공으로 조정으로부터 사면을 받는다. 잉태한 채로 남성들과의 피 흘리는 전쟁을 치러낸 산화는 그때에서야 비로소 정주하여 평화롭게 무생을 낳아 기를 수 있게 된다. 그런데 무생이 네 살이 되었을 때, 초지스님은 산화에게 김도끼와의 혼인을 주선하게 되는 것이다.

『이제 무생도 네살이 되어 손이 덜 가게 되었고, 언제까지 죽은 사람을 생각하며 지낼수도 없으니, 나이 한살이라도 더 먹기 전에 재가를 하면 어떠냐?』(『봉술랑』 최종회, 밑줄은 인용자)

위 인용문에서 초지스님이 재혼을 권유하는 말은 「모자도」의 우물집 노파가 하는 말과 유사하다.

> 옛날부터 애비없는 자식 사람된 법이 드문 거야. 가사 죽을 고생을 해서 잘 길러 놓았자 저 하나 주ㅎ았지 그래 애미 생각할 줄 아나? 그저 별 수 없으니 여자란 자식덕보다 남편덕에 살아야 해. 그러기 <u>나이 하나라두 더 들기 전에 제 실속 채려야 한다니까.</u> 그러지 말구 이번엘랑 어서 이 늙은이 얘길 들어두우. 옛말 하며 살게 될 테니 내말대루만 하란 말요.」(「모자도」 1회, 밑줄은 인용자)

재혼을 해야 하는 사유는 여자의 몸으로 혼자 살아가기 어렵다는 것이며, 여자는 남편 덕에 살아야 한다는 것이다. 이러한 권유의 말은 사회의 상징적 질서가 가부장제에 위치해 있음을 보여준다. 재혼의 권유를 받는 것은 두 작품이 같지만, 「모자도」의 모친은 재혼을 하고, 『봉술랑』의 산화는 거절을 한다.

> 『그 사람이 죽으면서 남긴 말대로, <u>저에게는 무생을 훌륭히 키우는 것만이, 오직 사는 보람이요, 낙이어요』</u>(중략) 그 뒤로 <u>산화와 김도끼는 평생을 맺어지지 않고 지냈다.</u> 남 보기에는 내외간이나 다름없어 보였지만, 종생토록 단지 무술의 동지로서, 이성의 친우로서만 마치고 만 것이다. / 이리하여 산화는, 한 여인으로서는 한(恨)도 없지 않았지만, 한 무술자로서는 추호도 후회함이 없었다. / (끝) (『봉술랑』, 최종회, 밑줄은 인용자)

『봉술랑』의 마지막 단락은 모친 상실에 대한 스스로의 상징적 처방이요, 치유이다. 그의 마지막 작품의 연재 최종회의 가장 마지막 단락에서 산화는 재혼이 아닌 아들을 택한다. 모친의 상실을 기원으로 하여 시작된 작가의 창작여정은 이렇게 모친이 아들을 떠나지 않는 이자관계의 회복으로 귀착된 것이다.

이는 패티시즘과 연관된다. 패티시는 잃어버린 대상을 상상적으로 재현하여 상징계에 생겨난 결여를 메우는 것이다.[195] 『봉술랑』의 경우 패티시는 모친의 상실에 대한 상상적 반응을 상징적으로 보충하는 환몽, 그리고 여성의 결여를 보충하는 환몽[196]으로 나타난다.

『봉술랑』의 마지막 장면은, 손창섭의 창작의 종착지로서의 패티시를 보여준다. 모친을 상실했다는 현실을 인정치 않고(부인) 상상을 통해 이자관계를 복원하며(환몽) 글쓰기를 통해 이자관계가 복원된 상징계를 구축하는 것이다.

원나라의 지배를 받는 고려라는 '옛날옛날 옛적에'에서 시작하여, 엄마는 재혼하지 않고 아들과 함께 '행복하게 잘 살았습니다.'로 끝나는 『봉술

---

195) "상실, 상의 슬픔, 부재가 상상적 행위를 유발시키고 그것을 위협하여 실연에 빠뜨릴 정도로 계속 그것을 강화시킬 경우, 그 모든 것을 불러모으는 비애를 부인하는 것에서 작품이라는 물신(fétiche)이 만들어진다는 사실은 역시 주목할 만하다. 멜랑꼴리로 인해 자신을 탕진하는 예술가는 동시에 그를 감싸는 상징활동의 포기와도 가장 치열하게 싸우는 자이다." 『검은 태양』, 19~20면.
196) 『봉술랑』은 쇼즈의 결여를 보충하는 것으로서 구강적 어머니를 등장시킨다. 『봉술랑』의 산화는 지금까지의 여성 인물과는 달리 정신성과 육체성을 겸비한 인물로서, 뛰어난 무술을 갖고 있다. 「모자도」의 모친이 혼자 살아가면서 생계의 곤란을 겪는 것과 달리, 『봉술랑』의 산화는 뛰어난 무예를 갖고 있어 무술장을 운영하며 경제적 필요를 충족시킨다. 『봉술랑』에서 산화가 재혼을 권하는 가부장제적 요구에 대한 거절을 할 수 있었던 것도 이러한 경제력 때문이다. 이러한 설정은 "대상의 상실로 인한 생물학적이고 정신적인 균형 상실에 뒤따르는 심적 고통의 부인을 대체"하는 역할을 한다.(『검은 태양』, 62면)

랑』은, 항상 엄마를 그리워했던 아들이 평생의 창작노정을 통해 간신히 도착한 지점을 보여준다. 그것은 문학작품이라는 상징적인 차원에서라도 엄마와 함께 있던 과거를 상상하며 그것을 조심스럽게(1년 5개월 간 연재한 신문소설의 최종회) 시니피앙에 '기재'하는 행위이다.

2) 여성적 삶에 대한 탐구와 용서의 의미

그는 『봉술랑』 창작을 통해 멜랑꼴리로부터 벗어났던 것일까. 예로부터 문학적 창조행위의 음률체계, 극작술, 함축된 상징체계는 상징의 붕괴와 벌이는 주체의 투쟁으로서, 상상적인 유효성197)을 지녀 카타르시스를 통해 우울증을 다스리는(contre-dépresseur) 치료방법으로 쓰이기도 했다.198)

그러나 멜랑꼴리는 질병이라기보다는 인간의 존재조건이다. 따라서 더 이상 창작행위를 하지 않는다는 것은, 그만큼 멜랑꼴리의 임상적 증상으로 이행할 수 있는 위험성을 갖게 된다는 것을 의미한다. 『봉술랑』 이후에 창작을 하지 않을 수 있었던 것에는 이자관계의 상징적 구축 이외에도 어떤 다른 이유가 있는 것으로 보인다.

일시적으로나마 멜랑꼴리에서 벗어나는 일의 관건은 주체와 만나면 주체를 해체시킬 정도로 파괴적인 쇼즈로의 인력을 '덜 해로운 방향으로' 승화하는 것이다.199)

---

197) 크리스테바는 언어지체를 겪는 소년 폴을 치료할 때, 오페라의 노래 대화를 이용했다. 치료가 진행될수록 폴은 자신의 목소리를 듣는 것을 즐기게 되었으며, 상상적 영역을 강화함으로써 우회적으로 상징계를 강화할 수 있었다.(『경계에 선 크리스테바』, 84면)

198) 줄리아 크리스테바, 『검은 태양』, 37~40면.

199) "정신분석 이론에서 승화는 본능, 에너지, 욕망 등이 방출되나 다른 형태, 더 일반

쇼즈를 승화시키는 방법에는 시적 형식과 연관되는 운율법[200], 의미의 다가성[201], 그리고 용서가 있다. "용서(pardon)"는 "우울증 환자의 절망을 떠받치고 있는 복수심의 죄의식이나 나르시스적인 상처의 굴욕감을 제거"할 수 있는 "호의적이고 자애로운 이상"과의 동일시이다.[202]

손창섭은 창작의 중반 이후, 모친의 재가를 둘러싼 여러 제반 여건에 대한 탐구를 진행한다. 여성 주인공을 앞세워 여성의 입장에서 사회를 바라보는 것이다. 「잡초의 의지」, 「인간시세」, 「청사에 빛나리」, 『내 이름은 여자』, 『이성연구』, 『봉술랑』 등의 많은 작품이 여성의 입장에서 쓰인다. 이중 특히 『내 이름은 여자』에서는 26살의 이혼녀를 통해 자식이 없더라도 여성의 입장에서 중고품이라는 오명을 극복하고 재혼하는 것이 얼마나 어려운 일인지를 탐구한다. 26살이면, 손창섭의 모친이 재가를 했다는 "스물댓 살"(한국나이로는 스물여섯 살)과 정확하게 같다.

『봉술랑』에서 그의 창작이 그쳤다면 이는 결과적으로 다음과 같은 이유에 의한 것이라 판단된다. 장기간 다각도의 사회학적 탐구의 결과로 인해, 무의식의 수준에서 모친을 용서하게 되자, 유사-어머니인 산화에게 남성을 압도하는 신화적인 힘을 부여함으로써 소설 속 상징질서를 통어

적으로는 사회적으로 수용 가능한 형태들로 변형되는 과정이다."(『경계에 선 크리스테바』, 136면) 본고의 문맥에서 쇼즈를 승화한다는 개념은 쇼즈를 가공하여 덜 치명적인 것으로 만들고 쇼즈를 향해 다가서고자 하는 멜랑꼴리로 인해 주체가 해체되지 않도록 한다는 것을 의미한다.

200) "운율법(prosodie)"은 "언어활동을 넘어선 언어활동"으로, "기호 속에 세미오틱 과정의 리듬과 동일 자음 반복을 삽입"한다. (『검은 태양』, 125면)

201) "기호와 상징들의 다가성(poly-valence)"은 "명명하기에 균형을 잃게 하고, 하나의 기호 주변에 다수의 내포 의미를 축적함으로써 주체에게 '쇼즈'의 무의미 혹은 참된 의미를 상상할 수 있는 기회를 제공한다."『검은 태양』, 125면.

202) 『검은 태양』, 126면.

하도록 하며. 무생의 출생 전 아버지가 죽었어도 재가를 하지 않음으로써 모자의 낙원적인 이자관계를 굳건히 지키도록 한 것. 그것을 마침표로 하기 때문이다.

정리하자면, 『봉술랑』은 세 가지 이유에 의해 마지막 창작이 될 수 있었던 것 같다. 첫째, 『봉술랑』은 「모자도」에서 전면화되었던 모친의 재가 모티프의 거울상으로서, 상상적인 이자관계의 낙원을 상징적 차원에 기록하는 패티시이다. 둘째, 쇼즈는 그의 창작 전반에 걸친 시적 형식을 통해 승화되어온 과정 속에 있었다. 셋째, 특히 손창섭에게 용서는 자신을 떠난 어머니에 대한 용서이며, 이는 여성이 처해져 있는 현실에 대한 사회학적 탐구를 통해 이루어졌다.

나가기: 모성추구의 문학

손창섭의 창작이 궁극으로 지향하는 바는 무엇일까. 크리스테바에 의하면, 우울증은 장소보다는 시간과 관련된 개념으로서 칸트가 이를 다음과 같이 명시했다고 한다. "향수병에 걸린 사람이 욕망하는 것은 그의 젊은 시절의 장소가 아니라 그의 젊은 시절 그 자체이고, 그의 욕망은 되찾아야 할 쇼즈가 아니라 되찾아야 할 시간을 탐색하는 것이다"[203] 향수병과 마찬가지로 우울증 역시 프로이트가 말한 심적대상을 추구하는 것인데, 심적 대상은 다분히 프루스트 식의 '잃어버린 시간'이다.[204]

손창섭의 창작도 모친 상실의 기원을 찾아 이행한다. 손창섭의 창작 행위를 이자관계의 상실을 기원으로 하여, 이자관계의 회복을 종착지로 하는 '모성추구'의 문학이라고 밝히는 것은 손창섭 일개 작가의 문제를 넘어서서 문화사적인 맥락과 닿아 있다.

그동안 우리 문학은 식민지 시기 아버지 찾기의 문학과 전후의 아버지 부재의 문학으로서만 의미화되어 왔다.[205] 그러나 우리의 서사양식 향유

---

203) 『검은 태양』, 81면.
204) 『검은 태양』, 81면.
205) 김민정, 「50년대 소설에서의 부의 부재와 모더니티」, 『한국문화』 30호, 2002, 150면.

사에 전형적인 로드무비와는 다른, <엄마 찾아 삼만리> 계보[206]가 엄연히 존재함을 볼 때, 우리는 아버지 부재 혹은 부성비판의 계보를 어머니 찾기 혹은 '모성추구의 문학' 계보로 각도를 달리하여 볼 필요를 갖게 된다. 그것은 낙원(이자관계)의 파국으로 시작된다는 점에서 실낙원의 주제와도 상통하며, 닥쳐오는 부성적인 위협들이 강조된다는 점에서 매저키즘적이며, 처녀생식을 통해 아버지로부터 오는 부성의 오염으로부터 벗어나 있다는 점에서 '예수' 모티프와도 맞닿아 있다.

손창섭의 문학의 정체성을 올바로 파악하기 위해서 무엇보다 필요한 것은 정신분석학적 지평 하에서의 반성적 사유이다. 그것은 손창섭을 이상심리로 규정하는 흐름이 정신분석학 연구의 주된 흐름이기 때문이다.

손창섭은 전오이디푸스적이다. 그러나 이를 '오이디푸스 콤플렉스를 극복하지 못했다.'라고 단언하고 마는 것은 다양한 문화적 가능성에 기반한 해석을 불가능하게 만든다. 손창섭은 멜랑꼴리적, 분열적 주체이다. 그러나 이를 멜랑꼴리 환자, 정신증 환자로 보는 것 역시, 말하는 존재로서 개방된 인간의 정체성을 너무 편협하고 경직되게 정의한다는 점에서 이데올로기적인 언명이라 할 수 있다. 손창섭의 문학에 대한 학문적 해석 역시 부성적 맥락과 모성적 맥락의 끊임없는 갈등 속에 놓여 있는데, 이러한 연구의 흐름을 통해서도 우리 학문의 성-정치적 위치를 파악할 수 있을 것이다.

---

206) 「엄마 찾아 3만리」는 김종래 만화가의 1958년 작이다. 이후 이탈리아 아동문학가 에드몬도 드 아미치스(1846~1908)의 원작을 타카하카 이사오가 1976년에 만화영화로 만든 동명의 작품이 두 차례 방영되었다.

4장

손창섭 문학의 여섯 가지 특질과 남은 과제

들어가며

'최고의 전후작가' 손창섭은 『부부』를 비롯한 많은 편수의 신문연재 장편소설을 통해 대중적 호응을 얻었으나, 평단의 시선을 끄는 데는 실패했다. 4·19 이후에 요구된 새로운 전망에 부응하지 못한다는 이유였다.[207] 게다가 손창섭 소설은 인간의 욕망을 다룬다는 차원에서 통속적이라고 비판을 받기도 했는데[208], 같은 이유에서 1990년대 들어와 정신분석학적 연구에 의해 인간 욕망의 복권이 이루어짐과 함께 손창섭 소설도 새롭게 주목을 받기 시작했다.[209]

『부부』와 『이성연구』는 손창섭의 창작 중반기 작품들로서[210] 손창섭의 중후반기 창작의 주요 방법이었던 신문연재 장편소설 중에서도 중요

---

207) 김윤식, 「앓는 세대의 문학」, 『현대문학』, 1969년 10월호.
208) 김충신, 「손창섭연구: 작품을 중심으로」, 『어문논집』 8, 안암어문학회, 1964.
209) 문화라, 「손창섭 소설에 나타난 인물의 욕망구조 연구」, 이화여대 석사논문, 1994.
　　최미진, 「손창섭 소설의 욕망구조 연구」, 부산대 석사논문, 1995.
　　배개화, 「손창섭 소설의 욕망구조 연구」, 서울대 석사논문, 1995.
210) 『부부』(『동아일보』, 1962년 7월 1일~12월 29일), 『이성연구』(『서울신문』, 1965년 12월 1일~1966년 12월 30일).

한 의미를 갖는 소설이다. 손창섭의 작품의 흐름을 전체적으로 바라보는 기획 중에 놓인 본고는 두 작품의 몇 가지 특징에 대한 간략한 리뷰를 통해 손창섭 신문연재 장편소설의 미학적 특질과 함께 손창섭의 소설 창작이 갖는 본질적인 의미들을 탐색하고자 한다.211) 나아가 손창섭 문학연구 또는 연구자들이 해결해야 할 과제들을 제시해보기로 한다.

1. 여성 주인공 소설의 증가와 여성 인물의 고양

손창섭 신문연재 장편소설의 첫 번째 특징은 여성을 주인공으로 하는 소설이 많다는 것이다. 손창섭 소설의 주인공은 대부분 남성이다. 그러나 신문연재 소설에서는 여성 인물과 서술자의 비중이 유독 많아진다. 『내 이름은 여자』(1961)의 초점인물은 여성 '최미라'이며, 『부부』(1962)의 서술자는 남성('차성일')이지만 여성 인물의 비중이 높으며, 『결혼의 의미』(1964)의 서술자 '인옥', 『이성연구』(1965~1966)의 서술자 '신미', 『봉술랑』(1977~1978)의 초점인물 '산화'도 여성이다. 신문이 아닌 문예지나 종합지에 실린 소설이지만, 「인간시세」(1958)의 초점인물 '야스꼬'와 「청사에 빛나리」(1968)의 초점인물 '보미 부인'도 여성이며, 그 외에 소설들에서도 여성 인물의 비중이 높아지는 것이 1960년대 이후 손창섭 문학의 흐름이다.

이러한 경향을 간략히 손창섭의 창작 중반기에 여성 초점인물 혹은 여

---

211) 각각의 특징들은 손창섭 작품 전반에 대한 정밀한 분석을 통해 향후 학술적으로 검증될 수 있을 것이다.

성 서술자 선택이 늘어난다고 표현할 수 있다. 양적인 증가와 함께 질적 상승도 이루어져, 그 최대고도는 칼리 여신과 같은 풍모를 지닌 『봉술랑』의 '산화'로 수렴되며, 그 지점에 이르기 위한 진폭의 양극에는 『낙서족』의 '상희'와 같이 정신성이 강조된 여성과, 「잉여인간」의 '봉우 처'처럼 육체성이 강조된 여성이 있다.

예컨대 『부부』에서 두 쌍의 부부, '차성일'–'인숙', '한 박사'–'은영 여사'의 조합에서 '차성일'과 '은영 여사'는 성욕과 같은 형이하학적 문제에 관심이 많고, '한 박사'와 '인숙'은 도덕적이고 숭고한 문제에 관심이 많다. 이러한 엇갈린 배치는 '차성일'과 '은영 여사', 그리고 '한 박사'와 '인숙' 사이의 혼외정사를 향한 추동력이 된다. 이런 배치에서 욕망의 대상 '한 박사'를 취하는 최종 승리자는 엉뚱하게도 정신성과 육체성을 겸비한 '정숙'('인숙'의 동생)이 된다.

『이성연구』에서는 세 명의 여성이 주인공인데, '계숙'은 성욕이 많고 개방적이고 적극적이며, '신미'는 결벽적이고 자기방어적이며 소극적이다. 그리고 두 사람의 성품 중간에 '선주'가 있다. '계숙'과 '신미'는 자신의 그 성품으로 말미암아 결혼에 실패하게 되고, '선주'는 행복한 결혼생활에 이른다.

이처럼, 연애를 중심 테마로 하고 있는 손창섭의 소설에서 숨은 승리자는 이항대립적 성격을 모두 갖고 있는 전체성을 가진 여성이며, 그 최종 경로에 구강적 어머니(oral mother)에 해당하는 『봉술랑』의 '산화'가 있다고 생각된다. 이러한 삼항 구조의 인물배치는 프로이트(S. Freud)의 「세 상자의 모티프」와 바호펜(Bachofen)과 들뢰즈(G. Deleuze)의 세 명의 원형적인 어머니 이미지에 대한 논의를 참조해 볼 때 부계사회의 전형성을 가진 문화 산물로 한정하여 볼 수 없으며, 특히 '구강적 어머니' 도입은 문명사적 차원에서 논의해야 하는 주제이다.212)

2. '~것이었다'에서 '~습니다'로의 문체 변화

또 하나 주목할 만한 특징은 '~습니다'로 대표되는 이야기체의 도입이다. 이는 단편소설 위주로 창작하던 손창섭 전반기의 주된 문체, '~것이었다'와 함께 고찰되어야 할 문제이다. '~것이었다' 문체가 모든 상황을 다 알고 있는 전능한 서술자가 독자들에게 자신이 알고 있는 사건의 내막과 내밀한 의미를 사후에 선택적으로 알려주어 '모멸'213)하는 방법이라면 '~습니다'는 공감을 얻기 위한 '말 건네기 기법'이라 할 수 있다.

이야기체는 손창섭 신문연재 장편소설의 특징으로서, 이를 읽다보면 마치 영화나 라디오 방송극을 청취하는 듯하다. 예컨대 『이성연구』는 세 여자 주인공 '신미'(나)의 서술과 '계숙'과 '선주'의 발화를 통해 과거 사건을 전달하는 경우가 많다. 다음 인용문에서는 '계숙'의 모친인 식모 '선옥'이 '계숙'의 실부(實父)인 주인집 '도련님'과 정을 통하게 된 내력이 말해진다.

　　ⓐ 그런 때 도련님은 선옥을 돌아보고 빙그레 웃으면서
　　『댕큐』

---

212) 홍주영, 「손창섭의 『부부』와 『봉술랑』에 나타난 매저키즘 연구」, 『현대소설연구』 39집, 2008, 365쪽.

213) 유종호, 「모멸과 연민(上)-손창섭론」, 『현대문학』, 1959년 9월호.

하고 했읍니다. 선옥은 따라 웃었읍니다. 그리고는 도련님이 딴 말을 걸어 주었으면 하는 기대에 선옥은 잠시 그대로 서서 머뭇거리기도 했읍니다.

ⓑ『그러다가 한번은 키스를 해버렸댄다, 엄마 쪽에서 참을 수 없었던 게지.』

함께 얘기를 듣고 있던 계숙이 나와 선주를 돌아보며 재미난다는 듯이 장난스레 웃었읍니다.

그래도 계숙의 모친은 굳이 그 말을 부인하거나 탓하려 하지도 않고, 좀 정직하게 웃으면서

『그때가 나의 한창 시절이었지.』

이러고는 지난날의 아름다웠던 추억을 되새기듯이 말을 끊고 한동안 생각에 잠기는 것이었습니다.

ⓒ 그것은 스물두 살 때였다고 합니다.

(『이성연구』, 동방서원, 1967, 111~112쪽, 기호-인용자)

『이성연구』의 1인칭 서술자는 '신미'인데, 위 인용문의 ⓐ는 '신미'가 '계숙'의 모친에게 들은 말을 과거의 시점에서 실감나게 전하고 있는 상황이다. ⓑ 부분에서는 현재로 돌아와 '계숙'과 그 모친의 발화를 전했다가 ⓒ 부분에서는 다시 과거로 돌아가 사건을 전한다. 문체만 바꾸면 판소리의 한 대목을 보는 듯한 이러한 서술 특성은 라디오 방송극 분야에서 활동했던 그의 이력과도 연관이 있는 듯 보인다.214)

---

214) 최미진, 「손창섭의 라디오 단편소설 「비둘기 한 쌍」 연구」, 『현대문학이론연구』 39권, 2009.

3. 독자에 따라 다른 작가의 태도

세 번째 특징을 말하자면 독자에 따라 뚜렷이 구분된 태도를 갖는다는 것이다.[215] 이를 논하기 위해 손창섭의 작가의식과 관련하여 역대 평론 중 으뜸으로 꼽히는 유종호의 「모멸과 연민」을 살펴보기로 한다.

유종호는 손창섭 소설에 등장하는 무기력증에 빠진 인간들과 정신적인 장애인, 사지불구, 폐병환자 나아가 그 사람들을 모아놓은 종합판 격인 「육체추」와 같은 작품들[216]을 분석하면서 작가는 자신이 받아온 사회적 폭력에 대한 보복행위로서 독자를 '모멸'하는 것이며, 또한 이를 읽은 독자는 모멸에 이어 소설의 인간들이 처한 조건과 자신이 다를 바 없다는 것을 깨닫고 자기'연민'을 느낀다고 설명했다.

그러나 단편소설들과 동시대에 창작된, 거세된 존재를 그리는 동일한 계열체에 놓인 소년소설들을 보면 이와는 다른 결론을 얻을 수 있다. 손창섭은 자신을 소개하기를 "이 나라의 어른보다는 어린이 여러분에게 더 많은 희망과 기대를 걸고 있는 사람"이라며 12편의 소년소설을 창작한 바 있는데,[217] 소년소설들에 등장하는 다리를 저는 닭(「꼬마와 현주」, 1955), 장님강아지(「장님강아지」, 1958), 절름발이 셰퍼드(「돌아온 세리」, 1958)

---

215) 손창섭의 독자에 따른 작품계열의 분리와 특성에 대해서는 졸고, 「손창섭 소설에 나타난 부성비판의 양상 연구」, 서울대 석사논문, 2007, 15쪽 참조.
216) 손창섭의 소설에서는 「사연기」의 '성규', 「비 오는 날」의 '동옥', 「생활적」의 '동주/강노인/순이', 「혈서」의 '창애', 「인간동물원초」의 한 뼘의 하늘조차 갖지 못한 죄수들, 「희생」의 '수옥', 「소년」의 '창훈', 「인간시세」의 '야스꼬', 「육체추」의 불구자들 등이 훼손된 정신/신체를 가진 인물로 등장한다.
217) "그런대로 그동안 몇몇 잡지와 신문에 발표해 온 어린이 소설로 장편이 둘, 단편이 십여 편 됩니다."(손창섭, 「머릿말」, 대한기독교서회 편, 『싸우는 아이』, 새벗문고, 1972)

등 불구의 동물에 대한 소년 소녀 주인공들의 동정과 애정 어린 관심은 그가 소설에서 불구의 인간을 그린 목적이 '인간모멸'에 있었던 것이 아니라 '연민'에 있었음을 알게 해준다.

즉 서술자의 태도는 독자대상에 따라 다르다. 전후 휴머니즘을 외치던 성인 지식인을 향해서는 모멸을 선사함으로써 독자로 하여금 자기연민에 빠지게 하면서도 소년 독자들을 위해서는 연민의 정서 그 자체를 선사하고 있는 것이다. 이것이 손창섭 문학을 전후문학, 휴머니즘소설과 연결짓기도 어렵고 연결짓지 않기도 어렵게 만드는 이유이다. 최소한 다음과 같은 진술은 가능하다. "지식인을 상대로 하는 손창섭의 태도는 반(反)휴머니즘이며, 전후문학의 일반적인 경향으로 해명되지 않는다."

그렇다면 신문연재 장편소설은 누구를 대상으로 하는가. 그는 "新聞小說이란 말할 나위도 없이 각계각층의 千差萬別인 신문독자를 상대로"[218] 하는 소설이라 말한다. 같은 글을 참고할 때 그가 파악하고 있는 각계각층은 "女大生" "宗敎界의 아주머니" "남성에 대한 모욕이라고 분개하는 독자"(남성 성인으로 추정) "社會的으로나, 경제적으로나 安定된 직업과 가정의 中年男女"로 파악되며, 소년 독자들은 여기에 들어가지 않는다.

위에서 언급한 종결어미의 문제, 즉 문예지 수록 단편소설이 '~것이었다' 어미를 특징으로 하는 데 비해 신문연재 장편소설이 '~습니다' 어미를 자주 사용하는 것은 그가 가졌던 지식인에 대한 반감과 대비되는 대중에 대한 우호적인 태도를 보여준다.

---

218) 손창섭, 「작가 손창섭씨의 변-놀라운 독자의 항의」, 『동아일보』, 1963. 1. 4. 그는 다른 글에서도 "各界 各層의 千差萬別인 新聞讀者"들을 상대로 하는 것이 신문소설이라 적는다.(손창섭, 「후기」, 『부부』, 정음사, 1962)

4. 윤리의 서사가 아닌 욕망의 서사

네 번째 특징은 손창섭 신문연재 장편소설의 인간관계가 철저히 욕망에 기준을 두고 있다는 것이다.[219] 그의 소설세계 속에서 윤리는 한 개의 부차적인 의견일 뿐이다. 소설 속에 등장하는 모든 남자 등장인물과 모든 여자 등장인물은 가능한 한 다양한 쌍을 맺는 방향으로 애정서사가 전개된다. 예컨대 두 부부를 주인공으로 하는 『부부』의 경우, 주된 서사는 현재 부부의 잘 맞지 않는 모습과 함께 부부를 교환했을 경우 기대되는 행복한 생활상과 연관이 있는 것으로 제시된다. 두 부부를 주인공으로 하는 『부부』가 닫힌 관계만을 허용한다면 『이성연구』에서는 보다 광범위한 변주가 일어난다.

마치 포르노그래피에서 서사를 이끌어가는 방식이 대상을 바꾸는 것이듯이 손창섭의 소설에서 욕망은 가장 중요한 위치를 차지하며 남녀를 불문하고 다양한 인간관계의 조합이 가능하도록 만든다. 이러한 특징은 너무나 분명하여 손창섭을 통속작가라고 규정하는 데 주저함이 없도록 하는데, 연구자가 놓치지 말아야 할 점은 몰윤리성이라는 평가에 대해 '통속'이라는 정의가 갖고 있는 여러 함의[220] 중에서 작가가 '동의하는 바'와 '동의하지 않는 바'가 있다는 것이다.

손창섭은 『부부』에 대해 "作者로서는 小說에 있어서의 모랄 限界와 명확한 主題意識 밑에서 착수했던 作業"[221]이며, "결코 무작정 베드·룸이나 베드·신을 공개함으로써 讀者의 저속한 취미와 본능을 자극하려는 惡

---

219) 『봉술랑』과 『유맹』은 욕망 이외에도 역사철학적 상상력이 가미된 작품에 속한다.
220) 강용훈, 「통속 개념의 변천 양상에 대한 역사적 고찰」, 『대동문화연구』 85집, 2014.
221) 손창섭, 「후기」, 『부부』, 정음사, 1962.

趣味가 아니었음"222)을 주장한다. 또한 『이성연구』에 대해서는 "평범한 젊은 세 여성이, 結婚을 통해서 異性이란 것을 경험하고 또 경험시켜 나가는 過程을 그려 보려 하였다"223)라고 적는다.

이런 강한 어조를 통해 볼 때 손창섭의 연애서사는 단순히 '저급함'으로 평가가 끝나서는 안 된다. 그의 주장은 성급진주의의 관점에서 재해석되어야 한다. 욕망을 중심으로 다양한 인간관계를 만들어가는 양상은 들뢰즈의 '리좀적인 것'으로 재해석되어야 한다. 손창섭의 욕망서사들은 산업화 과정과 오이디푸스적 사회구조 속에서 억압되었던 자연스러운 욕망들의 복원을 주장하고 있다.224) 그 목소리는 동성사회적(homo-sexual)인 한국 사회의 오이디푸스 욕망 삼각형 아래에서 들려나오고 있는 것이다.

5. 대단원의 부재와 끝나지 않는 이야기

다섯 번째 특징으로는 손창섭 장편소설의 서사구조를 들 수 있다. 유종호는 손창섭의 『낙서족』이 단편소설을 여러 개 이어붙인 듯한 구조를 갖고 있다고 논한 바 있으며,225) 이어령은 단편을 길게 늘인 것이라고 평한 바 있다.226) 이는 손창섭의 장편소설이 우리가 익히 알고 있는 구성을 취

---

222) 손창섭, 「작가 손창섭 씨의 변—놀라운 독자의 항의」, 『동아일보』, 1963. 1. 4.
223) 손창섭, 「사족」, 『이성연구』, 동방서원, 1967.
224) 그 과정에서 구강적 어머니 이미지를 채용함으로써 여성을 대상화하지 않을 수 있는 방법을 찾은 것은 손창섭의 욕망 서사가 가진 또 하나의 가능성이라 할 수 있다.
225) 유종호, 「인간모멸의 백서」, 『사상계』, 1959. 4.
226) 이어령, 「잡음」, 『사상계』, 1959. 4.

하지 않는다는 점과 연관된다. 그중 유종호의 분석을 따를 때 각 단편들은 서로 긴밀하게 겹쳐 있지만, 경우에 따라 독립적인 이야기로도 분리가 가능함을 알 수 있다. 따라서 손창섭의 소설은 위기가 고조된다는 느낌보다는 비슷한 양상이 반복된다는 느낌을 주어 이어령의 주장에도 고개를 끄덕이게 된다.

여기에서 반복되는 것은 모티프요, 변주되는 것은 인물들 간의 관계임을 유념할 필요가 있다. 『이성연구』의 핵심 모티프 중 하나는 성적으로 일탈적인 남편 '현구'를 향한, 아내 '신미'의 의심이다. '현구'를 향한 '신미'의 의심은 소설의 처음부터 종반에 이르기까지 계속 반복된다. 달라지는 것은 '현구'와 '누구'의 '바람'에 대한 의심이냐는 것이다.

'계숙'과 '선주'는 '신미'의 단짝 친구이며, '신애'는 '신미'의 동생이다. 훤칠한 외양의 '현구'는 성적으로 개방적인 '계숙'이 '신미'에게 소개시켜준 남자로서, '신미'와의 혼인 후에도 '계숙'과의 밀회를 그치지 않는다. 또한 아름다운 외모를 가진 '선주'는 '현구'의 유혹을 받고 있는 것으로 파악되며, 성적으로 과감한 동생 '신애' 역시 형부인 '현구'와 한집에서 자는 등의 위험한 행동을 서슴지 않는다.

그 외에도 몇 명의 여인들이 더 있지만, 크게 보아 '신미'가 '현구'에게 의심을 갖는 것이 중심적인 모티프라는 점에서 손창섭의 장편소설 『이성연구』는 동일한 모티프의 반복이요 인물관계의 변주라 할 수 있다.

손창섭의 신문연재 장편소설은 지면만 허락을 해준다면, 그 외의 다양한 관계를 통해 충분히 분량을 늘려나갈 수 있다. 이는 부정적으로 보면 포르노그라피의 그것이요, 모티프의 반복으로서 '통속성'과 '상업성'으로 볼 수 있으나, 서사학적으로 보면 심각하게 고민을 해야 하는 부분이 있다.

서구 전래의 시학에서부터 근대의 소설과 영화에 이르기까지, 서사물에는 대단원(denouncement)이 있어야 한다고 생각했고, 대부분의 서사물은 비극적 결말을 취하거나 멜로드라마의 관습(convention)으로서, 기존 도덕을 재확인하는 결말을 취하고 있는 경우가 대부분이다. 그러나 『봉술랑』을 제외한 대부분의 손창섭 장편소설에서는 대단원이 없다. 어디서 끝나도 이상하지 않고, 끝나지 않아도 어색하지 않게 이어갈 수 있는 것이다. 기존 서사물들의 대단원을 '도덕의 승리' 또는 '초자아의 승리'라고 할 수 있다면, 손창섭의 문학에서는 그것이 없거나, 다른 양상, 예컨대 여성적 도덕과 여성적 초자아의 형태로 존재하는 듯하다. 이 분야는 페미니즘적 관점을 곁들인 정신분석학적 서사학에 의해 깊이 있게 규명되어야 하는 분야이다.

나아가, 손창섭의 장편소설은 이야기의 본질에도 의문을 던진다. 이야기는 끝나기 위해 있는 것인가, 즐기기 위해 있는 것인가. '살아가는 것은 죽음을 향해 달려가는 것'이라는 프로이트식 사고를 취할 것인지, '모든 것은 생성이요 접속'이라는 들뢰즈식의 사고를 취할 것인지에 따라, 이야기의 성격은 달라질 수 있다. 『천일야화』는 끝나는 데 의미가 있는 것인가, 계속 이어지는 데 의미가 있는 것인가. 손창섭이 장편소설들은 전자의 시각으로 볼 때는 결격사유로 가득하되, 후자의 시각으로 볼 때는 훌륭한 사례가 된다.

6. '금기의 부재'와 작품 전반의 정조로서의 '불안'

여섯 번째 특징은 '불안(anxiety)'이다. 이미 「모자도」에 대한 발굴연구를 통해 '불안'이 손창섭 소설에서 주된 감정이라는 점을 논한 바 있다.227) 그런데 손창섭의 신문연재 장편소설들에서도 '불안'의 감정이 발견되는데, 이는 욕망의 대상인 타인의 정절에 대한 '의심'이라는 형태로 변형되어 있다.

'불안'이 익숙한 비평적 용어임에도 불구하고, 아직 손창섭 연구에서 '불안'이 제대로 논의된 적은 없다. 이는 이상심리의 한 종류로서 쉽게 이해되기 때문인 듯하다. 손창섭의 불안은 실존주의와는 거리가 멀고 정신분석학과 가깝지만, 작가의 임상적 증상과 작품에 투영된 리비도는 구분해야 한다. 작가의 오이디푸스 콤플렉스를 텍스트 속에서 검증하려는 연구에서는 생산적인 논의를 기대하기 어렵다.

아내의 행실을 의심하는 것은 『부부』의 서술자 '차성일'의 성격이며, 남편의 행실을 의심하는 것은 『이성연구』의 서술자 '신미'의 성격이다. 이들은 자신의 시선과 정보력이 자신의 인지적 한계 내에 있다는 점에 대해 불안해하며, 욕망 대상인 자신의 배우자를 지각 범위 내에 두기 위해 전력을 다한다.

보통 사람들은 그렇게 불안해하지 않는다. 그러나 따지고 보면 손창섭의 인물들처럼 불안해하지 않아야 할 이유란 별로 없다. 특히 한창 연애 중인 연인을 둘러싼 남녀 친구 사이처럼 욕망의 벡터들이 사방으로 뻗어나가는 상황에서는 더욱 그렇다. 그러나 우리는 손창섭의 인물들처럼 그렇게 불안해하지는 않는다. 욕망의 대상을 믿기 때문일까. 그것만으로는 충분치 않다. 금기라고 불리는 어떤 단단한 법칙이 있는 것이다. 근친상

---

227) 홍주영, 「손창섭의 멜랑콜리와 모성추구의 문학:「모자도」의 어머니 상실에서 『봉술랑』의 이자관계 회복으로」, 『한국현대문학연구』 37집, 2012.

간 금기로부터 시작하여 "친구의 연인은 사랑하지 않는다", "겹사돈은 맺지 않는다" 등 근친상간 금기와 유사한 문화적 금기 속에 우리는 살고 있다. 그런데 손창섭의 소설에서는 그것이, 생물학적 혼혈을 유발하는 근친상간에 대한 금기를 제외하고는 어떤 성적 금기도 없는 것이다.

7. 남은 과제들

이상에서 언급한 여섯 가지 특질이 손창섭 문학의 모든 특질인 것은 아니다. 졸고를 포함하여 많은 다른 연구들에서 아직 주목하고 있지 않은 특질들일 뿐이다. 또한 이 특질들이 손창섭의 신문연재 장편소설에서만 나타나는 것은 아니다. 다른 매체의 소설에서도 나타나지만 신문연재 장편소설에서 특히 두드러지는 것일 뿐이다. 또한 손창섭이라는 작가에게서만 나타나는 특질도 아니되, 위의 특질들이 한꺼번에 그리고 강하게 나타나는 경우는 손창섭 외에 찾아보기 어렵다.

아래는 손창섭 문학 연구에 대한 본 논자의 남은 과제이되, 뜻이 맞는 연구자들과 함께 풀어가고 싶은 것들이다.

첫 번째로, 손창섭 문학 전집의 전면 재발간이 필요하다. 기존 전집은 서지사항 및 연보의 미비는 물론이거니와, 단편에서도 누락된 작품이 상당하고, 몇 안 되는 손창섭의 산문을 제대로 싣지 않은 점도 보완되어야 할 것으로 본다. 전집 재출간을 하기 위해서는 손창섭 문학작품의 발굴 및 정본화가 완료되어야 한다.

작품의 발굴은 학술정보산업 차원에서 군소잡지/기관지/지방지들에 이르기까지 스캔 및 전자목록화가 이루어지고 있기 때문에 많은 부분이 수년 안에 마무리 될 것으로 보이지만, 폐업된 신문사 또는 출판사 문헌에 대한 자료발굴이나 '고문구'와 같이 필명을 사용한 작품에 대한 발굴은 여전히 연구자들의 발품을 기다리고 있다.

이와 함께 손창섭 문학 연구자들 간의 교류가 활발해져야 한다. 텍스트의 공유, 유족의 가족사에 대한 비밀 존중, 연보 및 서지사항의 확정에 이어228), 핵심작품 선정 및 단편집과 선집/전집 출간을 거쳐, 정본화가 완료되면 산문을 포함한 손창섭 문학전집의 새로운 발간을 기대해봄직하다. 이러한 과정은 기념사업회의 존재나 유족의 적극적인 요구가 없는 상황에서 이루어져야 하므로, 손창섭 문학 연구자들이 함께 모여 논의를 해야 할 것이다.

두 번째로, 위와 관련하여 손창섭 연구모임의 출범을 제안하고자 한다. 유명 문인의 이름을 딴 학회가 즐비한 가운데, 손창섭 문학모임은 2020년 현재 아직 제대로 만들어지지 않고 있다. 손창섭의 이름을 딴 학회가 만들어지는 것은 손창섭이 문단에서 차지했던 비중을 고려할 때 가능성이 높다고 할 수 없겠으나, 손창섭의 문학만큼 비평의 자장을 넓게 요구하는 문학도 드물다. 그의 문학이 보여주는 특징을 제대로 이해하기 위해서는 '전후', '이상심리'라는 자장 너머 문명사적인 시각을 가질 필요가 있다. 지금 우리가 살아가는 문명을 어떻게 할 수는 없으니 문명사적인 시각 운운은 분명 허무맹랑한 소리에 지나지 않겠지만, 그것이 작가의식이라면 연구자들은 제대로 규명을 할 필요가 있는 것이다.

---

228) 김민수의 최근 논문이 손창섭에 대한 가장 정확한 서지정보를 제시하고 있다.

세 번째로, 후학들을 위해 다음 연구들을 제안할 수 있다. 이 부분들은 손창섭 연구의 빈 부분들로 파악된다. 일본 문학과 손창섭 문학의 영향 관계에 대한 연구(특히 전후문학의 관점에서), 정신분석학적 서사학을 적용한 연구, 손창섭의 소년소설에 대한 연구, '00봉사회' 등 유사공동체에 대한 시각 연구 등이 그것이다. 이중에서 특히 유사공동체에 대한 시각 연구는 손창섭이 당대에 비판을 한 것으로서, 그것이 가진 부정적인 영향이 오늘날 국정농단의 형태로 큰 영향을 미쳤다는 점에서 가장 시급히 요구된다고 할 수 있다.

나가며

이상으로, 손창섭의 신문연재 장편소설의 여섯 가지 특질과 함께 손창섭 문학연구의 과제들을 살펴보았다. 이미 학술적인 연구가 진행된 부분도 있지만 그렇지 않은 부분도 상당하며, 의도적으로 몇 가지로 줄이기 위해 생략한 부분도 있다.

현재를 살아가는 우리가 손창섭의 작품을 연구하면서 얻을 수 있는 점은 그의 이상심리를 검증하는 데서 정신분석학의 임상증례를 실험하거나, 정신분석학의 개념 자체를 비평적으로 원용하는 것을 연습하는 데 있지 않다. 그것은 너무 쉬운 왜곡이다. 문학연구의 주인공은 이론이 아닌 손창섭의 문학적 삶이어야 한다. 손창섭을 논하면서 당대의 국가(사회)와 오늘날의 문명을 말하지 않는 연구는 그래서 공허하다.

쉽게 말하자면 이런 것이다. 손창섭의 삶과 그의 문학에서는 오이디푸스 콤플렉스가 노출되어 있다. 그러나 작가의 눈을 통해 당대의 억압적인 사회현실과 가부장제 부계문명의 속성을 바라볼 수 있다면, 그것이 콤플렉스라고 진단하고 끝내야 할 일이겠는가.

제4부

덧붙임

주요작 소개: 「봄」, 「모자도」, 「인식부족」

"거기는 한국 상점이 많이 몰려 있
는, 이를테면 한국인 상가다. … 송도
원, 판문점, 마산관, 대문, 평화원, 서
울, 군산상점… 우리 가족은 한국 음
식 생각이 날 때면, 일부러 이 히가
시 우에노의 한국인 상가를 찾아가
기가 일쑤다." 『유맹』 179회, 『한국
일보』, 1976.8.1.

2008년 2월, 나는 『유맹』 한 권을 들고
일본 동경 시내를 배회하고 있었다. 소
설의 화자 '나'의 행적대로 열차를 탔고
히가시우에노(東上野)와 니시닛보리(西
日暮里)역 주변의 골목골목을 차분히 걸
었다. 단서는 아내의 호적으로 귀화했을
테니 문패에 上野昌涉이라 되어있으리
라는 것뿐.

고국으로 돌아간 '최원복 노인'을 따
라가고 싶어하는, 그러나 자신의 이름을
세상에서 지우고 싶어하는 '나' 혹은 손창
섭을 먼발치에서라도 바라보고 싶었다.

2008년 도쿄 시내의 음식점들은 1976
년 『유맹』의 서술대로였다. 손창섭의 사
진을 꺼내자 젊은 주인은 말한다. 조부
가 치매만 아니시라면, 단골손님을 잊을
리는 없을 거란다. 우에노 공원에서는
한 노인이 일본 평화헌법 개정반대 쪽지

를 나눠주고 있었다.

일주일을 걸어도 동경은 넓었다. 발밑으로 가벼운 지진이 지나갔고, 나는 흔들림을 안은 채 김포행 비행기에 올랐다. 처음부터 무모한 일이었다.

2009년 2월, 국민일보 기자인 정철훈 시인이 손창섭을 찾아냈다. 인간은 누구나 늙고, 누구나 죽는다. 그러나 충격이었다. 기자가 찾은 손창섭은 호기 있게 지식인을 조롱하던 청년 문사가 아니라, 치매와 폐렴, 신부전증으로 인지능력마저 급격히 저하된 임종 직전의 노인이었다.

보도 이후, 모든 포탈사이트에서 손창섭의 사진은 눈이 찌부러진 노인으로 바뀌었다. 저널리즘이 제공한 이미지로 인해 손창섭의 작품이 더욱 기괴하게 이해될까 걱정되었다.

그러나 취재를 통해 손창섭의 생애가 「신의 희작」의 'S'의 생애와 완전히 다르다는 것이 밝혀진 것은 다행이었다. 물론 거주지도 『유맹』의 '나'와는 달랐다. 그 외에도 확인할 것들이 있어 급히 비행기를 예약했으나, 보도 후 찾아오는 사람들을 꺼린다는 말이 들려 취소하고 말았다.

2010년 8월 손창섭의 묵은 별세(2010.6.23) 소식이 들려왔다. 나는 술을 마시며 한 사내가 그 소원대로 먼지로 흩어졌음을 애도했다. 그러나 여전히 손창섭은 그 삶의 의미가 제대로 탐색되지 않은 채, 이상심리의 작가로 호명되고 있었다. 나는 연구자로서 책임감을 느끼며, 적으나마 대중의 접근이 어려운 자료를 공유함으로써 작가에 대한 인식지평의 확대를 도모하고자 한다.

처음 자료는 손창섭과 10년 이상 한 지붕 밑에서 살아오다시피 했다는 윤탁헌(尹鐸憲)의 글이다. 우리 귀에도 익은 동요 「봄」을 손창섭이 지었다고 되어 있으며, 손창섭의 인간성을 이해하는 데 도움을 준다. 이 글은 한국현대문학전집(1965)를 발행한 신구문화사에서 리플렛 형식으로 만든 월보에 수록되어 있다.

서지사항: 윤탁헌, 「손창섭과 나」, 『현대한국문학전집 월보 1』, 신구문화사, 1965, 2~3쪽.

孫昌涉과 나

尹鐸憲

사람들은 孫先生을 가리켜 <作家>라고 한다. 선생이 소설을 쓰는 분이니까 당연한 얘기다. 그러나 나는 한 번도 선생이 작가라는 생각을 염두에 두고 대해 본 적이 없다. 이 엉뚱한 表現은 세상이 흔히 선생을 가리켜, <괴짜>라고 하는 말과 묘한 대조를 이루는 것 같다. 십여 년을 한지붕 밑에서 살아오다시피 한 내가 이런 말을 하는 까닭을 解明할 수만 있다면 내가 아는 <孫昌涉>은 전부 드러낸 게 될 것이다. (그러나 불행히도 이것은 불가능에 가깝다.)

선생은 스스로 小說을 쓰면서도 선생 자신의 것은 물론 다른 사람의 作品도 그리 탐탁해 하질 않는다. 도대체 藝術(文學)이란 男子가 매달릴 일이 못된다는 것이다. 내가 돈에 쪼들리면 선생은 현상금이 많은 新聞이나 방송

등에 投稿해서 <돈>을 얻어 쓰라고 권한다. 하긴 몇 년 전 어느 雜誌社가 무슨 文學賞을 준다고 했을 때에도 시상식에 참석할 생각은 않으면서도 몇 푼 안 되는 副賞엔 솔직한 구미를 돋구던 분이긴 하다. 이러한 선생에게 문학은 영원히 하나의 副業일 수밖에 없다. 자신의 작품에 관심을 쏟지 않으니까 評論家나 주위 사람들의 얘기엔 애당초 귀를 기울이지 않는다. 나도 例외일 수는 없어 지금까지 단 한 번도 선생의 작품에 대해 함께 얘기를 나눠본 적이 없다.

선생은 술, 담배를 안 한다. 꼭 필요한 경우가 아니면 한 달이고 두 달이고 외출도 안 한다. 따라서 對人關係는 극히 한산하고 住所는 물론 비밀이다. 어쩌다 세상에 주소가 알려지자 선생은 겸사겸사 아끼던 집마저 두고 멀리 바다가 보이는 곳으로 훌쩍 떠나갔다. 손수 먹으로 써달았던 문패가 퇴색하고 흐려져 스산하기 이를 데 없다.

십 년을 자식처럼 기르던 셰퍼드가 늙고 병들어 비슬거림을 보고 안타까워하더니 선생은 몇 달 후 상경했을 때 개에게 수면제를 먹여 곱게 잠들게 한 후 뒷간 아늑한 곳에 다져 묻어 주었다. 이를 데 없이 검소하고 천성적으로 서민적인 기질을 갖고 있으면서도 모처럼 외출을 하면 서울 市內 어느 한 곳 입에 맞는 음식이 없어 걱정이라던 선생의 성격은 이렇게 가슴이 섬뜩하도록 앞뒤가 선명한 것이다.

너무도 명확해서 선생은 애꾸눈만 모인 세상에 성한 눈을 갖고 들어선 사람처럼 때론 어이없이 曲解되고 있는지도 모른다.

선생은 신문을 보지 않을 뿐 아니라 극장 같은 데에도 잘 가지 않는다. 심지어 선생 자신의 작품이 映畵化되어도 일부러는 보러 가지 않는다. 年前에 억지로 國展을 관람할 기회가 있었을 때에도 선생은 두어 치짜리 붕어 한 首를 올릴 때보다 더 큰 감흥을 느끼진 않는 듯했다.

선생은 마치 강한 意志로 뭉쳐진 듯 단단하면서도 한편 따뜻한 인정과 눈물을 가득히 지니고 있다. 언젠가 선생은 <엄마 엄마 이리와 …… 병아리 떼 뿅뿅뿅 놀고 간 뒤에 ……>라는 동요를 불렀다. 노래라면 愛國歌도 끝까

지 못 부른다던 분이 웬일인가 했더니 이 노래의 歌詞는 선생이 東京에서
苦學하던 중학 시절 <고 문구>라는 筆名으로 고국 어느 소년 잡지에 투고
했던 것이라 했다. 선생 자신은 해방 후 귀국해서 失意와 고난 속에 방황하
다가 우연히 길가에서 애들로부터 이 노래 소리를 들었다는 것이다.

선생이 어린이를 좋아하고 지금도 소년처럼 꾸밈없는 몸가짐을 버리지
않는 다정다감한 성품을 갖고 있음은 결코 우연한 일이 아닌 듯하다.

선생의 모든 작품 속에는 숨 막힐 듯 강렬한 개성이 발산하는 독특한 생
리와 기질이 고루 용해되어 있다. 그러나 나는 웬일인지 <人間 孫昌涉>과
이분의 작품 사이에서 그 어떤 연결점을 찾지 못하고 있다. 그리고 선생을
가리켜 <괴짜>(비록 好意에서일망정)라고 하는 誤解에는 異議일 뿐 아니
라 일말의 안타까움마저 느끼고 있다.

그러나 선생은 분명히 말한다.

「나를 괴짜라고 하는 세상 사람들이나 그렇지 않다고 하는 당신의 말은
다 같이 옳다.」 그리고 보면 선생에 관한 한 나는 당초부터 이런 類의 글을
쓸 자격이 없는 사람이었는지도 모른다.

고문구(高文求)라는 이름으로 원문 DB를 검색했더니, 『아이생활』
1938년 6월호에 같은 이름으로 투고된 '노래' 「봄」이 있었다. 이 잡지는
독자로부터 '동화, 동요, 작문, 일기'를 투고 받았는데, 여러 동시들이 '노
래'라는 이름으로 소개되고 있었다.

「봄」은 일본 자수율의 영향을 받은 듯 7.5조를 취하고 있으며, 시어 중
'돌아났세요', '피어났에요', '문들레'는 각기 '돌아났어요', '피어났어요',
'민들레'의 평안도 방언이다.

서지사항: 高文求, 「노래 봄」, 『아이생활』 13권 6호, 조선주일학교연합회, 1938. 6, 30면.

노래

봄

고문구

엄마엄마 이리와
요거보세요
병아리떼 삐용·삐용
놀고간뒤에
미나리 파란싹이
돋아났세요

엄마엄마 요기좀
바라보아요
노랑나비 호랑나비
춤추는밑에
문들레 예쁜꽃이
피어났세요。

이 동시는 동요 작곡가 박재훈(現 캐나다 토론토 큰빛 장로교회 원로목사)에 의해 곡이 붙여진다. 노랫말은 변개되었는데, 1970년의 저작권 신청 서류를 찾을 수 있었다. 작곡자인 박재훈의 경우 '承認'란에 도장과 함께 서명이 되어 있으나 작사자 고문구의 경우는 서명 대신 '싸구려' 목도장을 돌려 한 번 더 찍었을 뿐이다.

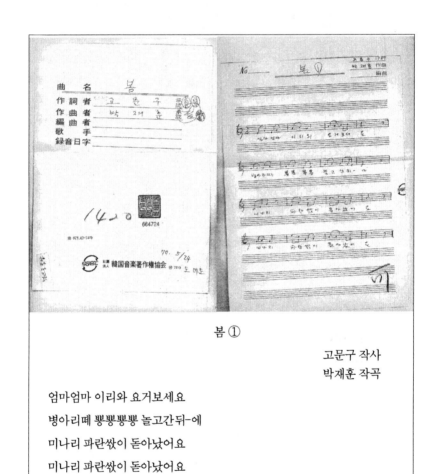

봄 ①

고문구 작사
박재훈 작곡

엄마엄마 이리와 요거보세요
병아리떼 뿅뿅뿅뿅 놀고간뒤-에
미나리 파란쌌이 돋아났어요
미나리 파란쌌이 돋아났어요

박재훈은 당시 '국민학교' 교사로 재직하면서 우리 동요가 없어 일본 군가를 부르는 어린이들을 위해 수많은 동요를 작곡한 인물이다.

다음으로 공개하는 자료는 단편소설 「母子道」이다. 1955년 부산에서 발행되던 중앙일보에 수록되었고, 국립중앙도서관의 마이크로필름실에서 확인했다.

이 작품에는 「신의 회작」 등의 성적 모티프들이 보다 원형적인 형태로 등장하며, 「광야」, 「미스테이크」, 「신의 회작」, 『길』, 『유맹』으로 이어지는 자전적 소설 계보의 제일 앞에 위치한다는 점에서 중요한 작품으로 평가된다. 또한 모친과 아들의 '근친상간적' 이자관계, 의붓아버지에 대한 적개심, '거세'를 앞둔 아이의 불안 등 오이디푸스 콤플렉스에서 나타나는 감정들이 강렬하게 기록되어 있다. 그러나 그것이 오이디푸스 콤플렉스인지, 만약 아니라면 무엇을 의미하는 것인지는 논란의 여지가 있다. 심도 있는 학술적 접근을 위해 원문을 공개한다.[1]

---

1) 원문입력의 원칙은 다음과 같다. a. 띄어쓰기는 현대 맞춤법에 따른다. b. 오식이 분명한 오류는 고친다. c. 판단이 필요한 경우에는 밑줄을 친다. d. 멸실된 글자는 자수만큼 ○로 표시한다.

短篇小說리레-

母子道

孫昌涉

金湖畵

〈1회, 7월 29일〉

방문을 활짝 열어제긴 채 모자(母子)가 마주 앉아 조반을 먹고 있을 때다. 성기가 몹시 싫어하는 우물집 노파가 또 살랑살랑 나타난 것이다. 노파는 제집처럼 성큼 들어와 앉드니 노상 수다를 떨기 시작하는 것이다.

「마침 오늘은 공장에 안 갔구먼. 내 긴히 할 말이 있어 좇아왔드니 잘 됐구랴.…… 이거 봐 성기엄마, 아주 주ㅎ은(좋은) 얘기가 있어. 요렇게 맘에 흘딱 드는 얘기란 육십 평생에 내 첨이지 뭐유. 암만해두 성기 엄만 복을 태구 났어요, 아 복단지 위에 가 올라앉았다니깐 그래. 나두 죽기 전에 어서 남 주ㅎ은 일 좀 해야겠어, 그래야 죽어서 극락엘 가지 않나. 성기 엄마 말 한마디에 성기 엄만 팔자가 늘어지구 난 극락엘 가구 좀 주ㅎ은 얘긴가.」

노파는 말을 끊고 의미 있게 웃어 보이는 것이다. 성기 모친이 거북한

낮으로 찬은 없어도 밥을 한술 같이 뜨자고 권해도 거절하고 나서 노파는 한껏 부드러운 음성으로 말을 잇는 것이다.

「다른 게 아니라 아주 주ㅎ은 자리가 있단 말이야. 접때 말했던 그 사내보다는 열 곱은 더 났어. 우선 저쪽이 단신이라는군 그래. 나이두 인자 사십이 갖 넘은 데다 어엿이 제 집 쓰구 장살 크게 한다지 않우. 돈두 제법 많대. 그래서 내가 성기엄마 얘길 비쳤드니 글쎄 되려 저편에서 몸이 달아 야단이군그래. 당장이라두 좀 만나보게 해 달라는 거야.」

식기를 대중 내타치우고 나서 화장이랑 하고 옷도 갈아입고 어서 자기 집으로 가자는 것이다. 학교 시간이 바빠서 분주히 밥을 퍼먹고 있던 성기는 그만 슬그머니 밥숟갈을 놓고 말았다. 불시에 입맛이 떨어진 것이다. 모친의 예혼 말만 나면 왜 그런지 성기는 언제나 구미를 잃는 것이었다. 밥숟갈을 놓고 물러앉은 성기는 재빨리 모친의 안색을 살피었다. 모친도 좀 어색한 표정으로 성기를 바라보았다. 그러나 모친은 이내 외면해 버리고 만 것이다. 그러자 성기는 성난 눈을 해가지고 노파의 얼굴을 노려보기 시작했다. 허지만 노파는 성기 따위는 거들떠보지도 않는 것이다.

「다아 사람에겐 때가 있는 거야. 한번 때를 놓치문 평생을 두구 후회하게 된다니까. 괘니 고생을 더 사서 할 게 없이 진작 딱 결심하구 팔잘 고쳐요. 인제 앞으루 한두 해만 더 지내봐, 아무리 얼굴이 예쁘장한 성기엄마지만 누가 말 한마디 걸어주나. 걸핏하면 성기엄만 저거(成基) 하날 믿구 산다지만 다아 소용없어. 옛날부터 애비 없는 자식 사람된 법이 드문 거야. 가사 죽을 고생을 해서 잘 길러 놓았자 저 하나 주ㅎ았지 그래 애미 생각할 줄 아나? 그저 별 수 없느니 여자란 자식 덕보다 남편 덕에 살아야 해. 그러기 나이 하나라두 더 들기 전에 제 실속 채려야 한다니까. 그러지 말구 이번엘랑 어서 이 늙은이 얘길 들어두우. 옛말 하며 살게 될 테니 내 말대루만 하란 말요.」

「말씀은 고마와요. 그러나 전번에두 말씀 드린 것처럼 제가 팔자를 고 치려면 벌써 변심했지 여태 이러구 있겠어요.」

모친은 그렇게 대답하고 나서, 학교가 늦었는데 왜 그러고 앉았느냐고, 성기를 내어쫓듯 했다. 사실 오 분밖에 시간이 남지 않았다. 성기는 할 수 없이 책보를 꾸려 들고 밖으로 나왔다. 그는 툇돌 위에 놓인 노파의 흰 고 무신을 보자 힘껏 차 굴리었다. 그리고 나서 성기는 다 찌그러져가는 판 자 대문을 밀고 행길로 뛰어 나갔다.

〈2회, 7월 30일〉

물론 모친에게 결혼을 권해오는 일은 이번이 처음은 아니었다. 이리로 이사 오기 전에 인천서 살 때도 중신을 서려는 사람이 결코 한둘이 아니 었던 것이다. 그러한 이야기가 날 때마다 모친은 번번히 成基를 핑게 삼 고 거절해버리는 것이었다. 성기에게 이붓자식의 설움을 맛보게 해주고 싶지 않다는 것이다. 비록 겨죽을 먹을망정 성기 하나만은 뻐젓이 독력으 로 사람을 만들어 보겠노라는 것이다. 이왕 팔자를 고치려거든 성기도 어 리고 자기도 좀 더 젊었을 때 일찌감치 처신을 했지 여태 이러고 있었겠 느냐? 앞으로는 다만 설음도 기쁨도 그리고 고락도 희망도 오로지 성기 하나에다 걸고 남은 평생을 보내겠다는 것이다. 이것이 언제나 일관한 모 친의 답변이었던 것이다. 그런 말을 들을 적마다 성기는 저절로 고개가 숙어지고 어깨까지 죽 처지는 것이었다. 새삼스레 이 세상에서 모친이 제

일이라는 생각이 드는 것이었다.

따라서 훌륭한 사람이 되어야 하겠다는 결심이 막연히 그의 가슴 속에 서리는 것이었다. 그러나 어찌된 연고인지 혼담을 거절하고 난 뒤 며칠 동안은 모친의 태도가 달라지는 것이었다.

공연히 화를 낼 뿐 아니라, 사사건건이 신경질만 부리는 것이었다.

소나 돼지처럼 무슨 밥을 그렇게 많이 처먹느냐는 둥, 어째서 옷이나 신발을 그처럼 자주 처뜨리느냐는 둥, 매사에 전에 없던 잔소리였다.

「에미 생각을 좀 해라 웅. 이 에미 생각을 좀 하란 말이다. 쌀 한 줌 옷 한 가지라도 피를 짜내듯 해서 마련한 것인 줄이나 아느냐?」

그런 타박을 듣고 나면 성기는 한동안 밥도 제대로 배불리 먹지 못했고 기저 동작에 있어서도 옷이 해질까봐 마음이 놓이질 않았다.

「이 에미가 꽃같은 나이에 이렇게 고생하는 줄이나 아느냐? 어딜 나서 도 인물로는 남한테 빠지지 않는 내가 한창 좋은 나이를 내체 누구 때문 에 썩히는 줄이나 아느냐ㄴ 말이다 웅?」

제 속을 몰라주는 성기가 야속하고 원망스럽다는 듯이 모친은 그렇게 푸념도 했다. 그러나 성기는 무어라고 대답할 말도 위로할 말도 몰랐다. 그저 죄인처럼 남달리 조그마한 그 머리가 들려지지 않을 뿐이었다. 모친 이 고생을 하는 건 모두 자기 때문이라는 생각이 들었기 때문이다.

그런 반면, 모친은 더러 성기를 껴안고 울기도 하는 것이었다. 아직 인 천에 있을 때 일이다. 모친이 다니는 고무공장의 감독이 모친더러 자신의 첩이 되어 달라고 교섭해 왔다. 물론 모친은 한마디로 거절했던 것이다. 그러자 며칠이 못 가서 모친은 그 공장을 쫓겨나고 말았던 것이다. 그날 저녁에 모친은 성기를 끌어안고 미친 사람처럼

「우리끼리 살자! 죽을 때까지 단 둘이서만 살다 죽자!」

그렇게 뇌까리며 밤이 깊도록 울었던 것이다.

낮에는 그처럼 신경질을 부리고 골을 잘 내는 모친이 밤만 되면 불안해질 정도로 상냥해지는 수가 있다. 여태 모친과 한 이불 속에서 자는 성기의 발가벗은 몸둥이를 가슴이 터지도록 꼭 껴안고 엉뎅이를 쓰다듬으며 소근소근 옛날 얘기를 들려주는 일도 있는 것이었다. 어쨌든 혼담이 한 번 지나가고 나면 모친은 변하는 것이었다. 그러기에 모친에게 혼담이 생길 적마다 성기는 몹시 불안한 것이다. 그러나 이상하게도 어디를 가든 모친에게는 그런 이야기가 꼬리를 물고 찾아드는 것이었다. 이리로 이사 온 뒤에도 한 달이 머다하고 우물집 노파는 혼담을 가지고 문턱이 닳도록

-한 줄 멸실-

⟨3회, 7월 31일⟩

인천고무공장에서 일자리가 떨어진 모친은 아는 사람의 소개로 이곳 영등포 어느 피복 공장에 취직이 되었던 것이다. 공장 가까이에 하꼬방 비슷한 방을 하나 얻어가지고 모자의 고달픈 생활이 시작되었다. 모친

은 새벽에 일어나서 조반을 지었다. 잠속에 있는 成基를 뚜들겨 깨워가지고 모자가 마주앉아 말 한마디 없이 식사를 끝내고 나면, 그제야 날이 훤해 오는 것이었다. 설거지는 성기에게 떠맡기고 모친은 출근하는 것이다. 떨려오는 손끝을 입김으로 호호 녹여가며 설거지를 끝낸 성기는 썰렁한 방 안에 혼자 있기가 싫어서 이내 학교로 달려가는 것이다. 저녁에 집에 돌아오는 것은 물론 성기가 먼저였다. 그는 집에 돌아오는 길로 우선 물부터 두 바께쯔 길어다 놓아야 하는 것이다. 우물터에 모이는 여인들은 성기를 이상한 눈으로 바라보는 것이다. 살끼 없이 빼빼마른 성기의 몸둥이가 흥미를 끄는 모양이다. 성기는 자기에게 집중되는 그러한 눈길이 불쾌했다.

그래서 될 수 있는 대로 사람이 없는 틈을 타서 물을 길어오는 것이다. 그리고는 휘엉한 방안에 죽치고 들어앉아 모친이 얼른 돌아오기만을 기다리는 것이다. 온기 없는 방안은 견딜 수 없이 떨리었다. 그는 이불 속에 들어가 엎디려서 숙제를 하는 것이다. 어떤 날은 숙제를 끝내고 나도 모친이 돌아오지 않는 것이다. 그런 날은 성기는 지루한 시간을 잊기 위해서 그림을 그리는 것이다. 그것은 대개가 꼭같은 그림인 것이다. 이층으로 된 벽돌집이 있고 그 앞에 멎어있는 고급 승용차에서는 성장한 부인과 손목시계를 찬 소년이 내리는 것이다.

그 그림은 앞날에 대한 성기 자신의 꿈인 것이다. 근사한 양옥에서 사는 성기네 모자는 영화구경이라도 갔다가 자동차로 막 돌아오는 길인 것이다. 소년의 한 쪽 손목에는 언제나 야광시계가 번쩍이고 있는 것이다. 그것은 꼭 밤중에도 환하게 보이는 야광시계야만 하는 것이다. 그는 크레용으로 그 야광 색갈을 내노라고 늘 고심하는 것이다. 그런 그림이 완성되어도 모친은 돌아오지 않는 밤이 있는 것이다. 그러나. 대개는 그림이 다 되거나 거진 되어갈 무렵에는 모친이 돌아오는 것이었다. 피곤한 모친은 별로 말이 없이 밥을 지었고 찬 없는 저녁식사가 끝나고 나면 모자는 그대로 잠속에 골아 떨어지는 것이었다.

판에 박은 듯이 그러한 생활이 몇 달 동안 계속된 어느 날 저녁이었다. 봄철에 접어들어 해가 길어진 탓도 있겠지만 여니 때 없이 날이 저물기 전에 돌아온 모친은 풍로 위에다 성기의 밥만을 안쳐 주었다. 그날따라 사가지고 온 고등어도 잘 씻어서 토막까지 지어 주었다. 밥이 잦거던 고등어를 구어서 혼자 저녁을 먹으라는 것이었다. 그러고는 찬찬히 화장을 하고 나서 좀 늦을지도 모르니 기다리지 말고 먼저 자라고 일러놓고 모친은 외출을 하였던 것이다. 그날 저녁 모친은 참말 성기가 잠이 든 뒤에야 돌아왔던 것이다. 그 뒤부터는 가끔 그러한 날이 계속되었다. 외출하는 날은 의례 공장에서 일찍암치 돌아왔고 반드시 맛있는 반찬을 사가지고 와서는 성기의 저녁밥을 안쳐놓고 나가는 것이었다. 자주 구미를 돋구는 반찬으로 포식하는 것은 좋았지만 짙은 화장을 하고 외출을 하는 모친이 왜 그런지 은근히 걱정스럽기도 한 것이었다. 한 주일에 한 번 정도던 것이 두 번 세 번으로 모친의 외출하는 저녁이 잦아질수록 성기의 남모르는 불안도 점점 깊어가는 것이었다. 그러한 불안은 드디어 성기의 어린 가슴에 괴로움의 씨를 뿌려 주고야 만 것이다.

〈4회, 8월 1일〉

하루는 모친이 공장에서 돌아오기 전에 웬 남자가 찾아왔다. 키는 짝딸

막하지만 배가 툭 나온 신사였다. 그는 낡은 판자로 둘러막은 뜰 안에 들어서드니 방안을 넌짓이 들여다보며

「네가 성기냐?」

하고 물었다. 성기는 직감적으로 모친을 찾아 온 남자라는 걸 깨달았다. 순간 그는 까닭모를 반감이 솟아올랐다. 입을 뚜 내밀고 적의에 찬 눈으로 신사를 노려보며 머리만 한 번 끄덕해 보였다.

신사는 아무 말도 없이 툇돌 앞에 선 채 떠름한 얼굴로 성기를 곁눈질해 보는 것이다. 유쾌하지 않은 모양이다. 성기는 학교에서도 말라꽁이라는 별명으로 통하느니만큼 팔 다리가 형편없이 가늘었다. 불면 날아날 것 같은 것이다. 그러한 몸둥이에 비하면 얼굴은 한층 더 조그마했다. 눈만이 큉하게 큰 것이다. 우물집 노파는 모친에게 혼담을 가지고 올 적마다 저걸 자식이라구 믿고 늙겠느냐고 노골적으로 성기를 업신여기는 것이었다. 그처럼 성기는 좀체 귀염을 받을 수 없는 체격의 소년이다. 배뚱뚱이 신사는 그러한 성기를 사뭇 께름직한 표정으로 힐끔힐끔 바라보고 섰는 것이다.

성기도 자기 깐에는 잔뜩 문 안에 버티고 서서 성난 눈으로 신사를 쏘아보고 있는 것이다. 그러는 동안에 마침 모친이 돌아왔다. 모친은 몹시 당황한 모양이었다. 그러나 모친은 이내 웃는 낯으로 점잖게 인사를 하고나서 신사더러 방에 들어가자고 권했다. 남자는 역시 시무룩한 낯으로 모친을 따라 들어왔다. 모친은 성기를 향해 한참 눈을 흘기고 나서

「아주 돈이 많구 훌륭한 아저씨다. 네가 말 잘 듣구 곱게만 보이면 대학 비용까지 당해주신다고 하셨다」

그러고는 인사를 드리라는 것이다. 그러나 성기는 속이 풀리지 않았다.

왜 그런지 미워서 견딜 수 없는 것이다. 성기는 잔뜩 얼굴을 찌프린 채

「난 대학교 안 갈 테야.」

하고 내뺏다. 모친의 얼굴이 대뜸 해쓱해지고 눈섭이 곤두섰다.

「자, 버릇없이 굴문 못써. 나중에 아저씨가 돌아가셔서 숭보신다. 어서 안령하십니까 하구 인살 드려야지.」

모친의 음성은 약간 떨리었다. 성기는 할 수 없이 신사편을 향하고 머리만 끄떡했다. 그러고서도 성기는 모친이 무서워 그랬지 절대로 배뚱뚱이에게 굴한 것은 아니라고 자신에게 속으로 변명하는 것이었다. 신사는 모친을 바라보며 싱겁게 웃고 나서 도무지 친 모자로는 보이지 않는다는 것이다.

「원체 어머니가 출중한 미인이니까...」

배뚱뚱이는 만족한 듯이 그 툭 나온 배를 들추며 히들히들 웃는 것이었다.

모친은 이내 성기의 밥을 안쳐주고 신사와 함께 외출을 했다. 모친은 밤 늦게야 돌아와서 잠든 성기를 잡아 일으켰다. 그날 밤 성기는 모친에게 처음으로 그렇듯 호된 매를 맞아본 것이었다.

배뚱뚱이 신사는 그 뒤에는 가끔 성기네 집에 들리었다. 모친이 겁나서, 올 적마다 머리를 끄떡하고 간단히 인사는 하지만 배뚱뚱이에게 대한 성기의 적의는 조금도 사라지지 않는 것이었다. 그자가 찾아오면 모친은 의례히 같이 외출

을 하는 것이다. 모친은 공장을 쉬고 외출하는 날도 있었다. 요즘 와서는 출근하는 날보다 노는 날이 더 많았다. 배뚱뚱이가 자본을 대서 찻집을 꾸민다고 하며 모친은 뻔질나게 나가 다니는 것이었다. 따라서 모친은 결코 자기만을 위해서 있는 모친이 아니라는 놀라운 사실을 성기는 깨닫게 된 것이었다.

「엄마 오늘 밤엔 일찍 돌아와 응!」

짙은 화장에 새로 만든 옷을 갈아입고 나가는 모친의 등 뒤에다 대고 애원하듯 성기가 간신히 던질 수 있는 말은 그 한마디뿐이었다.

〈5회, 8월 2일〉

저녁마다 물을 두 바께쯔씩 길어오는 일은 성기의 소임이었다. 출근하는 날보다 집에 있는 날이 더 많은 요즈음도 모친은 꼭 성기를 시켜서 물을 길어오는 것이었다. 두레박질을 한다거나 삼분지 이 가량 물이 담긴 바게쯔를 집에까지 들고 오는 것도 결코 용이한 일은 아니었다. 그러나 그 일 자체에는 성기는 조금도 불만을 품지 않은 것이다.

꽃같은 나이를 자기 하나 바라고 혼자 늙는다는 모친을 위해서 요만한 고생쯤은 응당 해야 한다고 생각하고 있는 성기였다. 그렇드라도 우물터 만은 딱 질색인 것이다. 거기에는 언제든 이웃 아주머니들이 모여 있다가 성기를 이상한 눈으로 보기 때문이다. 한번은 어떤 여인이 성기더러 윗통을 벗어보라고 했다. 성기가 어쩔 줄을 몰라 머뭇거리고 섰으려니까 그 여인은 손수 성기의 양복 저고리를 벗기드니 갈비뼈가 아른아른한 가슴이며 어깨죽지를 만져보고 나서 혀를 끌끌 채며 뼈에다 가죽만 씌운 것

같다고 했다. 성기의 양복 가랑이를 걷어 올리고 종아리를 쓸어보는 여인
도 있었다. 옆에서 보고 있던 우물집 노파는

「아주 마땅헌 자극이 있기에 얘 애미에게 주선을 해주었드니 글쎄 저걸
믿구 혼자 늙겠다는군. 온 낯짝이 밴밴헌 예펜네가 그렇게 맥혔다구야.」

입을 비죽거리는 것이었다.

그 뒤부터는 물을 길러 가는 일이 성
기에게는 더욱 끔찍했던 것이다. 그러
던 것이 최근에 와서는 버썩 더 우물
터가 싫어졌다. 그것은 배뚱뚱이 아저
씨가 찾아오는 것을 눈치 챈 이웃 아
주머니들 입이 몇 곱 싱크러워졌기 때
문이다.

「배가 이렇게 툭 나온 남자가 어제두 왔다 갔니?」

혹은

「그 남자가 너이 집에서 늘 자구 가지?」

그런 식으로 고지고지 캐어 묻는 것이었다.

「젊은 나이에 막된 놈팽이에게 걸려들자바, 내가 애써 좋은 자리를 택
해 주어두 영 마다드니 꼴좋게 됐다.

그예 바람이 나게 나구야 말았으니.」

우물집 노파는 역시 대놓고 심술궂게 씨부려대는 것이었다. 모두들 모
친을 오해하고 있다고 성기는 생각하는 것이다. 배뚱뚱이 아저씨는 한 번
도 자고 간 일이 없으며, 그 남자를 모친이 따라 다니는 것은 동업으로 장
사를 차리기 위해서라는 말을 하고 싶지만 도무지 입이 얼른 열려지지 않

는 것이었다. 성기는 정말 모친을 철석 같이 믿고 있는 것이다. 누가 뭐라고 해도 결국 모친만큼 바르고 좋은 사람은 없다고 생각하는 것이다. 우물터에 모이는 여인네들의 말이 성기는 억울해서 견딜 수 없는 것이다. 자기 하나 훌륭한 사람 만들기 위해서 고생하고 있는 모친이 성기는 불쌍하기까지 한 것이다.

그러나 모친에 대한 성기의 이러한 신뢰감은 마침내 무너지고 말 날이 오고야 만 것이다.

금년 들어 처음 당하는 무더운 날이었다. 예니 날보다 학교가 일찍 파했기 때문에 책보를 집에 갖다 두고 강에 나가 싫건 놀다 올 생각으로 성기는 분주히 집에 돌아온 것이다. 다 찌그러져가는 판자 대문은 역시 안으로 잠겨 있었다. 언제나처럼 성기는 판자 울타리를 끼고 돌아가서 다시 주인집 처마 밑으로 꼬부라졌다. 거기에는 외출할 때마다 안으로 대문을 잠그고 그들 모자만이 몰래 드나드는 비밀 출입구가 있는 것이다. 뜰 안에 들어서는 길로 성기는 날세게 툇돌 위에 뛰어 올라가 방문을 벌컥 잡아 제꼈다. 동시에 책보를 방안으로 휙 들어뜨리려던 성기의 동작은 순간고 자리에 딱 굳어버리고 만 것이다. 방안에는 너무나 뜻밖에도 해괴한 광경이 벌어져 있었기 때문이다.

〈6회, 8월 4일〉

어른이, 그것도 남자면 남자끼리 여자면 여자끼리라면 또 모르겠는데 남자와 여자가 수건 하나 가리지 아니한 알몸으로 나라니 누어있는 꼴을 성기는 일찍이 본 적도 없거니와 상상조차 할 수 없는 일이었다. 희멀건

두 몸둥이를 들여다보는 성기는 눈이 자연 휘둥그레질 수밖애 없었다. 성기는 숨이 막히는 것 같았다. 시뻘건 두 몸둥이가 누구인지를 얼른 깨달을 수가 없었다. 옆에 벗어 놓았던 옷과 담요로 몸둥이들을 가리며 두 벌거숭이는 황겁히 일어나 앉는 것이다.

「닫어, 닫어, 냉큼 문 못 닫어!」

그 소리를 듣고서야 성기는 비로소 모친과 배뚱뚱이었다는 것을 사실을 명확히 깨달은 것이다.

성기는 터질듯이 가슴이 울렁거렸다. 동시에 전신이 와들와들 떨리기 시작하는 것이었다. 성기의 가느다란 몸이 비즐거리며 툇돌을 내려섰다.

「큰일 났다!」

하는 생각이 성기의 머리 속을 전류처럼 지나갔다. 무엇이 큰일 났는지 딱히는 알 수가 없었다. 남녀가 알몸으로 나라니 누어있다는 사실이 무엇을 의미하는 것인지도 정확히 인식하지는 못하는 것이다. 그러면서도 그러한 행위가 인간에게 있어서 무섭게 중대한 일인 것만 같았다. 더구나 그것이 모친과 배뚱뚱이 사이임에랴. 얼결에 성기는 대문께로 뛰어나갔다. 힘껏 발길로 대문을 찼다. 대문은 걸려 있었다. 성기는 정신없이 대문 고리를 벗기고 행길로 달려 나갔다. 길가에서 그는 방향을 못 잡아 잠시 주춤하고 섰다. 그러자 「정말 큰일 났구나!」하는 생각이 다시 머리를 파고들었다. 뒤이어 이러고만 있어선 안 되겠다는 초조와 불안감이 전신을 휩쌌다. 다음 순간 성기는 행길을 달리기 시작한 것이다.

목적도 없이 그저 무작정 뛰어가는 것이다. 성기는 큰 거리를 한참이나 쏜살같이 내달았다. 얼마 동안 정신없이 뛰어가던 성기는 갑자기 걸음을 멈추었다.

땀이 흘러 들어가 눈이 쓰리었다. 그러나 성기는 가슴이 쪼개질듯이 헐떡거리고 선 채 비 오듯 하는 땀도 씻으려고 하지 않는 것이다. 성기는 이러고 섰는 동안에도 더 불행한 일이 돌발할 것 같은 생각이 드는 것이다. 얼른 누구를 만나 봐야만 무사할 것 같은 것이다.

성기는 아는 사람들의 얼굴을 차례차례 생각해 보았다. 그중에서도 자기를 도와줄 사람을 골라 보노라고 애쓴 것이다. 그러자 담임선생의 얼굴이 번개같이 떠올랐다. 성기는 발길을 돌려 뛰어온 길을 도로 달리기 시작했다. 네거리를 왼손 편으로 꺾이어 학교를 향하고 전속력으로 뛰어갔다. 성기가 교문 안에 들어섰을 때는 미역을 감은 것 같이 전신이 땀에 젖어 있었다. 어느새 벗어 들었는지 그의 양쪽 손에는 제 고무신이 한 짝씩 들려 있었다. 성기는 곧장 직원실 앞으로 가 보았다.

거기에는 아무도 없었다. 음악실에서 피아노 소리가 들려왔다. 성기는 바삐 그쪽으로 좇아갔다. 여자 선생님이 한 분 피아노를 치고 있을 뿐이었다. 성기는 잠시 씨근거리며 그 자리에 서 있다가 직원실 앞으로 되돌아왔다. 그는 얼마 동안 담임선생님의 책상을 창 너머로 들여다보고 서 있었다. 갑자기 뒤에서 발소리가 났다. 이학년 여자 선생님이 닥아오는 것이다.

「너 거기서 뭘 하니?」

성기는 대답하지 않았다. 복잡한 심정을 간단히 말할 수가 없었다.

「너 몇 학년이니? 이름은 뭐구?」

「……」

「너 무슨 일이 있었니?」

성기는 그만 대답 대신 울음부터 터져 나오고 말았다. 그는 몸을 비꼬아 벽에다 얼굴을 묻고 울기 시작한 것이다. 저도 모르게

「엄마야! 엄마야!」

소리를 지르며 야윈 어깨를 <u>주고</u> 우는 것이었다.

〈7회, 8월 5일〉

모친은 아주 공장에는 나가지 아니하게 되었다. 그러면서도 생활은 차차 윤택해가는 것이다. 먼저 아침저녁 참이 현저하게 좋아졌다. 밖에서 돌아오는 모친은 거의 매일 과일이 든 과자든 먹을 것을 사들고 들어오는 것이었다. 한편 모친의 옷이 한 가지 두 가지가 늘어나기 시작했다. 모친은 손목시계를 사서 찼다. 하루는 핸드빽을 사들고 돌아왔고 그 다음날은 금반지를 사 끼고 들어온 것이다. 成基의 물건도 한두 가지씩 조르지도 않는데 사다주었다.

학교에서 가져오라는 돈을 달라면 전에처럼 얼굴을 찡그리거나 잔소리를 퍼붓고 여러 날 끄는 일 없이 첫마디에 성큼 내주곤 하였다.

그리고 또 한 가지 놀라운 사실은 모친이 몰라보게 예뻐진 것이다.

아침에는 대개 성기 편에서 먼저 나가니까 모르지만 저녁에 밖에서 돌아오는 모친을 맞이할 적마다 서먹서먹해질 정도로 딴사람처럼 예뻐 보이는 것이다. 그러나 성기는 모친의 그러한 여러 가지 변화가 조금도 기쁘거나 반갑지 않았다. 맛있는 음식을 날마다 먹어도 학교에 바칠 돈을

선선히 내주어도 탐나는 물건을 척척 사다 주어도 모친의 얼굴이 몰라보게 나날이 예뻐져 가도 왜 그런지 성기는 조금도 즐겁지 아니한 것이다.

얼마 전 그 해괴한 사건이 있은 다음부터 배뚱뚱이 신사는 성기네 집에 좀체로 들리지 아니하였다. 하기는 성기가 학교 간 틈에 와서 놀다 가는지는 알 수 없는 일이다. 물론 모친은 거의 매일같이 외출을 했다가 늦은 저녁 때에나 돌아오는 것이다. 어떤 날은 밤이 깊어서야 돌아오기도 했

다. 그런 날은 성기는 저녁도 굶은 채 혼자 화를 내다가 잠이 드는 것은 배뚱뚱이 신사를 만나기 위해서라는 것쯤 성기로서도 짐작이 갔다. 그렇지만 조금도 모친이 나쁘다고는 생각되지 않는 것이었다. 배뚱뚱이 신사가 나쁜 사람임에 틀림

없다고 해석하는 것이다. 모친이 늦게 돌아오는 날 저녁에는 전에처럼 성기는 자기 미래에 관한 상상화(想像畵)를 그리는 것이다. 이층 벽돌집이 있고 그 앞에 방금 막 닿은 고급 자동차에서는 성장한 모친과 한 손에 팔뚝시계가 번뜩이는 성기가 나려서는 것이다. 그러나 익숙한 그림이 요즘 와서는 잘 되지 않는 것이다. 공연히 마음이 심란하고 불안스러워 견딜 수 없는 것이다. 그 불안은 우물에 모여 지꺼리는 여인들의 이상한 대화를 들은 뒤부터 부썩 더해진 것이다.

「재 엄마가 아주 팔잘 고쳤읍니다. 그 사내가 꽤 돈푼이나 있는가봐.」

「그래야 고작 남의 첩이지. 첩노릇하면서 옷가지두 못 얻어 입어.」

「그렇지두 않은가봐요. 본댁이 정말 죽었다나부든데……」

「누가 알우. 요즘 세상에 사내놈들 하는 소릴 믿을 수 있나요.」

어떤 날은 연신 눈웃음들을 치며 다음과 같은 말도 주고받는 것이었다.

「아무튼 과부는 삼십 전후가 그중 넘기기 어렵다는군.」

「그런가 봐요. 어린애가 낳고 싶어 근질근질해 오는가부지.」

「쟤 어머니두 벌써 첫눈에 알아보게 되었든데...」

「그리게 말유. 이미 석 달은 됐나 봅니다.」

이 대화의 의미를 성기는 물론 정확히는 알아듣지 못하는 것이다. 그러면서도 예사로 흘려버릴 수는 없는 말이라고 깨닫는 것이다. 아무래도 자기의 운명과 직접 관계되는 말만 같아서 성기는 더욱 불안이 커졌던 것이다. 그러한 성기의 예감은 과연 틀림없이 들어가 맞고야 말았다. 성기가 본능적으로 은근히 겁내온 일은 마침내 닥쳐오고만 것이다.

〈8회, 8월 6일〉

하루는 학교에서 돌아오니까 모친이 이날따라 집에 있었다. 뿐만 아니라 여러 가지 맛나는 음식을 장만해놓고 成基를 기다리고 있는 것이었다. 저녁치고는 약간 이른 편이었지만 성기는 모친이 시키는 대로 세수하고 들어와서 상을 가운데 놓고 모친과 마주 앉은 것이다. 성기 앞으로 음식 그릇을 이것저것 옮겨 놓아주기도 하고 일일이 시중을 들면서도 어째서 그런지 모친은 정면으로 아들을 바라보지 않는 것이다. 또한 모친은 건성 수저만 들었다 놓았다 할 뿐 음식은 별로 입에 대지도 않는 것이다. 성기도 어쩐지 불안스러워서 <u>통히</u> 식욕이 동하질 않는 것이다.

「너 남들처럼 대학교까지 가구 싶지?」

모친은 무중 그런 소릴 물었다. 성기는 아무렇게나 성큼 대답할 수가 없었다. 갑자기 모친이 왜 그런 말을 묻는지 본의를 알 수 없기 때문이다. 성기는 눈치를 살피듯이 얼른 모친의 얼굴을 쳐다보았다. 그러고는 이내 고개를 도로 숙여버리고 말았다.

「난 무슨 짓을 해서든지 니 하나만은 어엿이 대학교까지 보내고 싶었다. 어떻게 해서든지 너를 훌륭한 사람을 만들어 볼 결심이었단 말이다. 그렇지만 어머니 힘으로는 인제는 국민학교 하나도 제대로 감당해 나갈 수가 없다.」

모친은 잠시 말을 끊었다가,

「그래서 마침내 다른 사람의 도움을 받기로 결심했다.」

그러고는 가만히 한숨을 내쉬는 것이다. 모자는 한동안 묵묵히 기계적으로 수저만 움직이고 있었다.

「우리를 도와주시겠다고 하는 분은 너도 잘 아는 어른이다. 그 어른이 우리를 위해서 벌써 집두 한 채 사놓았다. 인제 며칠 있다가 고리루 이사를 갈 터인데 너두 그 어른의 말을 잘 듣구 곱게 보이어야 한다. 그러면 나중에 대학교뿐 아니라 미국 유학까지두 가게 될지 모른다.」

성기는 모친의 말을 깊이는 이해하지 못하는 것이다. 다만 「그 어른」이라고 하는 사람은 배뚱뚱이에 틀림없으리라는 것, 앞으로는 자기 모자의 생활이 전적으로 그 배뚱뚱이의 힘에 의존하게 된다는 것까지는 알 수가 있었다. 그와 동시에 알몸으로 한 자리에 누워있던 모친과 배뚱뚱이의 희멀건 몸둥이가 성기의 머리 속에 떠오르는 것이다. 그러자 불시에 모친이 자기를 버리고 멀리로 영 떠나버릴 것 같은 착각이 드는 것이었다.

그로부터 사흘이 지나서다. 성기네는 정말 배뚱뚱이가 사주었다는 집으로 이사를 가게 된 것이다. 그러나 그것은 단순한 이사가 아니었다. 배뚱뚱이에게 모친이 시집을 가는 날이었던 것이다.

인제서야 성기는 며칠 전에 모친이 들려준 말의 의미를 완전히 깨달을 수 있었다. 성기는 갑자기 설움이 치밀어 올라왔다. 우물에 모이는 이웃 아주머니들이 뭐라고 수군거려도 성기는 모친을 굳게 믿어온 것이었다. 어떠한 일이 있더라도 모친만은 자기를 속이거나 버리지 않을 것이라고 생각해 온 것이다. 그렇지만 오늘 모친에게 대한 성기의 신뢰감은 여지없이 무너지고 만 것이다. 더구나 성기가 그렇게 미워하는 배뚱뚱이에게 시집을 가다니……

어린 마음에도 성기는 참을 수 없는 모욕과 무시를 당한 것 같은 생각이 드는 것이었다. 그렇지만 성기는 흥분한 마음을 가라앉힐 여유도 없었다. 콧등이 송송 얽은 아주머니가 그를 데릴러 왔기 때문이다. 성기는 미장원에 들린 모친보다 한걸음 앞서 낯선 그 아주머니를 따라 결혼식장으로 가는 수밖에 없었다.

〈9회, 8월 7일〉

어느 산허리에 있는 절간에서 간단히 결혼식을 끝내고 일행이 뻐스로 신랑 집에 돌아와 닿은 것은 점심때가 거진 되어서였다. 뻐스를 내린 손님들이 자신 있게 집안으로 들어간 뒤에도 成基는 대문 밖에 혼자 우둑하니 서 있었다. 좀 뒤에야 콧등이 얽은 아주머니가 나와 성기를 데리고 들어가 주었다. 성기가 한 구석에서 점심을 얻어먹고 나니까 그제야 모친이 찾아왔다. 점심을 먹었느냐고 물어서 성기는 고개만 끄떡해 보였다. 모친은 백 환권 한 장을 성기의 손에 쥐어주고 종종히 자기 방으로 돌아가 버리었다.

방방이 사람들이 배꼭 차 있었다. 마당에까지도 여러 패가 자리를 깔고 둘러앉아서 먹고 마시고 떠들어대는 것이었다. 그러한 속에서 성기는 도무지 자기가 차지할 장소를 발견할 수가 없는 것이다. 그는 몇 번이나 대문 밖까지 나갔다가 들어왔다 했다. 그러는 동안에 여름 해도 저물어갔다. 사람들은 모두 저녁 식사에 바빴다.

아무도 성기보고 저녁을 권하는 사람은 없었다. 성기는 콧등이 얽은 아주머니만 또 나타나기를 기다렸으나 어인 일인지 눈에도 띠이지 않았다. 그는 은근히 화가 나서 견딜 수 없는 것이다. 그렇다고 자진해서 저녁을 청해 먹고 싶지는 않은 것이다.

한 무렵 저녁 식사도 끝나고, 날도 어슬어슬해오기 시작해서다. 마루방 구석 자리에 땀을 흘리며 웅크리고 앉아 있는 성기를 모친이 불러냈다. 다정스러운 음성으로 저녁을 먹었느냐고 물었다. 성기는 말없이 고개를 모로 저었다. 그러자 별안간 성기의 눈에서는 구슬같은 눈물이 뚝뚝 떨어졌다. 모친의 다정한 말소리를 들으니 갑자기 서러워진 것이다. 모친은 성기를 부엌 쪽으로 데리고 갔다. 거기서는 두서너 여인이 여러 가지 음식을 다루고 있었다. 성기더러 무어든 먹고 싶은 걸 말하라고 했다. 모친도 그랬고 거기서 일보는 아주머니들도 권하는 것이다.

그러나 성기는 말없이 몇 번이고 머리를 옆으로 내저을 뿐이었다. 그러면 밖에 나가서 무어든 사먹고 오라고 하며 모친은 백 환짜리 석 장을 성기의 손에 쥐어 주었다. 성기는 돈을 손에 쥐고 말없이 밖으로 나왔다. 아무 것도 먹고 싶은 생각은 나지 않았다. 다만 자기가 불쌍한 아이라는 생각만이 들었다. 그는 어두운 거리를 무턱대고 걸었다. 오랫동안 올듯올듯 하면서 버티어 오던 비가 와르르 쏟아지기 시작했다. 성기는 비도 무섭지 않았다. 모친과 배뚱뚱이가 있는 집에는 죽어도 돌아가지 않으리라 생각하고 비에 젖으며 무작정 걸었다. 얼마 만에 성기는 낯익은 판자 대문 앞에 와 서있는 자신을 발견했다.

그것은 오늘 아침까지 모친과 단 둘이 살아 온 집이었다. 그는 방안에 들어가 보았다. 어두운 방에는 아무 것도 없었다. 매카한 봉당 내에 섞이어 모친과 자기의 살냄새만이 배어 있는 것 같았다. 성기는 이 집에서 혼자 살리라고 생각하는 것이다. 모친이 준 돈으로 신문장사를 해서라도 혼자 여기서 살리라 결심하는 것이다. 앞으로는 영 혼자 살아야 한다고 생각하니 불현듯 모친과 둘이 살아 온 과거가 그리워지는 것이다. 성기는 갑자기 견딜 수없이 외로운 심정으로,

「어머니! 어머니!」

하고, 떼를 쓰듯 불러보는 것이다.

억수로 퍼붓는 빗소리뿐 대답이 있을 리 없다. 대답이 없을 줄 뻔히 알면서도 되풀이 해 어머니를 부르는 성기의 얼굴에는 비오듯 눈물이 줄줄 흘러내리었다.

잠시 뒤, 지쳐버린 성기는 그 자리에 엎더져 잠이 들었다. 삼백 환을 단단히 손아귀에 틀어쥐고 잠이 든 성기의 야윈 얼굴은 아직도 눈물에 젖어 있었다.(끝)

다음으로 공개하는 자료는 꽁뜨 「인식부족」(1060.12)이다. 1960년 4.19 와 1961년 5.16 사이에 손창섭은 장편소설 『저마다 가슴속에』(1960.6. 15.~1961.1.31.)의 집필에 전력한 듯하다.

작가의 문제의식은 큰 의미로서의 정치(3.15부정선거)보다는 그것과 연관된 생활 주변의 협잡에 있었다. 그가 바라보는 정의로움은 미시적인 것이라 손창섭은 혁명 이후에도 달라진 것이 없다고 생각한 듯하다. 「인식부족」은 4.19혁명 이후 정의로움을 레테르로 가진 대학생을 비판하는 내용으로 되어 있어서, 손창섭의 혁명이 미시적인 층위를 가진 것임을 알 수 있다. 인터넷 뉴스 라이브러리에서 원문을 볼 수 있다.

서지사항: 『동아일보』, 1960. 12. 4, 3면.

꽁뜨
認識不足
孫昌涉

어느 다방의 구석진 탁자에 삼십여 세의 두 사내가 마주 앉아 이런 대화를 하고 있다. 「그래 내게 부탁할 용건이란 뭔가」

「딴게 아니구 말야. 내가 경찰에 있을 때, 상사에게 한 십만 환 억울하게 먹힌 게 있어」

「그게 어쨌다는 건가」

「서둘지 말고 내 애길 좀 들어 봐. 자네두 아다시피 내가 경찰을 고만둔 뒤론 여태 놀구 있지 않나. 그러니 집안 꼴이 영 말이 아니네. 챙피한 얘기지만 십만 환은 고사하구, 단 천 환이 없어 쩔쩔 매는 판이니까.」

「하긴 그래. 퍽 궁할 거야. 자넨 경찰에 있을 때두 남들처럼 해먹을 줄 모루기루 유명했으니까.」

「그리게 말야. 김장두 해야겠구. 애새끼들 내복두 한 벌씩 사 입혀야겠는데, 게다가 여편네 해산일까지 임박했으니, 이건 영 죽을 판이네, 죽을 판야.」

「거 참 딱하겠네만 ... 그래 내게 돈 좀 꾸란 말인가?」

「아, 아냐, 아냐. 뭐 자넨들 무슨 여유가 있을라구. 그런데 말야. 십만 환이라면 내겐 대금이거던. 그래 그 전 상사에게서 그 돈을 어떻게서든 받아내야겠는데, 이 자가 이 핑게 저 핑게하면서 영 내놔야 말이지.」

「그래서?」

「그러니까, 인젠 부득이 공갈을 치는 수밖엔 없단 말야.」

「그럼, 깡패라두 동원하겠단 말인가? 허지만 상태가 경찰 간부니 깡패두 과히 맥을 못출 걸. 혹시 상이군인이라두?」

「천만에. 인젠 깡패나 상이군인의 전성시댄 지나갔어.」

「그럼 어쩌겠다는 건가?」

「그러니, 경찰이 꿈쩍 못할 상댈 내세우는 수밖에 없지.」

「아니, 그런 무서운 존재가 어딋어?」

「아, 그 왜 있잖아. 장관두 국회의원두, 그리구 경찰이나 법관두 쩔쩔매는 그런 사람들 있잖아?」

「그런 대단한 사람이 누구야?」

「그 왜 있잖은가 이 사람아. 말하자면 자네 동생같은 청년들 말야.」

「내 동생?」

「웅. ...... 그래서 사실은 통사정인데 말야. 자네 동생에게 부탁해서 같은 대학교 친구 두서너 명만 데리구 와서 몇 마디 좀 거들어 줄 수 없겠는가, 그런 말야 ......」

「이 사람아. 그러다간 자네야말루 정말 얻어터지네, 얻어터져. 아, 인식 부족두 유만부동이지, 아 대학생을 어떻게 보구 하는 소리야.」

마침 그때 옆자리에 있던 두서너 명의 청년이 이쪽을 바라보았다. 그러자 경관 출신의 그 사내는 얼굴이 약간 질리며 황급히 자리를 일어섰다.

작품 목록

정렬 : 연재시작일/탈고일→초판발행일

▷ 단편소설

순번	분류	제 목	수록 매체	연재 시작일	연재종료/ 초판발행일 (탈고일)
1	소설	싸움의 원인은 동태 대가리와 꼬리에 있다1)	연합신문	1949.3.6	
2	소설	얄구진 비	연합신문	1949.3.29	1949.3.30 (1949.3.4)
3	소설	공휴일	문예 14	『문예』추천작	1952.5.1 (1951.12)
4	소설	사연기(死緣記)2)	문예 16	『문예』추천작	1953.6.20 (1953.2)
5	소설	비 오는 날	문예 18		1953.10.1 (1953.8)
6	소설	생활적(生活的)	현대공론 11		1954.11.1 (1954.1)
7	소설	혈서	현대문학 1	1956년 제1회 현대문학상 수상작	1955.1.1 (1954.10.17)
8	소설	피해자(被害者)	신태양 31		1955.3
9	소설	미해결의 장 - 군소리의 의미	현대문학 6		1955.6.1 (1955.3)
10	소설	저어(齟齬)3)	사상계 24		1955.7.1 (1955.5)
11	소설	인간동물원초(人間動物園抄)	문학예술 5		1955.8.1 (1955.5)
12	소설	모자도(母子道)	중앙일보	부산	1955.7.29 1955.8.7

13	소설	설중행(雪中行)	문학예술 13		1956.4.1 (1956.1)
14	소설	유실몽(流失夢)	사상계 32		1956.3.1 (1956.2)
15	소설	희생(犧牲)	해군		1956.4 (1956.3)
16	소설	광야(曠野)	현대문학 17		1956.5.1 (1956.3)
17	소설	미소(微笑)	신태양 48		1956.8
18	소설	층계(層階)의 위치(位置)	문학예술 21		1956.12.1 (1956.8.1)
19	소설	사제한(師弟恨)	현대문학 22		1956.10.1 (1956.8)
20	소설	치몽(稚夢)	사상계 48		1957.7.1 (1957.4)
21	소설	소년(少年)	현대문학 31		1957.7.1 (1957.5)
22	소설	조건부(條件附)	문학예술 28		1957.8 (1957.6)
23	소설	저녁놀	신태양 60		1957.9 (1957.7)
24	소설	고독(孤獨)한 영웅(英雄)	현대문학 37		1958.1.1 (1957.10)
25	소설	가부녀(假父女)	자유문학 10		1958.1.1 (1957.11)
26	소설	애정의 진리	아리랑		1958.1
27	소설	침입자(侵入者) - 續稚夢	사상계 56		1958.3.1 (1958.1)
28	소설	죄(罪)없는 형벌(刑罰)	여원		1958.4 (1957.11)
29	방송 소설	비둘기집	방송		1958.4
30	소설	인간계루(人間繫累)	희망		1958.5 (1958.1)
31	소설	잡초(雜草)의 의지(意志)	신태양 71		1958.8.1 (1958.5)
32	소설	잉여인간(剩餘人間)4)	사상계 62	1959년 제4회 동인문학상 수상작.	1958.9.1 (1958.7)

33	소설	미스테이크	서울신문	1958.8.21	1958.9.5
34	소설	인간시세(人間時勢)	현대문학 47		1958.11.1 (1958.9)
35	소설	반역아	자유공론		1959.4 (1959.2)
36	소설	애정무효(愛情無效)	소설계		1959.6.
37	소설	포말(泡沫)의 의지(意志)	현대문학 59		1959.11.1 (1959.9)
38	소설	잊을 수 없는 과거	명랑		1960.2
39	소설	신(神)의 희작(戱作) - 자화상(自畵像)	현대문학 77		1961.5
40	소설	육체추(肉體醜)	사상계101(중)		1961.11
41	소설	공포(恐怖)	문학춘추 10		1965.1
42	소설	환관(宦官)	신동아 41		1968.1
43	소설	청사(靑史)에 빛나리 - 계백(階伯)의 처(妻)	월간중앙 2		1968.5
44	소설	흑야(黑夜)	월간문학 13		1969.11

1) 본 작품의 제공자는 이학영임을 밝힘.
2) 이 작품의 제목은 『문예』지에 발표되었을 때는 「사선기(死線記)」였으나, 단편집 『비오는 날』에 수록될 때 「사연기(死緣記)」로 개제(改題)된 이후 「사연기」라는 제목이 계속 사용되었다.
3) 「저어」(齟齬)의 마지막 부분에는 "人間實績・第一章"이 쓰여 있어서 "인간실적"이라는 장편소설을 기획하고 있었음을 알 수 있다. 「저어」에서 형상화 했던 이상적인 결혼관, '제 삼자'의 배제, 결혼을 두고 벌어지는 남성과 여성의 갈등은 장편소설 『내 이름은 여자』에서 동일한 양상으로 그려진다.
4) 『사상계』75호, 1959.10.에 재수록되었다. 이 소설은 1964년 유현목 감독에 의해 영화화되기도 했다. (「孫昌涉씨의 「剩餘인간」 영화화. 연출은 「오발탄」의 兪賢穆감독」, 『조선일보』, 1964.2.23, 조 5면)

▷ 장편소설

순번	분류	제 목	수록매체	연재시작일	연재종료일
1	장편소설	낙서족(落書族)	사상계 68		1959.3.1
2	장편소설	세월이가면	대구일보	1959.11.1	1960.3.30
3	장편소설	저마다 가슴속에	세계일보 민국일보	1960.6.15 1960.7.1	1960.6.30 1961.1.31
4	장편소설	내 이름은 여자	국제신문	1961.4.10	1961.10.29
5	장편소설	부부	동아일보	1962.7.1	1962.12.29
6	장편소설	인간교실	경향신문	1963.4.22	1964.1.10
7	장편소설	결혼의 의미	영남일보	1964.2.1	1964.9.29
8	장편소설	아들들	국제신문	1965.7.14	1966.3.21
9	장편소설	이성연구5)	서울신문	1965.12.1	1966.12.30
10	장편소설	길6)	동아일보	1968.7.29	1969.5.22
11	장편소설	삼부녀7)	주간여성	1969.12.30	1970.6.24
12	장편소설	유맹	한국일보	1976.1.1	1976.10.28
13	장편소설	봉술랑	한국일보	1977.6.10	1978.10.8

---

6) 손창섭은 중학입시제도로 인해 고통 받는 어린 학생들을 위해 『인간공장』이라는 작품
   을 구상하여 거의 완성단계에 있다가 1968.7.15 문교부의 중학입시제도 폐지 발표로
   인해 급히 『길』로 작품을 바꾸었다고 한다.(「作家의 말」, 『동아일보』, 1968. 7.18)
7) 본 작품의 제공자는 방민호 교수님임을 밝힘.

▷ 소년소설[8]

순번	분류	제 목	수록매체	초판발행일
1	소년소설	꼬마와 현주	새벗	1955.11
2	소년소설	심부름	새벗	1957.5
3	소년소설	앵도나무집[9]	출전미상	1957
4	소년소설	장님강아지	새벗	1958.1
5	소년소설	너 누구냐	새벗	1958.7
6	소년소설	돌아온 세리	새벗	1958.11
7	소년소설	싸움동무	새벗	1959.3
8	소년소설	마지막 선물	손창섭대표작전집 (예문관)	1970.4.10 [10]
9	소년소설 (장편)	싸우는 아이	대한기독교서회 (새벗문고)	1972

----

8) 손창섭, 「머리말」, 『싸우는 아이』, 대한기독교서회, 1972, 3면.에 의하면 손창섭의 '동화'는 "장편이 둘, 단편이 십여 편"이다. 이 책이 『새벗』에 실렸던 것을 모아서 내는 것이라는 것을 감안할 때, 최소한 세 편의 작품이 더 있을 것으로 판단되며 이 는 『새벗』이 아닌 다른 지면에 실린 것으로 보인다.

9) 이 작품의 제목은 이원수, 「모색하는 여러 경향」, 『자유문학』, 1957.12, 267면에 소개되었다. 이원수는 이 글에서 작품들의 목록은 1957년 한 해의 아동문학 창작 을 수합한 것이며 일간, 주간 신문 소재작품의 경우 매일연재물의 경우에만 수록 한 것이라고 밝히고 있다.

10) 예문관 판 손창섭 전집은 초판인쇄일이 1970.4.10으로 되어 있으나, 이를 1971.4. 15로 변경한 종이가 덧붙여져 있다.

▷ 꽁뜨(掌篇소설), 동시, 시조

순번	분류	제 목	수록매체	연재일 / 초판발행일
1	동시	봄[11]	高文求, 「노래 봄」, 『아이생활』 13권 6호, 조선주일학교연합회, 1938. 6, 30면.	엄마엄마 이리와 / 요거보세요 / 병아리떼 삐용삐용 / 놀고간뒤에 / 미나리 파란싹이 / 돋아났세요// 엄마엄마 요기좀 / 바라보아요 / 노랑나비 호랑나비 / 춤추는밑에 / 문들레 예쁜꽃이 / 피어났에요
			고문구作詩, 박재훈作曲 한국음반저작권협회, 도미노, 1970.5.24.	엄마엄마이리와요거보세요/ 병아리떼뿅뿅뿅뿅놀고간뒤에/ 미나리파란쌌이돋아났어요/ 미나리파란쌌이돋아났어요
1	꽁뜨 (掌篇소설)	STICK씨	학도주보[12]	1955.9
2	꽁뜨	인식부족 (認識不足)[13]	동아일보	1960.12.4
3~8	꽁뜨 (掌篇소설)	장편소설집(掌篇小說集) 「다리에서만난여인」 「전차내에서」 「장례식」 「탈의법」 「한국의상인」 「신서방」	신동아 17	1966.1
1	시조	「자탄」 등 70수	미발표	1993 ~ 2001

---

11) 1938년 당시 손창섭은 17세였다.

12) 본 작품은 『동서한국문학전집 16』, 동서문화사, 1987.5.1.에서는 그 서지가 『현대문학』, 1957.로 나와 있지만 이는 잘못이며 「신인문학상 제1회 수상경위」, 『현대문학』, 1956.4, 133면.에 의하면 『학도주보』, 1955. 9.에 이미 수록되었다.

13) 본 작품의 제공자는 안서현임을 밝힘.

참고문헌

□ **기본자료***

고문구, <노래봄>, 『아이생활』 13권 6호, 조선주일학교연합회, 1938. 6.

손창섭, 『길』, 보급판 한국대표문학전집, 삼중당, 1972.

손창섭, 『낙서족』, 일신사, 1959.

손창섭, 『동서한국문학전집』 16, 동서문화사, 1987.

손창섭, 『부부』, 정음사, 1962.

손창섭, 『부부』, 한국문학전집 35, 삼성출판사, 1972.

손창섭, 『비오는날』, 일신사, 1957.

손창섭, 『손창섭 대표작전집』, 예문관, 1971.

손창섭, 『손창섭집』, 현대한국문학전집 3, 신구문화사, 1968.

손창섭, 『싸우는 아이』, 힘찬문고 24, 우리교육, 2001.

손창섭, 『여자의 전부』, 국민문고사, 1969.

손창섭, 『잉여인간』, 에버그린한국문학전집 28, 동서문화사, 1984.

손창섭, 『장님 강아지』, 힘찬문고 23, 우리교육, 2001.

「손창섭 연보」, 『작가연구』, 새미 창간호, 1996.

『영원한 한국의 명작』, 경원각, 1974.

『한국 6인 대표 단편선』, 문완출판사, 1976.

『한국단편문학12명작집』, 백미사, 1967.

『한국전후문제작품집』, 신구문화사, 1961.

『한국중편소설문학전집』 6, 국제펜클럽한국본부 편, 을유문화사, 1974.

---

* 기본자료로 참고한 손창섭의 전작 초출 목록은 부록의 작품목록으로 대체함.

□ **국내저자**

강유정, 「손창섭 소설의 자아와 주체 연구」, 『국어국문학』 제133호, 국어국문학회,
        2003.

강유진, 「손창섭 소설의 변모 양상 연구」, 중앙대 박사논문, 2012.

강진호, 「재일 한인들의 수난사: 손창섭의 「유맹」론」, 『작가연구』, 1996. 4.

_____, 「손창섭 소설 연구: 주체와 화자의 문제를 중심으로」, 『국어국문학』 제
        129호, 2001.

고 은, 「실내작가론 손창섭」, 『월간문학』, 1969. 12.

_____, 『1950년대』, 향연, 2005.

공종구, 「손창섭 소설의 기원」, 현대소설연구, 2009.

_____, 「≪삼부녀≫에 나타난 오이디푸스 콤플렉스와 가족주의」, 『한국현대소
        설연구』 50집, 2012.

곽상인, 「손창섭의 「모자도」 연구」, 『어문연구』 40권 1호, 2012.

_____, 「손창섭 소설 연구: 인물의 욕망 발현 양상을 중심으로」, 서울시립대 석
        사논문, 2003.

_____, 「손창섭 신문연재소설 연구」, 서울시립대 박사논문, 2013.

_____, 「손창섭의 최근 발굴작 「애정의 진리」 연구」, 한국문학연구소, 『한국문
        학연구』 52집, 2016.

곽종원, 「1955년도 창작계 별견」, 『현대문학』, 1956. 1.

_____, 「1956년도 창작계 총평」, 『현대문학』, 1957. 1.

권영민, 『한국민족문학론연구』, 민음사, 1988.

_____, 『한국현대문학사 1945-1990』, 민음사, 1993.

김건우, 『사상계와 50년대 문학』, 소명출판, 2003.

김구용, 「신작평 대망하던 책: 손창섭씨의 비오는 날」, 『현대문학』, 1958. 2.

김동윤, 『신문소설의 재조명』, 예림기획, 2001.

_____, 『우리 소설의 통속성과 진지성』, 리토피아, 2004.

김동춘, 『근대의 그늘 – 한국의 근대성과 민족주의』, 당대, 2000.

김동환, 「『부부』의 윤리적 권력관계와 그 의미」, 『작가연구』, 1996. 4.

김명임, 「손창섭의 『이성연구』: 체념의 미학과 통속적 기호들」, 『한국학연구』 12
        집, 인하대 한국학연구소, 2003. 10.

김민수, 「손창섭 소설에 나타난 공동체 의식 연구」, 서울대 석사논문, 2017.

김민정, 「1950년대 소설에서의 父의 不在와 모더니티」, 『한국문화』 30집, 2002.

김병익, 「현실의 모형과 검증」, 『현대한국문학이론의 이론』, 민음사, 1972.

김상일, 「손창섭 또는 비정의 신화」, 『현대문학』, 1961. 7.

김영덕, 「신문소설과 윤리」, 『자유문학』, 1957. 7.

김용수, 『자끄 라캉』, 살림, 2008.

김우종, 「현역작가산고」, 『현대문학』, 1959. 9.

김윤식·정호웅, 『한국소설사』, 문학동네, 2000.

_____, 「앓는 세대의 문학」, 『현대문학』, 1969. 10.

김윤정, 「손창섭의 소설: 나르시시즘과 죽음의 문제」, 『한양어문연구』 13호, 한양대 어문연구회, 1996. 12.

김주리, 「손창섭 소설의 매저키즘과 여성」, 서울대 인문학연구원, 『인문논총』 76집, 2019.

김주희, 「손창섭의 「비오는 날」 서술적 양상 고찰」, 『우암논총』 제3호, 1987.

김지영, 「손창섭 소설에 나타난 주체형성 연구」, 서울대 석사논문, 1997.

김지영, 「손창섭 소설의 아이러니 연구」, 고려대 석사논문, 1996.

김진기, 「손창섭 소설연구: 1950년대를 중심으로」, 건국대 박사논문, 1998.

김충신, 「손창섭연구: 작품을 중심으로」, 『어문논집』 8, 안암어문학회, 1964. 11.

김해연, 「이야기-변형된 욕망의 한 모습: 손창섭의 <신의 희작>을 중심으로」, 『경남어문논집』 5집, 1992. 12.

김현정, 「손창섭의 장편소설 연구: 작중 인물의 욕망을 중심으로」, 전남대 석사논문, 2006.

김현근, 「손창섭 소설 연구: 서술자와 초점인물의 양상을 중심으로」, 목포대 석사논문, 2001.

김현희, 「손창섭 소설의 서술자 양상 연구」, 충남대 석사논문, 1992.

류동규, 「손창섭 소설의 아이러니 연구」, 경북대 석사논문, 1998.

_____, 「손창섭 장편소설 『세월이가면』에 나타난 윤리문제」, 『국어교육연구』 38집, 국어교육학회, 2005. 12.

민경자, 『성평등의 사회학』, 한울아카데미, 1993.

박미해, 『사회학자들이 본 남성과 여성』, 한울아카데미, 1993.

박배식, 「손창섭의 세태소설 분석: 『길』을 중심으로」, 『국어국문학』 113호, 1995.

박선희, 「손창섭 소설의 '소수성' 연구」, 경북대 석사논문, 2008.

박설호, 「지배 이데올로기 혹은 해방으로서의 빌헬름 라이히의 성경제학」, 『문화과학 7호』, 문화과학사, 1995. 2.

박순영, 「손창섭 소설의 여성형 연구 : 욕망의 변모 양상을 중심으로」, 성균관대 국어교육학 석사논문, 2002.

박유희, 「1950년대 소설의 반어적 기법 연구」, 고려대 박사논문, 2002.

박정선, 「손창섭 소설에 나타난 '결핍' 연구」, 숙명여대 석사논문, 2016.

방민호, 『한국 전후 문학과 세대』, 향연, 2003.

_____, 「손창섭의 장편소설 『봉술랑』에 대한 일고찰」, 『어문논총 40호』, 한국문학언어학회, 2004. 6.

_____, 「손창섭 소설의 외부성 - 장편소설을 중심으로」, 서울대 규장각 한국학연구원, 『한국문화』 58집, 2012.

배개화, 「손창섭 소설의 욕망 구조 연구」, 서울대 석사논문, 1995.

백철·김우종·유종호·이어령·김동리, 『사상계』, 1959. 4.

변여주, 「손창섭 소설의 아이러니 연구」, 이화여대 석사논문, 2003.

손종업, 「손창섭 후기 소설의 "여성성": 전후적 글쓰기의 한 유형」, 『어문논집』 23집, 중앙대 국문과, 1994.

_____, 「전후 신세대와 장편언어」, 『전후의 상징체계』, 이회문화사, 2001.

송기숙, 「창작과정을 통해 본 손창섭」, 『현대문학』, 1964. 9.

송주현, 「손창섭 소설에 나타난 탈주 욕망과 여성성: 1960년대 장편을 중심으로」, 『한국문화연구』 30집, 2016.

신경득, 「반항과 좌절의 희화화」, 『한국 전후 소설 연구』, 일지사, 1983.

안성희, 「「신세대 작가」의 문체론적 연구: 김성한, 손창섭, 장용학을 중심으로」, 이화여대 석사논문, 1991.

안용희, 「손창섭 소설의 서술자 연구」, 서울대 석사논문, 2005.

양소진, 「손창섭 소설에서 마조히즘의 의미」, *COMPARATIVE KOREAN STUDIES*, 국제비교한국학회, 2006. 12. 30.

오세철, 「빌헬름 라이히의 사회사상과 정신의학의 비판이론」, 『파시즘의 대중심리』, 현상과 인식, 1980.

유종호, 「모멸과 연민 (上) - 손창섭론」, 『현대문학』, 1959. 9.

_____, 「작단시감 환관 손창섭 작」, 『동아일보』, 1968. 1. 25.

유한근, 「손창섭, 한무숙 소설, 그리고」, 연인M&B, 『연인』 2013. 9.

윤병로, 「1, 2월의 소설」, 『현대문학』, 1958. 3.

_____, 「혈서의 내용: 손창섭론」, 『현대문학』, 1958. 12.

_____, 「자리잡히는 사소설」, 『현대문학』, 1966. 2.

이광규, 『한국가족의 구조분석』, 일지사, 1975.

이광훈, 「패배한 지하실적 인간상」, 『문학춘추』, 1964. 8.

이대욱, 「손창섭 소설에 나타난 풍자 연구」, 서울대 석사논문, 1987.

이동하, 「손창섭 『길』에 대한 한 고찰」, 『작가연구』, 1996. 4

이득재, 『가족주의는 야만이다』, 조합공동체 소나무, 2001.

이미영, 「손창섭 소설의 여성 인물 연구」, 동국대 문화예술대학원 석사논문, 1999.

이봉래, 「신세대론: 작가를 중심으로 한 시론」, 『문학예술』, 1956. 4

이선영, 「아웃사이더의 반항: 손창섭과 장용학을 중심으로」, 『현대문학』, 1961.

이어령, 「1957년의 작가들」, 『사상계』, 1958. 1.

_____, 「한국소설의 현재와 장래」, 『지성』, 1958. 6.

_____, 「1958년의 소설 총평」, 『사상계』, 1958. 12.

이영자 · 김혜순 · 민경자 · 이정옥 공저, 『성평등의 사회학』, 한울 아카데미, 1993.

이영화, 「손창섭 소설에 나타난 여성 인물 연구」, 단국대 석사논문, 2000.

이용희, 「손창섭 소설의 여성 인물 유형 고찰」, 경희대 석사논문, 2012.

이원수, 『아동문학입문』, 소년한길, 2001.

이화경, 「손창섭 소설의 문체연구」, 전남대 석사논문, 1989.

이효순, 「1950년대 대중소설론의 전개 양상 연구」, 제주대 교육대학원 석사논문, 2002.

임봉길, 「사회통합이론으로서의 모쓰(M. Mauss)의 선물론과 레비-스트로스(Levi-Strauss)의 교환이론」, 『민족과 문화』 8집, 한양대 민족학연구소, 1999.

임지현, 『민족주의는 반역이다』, 소나무, 1999.

전기철 편, 『전후한국문학비평자료집』, 토지, 1989.

전기철, 『한국 전후 문예 비평 연구』, 도서출판 서울, 1994.

정창범, 「손창섭론: 자기모멸의 신화」, 『문학춘추』, 1965. 2.

_____, 「손창섭의 심층」, 『작중 인물의 심층 분석』, 평민사, 1983.

정철훈, 「두 번 실종된 손창섭」, 『창작과 비평』 144호, 2009 여름.

_____, 『내가 만난 손창섭 : 재일 은둔작가 손창섭 탐사기』, 도서출판 b, 2014.

_____, 「'잉여인간' 쓴 손창섭 日에 생존… 국민일보, 도쿄 병원서 투병 생활 확

인」, 「[전후세대 최고작가 '손창섭 살아있다'] (上) '손창섭 200九.2.15.'」, 『국민일보』 인터넷판, 2009. 2. 18.

_____, 「[전후 최고 문제작가 '손창섭 살아있다'] (中) 마침내 밝혀진 은둔 30년」, 「[전후 최고 문제작가 '손창섭 살아있다'] 우에노 여사의 흑석동 시절」, 『국민일보』 인터넷판, 2009. 2. 19.

_____, 「[전후 최고 문제작가 '손창섭 살아있다'] (하) 손창섭 문학의 진실 밝혀지다」, 『국민일보』 인터넷판, 2009. 2. 20.

_____, 「[전후 최고 문제작가 '손창섭 살아있다'] 36년만에 찾아간 움막」, 「[전후 최고 문제작가 '손창섭 살아있다'] 손창섭 문학적 터전 '바라크'」, 「[전후 최고 문제작가 '손창섭 살아있다'] (續) 제자 노윤기씨 증언 渡日 직전 행적」, 「[전후 최고 문제작가 손창섭 취재 후기] 2005년 탐사시작… 지난달 주소 확인」, 『국민일보』 인터넷판, 2009. 2. 22.

정춘수, 「1950년대 소설의 문체적 특징과 화자 양상: 손창섭과 추식의 작품을 중심으로」, 성균관대 석사논문, 1993.

정혜정, 「1950년대 소설의 풍자성연구」, 성균관대 석사논문, 1993.

정호웅, 「손창섭 소설의 인물성격과 형식」, 『작가연구』 제1호, 새미, 1996. 4.

조남현, 「손창섭 소설의 의미매김」, 『문학정신』, 열음사, 1989. 6.

_____, 『소설원론』, 서울대 출판부, 2004.

조두영, 「자서전적 소설과 작가」, 『정신분석』 13권 1호, 2002. 6.

_____, 『목석의 울음: 손창섭 문학의 정신분석』, 서울대 출판부, 2004.

조연현, 「1월의 작단」, 『현대문학』, 1955. 2.

_____, 「3월의 창작계」, 『현대문학』, 1955. 4.

_____, 「병자의 노래: 손창섭의 작품세계」, 『현대문학』, 1955. 4.

조이향, 「손창섭 소설에 나타난 여성교양담론 비판연구」, 건국대 석사논문, 2015.

차준호, 「손창섭의 『길』 연구: 성장소설과 관련하여」, 『경남어문논집』 11집, 경남대 국문과, 2000.

천이두, 「60년대의 문학 문학사적 위치」, 『월간문학』, 1969. 12.

최미진, 「손창섭 소설의 욕망구조 연구」, 부산대 석사논문, 1995.

_____, 「손창섭의 『부부』에 나타난 몸의 서사화 방식 연구」, 『현대문학이론연구』 16, 현대문학이론학회, 2001. 12.

_____, 「손창섭의 라디오 단편소설 「비둘기 한 쌍」 연구」, 『현대문학이론연구』

39집, 2009.

최인욱, 「신진의 대거진출과 기성의 노쇠」, 『동아일보』, 1955. 8. 10.

최일수, 「어떤 괴짜 夫婦의 이야기 - 孫昌涉의 ≪夫婦≫」, 『수록작가 작품해설집』, 삼성출판사, 한국문학전집 제101권, 1972.

최희영, 「손창섭 장편 "낙서족", "부부"의 작중인물 연구: 지향형과 현실형의 갈등 양상을 중심으로」, 한국외국어대 교육대학원, 1985.

편집부, 「도일 후의 손창섭에 대하여」, 『작가연구』 창간호, 1996.

한국학연구소, 『한국잡지개관 및 별호목차집: (해방 15년)』, 영신아카데미, 1975.

한명환 외, 「해방 이후 대구·경북 지역 신문연재소설에 대한 발굴 조사 연구」, 『현대문학이론연구』 21집, 현대문학이론학회, 2004.

한상규, 「손창섭 초기 소설에 나타난 아이러니의 미적 기능」, 『외국문학』 제36호, 열음사, 1993.

한수영, 「1950년대 한국소설연구」, 『1950년대 남북한문학』, 한국문학연구회편, 평민사, 1991. 12.

한원영, 『한국현대신문연재소설연구 (下)』, 국학자료원, 1999.

허   빛, 「손창섭 1960년대 장편소설에 나타난 젠더 정치성」, 서울대 석사논문, 2020.

허영임, 「손창섭 소설에 나타난 욕망의 반복 양상 연구」, 숙명여대 석사논문, 2000.

홍두승 외, 「한국사회50년(사회변동과 재구조화)」, 『사회과학과 정책연구』, 서울대 사회과학연구소, 1996.

홍순애, 「손창섭 소설의 아이러니 연구」, 서강대 석사논문, 2000.

홍준기, 『오이디푸스 콤플렉스, 남자의 성, 여자의 성』, 아난케, 2005.

황훈섭, 「손창섭 소설의 욕망구조 연구」, 성균관대 석사논문, 2006.

홍주영, 「손창섭 소설에 나타난 부성 비판의 양상 연구」, 서울대 석사논문, 2007.

_____, 「손창섭의 도착적 글쓰기 연구」, 『한국현대문학회 학술발표회 자료집』, 2007.

_____, 「손창섭의 <부부>와 <봉술랑>에 나타난 매저키즘 연구」, 『현대소설연구』, 2008.

_____, 「손창섭의 <봄>, <모자도> 소개」, 『근대서지』 5집, 2012.

_____, 「손창섭의 멜랑콜리와 모성추구의 문학 : 「모자도」의 어머니 상실에서

『봉술랑』의 이자관계 회복으로」,『한국현대문학연구』37집, 2012.

_____, 「『부부』,『이성연구』를 통해 본 손창섭 장편소설의 여섯 가지 특징과 그 의미」,『작가세계』27권 4호, 2015.

□ 국외저자

Bergler, Edmund, *The BASIC Neurosis: Oral Regression and Psychic Masochism*, New York: Grune&Stratton, 1949.

Bourdieu, Pierre, 최종철 역,『구별짓기』, 새물결, 2005.

Brooks, Peter, 이봉지 · 한애경 역,『육체와 예술』, 문학과지성사, 2000.

Chancer, Lynn S, 심영희 역,『일상의 권력과 새도매저키즘』, 나남출판, 1994.

Chiesa, Lorenzo, 이성민 역,『주체성과 타자성』, 난장, 2012.

Deleuze, Gilles & Félix Guattari, 최명관 역,『앙띠 오이디푸스』, 민음사, 2002.

Deleuze, Gilles, *Masochism: Coldness and Cruelty*, New York: Zone Books, 1991.

_____, 이강훈 역,『매저키즘』, 인간사랑, 1996.

Engels, Friedrich, 김대웅 역,『가족 사유재산 국가의 기원』, 아침, 1991.

Freud, Sigmund, 김인순 역,『꿈의 해석』, 재간, 열린책들, 2003.

_____, 김정일 역,『성욕에 관한 세 편의 에세이』, 프로이트 전집 7, 열린책들, 2006.

_____, 박찬부 역,「자아와 이드」,『정신분석학의 근본개념』, 재간, 열린책들, 2003.

_____, 박찬부 역,『정신분석학의 근본개념』, 프로이트 전집 11.

_____, 정장진 역,「세 상자의 모티프」,『예술, 문학, 정신분석』, 재간, 열린책들, 2003.

_____,『문명 속의 불만』, 프로이트 전집 12권, 열린책들, 2003.

_____,『종교의 기원』, 프로이트 전집 13권, 열린책들, 2003.

Gamsci, Antonio, 박상진 역,『대중문학론』, 책세상, 2003.

Giddens, Anthony, 배은경 · 황정미 공역,『현대사회의 성 · 사랑 · 에로티시즘』, 새물결, 1996.

Hunt, Lynn,『프랑스 혁명의 가족 로망스』, 새물결, 1999.

Irigaray, Luce, 이은민 역,『하나이지 않은 성』, 동문선, 2000.

Kristeva, Julia, 김인환 역,『검은 태양』, 동문선, 2004.

_____, 김인환 역,『시적 언어의 혁명』, 동문선, 2000.

_____, 서민원 역,『공포의 권력』, 동문선, 2001.

Malinowski, Bronislaw K., 한완상 역,『미개사회의 성과 억압 외』, 삼성출판사, 1977.

Marcuse, Herbert, 김인환 역,『에로스와 문명』, 나남출판, 2004.

McAfee, Noëlle, 이부순 역,『경계에 선 크리스테바』, 앨피, 2007.

Pink, Bruce, 맹정현 역,『라깡과 정신의학』, 민음사, 2002.

Reich, Wilhelm, 곽진희 역,『작은 사람들아 들어라』, 일월서각, 1991.

_____, 박설호 편역,『문화적 투쟁으로서의 성』, 솔출판사, 1996.

_____, 오세철 역,『파시즘의 대중심리』, 현상과 인식, 1987.

_____, 윤수종 역,『오르가즘의 기능』, 그린비, 2005.

_____, 이창근 역,『性문화와 性교육 그리고 性혁명』, 제민각, 1993.

Robinson, Paul A., 박광호 역,『프로이트 급진주의』, 종로서적, 1981.

Sharaf, Myron, 이미선 역,『빌헬름 라이히』, 양문, 2005.

Thomas, Chantal, 심효림 역,『사드, 신화와 반신화』, 인간사랑, 1996.

Walby, Sylvia, 유희정 역,『가부장제 이론』, 이화여대출판부, 1996.

Widmer, Peter, 홍준기·이승미 역,『욕망의 전복』, 한울아카데미, 1998.

손창섭의 문학적 투쟁, 그 기원과 귀결

초판 1쇄 인쇄일	｜ 2020년 12월 15일
초판 1쇄 발행일	｜ 2020년 12월 30일

지은이	｜ 홍주영
펴낸이	｜ 한선회
편집/디자인	｜ 우정민 우민지
마케팅	｜ 정찬용 정구형
영업관리	｜ 정진이 김보선
책임편집	｜ 우민지
인쇄처	｜ 으뜸사
펴낸곳	｜ 국학자료원 새미(주)
	등록일 2005 03 15 제25100-2005-000008호
	경기도 고양시 일산동구 중앙로 1261번길 79 하이베라스 405호
	Tel 442 - 4623 Fax 6499 - 3082
	www.kookhak.co.kr
	kookhak2001@hanmail.net

ISBN	｜ 979-11-91255-53-9 *93810
가격	｜ 26,000원

* 저자와의 협의 하에 인지는 생략합니다.
  잘못된 책은 구입하신 곳에서 교환하여 드립니다.
  국학자료원 · 새미 · 북치는마을 · LIE는 국학자료원 새미(주)의 브랜드입니다.